EL ÁNGEL QUE CONTABA LAS ESTRELLAS

EL ÁNGEL QUE CONTABA LAS ESTRELLAS

Walther Cornelius

Título original: El ángel que contaba las estrellas

Diseño de cubierta: Walther Cornelius

Web de autor: http://www.walthercornelius.com

Registro de la Propiedad Intelectual de Granada

Primera edición, octubre, 2014

© Walther Cornelius, 2014

ISBN: 978-84-617-1324-0

safeCreative

1 410122 313978

INFO ABOUT RIGHTS

A Álvaro, porque sus ojos contemplarán algún día ese futuro que alcanzo a imaginar, pero que jamás viviré.

ÍNDICE

PRIMERA PARTE

Un hombre que no ha pasado a través del infierno de sus pasiones, no las ha superado nunca.

Carl Gustav Jung (1875-1961) Psicólogo y psiquiatra suizo.

LA FISURA

Al principio todo era silencio y oscuridad. Siempre comenzaba así. Ese estado no podía ser descrito fácilmente; nada había que se le asemejara. Solo la consciencia permanecía inalterable flotando en un vacío infinito. Todos lo relataban de la misma manera. Ese profundo bienestar exento del más mínimo estímulo, era el preludio de la reentrada. Otros lo calificaban como el limbo, como el purgatorio de la teología católica; un lugar de espera, para traspasar el umbral de este mundo. El cuerpo había dejado ya de existir y solo la mente perduraba en un sentimiento de paz indescriptible. Hubo quien lo describía como esa experiencia cercana a la muerte, un estado de felicidad y de sosiego eterno. Pero nada tenía que ver con ello.

Lentamente y en ese vacío oscuro, una titilante y tenue luminosidad amarillenta surgió progresivamente de la nada. Él no tenía miedo, algo lo envolvía ofreciéndole cobijo, inculcándole paz y confianza. Sabía que todo estaba planeado, escrito y minuciosamente calculado.

Los sentidos se desperezaban de un profundo letargo y sintió un enorme vahído ante el lento e incesable vaivén del entorno.

Sus oídos comenzaron a percibir el sonido de la madera crujiendo. El incesante tambaleo hizo que su corazón golpeara con fuerza dentro de su pecho. Ewan abrió los ojos atemorizado. Sus cinco sentidos comenzaban a recibir un aluvión de estímulos. Ese olor rancio y pestilente inundaba sus fosas nasales acentuando su náusea. La penumbra lo desorientaba aún más en aquel espacio repleto de inmundicia y suciedad. Intentaba no rozar su mejilla contra en basto y acartonado almohadón de lino. El balanceo, aunque suave y lento no cesaba. Era como penetrar de forma parsimoniosa en el abismo, mientras su estómago se encogía y sus latidos parecían apagarse. Cuando sentía la muerte con su corazón extenuado y sin vida, el habitáculo se levantaba de nuevo con brío como queriendo huir del infierno. Solo una dulce y apagada melodía procedente del exterior, atemperaba los persistentes crujidos de la madera. En un principio no supo identificar que instrumento producía aquellas lejanas y armoniosas notas que le infundían ánimo y sosiego.

Ewan trató de incorporarse en aquel camastro y sonrió al verse vestido así. Jamás se hubiera imaginado engalanado con aquella casaca azul marino abotonada hasta las solapas con dorados. Sus pantalones, de un blanco reluciente que no encajaba con aquel andrajoso escenario y de un tejido que no recordaba haber visto jamás, le producían picores insoportables. Sus botas, altas hasta las rodillas y negras como el azabache relucían espléndidamente. Ewan volvió a sonreír cuando tomó entre sus manos el cubrecabezas que reposaba a sus pies; un elegante bicornio negro con una presilla dorada que bajaba hasta abotonarse en su final. No tuvo el menor recato y se lo ajustó hasta ocultar su corto y desordenado pelo rubio. De haber tenido en esos momentos un espejo, Ewan Atkins se hubiera deleitado viéndose así vestido.

Pero allí no había espejos. Tampoco el más mínimo vestigio de pompa. Solo madera pintada de rojo, con la intención de disimular las salpicaduras de sangre y viejas vigas atravesadas por enmohecidos clavos. La destartalada lámpara de aceite que colgaba meciéndose al igual que él, ofrecía una débil y mortecina luz

14

amarillenta. Un par de oxidados orinales se desplazaban hacia un lado y otro de aquel reducido y pestilente camarote, vertiendo su nauseabundo contenido en la carcomida madera.

Se puso en pie con dificultad, tratando de asirse al camastro de la parte superior. Sus ojos se desorbitaron al ver sus manos manchadas de sangre. Esta vez era real. Esa sangre debía llevar derramada varias horas, a tenor de lo coagulada que estaba. De forma impulsiva y con ansiedad, limpió sus dedos en la mugrienta y tiesa sábana de lino marrón. Cuando giró la vista el aturdimiento hizo presa de nuevo, de su embotada conciencia. No solo era aquel diabólico vaivén que parecía no cesar, el culpable de su intenso mareo. Aquella destartalada estancia que desprendía un olor a podrido y a muerte, resonaba en los confines de su memoria. Aunque su cerebro le dictaba el no haber estado jamás allí, sí que reconocía aquella lúgubre enfermería. Sentía como si siempre hubiera vivido entre esos mamparos.

Frente a los catres, una mesa de madera roída y un baúl se recortaban en la penumbra, alumbrados por la ambarina y titilante luz de un candil. Ewan se aproximó haciendo alardes de equilibrio y tratando de asirse a alguna que otra soga que colgaban balanceándose. Aquella mesa jamás había sido despojada de la capa mugrienta y sanguinolenta que la cubría. Ewan tuvo otro amago de náusea ante la pestilencia que despedía aquella tosca mesa de cirugía y, llevándose la mano a su boca, trató de impedir el vómito. Sus ojos se detuvieron ante un viejo cofre de madera y cobre. Se agachó tambaleándose y acarició su contenido. Pinzas oxidadas por el salitre y un curvado cuchillo de amputación, manchado con sangre reseca, reposaban en su interior. Diversas sierras y un trephine[1] de principios de siglo, se amontonaban de forma desordenada entre lancetas para sangrar, verduguillos, tijeras y limas. Al lado de aquel baúl que parecía proceder de la mente de un sádico, un pequeño cofre también de madera labrada de ébano le llamó la atención. Ewan lo abrió y sonrió al ver su contenido. Él fue quien aconsejó que se incluyera a bordo. Un auténtico fuelle de enema de tabaco. Su interior forrado con tela de color magenta, un lujo poco usual para la época, albergaba todo un prodigio de instrumentación de última tecnología. Aquel fuelle y todos los estrafalarios utensilios que lo acompañaban, se usaba para infundir humo de tabaco en el recto del enfermo. Su uso estaba bien documentado para reanimar a pacientes en caso de ahogamiento. No todas las flotas en aquellos tiempos disponían de tan sofisticado instrumental. No todos estaban de acuerdo en que insuflar humo de tabaco por el ano, ayudaba a restaurar la respiración. De hecho, esa incredulidad daría lugar a la frase popular de "soplar humo por el culo". Independientemente de todo, aquel moribundo con sus pulmones encharcados por agua salada acabaría muriendo. Eso sí, expeliendo humo de tabaco y no precisamente por su boca.

Tratando de esquivar las embestidas de los candiles y los apestosos bacines, se dirigió hacia un barril. Permanecía atado con cuerdas a la roja madera del mamparo y un incesante chapoteo se percibía en su interior. Ewan lo destapó y sus piernas flaquearon al instante. Esta vez no solo el vómito fue implacable; el joven oficial de infantería cayó desplomado al suelo presa de un vahído que nubló su vista y su consciencia.

---

[1] *Taladro a manivela con una cuchilla cilíndrica dentada que se usaba para perforar el cráneo.*

Aquellos miembros amputados bailaban en una salsa putrefacta al son de los vaivenes de la estancia. Ewan trató de cobrar aliento y secó el sudor frío de su rostro blanquecino y cadavérico, con la manga de su guerrera. Conforme la blancura de aquel desmayo se disolvía en su mente, volvió a escuchar ese melodioso soniquete. Fue esa melodía celestial la que consiguió que su espíritu recobrara la entereza.

Ese hombre estaba sentado detrás de la puerta y deslizaba de forma armoniosa uno de sus brazos. Nunca había tenido la ocasión de ver uno de esos instrumentos musicales del barroco. Ewan se enterneció al oír la pieza musical que ese virtuoso del violín lograba extraer de sus cuatro cuerdas. Los recuerdos que esas notas lograban reavivar en su consiguieron sosegarlo. Hacía poco más de un año que el célebre y afamado compositor André Ernest Modeste Grétry, creador de tantas óperas que encandilaran a la burguesía de la época, creara la ópera Andrómaque. Ese andrajoso marino y virtuoso del violín lograba imitar con esas notas, la dulce voz de la soprano Rosalie Levasseur en el primer acto de la famosa tragedia lírica. Ewan llevaba incrustada esa divina melodía en su alma. Era fruto de otro tiempo, de la época en que un delgaducho narigudo logró llegar a su corazón. Esa tragedia lírica inspirada en la mitología griega, que exaltaba el amor conyugal y filial frente a la crueldad de la guerra, mantuvieron por unos instantes en calma su indisposición y le hizo sonreír.

Aquel hombre rudo y curtido, de faz morena y con abundantes arrugas y cicatrices, no llegó a percatarse de la proximidad del cirujano de a bordo y oficial de Infantería de Marina. Continuaba enardecido con su rostro pegado al instrumento, mientras su pie derecho marcaba los compases a base de suaves y leves toques en la deslustrada tarima. Ewan se mantuvo incólume, agarrado a un espetón de hierro que atravesaba uno de los maderos sobre su cabeza. Esa melodía era capaz de transportarlo a un delirio, a pesar de los fuertes vaivenes de la nave y del crujir de su vieja estructura.

De un salto, el marinero se puso en pie. El deslustrado violín cayó al suelo y Ewan se estremeció. Como una estatua de cera, el harapiento marino permaneció inmóvil y con dos dedos de la mano derecha rozando su frente. Louis Quesnay no se movería ni un ápice mientras el oficial que tenía frente a él no se lo permitiera. Los ojos azules de Ewan, encumbrados por unas cejas rubias casi invisibles, miraban fijamente y con asombro al pintoresco personaje. Su pelo, de color castaño y con alguna que otra cana, se apelmazaba en mechones que brillaban a la luz de las candelas. Su ojo izquierdo permanecía cerrado por uno párpado cicatrizado y encallecido. Ewan percibía el hedor de su cuerpo y de su ropa. Su camisa debió ser blanca cuando la tejieron, pero ahora y bajo aquella mortecina luz, mostraba un color grisáceo repleto de manchas. Solo ese pañuelo rojizo que lucía alrededor de su cuello y anudado a la altura de su pecho, lo engalanaba tristemente. Los pantalones con largas rayas negras hasta los talones le hacían parecer a un payaso. Eso fue lo que pensó, mientras su mirada se posaba de nuevo en el único ojo de Louis, que no infundía emoción alguna. Era una mirada inexpresiva, vidriosa y carente de vida.

Ewan se agachó con torpeza y cogió el instrumento de cuerda. Se lo ofreció al tosco marinero junto a una sonrisa y Louis no se inmutó. Su mirada continuaba siendo fría e impasible, como esperando el beneplácito de aquel oficial de a bordo, que le permitiera adoptar una postura más relajada.

— ¿Quién eres? —le preguntó Ewan en tono cordial y mirándolo atentamente.

—Louis, señor —respondió después de una larga pausa en la que su cerebro pareció reaccionar y al tiempo que bajaba su mano. — ¿No os acordáis?, soy vuestro sangrador[2].

—Bonita melodía —repuso Ewan sin dejar de mirarlo y tratando de no perder el equilibrio.

—Pienso igual que vos —respondió Louis con su mirada vidriosa y carente de emociones. —Aunque a decir verdad, no logro saber dónde la aprendí.

— ¿Qué insinúas? —preguntó Ewan sonriendo.

—Con el debido respeto señor Diego de Cárdenas, me siento un poco aturdido y creo que no sería capaz de responder con mayor franqueza.

Ewan percibió que las palabras del tosco y harapiento marinero estaban meticulosamente estudiadas y medidas. Se percató de que carecía de algo que ya intuía. Su faz mostraba una rigidez e impasibilidad impropias de la conducta humana. Sus movimientos parecían seguir unos comportamientos preestablecidos con anterioridad. Esa delicadeza con la que acariciaba las cuerdas y las notas de esa melodía, habían sido guardadas dentro de su parco cerebro por un ser repleto de amor. Era un mensaje destinado a él, para que ese despertar fuera dulce y emotivo.

—Discúlpame Louis, creo que yo también me siento un poco aturdido y no recuerdo muy bien cómo subí a bordo.

—Entiendo que no alberguéis recuerdo. Calmasteis vuestro desasosiego con dos espléndidas jarras de ron.

---

[2] *Ayudante del cirujano en un navío de línea.*

En la mente de Ewan no figuraba el sabor de ese licor, asiduo pasajero en los navíos de la época. Nunca lo había catado y su paladar estaba exento del recuerdo de esa bebida.

— ¿Desasosiego?

—Señor, opino que obrasteis con maestría. A decir verdad, el primer contramaestre no tenía ni un atisbo de esperanza. Hicisteis todo lo que estaba en vuestras manos —respondió Louis con aplomo y midiendo sus palabras.

— ¿El primer contramaestre?

—Lástima que no soportara la amputación.

— ¿Qué le amputé, Louis? —preguntó Ewan mirando su único ojo.

—Una de sus piernas. ¿No os acordáis de ello?

—Creo que el ron ha debido de borrar buena parte de mi memoria —contestó, mientras seguía manteniendo la mirada.

Ewan no podía recordar nada de aquello. Sus recuerdos no se extendían más allá del despertar en ese mugriento catre. Levantó lentamente una de sus manos y acarició el rostro de Louis. Su piel estaba seca y cuarteada, curtida por el sol y el viento.

Louis Quesnay no se inmutó lo más mínimo. Su mirada se perdía en el infinito.

— ¿De dónde procedes? —preguntó Ewan mientras continuaba deslizando sus dedos por la rugosa y áspera barbilla.

—De Allauch, una comarca cercana a Marsella —contestó sin expresividad.

— ¿Has dejado familia allí?

—Mujer y dos hijos, señor.

—Louis, —dijo Ewan acercando su rostro a escasos centímetros del curtido marino. — ¿Cuánto tiempo llevas embarcado?

Su único ojo levantó la mirada de forma impasible.

—No sé a qué os referís exactamente. Llevo en este navío, demasiado tiempo.

— ¿Cuánto tiempo Louis?

—Creo que desde siempre.

Louis Quesnay le mantuvo la mirada durante unos interminables segundos y volvió a hablar con su quebrada voz ronca, después de alcanzar un cuenco de barro.

—Si me lo permitís, os aconsejo que deis un buen trago a esta pócima —dijo al ver al apuesto joven llevar su mano a la frente, con expresión de aturdimiento y casi de vahído.

Ewan cogió el deslustrado recipiente con temblor y lo acercó a su nariz.

— ¿Qué es? —pudo difícilmente preguntar ante el amago de náusea.

—No temáis, bebed. Es una salmuera. Os reconfortará, o de lo contrario, hará que desembuchéis todo el mal de vuestro estómago.

El joven inexperto no pudo dar el primer sorbo. En sus oídos se clavó un pitido insoportable y una blancura intensa se apoderó de su vista. El cuenco cayó al roído suelo y Louis lo agarró del brazo con un movimiento rápido y preciso. Ewan llevó sus manos a los ojos. Una llamarada blanca de intenso fulgor invadió su cerebro. Entre esa blancura hiriente, líneas de dígitos desfilaron ante él a velocidad vertiginosa. Imágenes destellaron en milésimas de segundo y ella apareció como un hada venida del más allá.

Ewan intentó retener esa efímera imagen, pero se desvaneció. Las lágrimas recorrieron sus mejillas entre sollozos y temblores.

Louis mantenía la mirada clavada en él mientras lo sujetaba. Jamás lograría saber lo que en esos momentos cruzaba por la mente de su docto superior. Solo esperaba que él se repusiera de nuevo y retomara la conversación. Ewan se tomó su tiempo. Trató de recobrar ánimos haciendo una inspiración profunda y manteniendo sus ojos cerrados.

Los fugaces destellos desaparecieron de su mente y la triste y arrugada cara de Louis emergió de nuevo en su mirada. Sabía que ese marinero ayudante de enfermería, no haría el menor comentario acerca de ese lapso que acababa de sufrir. Louis no sería capaz de comprenderlo. El curtido marino continuaba agarrándolo con fuerza y mirándolo de forma inexpresiva.

—Ya puedes soltarme.

Louis no se inmutó. Su cabeza se tambaleaba ligeramente hacia un lado y otro, siguiendo los vaivenes de la nave.

—Me estás haciendo daño —volvió a insistir, mientras intentaba sin éxito deshacerse de esa garra pétrea que le estrangulaba el brazo.

Ewan trató de calmarse y respiró profundamente. Acercó su rostro al de Louis y con tono firme y pausado le dijo:

—Louis Quesnay, vuelve a dormir.

Al oír esas palabras, el desaliñado sangrador pareció recobrar la conciencia y su tosca mano dejó de apretar.

— ¿Os encontráis bien? —preguntó el veterano marino recobrando la compostura y quizás también la conciencia.

—Sí, he sufrido un ligero desmayo —respondió blanquecino y sudoroso.

Louis miró extrañado al joven cirujano. Sus ojos aún estaban empañados y las lágrimas empapaban su faz. Deslizó un dedo por una de sus mejillas y recogiendo el extraño elixir, lo llevó a sus labios.

—Es agua de mar.

—Sí Louis, es solo agua de mar.

Por unos momentos, Louis Quesnay volvió a quedar absorto, pero esta vez, su mente supo extraerlo de algo que jamás llegaría a comprender y ni mucho menos, sentir.

—Si me lo permitís —dijo Louis, —tengo órdenes de acompañaos a la cámara baja[3]. Os están esperando.

—Por supuesto —respondió devolviéndole un gesto de amabilidad, e intentando recobrar la compostura.

Ewan siguió al marinero. Louis parecía haber vivido allí toda su vida, a tenor de los pasos seguros con los que se movía. Daba la impresión de que aquel profundo vaivén no le afectaba lo más mínimo. Por unos momentos se sintió como un niño atemorizado dando traspiés sobre la tarima enmohecida y resbaladiza. Tras atravesar un corto y angosto pasillo, el camarote de los capellanes mostraba su triste y parca ornamentación. Dos catres y un gran crucifijo de madera en uno de sus mamparos daban cobijo a un eclesiástico. Aquel siervo de la Iglesia permanecía recostado y roncando ferozmente, debido posiblemente a la frasca vacía que yacía junto a él. Luciendo una pulida coronilla rodeada de un erizado flequillo albino, el viejo capellán

---

[3] *Division que se hacía en la popa de los navíos de línea, para el alojamiento de generales, jefes y oficiales de a bordo.*

posaba desnudo y con una gran brecha en su nariz. Solo un par de ratas se disputaban los restos de vianda desperdigados alrededor de un cuenco medio vacío.

—Tened cuidado y seguid mis pasos —le aconsejó Louis rodeando el descomunal tronco de madera que parecía emerger del abismo.

El joven infante de marina se asió tal y como lo hizo el viejo marinero, a las cuerdas que abrazaban al palo de mesana[4]. Ese gigantesco mástil que no podría rodear con sus brazos atravesaba las tres cubiertas del navío, para terminar arbolando en el cielo el pesado velamen de popa.

Ewan siguió al marinero, que como un funambulista realizaba acrobacias sorteando gruesos cabos, candiles y muñones de hierro. Las estrechas escaleras eran empinadas y los peldaños crujían a cada paso de los dos marinos. Esa corta pero dificultosa escalinata roída daba acceso al nivel de la siguiente cubierta, la misma en la que se encontraba la cámara baja, y donde lo esperaban.

Louis se quedó inmóvil ante la puerta de madera de nogal, uno de los pocos vestigios de lujo del navío. El tosco y tuerto marinero le hizo un leve ademán. Ewan golpeó con sus nudillos en la portilla labrada y engalanada con las palabras "Ville de Paris", en relucientes letras doradas.

—Pasad Diego ¡por Dios!, no os quedéis ahí y apestillad la puerta o este endiablado mapa saldrá volando.

A pesar del aturdimiento Ewan se quedó estupefacto y boquiabierto, al ver tanta ostentación dentro de

---

[4] *En un navío de tres mástiles o palos, el de mesana es el situado más próximo a la popa.*

la inmundicia que le rodeaba. La cámara baja era una estancia situada en la segunda cubierta de los navíos de línea[5] del siglo XVIII. Este, el Ville de Paris, era el buque insignia de esa flota que fondeaba en las proximidades de una bahía que se haría famosa por la batalla naval celebrada en sus aguas. El contralmirante que gobernaba la emblemática nave y toda la flota que fondeaba a su alrededor, había ordenado retirar todos los mamparos de popa en esa segunda cubierta, derribando los camarotes y desalojando de allí a los oficiales a la crujía[6], para hacer de todo aquel espacio su corte en alta mar. Todo el lujo de la clase alta de su Paris natal estaba representado allí.

Por fin la luz del sol inundaba sus retinas. Aquella bendita claridad atravesaba las vidrieras que se inclinaban dando forma a la popa del majestuoso navío. Candelabros labrados en oro y un juego de tetera y tazas de plata, relucían en aquel oasis de ostentación. Engalanado con sus mejores atuendos, Luís XVI rey de Francia por aquellos tiempos, se asomaba desde aquel cuarteado óleo como tratando de mantener soberanía a tan larga distancia de su corte.

Cuando Ewan se recuperó del pasmo y dirigió la mirada hacia aquella congregación de marinos engalanados hasta las cejas, no pudo reprimirse y rompió a reír entre lágrimas. Esa alta comitiva de nobles, barones, condes y demás insignes de la clase alta gala se sentaban alrededor de una gran mesa de nogal, presidida por un joven que no tardó en hacerse oír.

---

[5] *El navío de línea fue un tipo de buque de guerra de tres palos y de dos a tres cubiertas artilladas. Se le llamó así porque fue el tipo de buque utilizado en una nueva formación de combate de las escuadras navales, formación utilizada entre los siglos XVII y XIX.*

[6] *Parte central del barco en el sentido proa a popa.*

— ¿Se puede saber que os ocurre? —volvió a preguntar el mismo individuo que instantes antes le había invitado a entrar y que parecía ser el enviado del rey en aquellas latitudes.

Ewan se desplomó hincando las rodillas en la tarima. Solo pronunció una palabra y, de repente, todos los asistentes a esa reunión se tornaron rígidos y dirigieron de forma inexpresiva sus miradas hacia él. Era como si hubiera pronunciado un sortilegio y todos al tiempo, hubieran entrado en trance.

La nave también pareció reaccionar a esa mágica palabra y el incesante vaivén se detuvo en seco. Se hizo el más sepulcral de los silencios y todo se tornó gris. El color dejó de existir y una extenuante penumbra los envolvió. Al joven infante de marina y cirujano de a bordo se le borró todo rastro de dolor en su faz. El bicornio que portaba ladeado sobre su cabeza se deslizó hasta detenerse a escasos centímetros del suelo. Daba la impresión de que el mundo había dejado de girar. Solo él y el que dirigía aquella nave lucían con esplendor y naturalidad, en una escena carente de vida y apagada.

El joven de nariz aguileña y pequeños ojos verdes, se ajustó la peluca empolvada y recogida con una trenza y miró a Ewan con claras muestras de preocupación.

— ¿Estás bien? —preguntó Adrien visiblemente alarmado.

—Me ha ocurrido algo —respondió Ewan jadeando aún.

— ¿Algún problema al despertar?, ¿estás mareado? —volvió a preguntar Adrien acercándose con inquietud.

—No. No se trata de eso.

— ¿Entonces?, estás pálido. —dijo pasando la mano sobre la sudorosa frente de Ewan.

—Ha habido una fisura.

— ¿Una fisura?, ¿aquí?, ¿cuándo?

—Poco después de despertar —respondió mirando a Adrien y acariciando su mano.

Ewan comenzó a llorar y Adrien lo abrazó besándolo repetidamente.

—Tranquilízate. Quizás no debieras haber despertado en la enfermería. El mar está embravecido.

—La he visto —interrumpió Ewan alzando su triste mirada.

— ¿A qué te refieres?

—Ella ha aparecido en el desgarro.

— ¿Ella?

—Emily.

Hubo un largo silencio y los azules ojos de Ewan se empañaron de nuevo.

— ¿Cerramos? —preguntó Adrien.

—No.

— ¿Estás seguro?

—Tengo la sensación de que voy a volver a verla.

— ¿Crees que esto tiene algo que ver?, ¿la fisura quizás?

—No lo sé. Por eso quiero continuar.

— ¿Te encuentras mejor?

—Si. Sigamos por favor. —contestó Ewan enjugando sus lágrimas en el bordado de su manga.

—Está bien.

El joven de nariz aguileña alzó el brazo derecho, enarbolando un peculiar signo con sus dedos, y solo dijo:

—Hágase la luz.

Y como si de la orden de un dios se tratara, la luz se hizo. El color volvió a sus retinas y el lento y profundo vaivén casi los tambaleó. Todo aquel séquito de marinos volvió a la vida en un instante y no quitaron la vista del joven que se ponía en pie y volvía a ajustarse el bicornio.

—Disculpad a mi nuevo cirujano y novato guardiamarina. —dijo François Joseph Paul, marqués y conde de Grasse, ajustándose de nuevo la peluca. — Sin lugar a dudas deba hallarse algo obnubilado y confuso, en estas latitudes tan lejanas de su España natal.

—Todos los que rodeaban al afamado contralmirante conde de Grasse, rieron.

—Permitidme que os presente a Diego de Cárdenas y Carranza. ¡Acercaos Diego, no les temáis! Aún no van a cargar contra nadie.

— ¿Habéis embarcado ahora? — preguntó el que parecía ser el segundo en el escalafón, a tenor de las insignias que portaba.

—Embarcó anoche —repuso De Grasse. —Nos lo ha cedido el navío español Santísima Trinidad. He de deciros, que este apuesto joven se formó como cirujano bajo los auspicios de Virgili y Bellver y, no contento con ello, decidió también formarse como militar. Aunque claro, en este sentido es aún un polluelo.

Todos rieron y De Grasse continuó:

—La verdad es que nuestro insigne cirujano español, tuvo anoche una entrada triunfal en el "Ville de Paris" —comentó riendo. —No esperaba encontrarse de bruces con su primer paciente. ¿No es así? —preguntó dirigiéndose a Ewan.

—A decir verdad, he de confesar que no recuerdo demasiado bien lo sucedido —contestó Ewan titubeando. —Al parecer debí beber más de la cuenta.

Volvieron a reír y, esta vez, a carcajadas.

—Nuestro eminente cirujano debió ofrecer todo ese ron al primer contramaestre, en lugar de saciar su sed —apostilló De Grasse riendo de nuevo. —Al menos no hubiera muerto gritando de forma tan escandalosa.

— ¿Sois español? —volvió a preguntar el mismo engalanado marino.

—De Cádiz, señor.

—Os presento al conde Dumaitz de Goimpy, comandante del navío Destin.

—Es un honor —respondió Ewan mostrando reverencia con su mirada.

—El conde Dumaitz capitaneará el centro de la operación junto a Jean-François d'Arros, barón d'Argelos —prosiguió De Grasse señalando a un alto y enjuto oficial de marina de pobladas cejas y rostro arrugado.

Ewan observaba admiración los refinados movimientos del dueño de aquella flota y su atrayente voz. La ancha banda de seda roja que descendía cruzando su cuerpo desde el hombro hasta la cintura, brillaba y destacaba sobre los lujosos ropajes que lo envolvían como a una cebolla. El contralmirante se dirigió hacia una pequeña mesita tallada, mientras señalaba a otro de los congregados.

—Louis Antoine de Bougainville, conde de Bougainville —dijo refiriéndose a un mofletudo imberbe y risueño joven de peluca ladeada y enmarañada. Sus arqueadas y largas pestañas iban en consonancia con sus carnosos labios y el hoyuelo en su barbilla, confiriéndole un aspecto feminoide que en absoluto menoscababa sus dotes de estratega militar y navegante. —Supongo señor Diego de Cárdenas, que ya oiríais hablar de él en vuestro Cádiz natal, o quizás en España solo se habla de ese "Alcalde de Madrid" —dijo riendo mientras vertía un líquido oscuro y espeso contenido en una jarra plateada.

—Siento no tener el honor de conocer a tan ilustre marino, señor De Grasse —respondió Ewan mientras esquivaba la mirada de Bougainville y las risas de los demás. —Por cierto, ese "Alcalde de Madrid" tal y como os habéis referido para nombrar a mi rey, no ha dudado en apoyaros en esta contienda en favor de la independencia de las colonias americanas.

—Sí, tenéis razón. Os ruego disculpéis este comportamiento irónico que solo me ha aportado adversidades.

Ewan asintió cortésmente con su cabeza y De Grasse continuó:

—Como os decía, nuestro conde es un excelente marino. Tuvo a bien devolver el maltrecho prestigio que Francia perdió en esa aciaga Guerra Carlina[7].

—No tenía conocimiento de que hubieseis participado en tal contienda —dijo Ewan de forma reverente.

—No por Dios, estáis confundido. Yo era demasiado joven por aquellos entonces —replicó Bougainville riendo y alargando la mano para coger la pequeña taza

---

[7] *La Guerra de los Siete Años o Guerra Carlina fueron una serie de conflictos internacionales desarrollados entre 1756 y 1763, para establecer el control sobre Silesia y por la supremacía colonial en América del Norte e India.*

ofrecida por De Grasse. —Las hazañas a las que se refiere nuestro admirado contralmirante están algo más cercanas, poco después de finalizar esa guerra. ¿Veis aquellas flores? —preguntó señalando con amaneramiento a un vasto jarrón situado en la vidriera de popa.

—Sí, ¿son naturales?

Todos volvieron a reír y a mirar con asombro al joven cirujano y guardiamarina.

— ¿Qué insinuáis con esa pregunta? —interrumpió Bougainville con cierto enojo en su mirada.

—Temo que nuestro joven marino no haya tenido la oportunidad de conocer esta planta trepadora. —repuso De Grasse mientras servía otra taza del espeso mejunje. —Sabed Diego de Cárdenas, que la Buganvilla posee excelentes cualidades para calmar la tos. Debemos agradecer a nuestro insigne marino que la descubriese en Brasil, en su épica travesía circundando el globo.

—Entiendo. Disculpad mi torpeza y mi ignorancia. Desgraciadamente, en España aún penden geranios y claveles de sus balconadas.

—No os dejéis llevar por ellos, joven Diego de Cárdenas —dijo François después de dar un pequeño sorbo a la taza y limpiar sus labios con el labrado pañuelo de seda anudado a la muñeca.

Ewan dirigió la mirada a ese marino de voz grave y mirada penetrante. Su rostro, curtido y repleto de cicatrices, infundía respeto e incluso temor. Era entre todos, el único que no ocultaba su cabellera bajo una enmarañada y cursi peluca. Su pelo negro recogido en una larga coleta, contrastaba con sus profundos y hundidos ojos azules.

—Mi querido Conde de Rioms, él no es un fruto adecuado para vuestro espartano paladar —repuso De Grasse mientras sonreía y le ofrecía a Ewan otra taza humeante. —A nuestro apreciado lobo de mar, François Hector d'Albert, le gusta deleitarse y calmar su furor antes de la contienda, de forma un tanto extravagante.

Bougainville y Dumaitz de Goimpy rieron, mientras el Conde de Rioms acariciaba la mano del joven allegado.

Ewan aprovechó para coger la taza y llevarla a sus labios. El frío tacto de aquella mano le hizo estremecerse. Era como si lo hubiera acariciado la misma hoja del sable que colgaba de la cintura de aquel veterano marino. Como si hubiera sentido en sus nudillos, el fino y profundo corte de una cuchilla. El humeante aroma que despedía ese espeso y oscuro líquido lo reconfortó en un instante.

— ¿Chocolate? —preguntó el joven guardiamarina esgrimiendo una expresiva sonrisa.

— ¿Esperabais otra cosa? —preguntó De Grasse. — A la tropa ya la hemos obsequiado con una sobrada dosis de ron, la suficiente como para que podáis amputar sin la menor contemplación.

— ¿Y a vos? —preguntó Ewan dirigiéndose al Conde de Rioms.

El viejo marino se quedó mirándolo durante unos largos e interminables segundos. Su cabeza oscilaba a merced de los vaivenes del navío y sus ásperos labios se abrieron al final.

—Podéis amputarme en vivo —contestó mientras se levantaba de la poltrona. —Os estaré mirando mientras lo hacéis. Observaré como sudáis mientras la sierra corte la carne y el hueso.

Ewan observó la cojera del navegante mientras se dirigía hacia su superior.

—Bueno, siempre y cuando no amputéis mi verga —repuso el conde, rompió a reír y todos lo siguieron.

—Es su miembro más preciado —apostilló Dumaitz de Goimpy riendo aún.

—Condesas, duquesas y hasta alguna que otra lacaya ha catado su espada —añadió Bougainville.

—Sin contar a algún joven guardiamarina como vos —repuso el conde mientras dirigía de nuevo su mirada hacia el joven.

El novato cirujano naval desvió su mirada hacia De Grasse, suplicando auxilio.

—No hagáis demasiado caso a nuestro conde —repuso De Grasse. —Siempre ha demostrado ser un sátiro y, en la guerra, un despiadado contendiente. Es por ello que siempre lo destino a la vanguardia. Sabe como nadie adentrarse entre esos navíos ingleses. Es como abrirse paso entre los labios virginales de una doncella. De hecho, si os fijáis en el mascarón de proa del navío Plutón, su buque insignia, veréis como un gran falo emerge de un cabrón de gran cornamenta y mechón bajo la barbilla. Eso parece que los aterra.

Unos nudillos golpearon la lujosa puerta de roble de la cámara baja y De Grasse dio su permiso. La portilla se abrió y el segundo contramaestre apareció enarbolando el saludo militar naval.

—Señor, se aproxima una escuadra de navíos ingleses por sotavento.

—Gracias contramaestre, ordene que todas las dotaciones suban a bordo de sus respectivos navíos.

El Conde de Rioms dio un golpe en la mesa.

—Esos bastardos se nos han adelantado. Vos asegurasteis que no aparecerían hasta pasado el mediodía.

—Lo sé —contestó De Grasse. —Pero no se puede cambiar la historia.

Los tres almirantes lo miraron con expresión de asombro y Ewan sonrió.

— ¿Os hace gracia? —preguntó el conde. — ¡Hay más de quince mil hombres en tierra!

— ¡Calmaos François! —gritó De Grasse. Ahora no es momento de lamentaciones. Si en una hora no ha embarcado toda la dotación, aparejar los buques, levar anclas y haceros a la mar. ¡Creedme!, venceremos.

BAHÍA DE SANGRE

El silencio y la oscuridad volvieron a invadir su mente. Ewan volvió a sumirse en un estado de bienestar casi divino. Era la antesala del caos más absoluto, los preliminares de la contienda. Ese tiempo anterior a la conflagración, era un merecido reposo, un estado especial para tomar conciencia de lo que iba a acontecer. Ewan respiraba profunda y pausadamente bajo los efectos de la droga. Su corazón latía con fuerza pero sosegado. Su alma estaba impaciente y al mismo tiempo atemorizada. Nunca había vivido eso que le esperaba. Era como estar flotando en el cielo de una noche estrellada, esperando que la luz del amanecer irrumpiera de un momento a otro. Y entonces, los primeros atisbos de luminosidad aparecieron de nuevo. Una intensa luz lo envolvió y sus ojos se cegaron. Su corazón comenzó a latir desbocado al oír voces y gritos. La escena se estaba completando de forma magistral en apenas segundos. Ewan empezaba a ser consciente de donde se encontraba. El intenso olor a mar y esa fuerte brisa que golpeaba sus mejillas, terminaron de sacarlo de su inducido y profundo letargo. La adrenalina impregnó todo su cuerpo al verse zarandeado por el viento y los vaivenes, de uno de los mayores navíos de guerra de aquellos tiempos.

Por unos momentos, ese demonio que llevaba en su interior y que le hacía sentirse morir ante los espacios abiertos, desató su furia.

A su lado, el conde de Grasse engalanado con sus mejores vestimentas no dejaba de vociferar a diestro y siniestro, escoltado por dos de los oficiales a su mando. Ewan lo miró sorprendido e invadido por el mareo y la desconfianza.

—No sabéis como os deseo en estos momentos —dijo De Grasse rodeándolo con el brazo. —Nada me pone más que esto. Siento mi verga palpitar al son de las embravecidas aguas de esta bahía. Este olor a mar es el mejor de los elixires y filtros de amor.

El afamado contralmirante era conocedor de la dolencia de su ilustre cirujano y trató por todos los medios de que se sobrepusiera.

—Os están mirando. Deberíais ser más discreto —repuso Ewan en voz baja y sonriendo.

— ¿Ah sí?, ellos harán lo que yo ordene. ¿Sabéis, Diego de Cárdenas?, podría tumbaros y haceros el amor aquí en la toldilla delante de todos mis oficiales. Y no por ello dejarían de alabarme —apostilló enarbolando su dedo índice frente a la mirada de Ewan. —Fijaos, se preparan para el combate. Están enardecidos, henchidos de valor. Muchos de ellos morirán este mediodía, pero les importa poco. Su sangre manchará toda la cubierta de este glorioso buque. Embadurnará con gloria sus viejas maderas, lo hará un emblema de nuestro ilustre rey.

Ewan miraba a su alrededor, mientras el famoso y alabado contralmirante de toda aquella flota desvariaba y su trinquete despuntaba en el interior de los pantalones rojos de lino.

—Quiero a todos los hombres desocupados en cubierta —ordenó De Grasse a un oficial enjuto y de alta estatura. —También a los que se guarecen en la enfermería. Mejor que ofrezcan su sangre a Francia, que no a las sanguijuelas.

—Como ordenéis. —Respondió el oficial haciendo una reverencia. Bajó de forma apresurada las empinadas escaleras y se perdió bajo la toldilla.

Ewan estaba impresionado. No daba crédito a lo que presenciaban sus ojos. El intenso olor a mar que llegaba hasta su nariz y la tibia brisa que acariciaba su piel, lo estaban enardeciendo.

A lo largo de toda la línea desde el cabo Henry y hasta el banco de arena Mid-del-Ground de aquella bahía de Chesapeake, un total de veinticuatro navíos de línea estaban fondeados y desplegando sus velas al viento. Miles de marinos, guardiamarinas, infantes de marina, artilleros, contramaestres, grumetes y oficiales se apresuraban a embarcar en unos navíos de guerra que comenzaban a levar anclas.

Ewan observaba sorprendido como el mayor buque de guerra, el "Ville de Paris", iba siendo ocupado por la dotación. Unos subían escalando hasta los mástiles para soltar velas. Otros cruzaban la cubierta de un lado para otro en una auténtica tropelía para ocupar sus puestos. El griterío y la intensa agitación de toda esa tripulación, mantenían al joven guardiamarina embobado. El vello de su piel se erizaba y el miedo comenzaba a aflorar. Su mirada no daba abasto. Era un torbellino de acción. Hombres que recogían amarras con premura y marinos que cruzaban la cubierta despavoridos, entre el vocerío de contramaestres y oficiales.

Entre ese galimatías, un grueso cabo del palo de mesana cedió a la intensa fuerza de la vela y, como un látigo, cortó de cuajo la cabeza de un infante de marina. El cuerpo del joven cayó al suelo desplomado y decapitado. Nadie hizo el más mínimo ademán. Su sangre fue la primera que embadurnó aquella rancia madera. Otros contribuirían a colorear la cubierta horas más tarde.

El navío comenzaba a moverse arrastrado por el pesado velamen, mientras algunos marinos caían al agua en su intento de alcanzar la cubierta. El conde de Grasse reía con sus manos apoyadas en la cintura y su pierna derecha adelantada y descansada en un saliente de la tarima. Ewan lo miraba con satisfacción y orgullo. Los flecos de su bicornio ondeaban con fuerza ante las embestidas de una brisa que cada vez se iba haciendo más violenta.

—Este viento del noroeste ayudará a posicionarse a ese bastardo de Graves —dijo De Grasse.

— ¿Vais a abandonar a esos hombres en tierra? —preguntó Ewan.

—No tenemos tiempo. Debemos seguir el curso de la historia. Todo está escrito querido amigo. Nada se puede cambiar.

El conde sabía muy bien que dejaba en tierra a más de un centenar de adiestrados y valiosos oficiales y cerca de mil quinientos abnegados y curtidos marinos. También sabía que la victoria sería suya, siempre y cuando siguiera estrictamente lo que le dictaba su memoria.

Eran las diez de la mañana. Los buques comandados por el contralmirante predilecto de la nación gala se hacían a la mar. Muchos hombres habían quedado rezagados nadando en las aguas de aquella bahía. Todos ellos habían quedado al margen de la gloria que esa batalla depararía a una de las naciones más grandes y con mayor soberanía de esos tiempos. Ellos no serían testigos de una magistral contienda naval llevada a cabo por un experto marino y aristócrata de la corte real.

—Oled esto —dijo De Grasse inspirando solemnemente y entornando sus ojos verdes. —No hay nada como percibir el olor a mar, momentos antes de que la pólvora y la sangre impregne nuestros atuendos. Es la calma antes de la tormenta. Es el hedor silente de la muerte. Aunque no la percibáis aún, nos envuelve lenta y sigilosamente. Nos rodea con sus brazos para arrancarnos de este mundo.

Ewan comenzó a sentir miedo. Su fobia a los espacios abiertos estaba en todo su apogeo y sus piernas temblaban junto al vaivén de la nave al entrar en mar abierto. Miró a Adrien con expresión de pánico y se vio reconfortado al recibir una cariñosa sonrisa.

—No os inquietéis —dijo De Grasse. —Estáis a bordo del buque insignia de la flota francesa. No hay mejor navío que este en todo el mundo.

Ewan volvió a mirarlo y trató de recobrar la calma.

—Señor Auguste. Ordenad rociar las cubiertas con arena —gritó De Grasse al tiempo que avistaba a través de su catalejo al grueso de la escuadra inglesa.

— ¿Arena? —preguntó Ewan desconcertado.

—No quiero que mis hombres resbalen entre los vómitos y la sangre que tapizarán la cubierta en breve.

A las once de la mañana la flota inglesa, algo inferior en número a la gala, tomaba posiciones ayudándose del viento y situándose a barlovento de los navíos de De Grasse. El "Ville de Paris" se dirigía hacia la flota inglesa, escoltado en vanguardia por los navíos comandados por François Hector d'Albert, Conde de Rioms y en la retaguardia por el Conde Dumaitz de Goimpy. En esos momentos de intensa calma, solo el ruido del casco rompiendo las olas, marcaba el comienzo del caos, del principio de la batalla.

El almirante Thomas Graves, un militar nato que prestó sus servicios en la Guerra de los Siete Años y muy valorado por el rey Jorge III, era un hombre corpulento, de amplias entradas y pelo rubio rizado. Su navío insignia, el Bedford, armaba setenta y cuatro cañones y la dotación marina era claramente inferior a la de sus contrincantes. Pero su destreza como militar naval era de dominio público más allá de las fronteras de Inglaterra.

Alineó a sus veinte navíos en vanguardia nada más avistar la flota del famoso contralmirante francés. En realidad, Graves no esperaba encontrarse con ese destacamento naval en la embocadura de Chesapeake.

Cuando De Grasse orientó su sextante eran las once de la mañana y ambas escuadras, francesa e inglesa, se avistaban mutuamente. El contralmirante galo no dudó en dirigir toda su flota hacia el contingente inglés. Aun habiendo dejado parte de su dotación en tierra, su superioridad en hombres era claramente manifiesta.

El conde De Grasse continuaba impasible observando a través del catalejo, los movimientos de su contrincante. Nervios de acero, templados lentamente bajo la experiencia naval y de combate que los años y su rey le habían otorgado. Su más preciado pupilo, que aún rezumaba miedo a través de cada uno de los poros de su piel, se mantenía a duras penas en pie junto a él.

—Muy astuto —dijo De Grasse. —He de reconocer que ese bastardo inglés maneja con soltura las artes de la navegación. Yo no lo hubiera hecho mejor.

— ¿A qué os referís? —preguntó Ewan oteando el horizonte.

—Está virando al oeste. Ese mal nacido intenta colocar su flota en paralelo a la nuestra, pero por la amura[8] opuesta ayudándose con el viento por el costado de estribor.

— ¿Y qué vais a hacer? —preguntó Ewan exaltado.

—Nada. Dejémosle que maniobre a su antojo mientras nos aproximamos —respondió De Grasse sonriendo.

El viento soplaba cada vez con mayor fuerza. El velamen, henchido de gloria, arrastraba al enorme navío hacia el encuentro. Una cita escrita ese día cinco de septiembre de mil setecientos ochenta y uno. El silencio solo era roto por los gritos de más de un vociferante contramaestre que enardecía a la tripulación en esas últimas horas de tensión. El "Ville de Paris" hundía su proa hasta casi mojar el mascaron, para resurgir con todo su orgullo y tratar de volar sobre aquellas aguas que poco a poco se embravecían. Ewan sentía como su aliento se esfumaba en cada uno de esos profundos vaivenes. Algo de él se perdía en el abismo de las profundidades de aquella embocadura y en cada declive del navío. Su corazón parecía querer detenerse por unos segundos, para encabritarse instantes después. Pero el gozo se estaba haciendo patente en su rostro a cada legua. Jamás había disfrutado tanto. Ni siquiera la fobia a los espacios abiertos le infería en esa euforia inducida. Intentaba con todo su ser insuflar sus pulmones de aquel aire salino que parecía purificarlo, sacar de él su parte más noble, su auténtico ser. Era una cura perfecta a su mal. Un ungüento mágico que aplacaba su profundo malestar, su dolencia, su mayor pena y pesar.

_____

[8] *La parte de los costados del buque donde se estrechan para formar la proa.*

De Grasse lo miró. En aquella calma vio como Ewan, zarandeado por el navío y por las ráfagas de viento, abría sus brazos en cruz tratando de recoger toda la esencia del momento. De embriagarse de aquello.

Le cogió la mano y por unos instantes se unió con él compartiendo ese gozo que lo liberaba de la condena que se había impuesto de por vida; de una cruel expiación. Ambos se miraron. El corazón de Adrien lloró en silencio, mientras buscaba en la mirada de su amigo ese apego que él le ofrecía sin más. Siempre esperando. Una esperanza que jamás sería correspondida, pero que él asumía simplemente por amor.

—Tenéis los ojos humedecidos —dijo Ewan soltándolo de la mano.

—Es solo el salitre.

Ewan trató de abrazarlo y Adrien lo detuvo con un ademán de sus manos. Las lágrimas descendían en silencio por sus mejillas.

—Fijaos, maniobran de nuevo —dijo de Grasse recobrando la entereza.

Ewan dirigió la mirada hacia la flota inglesa. Ya se divisaban los navíos a simple vista.

— ¿Qué hacen? —preguntó.

—Graves trata de colocarse por nuestra amura de estribor. ¡Cómo admiro a ese engreído! Está virando para situarse en paralelo a nuestra flota. Empieza la danza Diego, la danza de la muerte. Un baile lento al son del viento y de las olas. ¡Bailemos hasta el final! —gritó De Grasse desenfundando su sable y alzándolo en alto.

La flota gala se fue desperdigando en esos últimos lapsos de tiempo. De Grasse lo sabía. Sus navíos estaban adoptando una convexidad impropia y peligrosa, debido en parte a los continuos cambios en la dirección del viento. Sus buques de guerra adoptaban lentamente unas posiciones irregulares y un tanto desperdigadas.

De Grasse bajó de la toldilla con toda su pompa y el segundo oficial se apresuró a unirse a él.

—Señor Baudin —dijo el contralmirante, —ordene arribar[9] dos cuartas.

Mientras su subordinado daba las órdenes pertinentes a grito pelado, de Grasse siguió paseando con parsimonia sobre la cubierta. Todos los hombres lo saludaban mostrando su lealtad.

El gran navío comenzó a girar lentamente. Su flota le siguió en la maniobra hasta situarse en línea con la escuadra inglesa. Fue entonces cuando De Grasse gritó como un enloquecido ante toda su dotación.

— ¡Thomas Graves, eres un bastardo hijo de ramera! —gritó con todas sus fuerzas. — ¡Habéis cometido una torpeza! ¡No sois más que un engreído marinero de poca monta! —Y rompió a reír a carcajadas.

Ewan lo miraba extasiado al igual que esos marinos apostados en sus puestos de combate. Ya se olía el fragor de la contienda. Casi se percibía el tufo de la pólvora. Todos lo ansiaban. Oír esos primeros y atronadores aldabonazos y respirar esa humareda que mezclada con el ron de sus venas, olía a victoria. Sus corazones palpitaban al unísono, como queriendo que sus latidos resonaran en las mentes de sus adversarios, dando los últimos compases hacia la muerte.

---

[9] *Alejarse del rumbo del viento. Dar al timón la posición necesaria para que el buque gire a sotavento.*

— ¡Diego, bajad aquí! —gritó de nuevo De Grasse riendo.

Ewan bajó de la toldilla dando traspiés y agarrándose atemorizado a los resbaladizos pasamanos de madera. Intentaba por todos los medios que su bicornio no se volase con el viento que cada vez arreciaba más. El dueño de toda esa flota de guerra seguía riendo. Sus lágrimas brotaban por la emoción y por ver a su protegido zarandearse como un beodo a través de la cubierta. Nadie más se atrevió a mofarse de ese neófito de la mar.

El narigudo conde De Grasse lo abrazó sin pudor entre salpicaduras de un mar cada vez más enfurecido, y lo besó con pasión.

—Jamás pensé que me dejaríais por ella.

—Os recuerdo que fuisteis vos quien mostró interés en presentármela.

—Me vi obligado. Yo no gobierno esto Ewan. Solo soy una pieza más —le contestó con el semblante invadido por la tristeza.

—No entiendo.

—Mirad —dijo De Grasse tratando de soslayar el tema. —Esa maniobra de Graves le proporcionará su derrota. Él aún no lo sabe, pero ya está predestinado al fracaso. Se ha preocupado en demasía por arribar su vanguardia sobre nosotros y aún no se ha percatado de que el resto de su flota no lo está apoyando como sería de esperar —dijo señalando a los navíos ingleses rezagados. —El muy cabrón decidió no comprometer su centro y retaguardia. Ese fue su fallo.

De Grasse miró al cielo.

—Es la hora, cubríos. No deseo que os ocurra nada querido amigo.

—Permitidme estar a vuestro lado. Tengo la impresión de que el destino me reserva una sorpresa.

Ewan también dirigió la mirada hacia el cielo. Los dígitos de un blanco fosforescente marcaban las 15:45 y De Grasse ordenó abrir fuego.

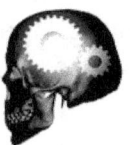

El novato guardiamarina jamás había tenido la ocasión de vivir esa experiencia. Hubo momentos en que su corazón hizo ademán de detenerse exhausto por tanta agitación. Nunca había experimentado el frenesí y el miedo hasta esos niveles. Ahora entendía en toda su dimensión, esas historias de contiendas navales que su protector le narraba con pasión. Era infinitamente más, había que vivirlo, había que mancharse de salpicaduras de sangre y de espuma de mar. Sentir que la vida no valía nada, solo un instante de dolor y la oscuridad se cernía para la eternidad. Sus piernas le flaquearon en más de una ocasión y su mente quiso desvanecerse al ver las escenas más dantescas y escabrosas que jamás había presenciado. Los hombres caían destrozados en cubierta y con su sangre tapizaban el mohoso entarimado de madera. Él no daba abasto. Sin sus galones y con la casaca desgarrada y manchada por la savia roja de esos marinos que morían entre sus brazos, Ewan intentaba no desfallecer.

Él, su protector, continuaba erguido como una efigie. Vociferaba enloquecido mientras su artillería destrozaba el velamen de los navíos contendientes. Ewan lo miraba mientras aplicaba torniquetes a jóvenes marineros que sonreían dejando escapar la vida en un reguero al ritmo de los latidos de sus corazones. El agua le salpicaba sin cesar y la espesa humareda le hacía llorar. Aquello era el infierno. Jamás se le olvidarían esos cañones bramando al compás de gritos y sollozos. El ruido de la madera crujiendo al astillarse y el silbido de las balas de cañón cruzando la cubierta, quedarían grabados en su mente como la impronta del horror.

Y todo acabó. Después de tres horas de carnicería y con la puesta de sol, solo el sonido del mar quedó como ruido de fondo entre sollozos y lamentaciones. El aire comenzó a recobrarse de la humareda negruzca y Ewan se puso en pie extenuado. Aún sentía las palpitaciones en su cuello y su respiración era jadeante, cuando una última bala de cañón, esa que ponía fin a la contienda y señalaba la rendición de los ingleses, rebotó en el palo mayor rompiéndose en esquirlas y amputándole el brazo derecho de cuajo.

Ewan miró su sangrante muñón y cayó desplomado en cubierta. Mientras su sangre salía a borbotones de su hombro hecho jirones, sintió la peor de las náuseas y el más cruel de los vahídos. Vomitó y su cuerpo tembló, hasta que una intensa luz cegadora y reconfortante lo inundo por completo. El dolor cesó y ella, Emily, volvió a aparecer entre la espesa humareda. Ondeando su blanco e inmaculado vestido se deslizó hacia él, portando entre sus manos una cruz.

La aparición fue efímera y Ewan entornó sus párpados desplomándose.

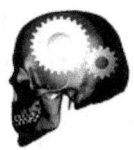

Los potentes focos iluminaron la sala. Adrien se abalanzó sobre el difusor de sueños y lo apagó de un golpe. En su rostro se apreciaba el miedo y la preocupación. No era la primera vez que contemplaba a su mejor amigo en ese estado, aunque sí la primera que lo vio convulsionar babeando. No lo dudó, introdujo entre sus dientes el primer objeto que pudo alcanzar. Se abrazó a él repitiendo su nombre sin cesar y dejando escapar su dolor en forma de lágrimas. Transcurrieron unos interminables minutos y el violento ataque cesó. Adrien acarició la sudorosa y blanquecina frente de Ewan hasta que abrió los ojos.

—Eh marinero, ya ha pasado todo —le susurró con cariño y tratando de disimular su inquietud.

Ewan intentó responderle con una sonrisa y miró su brazo derecho. Seguía estando indemne, como si nada hubiera ocurrido, pero el dolor y la inmovilidad aún se aferraban siguiendo el esquema creado en su mente.

—Joder, daba por hecho que Don había ajustado el umbral de dolor —exclamó Adrien enfurecido.

—El umbral de dolor está ajustado —dijo Ewan balbuceando. —Apenas duele. No es eso lo que me ha impresionado.

— ¿Qué te ha ocurrido entonces?

—He vuelto a verla —contestó sonriendo y con expresión de plenitud.

—Venga Ewan, la mente te ha jugado una mala pasada. Emily ya no está con nosotros.

—Ella está viva.

— ¿Quieres un poco de agua? —preguntó Adrien intentando no ahondar en el tema.

—Necesito una copa.

—No creo que debas tomar alcohol en tu estado.

Ewan lo miró desafiante y Adrien se dirigió hacia la mesa donde el diseño del navío había ocupado su último tiempo.

—Te has aficionado al Kirsch —dijo con intención de reprenderlo.

—Fuiste tú el que me abriste la puerta a la bebida.

—Sí, yo la abrí. Y el recuerdo de ella no te deja cerrarla.

—Déjalo ya —y apretó la mano de Adrien.

—Hay ciertos efectos colaterales que aún no hemos limado. Es posible que esa fisura haya podido ocasionarte alucinaciones.

—Sabes tan bien como yo que un desgarro en el sueño no produce ningún tipo de trastorno.

—Pero en tu estado es posible.

— ¡No es un jodido efecto colateral! —gritó Ewan.

—Está bien, no te alteres. ¿Pero no es posible que la hayas creado ante el nivel de estrés? Necesitabas un respiro, algo que calmara tu ansiedad.

—Adrien, hay fisuras. Y ella ha aprovechado el desgarro para mostrarse.

—Bien hay fisuras, de acuerdo. Tenemos aún mucho trabajo por hacer. Ewan, sé por lo que estás pasando. —prosiguió acercándose a él. —Es una reacción normal en tu mente. Aún no lo has aceptado. Tómate tu tiempo, no somos avatares de un sueño como los que han muerto ahí fuera. Tenemos un alma y la tuya sufre. No te preocupes amigo todo se arreglará.

—Ewan asintió levemente con su cabeza.

—Así quiero verte.

—Creo que debería hacerte caso. Quizás debiera hacerle una visita a Don.

—Me parece una buena idea. Nadie mejor que él para que escudriñe en esa maceta que llevas sobre los hombros.

LA GRANJA

Departamento de psicología experimental. Centro de investigación Daedalus. Condado de Ventura. California. 5 de febrero de 2062.

Todos se lo habían aconsejado. Esa visita era ya obligada y también deseada por Ewan. Él ya no sabía explicar lo que estaba sucediendo en su interior y Don podía ahondar en su mente, en esa zona donde se guardan los sentimientos más crueles. No controlaba los mecanismos que su cerebro había puesto en marcha. Reconocía que estaba enfermo y necesitaba que alguien adiestrado lo ayudara.

El prestigioso centro se ubicaba a las afueras de Los Ángeles, en plena sierra de Santa Mónica. Se le llamaba "La granja" y se encaramaba en lo más alto de esas montañas. Un vasto complejo de piedra blanca y cristal, que acogía a diario a un cada vez mayor número de seres que habían perdido el rumbo marcado por el sistema. Personas de todos los sexos y edades entraban en las dependencias de ese vasto complejo, para no salir jamás. Eran los nuevos cementerios, lugares donde seres inadaptados reposaban en una larga espera hacia la muerte y la incineración.

Adrien se ofreció a acompañarlo esa tarde. Deseaba que su buen amigo recobrara la cordura y el apego que un día le profesó. Aquella época en que se conocieron se había difuminado en su memoria y solo quedaba un vago rescoldo; el mismo que intentaba reavivar. Pero Ewan había cambiado. Aunque no pronunciara su nombre, Adrien sabía que ella aún rondaba entre sus pensamientos como un duende. Ansiaba que Don terminara por extirparle esa esquirla que solo le producía desconcierto y confusión.

Ambos se sintieron sobrecogidos nada más entrar en las dependencias de ese limbo. Pero fue el Ewan el que percibió algo más. Una sensación extraña e inexplicable, que le indujo a sentir que ese tétrico edificio era en realidad su hogar. No supo explicarlo, pero parecía como si siempre hubiera vivido allí. Ese destello que por un instante y como un pinchazo invadió su mente, se desvaneció por completo y con la misma celeridad.

Ella los esperaba justo a la entrada, después de traspasar las puertas fortificadas. Una delgada joven de rasgos latinos y de pelo negro se presentó ante ellos con el nombre de Guadalupe.

—Tú debes de ser Ewan —dijo observándolo con minuciosidad y ofreciéndole la mano.

— ¿Cómo lo has adivinado? —preguntó mirando a los grandes y azabachados ojos de la chica.

—Tienes pinta de *neuro*[10].

—Veo que Don te ha puesto al día sobre mí.

—Forma parte de mi trabajo. Analizo el historial de todo el que traspasa esas puertas.

---

[10] *Así se denominaba vulgarmente a los neurotecnólogos. Una casta de valorados científicos que estudiaban las conexiones entre cerebro y máquina y las enfermedades relacionadas con ello.*

—Se equivoca doctora Guadalupe, vengo solo de visita. Don es un buen amigo.

—Llámame Lupe —lo corrigió ella sonriendo.

Los tres comenzaron a atravesar aquel largo corredor de color gris y salpicado de ventanas enrejadas. Rostros desfigurados por la locura se apostaban en el pasillo, mostrando tristeza y sufrimiento. Un olor fétido se les incrustaba en el mismo cerebro, mientras se internaban por otros corredores colmados de un hedor a descomposición y a muerte. Adrien se mantenía tras ellos, aturdido por los sollozos y los gritos procedentes del otro lado de la pared.

—Veo que no te dejas impresionar por nuestros pacientes —dijo ella.

—Estoy acostumbrado a ver los estragos de la locura.

—Es cierto. ¿Me crees si te digo que es la primera vez que tengo la oportunidad de conocer a un *neurotecnólogo*?

—Es algo que suelo oír con frecuencia —le respondió con ironía.

—Es tan enigmático el trabajo que hacéis en ese lugar, ¿cómo se llama?

—"El Pozo".

—Sí, "El Pozo". ¿Participaste en la lucha contra la *Psicosis Negra*?

—Todos los que trabajamos allí lo hicimos.

—Fue toda una proeza por vuestra parte.

— ¿Y tú Lupe? Veo en tu placa que eres psiquiatra experimental.

—La verdad es que me dedico a suministrar medicamentos a estos cadáveres en vida.

Ewan sonrió y volvió la mirada hacia atrás. Adrien permanecía inmóvil asomado a un pequeño ventanuco circular de una de las puertas.

—Él no ha presenciado jamás esto —dijo Ewan tratando de justificar la conducta de su buen amigo y acompañante.

—No te preocupes, lo que está viendo es soledad. No internamos en esta planta a los pacientes más graves.

— ¿Colombia?

—Ciudad de Méjico —respondió ella.

— ¿Y qué hace una mejicana aquí en California?

—Huir de un pasado, supongo.

Lupe se detuvo ante una puerta blindada y pintada de verde. Allí y durante breves segundos esperaron a que Adrien se reuniera con ellos. El rostro del joven narigudo parecía estar desencajado y sus ojos visiblemente enrojecidos.

—Bueno Ewan, te dejo en manos de Don —dijo entreabriendo la puerta.

—Ha sido un placer Lupe.

—Nos veremos —se despidió sonriendo y mirándolo a los ojos.

Adrien hizo amago de entrar, pero la joven psiquiatra se lo impidió aconsejándole que esperara fuera.

Don presidía una congregación de mentes desquiciadas sentadas en torno a él.

—Pasa Ewan, no te quedes ahí. —dijo el negro y corpulento psicólogo nada más verlo. —Estábamos esperándote. Toma asiento, —y le señaló una triste silla vacía entre los congregados.

Ewan tuvo la sensación de asistir a una ceremonia negra, un aquelarre de desquiciados que parecía querer despuntar en su memoria.

—No sabes cuánto me alegro de verte —prosiguió Don. —Pensaba que no ibas a venir.

Ewan no respondió. Se sentía realmente sobrecogido entre aquellos seres con rostros deformados y de mirada vidriosa. Todos los que se sentaban en aquel círculo tenían puesta la vista en el joven neuro. Uno de ellos mostraba una inusitada inquietud ante su presencia.

—Jack, es solo un amigo —dijo Don dirigiéndose a un hombre famélico y de ojos saltones que no dejaba de vigilar a Ewan. —No te inquietes. Continúa con lo que nos estabas contando.

El desnutrido cuarentón continuó desviando su mirada con expresión de desconfianza y de recelo hacia el recién llegado joven y, tras unos segundos, volvió a mirar al corpulento y robusto psicólogo.

— ¿Viene a atarme otra vez?

—No, ya te he dicho que es un amigo. Solo quiere escuchar.

El pobre desgraciado vestía una desgastada bata blanca y mostraba temblor en sus manos. Sus movimientos eran descoordinados y su mente parecía no darle tregua.

—Hoy sí tengo hambre, mucha hambre —dijo con agonía y mostrando unos ojos que parecían querer abandonar su famélico rostro.

Una adolescente de aspecto desaliñado y sentada frente a él lo señaló con la mano extendida, riendo a carcajadas. No debía tener aún catorce años, —pensó Ewan, —y su minúsculo cuerpo se escondía tras un pijama, al menos tres tallas mayores. Sus claros ojos azules no brillaban. Era una mirada apagada y sin vida. Ewan no pudo reprimir un conato de pena al contemplarla. Aún reía, pero ni siquiera ella misma sabía de qué.

— ¡Es verdad! —gritó el canijo hombre. —Tengo que comer.

— ¿Y por qué has rehusado hacerlo últimamente? —preguntó Don.

Ewan desvió su mirada. Otro adolescente y sentado a la derecha de la chica, parecía haber perdido una de sus manos. Poco tardó en percatarse del incesante movimiento de vaivén a nivel de su entrepierna. Su impasibilidad era total, solo ese abultamiento rítmico delataba que aún se encontrara entre los vivos.

El enjuto paciente, al que Don interrogaba, no contestó y solo se limitó a agitarse en su silla como si estuviera poseído por el demonio.

—Ya no te quedan vapores ¿no es así Jack? —volvió a preguntar Don, con voz serena y pausada.

—Ya no te quedan vapores —repitió como un papagayo un joven rollizo y con la cabeza rapada.

—Una vez más. Por favor amo, —dijo arrodillándose frente a Don y suplicándole. —Necesito degustar la obra de Dios.

—Hoy solo tomarás sopa —respondió Don sonriendo.

Los "vapores de Cleveland". Así denominaba el vulgo a esa parafilia. Ese desgraciado vivía única y exclusivamente para oler, saborear y tocar las heces depositadas en su velludo pecho. Ya no tenía cómplice que se ofreciera a otorgarle tal placer y, en su defecto, recolectaba hasta el último resto de sus propios excrementos. Los olía hasta dejarlos sin el pútrido aroma y los saboreaba lentamente antes de engullirlos. La hepatitis campaba a sus anchas dentro de su esquelético organismo y había sido pasto, más de una vez, de episodios de neumonía que no habían logrado erradicarlo de este mundo.

Un anciano de escaso pelo enmarañado levantó tímidamente la mano.

—Necesito ver la luz del sol —dijo extasiado y con voz sosegada.

— ¡Jódete viejo asqueroso! —volvió a gritar la adolescente poniéndose en pie y bajando el pantalón de su pijama para mostrar sin pudor su sexo peludo. — Lámelo hasta que me corra —volvió a increpar con los ojos ensangrentados y fuera de sí.

—Judith, compórtate como es debido —ordenó Don con voz seca y firme, girándose hacia ella en un movimiento brusco de su sillón.

La joven se arrugó al instante. Conocía de sobra las consecuencias por no obedecer a ese negro hombretón.

Uno de los asistentes de aquella macabra reunión, se levantó sin decir palabra. Su imagen era implacable. Acicalado hasta las cejas, como si de un empresario de Downtown[11] se tratara, caminó abducido entre ellos sin que nadie le reportara el menor caso. Ewan lo siguió con la mirada hasta que se detuvo en una de las ventanas enrejadas. Introdujo los dedos entre aquel enrejado metálico y volvió su rostro hacia él. Esa mirada parecía traspasarlo, llegar hasta las zonas más recónditas del joven neuro. Don se mantenía incólume ante aquellas escenas más propias de una pesadilla, que de la triste realidad.

—Retírale la mirada —le aconsejó Don.

---

[11] *Distrito financiero de Los Ángeles.*

—No puedo —respondió absorto. —Es la muerte la que me está mirando.

—No cedas. Quiere atraerte a su terreno.

El síndrome de Cotard estaba ya suficientemente descrito en la literatura médica, pero aquel individuo lo había superado. Andy había elegido morir en vida. El delirio nihilista que sufría de forma perenne, le hacía creer que moraba en el mundo de los muertos. Su caso era dramáticamente especial. Andy había sido durante años un gerente de la inmortalidad digital, un experto en dejar huella de aquellos que se resistían a ser olvidados, cuando sus cenizas vagaran por el cosmos. Él les ofrecía vida eterna en el *ciber*. Los avatares de esos seres ya extintos, perduraban en un universo fatuo, representando a unas almas que ya vagaban en otro mundo. Andy llegó a adular su profesión, hasta tal punto de desear estar en el otro lado de la línea. Ansiaba ser como esos diseños, perfecto, sin sentimientos e infinito en el tiempo. Solo un desperfecto menoscababa ese perfecto ardid, algo que lo sumió en una espiral de delirio. Morir en vida sin haber limpiado el alma, le deparaba una senda de sufrimiento y horror. Ese individuo pertenecía a las hordas de las tinieblas y, aunque nadie creyese en su delirio, Ewan sí que sabía reconocer el mal en su mirada.

Fue el chico adolescente, el que logró que Ewan retornara de ese trance. Sus gemidos fueron sigilosos y su mano escondida dejó de moverse. Quizás fuera la décima vez que alcanzara el orgasmo en esa mañana. Su rostro permanecía inmutable, pero su sueño se había vuelto a cumplir. Lo repetía sin cesar, tratando de alcanzar aquello que jamás sentiría en la realidad. Demasiados sueños eróticos habían campado en su maltrecha mente, hasta dejarla en un círculo de búsqueda eterna. Ya no tenía nada que arrojar como fruto de su pasión, solo esas contracciones rítmicas que lo dejaban por breves instantes en una manida y cada vez menos placentera sensación de relax. Empresas como Emotiv tenían la culpa, pero en aquellos tiempos la droga lúdica del sexo no estaba capada para los niños y Raff lo era cuando se inyectaba ese código en su *neurochip*.

La puerta se abrió. Dos moles de metal reluciente y con ojos luminiscentes se apostaron a la entrada. El silencio se hizo sepulcral y aquellos pobres residentes se levantaron y agruparon como corderos ante esos guardianes implacables. Solo el muerto en vida quedó impasible. Uno de esos monstruos se acercó a él y regó su frente con un destello de luz. Andy se desplomó con el rostro desencajado.

Don se levantó como un dios de su poltrona y se dirigió hacia él.

— ¿Lo ves Andy? Aún no has logrado escapar de tu triste existencia. Los muertos no sienten dolor.

El despacho se ubicaba en la última planta del edificio. La puerta de cristal se abrió y Don rogó a Adrien que esperara fuera.

—No me importa que esté presente —dijo Ewan.

—Pero a mí sí —espetó Don de forma tajante.

Adrien se quedó desconcertado y con cierta preocupación. Don y Ewan entraron en la espaciosa sala. Él se quedó en pie mientras esa cristalina barrera se cerraba a escasos milímetros de su nariz y se hacía opaca.

—Toma asiento —dijo Don mientras rodeaba la mesa de pulido metal y ocupaba su elegante sillón.

Ewan se quedó deslumbrado al observar la estancia circular y en forma de burbuja, que parecía flotar en la cúspide del edificio. Una esfera de cristal desde la que se divisaba toda la sierra de Santa Mónica y la ciudad de Los Ángeles, cubierta por un denso manto de contaminación.

De pie, como si fuera una estatua labrada en bronce, un sintético de última generación esperaba a que su dueño le dirigiera la palabra.

—Damien, te presento a Ewan.

La mole de metal reaccionó al instante y sus ojos brillaron con una tenue luz azulada.

—Hola Ewan —dijo el autómata. ¿Eres un nuevo inquilino?

—No, solo he venido de visita —contestó mirándolo de arriba a abajo y mientras pensaba en la ocurrencia que había tenido Don al bautizarlo con el nombre del hijo de Satanás.

—Ewan es el *neuro* del que te he hablado —aclaró el robusto psicólogo.

—Don me ha insertado algunas de las rutinas que has diseñado —comentó el sintético.

—Espero que sean de tu agrado.

—No lo sé Ewan. A veces se disparan algunos procedimientos dentro de mí, que no comprendo.

—Te entiendo —contestó Ewan mirando a Don.

—Sí, le he instalado algunos de los diseños que has desarrollado. Algunas veces se comporta como un niño travieso —dijo sonriendo.

—Supongo que es normal —respondió Ewan. —Necesita tiempo para adecuarse a ellos.

— ¿Quieres tomar algo?

—Siempre que no se trate de uno de esos brebajes de Bacterium.

— ¿Café?

—Muy dulce, por favor.

Don ordenó al engendro metálico que les sirviera lo solicitado y prosiguió:

—Tengo entendido que ya has probado la beta.

—Así es —respondió Ewan. —Adrien y yo nos sumergimos en Chesapeake.

— ¿Cuál es tu opinión?

—Es realmente soberbio, aunque la psicología de los avatares deja aún mucho que desear.

—No somos dioses, Ewan. Y tú tampoco lo eres. He estudiado una y otra vez esas rutinas de comportamiento que diseñaste.

— ¿Y?

—Bueno, si te soy sincero he de reconocer que has sabido infundir algo de humanidad en ellos. No debes de exigirte tanto. Poco a poco Ewan. Vamos por el buen camino.

Ewan no respondió. Por un momento se quedó pensativo, recordando la actitud de Don ante esas criaturas con las que jugaba a diario como si fuera un dios. Nadie como él para hablar de humanidad, una faceta que sin duda había perdido a lo largo de su carrera, si es que en algún momento llegó a poseerla.

—No me siento orgulloso de mi trabajo —contestó al cabo de unos segundos.

—Vamos Ewan, no pretendemos exigirte más. Pasaste por una crisis psicótica importante. Tu cerebro no rinde como tú y todos hubiéramos deseado. Pero aun y así te veo bastante mejorado. Sí, tienes buen aspecto.

—Gracias.

—Supongo que continúas tomando la medicación.

—A diario.

—Tengo entendido que has vuelto a sufrir un nuevo ataque.

—Ha sido algo pasajero y sin importancia.

— ¿A raíz de inducirte el sueño?

—Chesapeake no tiene nada que ver.

— ¿Qué te ocurrió?, según Adrien presenciaste un desgarro en el *ciber* y eso desencadenó una nueva crisis.

—Fueron resplandores. Solo eso.

— ¿A qué te refieres?

—Veo destellos. Imágenes que no recuerdo haber vivido.

—Descríbelas.

Ewan se puso en pie y se dirigió hacia el borde de la bóveda de cristal. La neblina comenzaba a tomar un tinte rojizo y miríadas de vehículos encendían sus focos, dibujando en el aire esas autovías hasta entonces invisibles.

— ¿Qué pasó con Emily?

— ¿Es eso lo que te atormenta? —preguntó Don acurrucando la taza de café.

—Me atormenta sentir y no entender nada.

— ¿Y qué sientes Ewan?

—Que mi alma está con ella.

Don también se alzó de su poltrona y se situó a su lado. La burbuja de cristal se fue iluminando lenta y paulatinamente mientras las montañas se volvían grises y oscuras. Ewan acurrucó la taza de café entre sus manos y perdió su vista en el oscurecido horizonte de la gran ciudad.

—Joseph me presentó a Emily hace un par de años, —dijo Don. —Él pasaba con frecuencia por Beta-Cangri en sus viajes a la Luna, al parecer fue allí donde tuvo el primer contacto con ella. Buscaba un diseñador de entornos y Emily era una artista en ese terreno. Ella se negó a trabajar para Brainsoft; algo de Joseph no le infundía confianza. Pero nuestro jefe supo venderle el puesto de trabajo. No se puede negar que es un negociador nato.

— ¿Qué oferta le hizo?

—En realidad lo único que hizo fue presentarle al equipo de trabajo. Joseph se percató de que esa chica se encontraba muy sola allá arriba y que necesitaba compartir sus creaciones con gente afín. Desde el principio, ella y yo hicimos buenas migas; de alguna manera, ambos contribuíamos a mejorar la calidad de criaturas desahuciadas por la vida. Eso la llevó a intimar conmigo.

— ¿Te acostaste con ella?

—No, por Dios —contestó Don riendo. —Soy célibe y, aunque no lo fuera, no hubiera tenido redaños de aprovecharme de ella.

— ¿Qué tratas de decirme?

—Ewan, esa chica no era normal. Yo tuve la oportunidad de examinarla en más de una ocasión. Llegué a la conclusión de que sufría de un síndrome alucinatorio; una esquizofrenia en toda regla. Emily estaba convencida de que poseía ciertos poderes extrasensoriales, que podía ver más allá en las personas. Alardeaba constantemente de su capacidad para ver lo que ella llamaba "el aura".

Ewan sintió un pinchazo en su corazón. Su memoria dio un vuelco tratando de rebelarse ante esa barrera emocional que él mismo había establecido como defensa y de forma inconsciente. Por un instante unas imágenes asomaron y de forma fugaz en su mente. Vio el rostro de Emily frente a él mientras la Tierra discurría lentamente bajo ellos, y unas frases retumbaron en su cerebro:

— *¿Y qué color tengo yo?*

— *¿Ahora mismo?, predomina el anaranjado.*

Las piernas comenzaron a flaquearle y Ewan se dirigió pensativo y cabizbajo hacia su sillón.

— ¿Te encuentras bien? —preguntó Don al verlo pálido.

—Sí, por favor continúa.

—Es posible que fuera su patología mental, la que engendrara también esa inspiración que la llevaba a realizar unos diseños de inmejorable calidad y belleza. Pero en su interior, esa chica sufría intensamente.

— ¿A causa de su enfermedad?

—Emily tuvo un pasado un tanto oscuro, quizás el causante de esa patología mental que arrastraba de forma solapada. En un principio rehusó hablar de ello, pero al final no tuvo más remedio que desembuchar todo lo que la había atormentado durante años.

Ewan presentía lo que el psicólogo brasileño le iba a narrar. Era como un eco que pretendía asomar a su conciencia y que le hacía de nuevo sobrecogerse. Pero Don se mantuvo en silencio por unos segundos cavilando.

—No sé, creo que no debería de contarte más allá de lo que te he dicho hasta ahora sobre esa pobre infeliz —dijo Don mientras tomaba asiento. —Aunque también es posible que ello te libere de esa ofuscación que te persigue día y noche.

Ewan lo miraba con expresión de súplica y de temor al mismo tiempo. Comenzaba a sentir miedo. Una intensa turbación por encontrarse cara a cara con una premonición que intentaba emerger de su interior.

—Emily tuvo una infancia más bien desdichada —continuó Don. —La base en cráter Shoemaker[12] no era precisamente el lugar más apropiado para una niña como ella. Una mente rebosante de creatividad, encarcelada entre paneles de acero y ventanucos de grueso cristal. Pero eso no fue lo que deformó su mente. Tuvo la desgracia de ser criada por una madre sin escrúpulos, un engendro que la vendió sin la más mínima conmiseración.

Ewan pestañeaba con frecuencia para esquivar el lagrimeo. Intentaba disimular un dolor que ahora recordaba haber sentido antes. Y volvió a oír un eco en su mente:

---

[12] *Shoemaker era un enorme cráter localizado en el polo sur de la Luna. Fue elegido como uno de los primeros asentamientos lunares, junto a los cráteres Shackleton y Malapert, en base a las grandes cantidades de agua en forma de hielo y de hidrógeno que presentaban en su interior. Toda una comunidad de colonos y emporios de grandes multinacionales, se asentaron en el mismo.*

—¿Por qué nunca hablas de ella?

—No sé a quién te refieres.

—A Daiara, tu madre.

—No nos llevamos bien. Solo eso.

—Ella abusaba de ti ¿No es así?

— ¡No!

—Abusaba de ella ¿No es así?

—No. Daiara no abusaba de ella —respondió Don. —Su madre era una representante diplomática que trabajaba para la confederación de las colonias del exterior.

Ewan intentó dar otro sorbo a su taza, pero esta vez apenas pudo acercársela a los labios. El fino temblor hizo que desistiera de ello y volvió a depositarla sobre la mesa. Don lo observaba como un sabueso.

— ¿Tiene eso alguna trascendencia?

—En Shoemaker se han cocido demasiadas cosas. A trescientos ochenta y cinco mil kilómetros de aquí, se ve todo bajo otra perspectiva. Esos colonos ya no pertenecen a este mundo. La poca moral que reina hoy en día en este planeta, allí era inexistente.

—Te refieres...

—Sí, a aquella corrupción descubierta en Shoemaker hace veinte años.

—He leído algo sobre ello. Creo recordar que hubo altercados en los estamentos de las bases lunares. Justo después del último concilio Vaticano —Ewan bajo la mirada quedándose pensativo.

—Emily era una niña por aquellos tiempos y, según ella, víctima de las tropelías de una secta.

— ¿Crees que realmente fue así?

—Por supuesto que no —contestó riendo. —Aquello fue una crisis diplomática simple y llanamente, pero Emily debió vivirla de otra forma. Su madre fue una de las principales encausadas en el conflicto y decidió acabar con su vida. Una mañana, mientras la Tierra despuntaba en un nuevo amanecer, salió al exterior sin protección. Emily tenía cinco años y no pudo aceptar que su madre la dejara en la soledad de ese cráter. Al parecer, el consejo episcopal se hizo cargo de ella.

— ¿Al otro lado de la luna?

—Sí, en la cara oculta.

Ewan rehusaba esas explicaciones que el psicólogo vertía sobre Emily de forma impune. Su rostro lo demostraba y Don sabía estudiar una simple expresión.

— ¿De qué te extrañas? Esa chica llegó a fabricarse toda una conspiración. Igual que era genial diseñando paisajes, esos que nunca había presenciado en la realidad, también lo fue para construir un entramado que diera sentido a algo que no supo superar.

— ¿Qué te contó?

—Bueno, entre sus alucinaciones hacía mención a que había sido víctima de una secta satánica. ¿Te lo puedes creer? —dijo riendo de nuevo.

— ¿Una secta satánica?

—Deliraba Ewan, una esquizofrenia paranoide con todo su cortejo sintomático. Argumentaba haber sufrido todo tipo de actos depravados. Según ella, se celebraban ceremonias a puerta cerrada con niños adoptados y rescatados de los criaderos de Godlum.

— ¿A qué tipo de ceremonias se refería? —preguntó cada vez más afligido.

—Misas negras. En su delirio aludía a la fijación por el caballo. Hablaba histérica de rituales en los que esos animales adquirían una escabrosa simbología sexual.

Ewan cerró los ojos. Todo le daba vueltas y la náusea hizo su aparición como un depredador. Las palabras resonaron de nuevo en su mente, despertando unos recuerdos escondidos:

— ¿Por qué utilizabas eso?

—Para sentir dolor.

— ¿Te complace el dolor?

—No.

— ¿Entonces?

—Es una forma de expiación.

— ¿Expiación?

—Déjalo Ewan. Ni yo misma sabría explicártelo.

— ¿Y aquel dildo metálico?

— ¿Te han surgido los celos de repente por un pene de metal?

—Creo que deberíamos dejarlo —dijo Don observando el temblor en las manos del *neuro*.

La memoria de Ewan parecía estar dispuesta a mostrarle todo lo que había soterrado de forma inconsciente. Esos destellos en su cerebro mostraban imágenes que ahora empezaba a recordar. Vio los lirios, su pecho desnudo y circundado por heridas, su deliciosa sonrisa y percibió el aroma de su cuerpo después de entregarse por entera a él.

—Ella bajó a la Tierra ¿No es así Don? Estuvo a mi lado cuando caí enfermo.

—Sí Ewan, ella compartió sus últimos días contigo. Pero no era la primera vez que dejaba Beta-Cangri.

— ¿Qué insinúas?

—Que Emily tenía sus escarceos.

—No te entiendo.

—La mente humana es compleja. Lo sabes tan bien o mejor que yo. Su enfermedad le hizo dar un paso más. Necesitaba que todo eso, que era producto de su mente, se hiciera realidad. Así conseguiría expiar su tormento. Era como un demonio que se había adueñado de su alma.

—Eso no es cierto —espetó Ewan con rabia y con sus ojos empañados. —Emily no es así.

—Hablas como si creyeras que aún sigue con vida.

—Y lo creo. Sé que ella me está esperando.

—Esa actitud no te beneficia en nada. Era aconsejable que airearas en tu conciencia esos recuerdos que te atenazaban, pero ya es hora de que asimiles que ella se fue. Solo así recobrarás la paz interior.

— ¿Qué ocurrió Don? —le preguntó con súplica.

—No lo sabemos. La policía tomó huellas de tu apartamento y, por lo que sé, dieron por cerrado el caso.

Nada se supo de Emily. Era un caso más entre miles de desapariciones de jóvenes, en una ciudad donde el crimen era rutinario. Nadie se extrañaba ya de eso. Ni las noticias de la red se hacían eco de esos sucesos que ocurrían a diario. La estresada población los aceptaba como admitía que ya no entrara el sol en la ciudad.

— ¿A dónde iba cuando abandonaba Beta-Cangri?

—No lo sé —contestó Don escondiendo la mirada.

—Si me has conducido hasta aquí, no creo que sea para dejarme de nuevo a merced de la duda.

Don se quedó mirándolo durante unos segundos y prosiguió:

—Parece que se internaba en el distrito de South Central.

— ¿South Central? —repitió Ewan sorprendido.

—La policía le pierde la pista en Compton.

Fue fulminante. Un sudor frio lo empapó y la palidez asomó en su rostro. Eran los pródromos de un nuevo ataque y Don los conocía perfectamente. Se acercó a él sin la menor señal de alarma. Mirándolo fijamente a sus desorbitados ojos, lo sumió en un último y largo sueño.

EL PENTAGRAMA

El Pozo. Sede del C4 en Los Ángeles. California.

Solo unos pitidos intermitentes y el rítmico sonido de la respiración de un pobre desdichado, se podían oír en aquella pulcra habitación. La reducida estancia estaba pintada de verde y la iluminación era tenue. Un potente foco alumbraba el cuero cabelludo y el rostro de Izan. Allí, tendido en una camilla de exploración dotada de última tecnología y conectado con más de una docena de sensores al complejo sistema que lo estaba escaneando, el joven afroamericano dormía en un profundo sueño inducido por una sobrada dosis de xenón. Cuando despertara no recordaría nada de lo sucedido, pero en esos momentos, los más recónditos escondrijos de su castigado y degenerado encéfalo estaban siendo meticulosamente analizados y estudiados en profundidad. Veintidós años y un cerebro demasiado envejecido, triturado. De su rostro emanaba una indescriptible expresión de felicidad que sin duda contrastaba con su deteriorado estado físico. Por aquellos entonces había mil formas de autodestruirse, de quemar en poco tiempo toda una vida, e Izan fue víctima de la forma más cochambrosa. Como siempre, los más débiles eran pasto de la codicia y la sordidez de aquellos que manejaban los destinos de una sociedad marcada por el dinero y el poder. En realidad todo seguía siendo igual, aunque revestido de una capa mugrienta de honestidad. El joven negro era un inmolado más. Un sórdido personaje que se había forjado en los suburbios de Compton, donde la delincuencia campaba a sus anchas y los jóvenes como él apagaban de forma trepidante sus vidas entre los delirios de una locura artificial. Aquellos tiempos en que los capos de la droga reinaban por encima de políticos y gobiernos, se habían disipado ante la llegada de nuevas y poderosas técnicas para deformar la mente. Los nuevos reyes y magnates de estos artificios pertenecían a otra casta. Esta nueva ralea diseñaba y creaba ilusiones de las que jamás se podía escapar. Mundos fantásticos y oníricos que conducían a la muerte.

Unos finos haces de luz giraban alrededor del afeitado cráneo de Izan. Esas sondas luminiscentes penetraban en lo más profundo de su cerebro sin causar el menor daño. Cartografiaban cada milímetro de su sustancia gris, buscando al causante de su mal. Sea lo que fuere lo que había llevado a ese desgraciado hasta allí, iba a ser analizado por Gwyneth. Sus ojos grises parecían querer traspasar la pequeña pantalla virtual que se deslizaba frente a ella con cada uno de sus movimientos. Sus dotes como experta en implantes neuronales eran bien conocidos por la clase médica. Infinidad de estudios y publicaciones en el terreno del *neurohardware* la encumbraban como una eminente personalidad científica.

Fue ella quien seis años antes, estudiara la plaga más mortífera que se había extendido por todo el planeta. Las enfermedades virales en estos tiempos se debían a agentes diseñados mediante código informático. Secuencias de bits infectaban ese interface que servía de unión entre la mente y la realidad ficticia y artificial que se había creado.

Gwyneth logró poner cerco a esa epidemia de demencia digital en la que los jóvenes se internaban y sucumbían. La *neurotecnología* era su pasión y lo demostró al crear un sistema de filtro que actuaba como una eficaz vacuna. En poco más de un año, la población mundial fue protegida ante ese nuevo mal de proporciones bíblicas, pero aún seguían observándose casos. Izan parecía ser uno de ellos.

Gwyneth Dawson tenía treinta y dos años y lucía un esbelto cuerpo esculpido a base de numerosos injertos de *nanopartículas* inteligentes. Eran varios los implantes que habían sido injertados en su organismo, pero el más destacado y preciado por ella se escondía entre sus garbosas piernas. Su negro pelo largo y ondulado le confería la apariencia de una diosa griega, aunque de poco le servía dentro de la soledad en la que vivía. El encanto de su físico no era suficiente para enardecer y atraer a un mortal del sexo opuesto. Su fuerte carácter hacía que se tambalearan todas las posibilidades de conseguir ese sueño efímero de llegar hasta él, hasta su pupilo, hasta Ewan. Demasiadas veces lo había intentado y demasiadas veces había sentido su rechazo.

Gwyneth y Ewan observaban a través del grueso cristal, al desdichado personaje de ébano que dormía profundamente.

—Bien, desconectémonos —dijo ella pulsando levemente en su cuello a la altura de la base del cráneo.

Ewan hizo lo mismo. A partir de ese momento ambos *neurotecnólogos* permanecerían aislados del exterior. Ninguna señal llegaría a sus cerebros excepto las propias del centro de investigación. En esa sala no hacían falta mascarillas ni ropajes especiales. La mejor protección se conseguía al aislarse de cualquier comunicación. Esos códigos informáticos estaban meticulosamente diseñados para penetrar en un cerebro conectado a la red y desprovisto de las barreras adecuadas.

— ¿Cuándo ha ingresado este imbécil? —preguntó Gwyneth sin dejar de mirar al visor virtual que la acompañaba y abriéndose paso entre el instrumental de la habitación.

—Hace escasamente una hora —respondió él siguiéndola.

— ¿Por qué me has llamado Ewan? —preguntó con mirada lujuriosa. —Tiene toda la pinta de ser otro caso de *Psicosis Negra*.

Ewan sintió de nuevo, como los claros y penetrantes ojos de Gwyneth se clavaban en él. Podía adivinar en esa mirada el deseo y las intenciones de esa hembra perfecta que había tenido a bien incluirlo en su equipo de trabajo. Bajó disimuladamente la mirada y respondió:

—Creo que tenemos un caso de declaración obligatoria.

—No me digas —dijo ella sonriendo.

—He leído el informe policial.

— ¿Y? —preguntó volviendo a posar su mirada en el scanner.

—Este individuo no estaba solo.

— ¿Ah sí?, ¿qué insinúas?

—Ha destrozado a una joven.

Gwyneth lo miró y se sonrió.

—Mueren demasiadas mujeres a manos de individuos como este. Seguro que iba de vidrio azul hasta el culo. ¿Has analizado su amígdala[13] ?

---

[13] *Es un conjunto de neuronas localizadas en la profundidad de los lóbulos temporales. La amígdala forma parte del sistema límbico y su papel principal es el procesamiento y almacenamiento de reacciones emocionales.*

—Está limpio.

Gwyneth volvió a mirarlo y esta vez no sonrió.

—La chica era una de esas "Hijas del Halo" — añadió Ewan con cierta tristeza en su rostro.

—Vaya, no me digas que tenemos a un depredador machista.

Hacía ya casi dos décadas, que entre la multitud de sectas surgidas en el seno de una decadente sociedad, asomaba un movimiento integrado única y exclusivamente por jóvenes del sexo femenino. Las "Hijas del Halo" como ellas así se llamaban, proclamaban la superioridad intrínseca de la mujer a toda costa. Aquellos movimientos feministas que antaño lucharan a capa y espada por equiparar al sexo femenino en términos de igualdad con los hombres, habían quedado en simples vestigios ante una cruel y sanguinaria hermandad.

Esta secta surgió con el ánimo de la venganza, con la intención de la simple y pura aniquilación. Sus adeptas eran captadas desde muy niñas y alienadas a fondo sin la más mínima contemplación. Demasiados eran los cadáveres hallados a diario en lupanares y distritos de la ciudad, donde se practicaba la prostitución. Verdaderas atrocidades que las fuerzas del orden presenciaban a diario y que solían archivar dirigiendo la mirada hacia otros quehaceres. Amputaciones en vivo circulaban en videos virales por toda la red con todo lujo de detalle. Imágenes de desdichados pillados "in fraganti" en su vicio, suplicando clemencia ante una implacable mano justiciera.

Ese halo blanco casi divino era el emblema de esa plaga y les otorgaba los atributos para exterminar con la depravación de esos seres inmundos.

Todas alardeaban de su virginidad, una marca de fábrica que les daba identidad. Sus impenetrables sexos jamás albergarían a un auténtico falo en su interior.

Gwyneth giró su rostro y volvió a mirar a su protegido. Ewan retuvo esa penetrante mirada durante unos interminables segundos. Todos conocían la simpatía que la docta científica mostraba, hacia ese brazo armado del feminismo más radical y emponzoñado.

Ella volvió a observar con detenimiento a la pantalla, haciendo caso omiso al comentario del joven, y prosiguió:

—A primera vista, parece que su *neurochip* sea normal. Es posible que no esté actualizado. No veo razón para pensar en otro diagnóstico.

—Sabes perfectamente que no se ha descrito ni un solo caso de *Psicosis Negra* asociado a violencia. — Ewan hizo una pausa y tragó saliva. —Y mucho menos en una orgía sádica ante una élite de depravados.

— ¿Te refieres a un espectáculo privado? — preguntó Gwyneth sin prestar demasiada importancia al comentario.

—Sí, uno de los muchos que se celebran a diario en esta ciudad.

Gwyneth no contestó y solo lo miró con aspecto desafiante.

La "Locura feliz", ese era el término con el que el vulgo designaba a ese estado de trance inducido por minúsculas descargas de un módulo infectado, en zonas muy concretas del cerebro. El individuo se precipitaba progresivamente en un estado de estupor que lo conducía en poco tiempo a la muerte. La sonrisa y faz de auténtica felicidad y goce, eran bien patentes en todos los finados. Según rezaba en la cultura yonki, nada era parecido a experimentar esos efectos. Las ya olvidadas drogas como la heroína, quedaban a la altura de las golosinas para niños. Esto era diferente, su potencia era extrema y sus efectos dignos del bienestar de una divinidad.

Hacía ya más de tres décadas. A todo niño, al cumplir los veinticuatro meses de edad y después del cierre de las fontanelas[14], se le implantaba un minúsculo módulo de *neurohardware* en su cerebro. Era como un ritual para la familia. El bebé pasaba a pertenecer a la nueva especie humana, un ser conectado y controlado desde lo más profundo de su mente. Se celebraba como un auténtico festejo familiar y el niño comenzaba a adquirir una consciencia más allá de sus límites corporales; una existencia colectiva. Ese diminuto módulo estaba confeccionado mediante nanotecnología y no solía medir más de cuatro milímetros. Un verdadero alarde de la ciencia, del tamaño de un grano de arroz y que se implantaba en el hipotálamo[15] en una sencilla intervención indolora en menos de diez minutos. No hacían falta ya escuelas ni universidades. Todo el conocimiento se canalizaba a través de este potente medio conectado a la red. Las imágenes y escenas en tres dimensiones y el sonido más puro y realista eran inyectados en las áreas del cerebro receptivas para ello. Ya no se observaban imágenes ni videos. Ya no se escuchaba música. Ahora se vivían plenamente y en toda su dimensión. Las comunicaciones se efectua-

---

[14] *Son las separaciones que, durante aproximadamente 12 a 18 meses, se observan, como parte del desarrollo normal, entre los huesos del cráneo de un bebé, en el sitio donde, en la edad adulta, se formarán las suturas. Después de ese lapso suelen fusionarse y así permanecerán durante toda la vida adulta de un ser humano.*

[15] *Es la región del cerebro más importante para la coordinación de conductas esenciales, vinculadas al mantenimiento de la especie.*

ban sin emitir el más mínimo sonido y los órganos de la vista se habían convertido en un escaparate público.

Aquellos tiempos en los que el *Verichip*[16] se implantó de forma global y generalizada en el brazo de todo ser viviente, ya habían prescrito. Los gobiernos no se contentaban ya con la identificación personal de todo individuo, su interés trascendía mucho más allá.

Llevó poco tiempo diseñar software malicioso para ese corpúsculo del superhombre. El funesto código fue embutido en programas lúdicos, difundiendo publicidad subliminal de la que el sujeto era inconsciente. La mayoría de los mortales adquirían bienes que jamás necesitarían y sin saber por qué. Sus cerebros se impregnaban a diario de fútiles mensajes, que los abocaban como muertos vivientes y de forma compulsiva a comprar. El paso de ahí a la alienación religiosa y política fue fulminante y más aún al mundo psicodélico y de las drogas. Las sectas vieron en ello un medio económico y eficaz de atraer adeptos. Nuevas religiones surgieron de la nada. Millones de súbditos se adhirieron cegados por falsas promesas y ansias de escabullirse de una sociedad, que no les aportaba la más mínima satisfacción.

Multitud de clínicas clandestinas intentaron manipular el *neurochip,* ofreciendo un mundo ilimitado de nuevas experiencias y la *Psicosis Negra* se introdujo como una larva a través de ese ingenio manipulado.

Gwyneth fue quien puso cerco a esa invasión. Ella modificó el *neurochip*, un grano de *tidilio* que se fundi-

---

[16] *Fue el primer implante a humanos aprobado por la Food & Drug Administration de los EE. UU. en 2004. Se trata de un nano-chip que contiene informaciones relativas a su portador humano, que le han sido grabadas y que pueden recuperarse por un sistema de identificación por radiofrecuencia (RFID).*

ría al más mínimo intento de manipulación. Durante años los gobiernos adoptaron el nuevo estándar. Millones de seres desfilaron por clínicas especializadas para reemplazar su conexión al *ciberespacio.*

Gwyneth se acercó al negro durmiente y abrió uno de sus párpados. Aquel iris de color rojo intenso podía estremecer a cualquiera. Esos ojos estaban diseñados para ver en la noche e infundir terror, pero ella no se inmutó lo más mínimo. Tampoco se alteró al abrir sus abultados labios. Los dientes de un blanco marfil, estaban afilados como púas.

Ewan sí se sobresaltó. Fue la visión de esos ojos y esa dentadura tallada, la que le hizo retroceder hasta casi perder el equilibrio.

—Tranquilo, no te va a morder —dijo ella riendo.

— ¿Te has fijado en sus ojos?

—Sí, ¿qué tienen de especial? Muchos de estos pirados se hacen tatuar el iris. La verdad es que no le queda mal ese pentagrama —repuso de forma irónica.

Ewan se acercó de nuevo y abrió con temblor uno de los párpados del afroamericano.

—No es un pentagrama —dijo observando la estrella de cinco puntas y de color blanco, tatuada en el rojizo iris.

— ¿Qué quieres decir?

—Es un pentáculo.

— ¿Ah sí? —preguntó Gwyneth con interés. — ¿Y qué diferencia hay?

—El pentagrama invertido representa al diablo.

—Vamos Ewan, ¿de verdad crees en eso?

Gwyneth se sonrió y deslizó hacia abajo la sábana verde que cubría al paciente. Su torso estaba marcado con una gran cruz que unía sus dos pezones y se perdía en su vientre.

Ewan se quedó atónito al ver el emblema tallado en la piel negra del sujeto, rezumando una secreción sanguinolenta. Esa connotación religiosa desbarataba por completo la apresurada opinión de Gwyneth y, por supuesto, a la *Psicosis Negra*.

—Apuesto a que este puto animal viene de Compton —dijo ella de forma intencionada.

Esa palabra, "Compton", fue como un sortilegio en la mente del joven. Parecía como si todos se hubieran confabulado para que en su mente luciera esa proscrita área de Los Ángeles.

— ¿Qué te ocurre Ewan?, ¿te ha impresionado ver esa herida en forma de cruz?

—No —respondió aturdido. — ¿Has estado alguna vez en Compton?

— ¿Estás loco?, ¿conoces a alguien que tenga valor para internarse allí?

—No.

—Al parecer ella sí lo tuvo.

— ¿A quién te refieres? —preguntó exaltado.

—A tu amada, naturalmente. ¿O no te lo ha desvelado ya alguien?

Ewan se quedó por un instante aturdido y desconcertado, aunque pronto supo darle una explicación.

—Don también te lo ha contado.

—Los dos intentamos cuidar de ti —dijo alzando la mirada con una dulzura impropia en ella. —Esa zorra se lo estaba buscando. Ansiaba morir en una de esas bacanales.

—Estás mintiendo.

—Sí, mi querido Ewan, estoy mintiendo. No hay nada que me excite más, que ver esa expresión en tu cara cuando hablo de ella.

Gwyneth bajó de nuevo la mirada y, esgrimiendo una sonrisa socarrona, se dirigió hacia la pelvis del afroamericano. Bajó aún más la sábana y suspiró cerrando los ojos. Ese último estigma sí que la sorprendió.

— ¿Habías visto antes algo así? —preguntó ella encandilada.

Ewan se mantenía absorto en sus pensamientos. Ese comentario acerca de Emily, lo había despedazado en segundos.

—Ewan mira esto —prosiguió ella mientras acariciaba el descomunal falo del anestesiado. —Jamás había visto algo semejante. Es una prótesis gigantesca. Este tipo debía de quedarse exangüe cuando se empalmara. Es posible que eso influyera y le acarreara un ataque psicótico.

—No lo creo —contestó recuperándose de su estado de ánimo y aproximándose para observar el descomunal miembro viril.

—Estos cuerpos cavernosos[17] no se insuflan con sangre. Observa este pequeño orificio en la base —le indicó Gwyneth.

— ¿Gas? —preguntó él.

—*Hexafloruro de argón.* Lo venden en el mercado negro en forma de cápsulas inyectables. Lo insertas y

---

[17] *Los cuerpos cavernosos constituyen un par de columnas de tejido eréctil situadas en la parte superior del pene, que se llenan de sangre durante la erección.*

funciona como un cojín de aire. En menos de treinta milésimas de segundo obtienes esto.

—No dejas de asombrarme. No imaginaba que tuvieras tantos conocimientos acerca de estos implantes —repuso Ewan con ironía.

Gwyneth no contestó, solo se limitó a esgrimir una sonrisa.

—Supongo que este tipo debió pinchar la cápsula mientras...

—Mientras la violaba —repuso ella al instante.

—La *Psicosis Negra* no te permite hacer nada —dijo Ewan tratando de eludir el tema. —Solo permanecer como un zombi las veinticuatro horas del día. Tú lo sabes mejor que yo.

—Sí, tienes razón. Está claro que has aprendido a mi lado. Lástima que no me permitas enseñarte otras cosas.

—Lo que tratas de enseñarme no me interesa.

Ambos cruzaron las miradas en un nuevo desafío y un pitido agudo les hizo desviarlas hacia Izan. De un salto ambos *neurotecnólogos* se abalanzaron hacia el escáner.

— ¿Qué ocurre?

—Nada de especial —contestó ella con titubeo en su voz. —El escáner debe haber detectado algo en su *neurochip*. Es muy posible que se lo hayan tuneado.

Ewan se quedó perplejo. El escáner continuaba emitiendo pitidos y el sudor empapaba el rostro de Gwyneth. Era la primera vez que veía a esa mujer mostrando recelo hacia algo. Se acercó a la pantalla sin dejar de observar a su mentora, y allí estaba. Girando lentamente mientras infinidad de datos desfilaban sin cesar, un corpúsculo que nada tenía que ver con el estándar parecía ser el causante.

—Eso no es el *neurochip* —dijo Ewan sorprendido.

—No, parece que no lo es —dijo ella apagando el monitor.

— ¿Qué haces?

Gwyneth no respondió. Parecía estar ausente. Chasqueaba sus nudillos y miraba sus uñas en un círculo vicioso sin fin. En muy pocas ocasiones la había visto así y todas bajo el preludio de algún suceso de envergadura.

—Será mejor que enviemos a este negro a neurocirugía —respondió tras unos segundos de ausencia.

—Podemos analizarlo nosotros. Tenemos los medios. ¿Y si se desintegra como el estándar al intentar manipularlo?

—Correremos ese riesgo.

— ¿Por qué?, parece un nuevo prototipo.

— ¿Desde cuándo tomas las decisiones en El Pozo? —le contestó hiriéndolo con la mirada.

—Sigo sin entenderlo —dijo él desafiándola.

—Por eso no estás en mi pellejo.

Ewan por fin se amilanó.

—Redacta un informe, yo misma lo enviaré a la sede matriz.

—De acuerdo tú mandas. Por cierto, opino que les sería muy útil disponer también del informa policial.

—Bien, —respondió Gwyneth mirando de nuevo a su pupilo. —Anéxamelo. Ya lo enviaré yo.

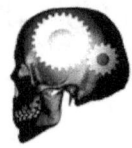

Gwyneth Dawson nunca tuvo una familia. Cuando era un minúsculo embrión en los criaderos de Godlum, fue elegida por el comité Future Human Project, un séquito de expertos que analizó hasta el último de sus genes. No cabe duda de que vieron en su arsenal genético una enorme capacidad para la investigación, y acertaron. Fue criada y educada por el estado, bajo los auspicios de la multinacional Enterprises. Gwyneth era el producto estrella de esa empresa. Toda su juventud estuvo marcada por la soledad. Estuvo conectada día y noche a los centros del saber, adquiriendo los conocimientos más avanzados, pero jamás llegó a comprender el significado de la palabra "amor".

Aunque nunca lo había sentido, sí que notaba como sus hormonas fluían por su cuerpo reclamando un premio, una merecida recompensa.

Esos genes que conformaban su estatus de mente privilegiada, también reclamaban su condición de hembra. La naturaleza continuaba imponiendo sus reglas y, en el caso de Gwyneth, de manera implacable y sobre todo tipo de convencionalismos y proyectos sociales.

Todos sus esfuerzos por configurar un cuerpo de diseño habían sido fútiles. Era una mente brillante en un cuerpo, que aunque también deslumbrador, ya no lograba encandilar a un humano.

Ya desde muy joven, sintió ese furor que marcaría su futura existencia. Un ansia cada vez más desequilibrada por conseguir algo que nunca supo entender, una carencia a la que estaba predestinada. El sexo era una práctica en solitario, que conseguía calmar ese agobio inexplicable que la sofocaba durante las noches. Un alivio pasajero que actuaba como un placebo y que no lograba curar su dolencia. Poco a poco, la adolescente se fue internando en la práctica de juegos sexuales cada vez más vehementes y arriesgados, buscando aquello que cada vez la satisfacía menos y le producía más ofuscación.

El dolor fue el último ingrediente que añadió a su receta. La mezcla de placer y sufrimiento la fue introduciendo en un mundo nuevo, un universo oscuro y tenebroso en el que no divisaba escapatoria. La sangre formó parte de esos fluidos, en esas noches de soledad empapada en sudor y flujo.

El vacío la inundaba cada vez más. Era un camino hacia la destrucción, hacia el hastío más absoluto. Y Gwyneth se hizo una alimaña de la noche. Nadie era conocedor de su doble vida; una eminente científica durante el día y una depredadora al oscurecer. Cada vez eran más frecuentes sus escapadas nocturnas. Vestida como una furcia y luciendo sin pudor y de forma obscena todos sus atributos de mujer, la joven se internaba por las zonas más lujuriosas de la gran urbe. Ambientes profanos, donde la moral hacía alarde de su inexistencia. Lupanares lúgubres, donde los seres más depravados de la ciudad practicaban sus degeneradas y retorcidas fantasías. Gwyneth se ofrecía a todo tipo de prácticas, no había límites ni fronteras en su obsesiva búsqueda del placer. Su cuerpo llegó a estar cubierto de profundas heridas que ella ocultaba durante el día bajo su uniforme y apariencia de ilustre científica. Pero su rostro no mentía, sus ojos demacrados mostraban una marcada infelicidad para aquellos que sabían mirar más allá. Ewan era uno de ellos.

Hacía algo más de cuatro años. Ewan Atkins ya destacaba en los círculos de *neurotecnología* como un avezado joven con expectativas para muchas de las empresas del sector de la neurociencia. Ella se topó con él y fue su perdición. A partir de ahí, en sus escabrosos juegos, siempre estaba presente el atractivo rostro de Ewan. Era él, para quien estaba predestinada. Toda su existencia obedecía a ese encuentro en el que una horda de jóvenes candidatos, concursaban para una plaza en el prestigioso centro de investigación. Él era un ángel caído del cielo, una dádiva, el mejor de los bálsamos con que podía embadurnar su castigado y hastiado cuerpo.

Ewan no tuvo contrincantes. Solo él relucía entre aquella maraña de aspirantes, ante los ojos de una hembra enloquecida. Pero esa intensa atracción no fue mutua, no surgió de ambos lados. Ella estaba cegada por su pupilo; Ewan solo pensaba en su trabajo.

Fueron muchos los días que el joven viera a una mujer que intentaba retener su prestigio, en una caída hacia el abismo. Demasiados intentos fallidos de acercarse a un hombre que por desgracia, sí creía en el amor.

Todo era sutil, pero Ewan contemplaba a una mujer desquiciada y perdida entre sus propias obsesiones. Él era el que más contacto tenía con la diosa de aquel prestigioso centro. Su mano derecha y su punto de mira. Sufrió acoso repetidas veces y un sentimiento de miedo se fue instaurando en su interior, a medida que pasaba el tiempo. Algunas veces, en momentos de soledad entre ambos, mostró sin reservas su cuerpo ante la mirada atónita de su pupilo. Un esbelto cuerpo castigado por una mente desequilibrada.

Gwyneth se paseaba peligrosamente por los linderos del precipicio. En alguna ocasión, Ewan se quedó observándola, mientras ella inspeccionaba a algún niño afectado por la *Psicosis Negra*. La miraba atentamente, sin pestañear, mientras ella mostraba una expresión de trance inspeccionando los genitales del pequeño. No necesitaba más explicaciones, estaba todo dicho. Era en esos momentos, en los que Ewan veía en ella a la auténtica encarnación de la lascivia y sentía con claridad y temor, al demonio de la lujuria transpirar bajo su piel.

Viaje al purgatorio

Se acercaba el mediodía y la mortecina luz volvía a dar a la gran urbe un aspecto triste y apagado. En Los Ángeles ya no salía el sol. Esa ciudad que antaño disfrutara de trescientos cuarenta días soleados al año, daba ahora la apariencia de estar enfermiza. La gran metrópoli permanecía cubierta por un denso manto de nubes sucias, de forma perenne. La máxima luminosidad era comparable a la de una clara noche de luna llena en las afueras, en el extrarradio. Todos los que vivían en ese descomunal entramado de cemento y metal estaban acostumbrados. Aquellos que deseaban que el sol calentara sus blanquecinas pieles, debían alejarse de la urbe hasta dejar de divisarla. En esos parajes de la periferia no vivía apenas nadie. Solo algunos albergues de muy alto nivel, esperaban las reservas de fin de semana de los más adinerados y extravagantes aventureros. Ansiaban regresar por unas horas a los orígenes de su raza, de sus antepasados. Lamentablemente, esa cálida luz solar que buscaban de forma desafiante y con nostalgia, era la misma que les causaba quemaduras de consideración, en una piel ya frágil y apenas pigmentada.

Ewan no era uno de ellos. Para él, el campo era una selva tropical, un entorno inundado de insectos, de nocivos rayos solares y de un sinfín de peligros para los que su delicado cuerpo ya no estaba preparado. Salir a las afueras de la gran ciudad, esa que lo protegía y le infundía confianza y seguridad, era como aventurarse en un safari por África.

Su mundo se reducía a un pequeño apartamento situado en la planta ciento ochenta y dos, de una torre a la que llamaban "El falo". El edificio era una mole de metal, cristal oscurecido y de redondez en su cúspide. Se alzaba en mitad de un vasto complejo custodiado por fuertes medidas de seguridad y constituía la residencia del personal adscrito al C4. Solían llamarlo "El Pozo" y era la sede en Los Ángeles, del famoso organismo internacional.

Ewan vivía enclaustrado en apenas treinta metros cuadrados. Todo un lujo para esos tiempos en los que familias enteras se hacinaban en menos de ese reducido espacio. Un cubículo diáfano, donde todos los elementos de una vivienda se agolpaban, dejando muy poco espacio incluso para respirar. Era el lugar idóneo para un ser nacido en la artificialidad. Jamás había sentido claustrofobia. Ese apretado cajón le hacía sentirse seguro de sí mismo, lo protegía, lo acunaba como una gran madre protectora. Su problema era por el contrario, el temor a los espacios abiertos. La agorafobia estaba minándolo como un topo escarbando en su mente. Él era consciente de ello. Un *neurotecnólogo* no podía ser ajeno al conocimiento de esa patología, aunque sí que podía ser víctima de ella en toda su dimensión.

Pero algo más lo abrumaba, un tormento que lo había conducido a una cruel soledad. Era un castigo auto infringido y Emily fue la causa. Encerrado en su propia cárcel, Ewan destinaba el tiempo libre a evadirse de un sentimiento cruel que lo atormentaba día y noche. Buscaba con desesperación nuevas estrategias para hacer frente a esa pena no superada. Era una forma de morir lentamente, sin agonía y sin dolor. Era la forma de reencontrarse con ella, o al menos eso pensaba él.

Era aún un niño cuando Brian, un irlandés experto en agricultura vertical[18], sufrió una trágica muerte. Poco le duró cobijarse bajo el cariño de Allison, su madre y prestigiosa psiquiatra. Ella fallecería años después a causa de la *Psicosis Negra*. Ewan vivió la larga enfermedad de su madre. Sufrió desde fuera el progresivo y brutal deterioro de su mente. Vio como ella se apagaba lentamente día a día sumida en un delirio eterno, mientras mostraba una sonrisa imborrable en su faz.

Con la muerte de Allison se esfumó su sufrimiento, pero una semilla quedó sembrada en su dolorido cerebro. Esa simiente lo había destinado a una búsqueda eterna.

Ewan invirtió el patrimonio heredado en formarse. Se trasladó a Los Ángeles y comenzó una nueva vida. Fueron muchos los trabajos con los que compatibilizó sus estudios conectado a la famosa UCLA[19]. La ingeniería del conocimiento y la *neurotecnología* fueron su pasión. Ewan lo demostró en numerosas ocasiones. Gwyneth se fijó en él desde el principio. Quizás no fueran solo sus grandes dotes para esa disciplina lo que encandiló a la científica. Ewan destacaba igualmente por su atractivo físico y por su atrayente personalidad.

Dentro de sus sentimientos había un enorme hueco reservado para el amor. Ewan creía en esa química cerebral. Siempre la vio en sus progenitores y la vida le reservaba una sorpresa; una dádiva que pocos tienen el honor de recibir. Él fue uno de esos elegidos, aun-

---

[18] *Agricultura hidropónica en construcciones bioclimáticas sostenibles.*

[19] *Universidad de California. Los Ángeles.*

que por poco tiempo. En este caso, fue cierto el dicho pero con ciertas rectificaciones "Si lo bueno es breve, es dos veces breve".

Ahora, cobijado en su apartamento, decidía su futuro. Había optado por seguir la pista que Don y Gwyneth de forma sutil, habían dejado escapar. Estaba dispuesto a abandonar todo aquello por lo que había luchado y lo había encumbrado como un *neurotecnólogo* de prestigio. Todos esos años de trabajo analizando la estructura cerebral y confeccionando mapas en búsqueda del alma humana, quedarían olvidados por otra búsqueda, la de Emily, la mujer que despertó en él la pasión y el sentido de la vida.

Queen, una gatita persa de color gris aterciopelado y ojos amarillos, parecía percatarse de su decisión. Y no era por ese implante que le permitía mantener básicas y triviales conversaciones. Era algo innato. Una comunicación que siempre había existido entre humanos y entre especies. Un diálogo emocional que traspasaba todo tipo de fronteras y que era transparente para la *neurotecnología*.

Recostada a su lado, no cesaba de mirar a su dueño apurando la botella de Kirsch. Una suave melodía inundó el apartamento y ella dirigió la mirada hacia la puerta de metal.

— ¿Cómo está nuestro cirujano de a bordo? — preguntó Adrien al entrar en la desordenada habitación gris.

—No muy bien.

—Te he llamado y me he alarmado. Temía que hubieras sufrido otra crisis.

—Es cierto, anoche me desconecté del exterior y he olvidado reconectarme —respondió Ewan frotándose los ojos.

Adrien miró la pared. Como siempre, ese translucido muro ofrecía imágenes en directo de la Tierra vista desde el espacio. Emitidas desde la estación orbital Beta-Cangri, despertaban en el joven *neuro* nostalgia y recuerdos que acunaba con ternura. Ewan permanecía horas visionando el lento desfile de continentes y océanos, recordando a Emily y bebiendo Kirsch. Él subió un día allí influido por la pasión que sentía por ella. La agorafobia no pudo incapacitarlo en esa ocasión; el amor superó su miedo.

Adrien no tuvo el menor reparo, siempre hacía lo mismo y a Ewan le enojaba. Extrajo de un bolsillo un diminuto cristal y lo orientó hacia el colosal escaparate. Al instante la imagen cambió y el sonido de las ballenas inundó la pequeña estancia. Bellas escenas submarinas mostraban las profundidades del océano; su auténtica pasión.

Se aproximó al sofá y Ewan lo invitó con un ademán y a regañadientes, a que buscara asiento entre el desorden.

— ¿Es para tu brazo? —preguntó Adrien después de extraer un diminuto difusor electromagnético sobre el que se había sentado.

—Sí, no deja de doler.

—Vamos Ewan, sabes que no tienes lesión alguna. —dijo Adrien riendo. —Es solo un resquicio en tu mente, solo un recuerdo.

—Es posible, pero es un recuerdo que duele. —repuso Ewan moviendo su brazo. —No puedo negar que Don haya hecho un buen trabajo.

—Bueno, eso se puede arreglar. Le diremos que reduzca un par de grados el umbral.

—El muy jodido se lo ha tomado en serio.

—Ewan por favor, tenemos al mejor psicólogo en inteligencia artificial de Los Ángeles —replicó Adrien de forma efusiva.

—Supongo que sí —respondió mostrando una expresión de abatimiento.

—Vamos amigo —dijo Adrien sentándose al lado de Ewan, con intención de infundirle ánimos. —Te veo bastante afligido.

—No he dormido bien.

— ¿Otra vez esas pesadillas?

—En parte sí.

—He estado analizando el registro de todo el sueño.

Ewan le dirigió la mirada por primera vez. En sus ojos se notaba una clara muestra de interés.

—Siento decirte que no hay el más mínimo rastro de una fisura en el *ciber*.

La mirada de Ewan volvió a apagarse y de nuevo colmó su vaso con otra dosis del denso e incoloro licor.

— ¿Crees que me lo he inventado?

—No, por supuesto que no. Pero quizás esta vida que llevas te esté causando algún tipo de trastorno —contestó Adrien acariciando el torso desnudo de su amigo.

—Entiendo. Piensas que sigo estando loco —dijo retirando con diplomacia la mano de Adrien. —Perdona, no me encuentro con ánimos para eso. Ayer tuve un día muy ajetreado en El Pozo.

—Bueno, no importa. Últimamente siento con demasiada frecuencia tu rechazo. Ya casi me estoy acostumbrando.

—No es culpa tuya.

— ¿Y de quién es?, ¿de esa fulana ninfómana que tienes como mentora? —preguntó un tanto encolerizado.

—No se trata de eso.

— ¿Me quieres explicar qué te ocurre? Desde que probamos la beta de Chesapeake no consigo encontrarte.

Ewan no respondió y apuró el pequeño vaso de licor.

— ¿No crees que al menos me merezco una explicación? —volvió a insistir Adrien.

—Supongo que sí —contestó Ewan levantándose del sofá para dirigirse a la hermética ventana.

Su mirada se perdía en la espesa niebla. Millares de vehículos aéreos pululaban como luciérnagas, en interminables hileras que se difuminaban en el horizonte. Solía hacerlo con frecuencia. Pegar su rostro al frio cristal y observar el permanente trasiego de vidas que sobrevolaban el negro cielo de la ciudad en todas direcciones. Esos torbellinos de diminutas luces eran para él como la savia que discurría y que daba vida a la gran urbe de metal y cristal. Miles de sonámbulos inmersos en su sueño de conseguir sobrevivir día a día en una jungla de acero y cemento. Con frecuencia separaba dos de sus dedos pegados al cristal y ampliaba esos diminutos puntos de luz en los altos edificios que lo circundaban. Imágenes cotidianas de todo tipo se reflejaban en ese escaparate inteligente. Pero sin duda, las que más le hacían estremecerse y sentir nostalgia, eran aquellas en las que veía a seres ofreciéndose en cuerpo y alma, entregándose por entero el uno al otro.

— ¿Tú también lo sabias? —preguntó Ewan con su mirada perdida en el horizonte.

— ¿A qué te refieres?

—Que Emily frecuentaba Compton —dijo volviéndose hacia Adrien y clavándole la mirada.

—Vaya, se trata de eso.

Adrien agarró la botella por el cuello y se la llevó a los labios. Fueron varios los tragos que pasaron por su gaznate antes de soltarla de nuevo en la mesa. Fue precisamente él quien tiempo antes lo engatusara con ese denso licor. Ewan lo había incorporado en su vida como un bálsamo contra el sufrimiento.

— ¿Por qué me lo has ocultado?

—Créeme, decidí mantenerme al margen. Don la conocía muy bien. En alguna ocasión hizo mención a ello, pero hice oídos sordos.

Adrien se puso en pie y se aproximó a su querido amigo para rodearlo con sus brazos.

—Emily ya no está con nosotros. La liquidaron Ewan, acéptalo ya de una vez. No puedes seguir sufriendo y destruyéndote de esta forma.

—No se encontró el cuerpo.

— ¿Y qué?, el apartamento estaba manchado de sangre. A saber lo que hicieron con ella.

Ewan no pudo resistirlo. Llevó las manos a su rostro y suspiró profundamente pegado al grueso cristal.

—Lo siento, no quería hacerte daño.

— ¡Joder! —exclamó girándose bruscamente y empuñando la cabeza de Adrien entre sus manos. —Ella está viva. —Y lo besó con pasión.

Ewan se dirigió hacia una de las paredes. Lisa y pulida como el cristal, se hizo de repente opaca y con relieves marcados. Una compuerta se abrió y le ofreció aquello que lo reconfortaría.

—Eso te está matando —dijo Adrien.

—Al menos me deja vivir en paz.

Oprimió el diminuto parche metálico en su cuello y su rostro cambió. Bajó la mirada y sus párpados se entornaron. Con leves bandazos volvió al sofá y se dejó caer. Queen dio un salto y se acurrucó entre sus piernas. Ya conocía de sobra ese estado especial de su amo.

—Hubo una segunda rotura —dijo Ewan sin levantar la mirada.

— ¿Cuándo?

—En el momento que caí en cubierta.

— ¿Antes o después de que te desmayaras? Vamos Ewan, quedaste inconsciente. Tuve que cortar el sueño. ¿Se te ha ocurrido pensar que fuera fruto del estado en el que te sumiste? Si, sufriste un shock en toda regla. El *ciber* detectó tu estado y me alertó. Solo fue una alucinación, un espejismo en tu mente.

— ¡La vi de nuevo!

—Está bien, tranquilízate. Te creo. La viste.

—Ella trataba de acercarse a mí, de alertarme de algo. Llevaba una cruz en sus manos.

— ¿Una cruz? —Adrien tuvo que hacer un esfuerzo para no reír. —Sabes, puedo imaginar a Emily de muchas maneras, pero jamás con una cruz. Ella no era creyente, a no ser claro está, que ahora se encuentre en el reino de los cielos.

—Adrien, sabes que te quiero —dijo Ewan tratando de mantener su ira a raya. —Pero no trates de humillarla.

—Sabes que yo también te quiero y que jamás te haría daño. Te respeto igual que la respetaba a ella. Siento dejarme llevar por mi egoísmo.

—Dejémoslo ya.

—Me resulta realmente curioso —comentó Adrien después de unos segundos en silencio. —Nunca creí que existiera un *neurotecnólogo* con ese tipo de creencias y convicciones. Pensaba que erais tremendamente racionales, con una mente cuadriculada, que no habría nadie entre vuestra casta capaz de albergar las ideas y creencias que tu abanderas. Eso fue lo que me llamó la atención de ti. Bueno, eso y otras cosas más. —corrigió mostrándole una cariñosa sonrisa. —Nunca olvidaré aquel día. Estabas realmente encantador. Me enamoré de esos ojos azules y de esa mirada risueña con la que me embaucaste desde el primer instante. En esa feria de sueños vendí mi alma por ti. Eras un torbellino de ideas. Jamás había visto a nadie defender sus tesis con mayor apasionamiento y honestidad. Un *neuro* buscando el reflejo de Dios en un órgano gris y repleto de pliegues. Eso me conmovió. Supe que eras lo que el equipo necesitaba, una visión nueva, un soplo de aire fresco, un atisbo de confianza en el ser humano. Y también supe que eras lo más preciado que había encontrado en mi vida. Jamás pensé que ella me arrebataría a la persona que más quería.

—Ella no tuvo la culpa. Yo también estaba necesitado de algo más. Buscaba esa química especial que siempre noté a mí alrededor en mi niñez.

—Lo sé. No soy estúpido. Sé aceptar una derrota y creo que te lo he demostrado.

—Sí Adrien, supiste encajarlo. Lo siento.

—Venga ya —dijo Adrien cambiando de tono. —Brindemos por Chesapeake, ¿o es que no te ha fascinado esa batalla naval?

Ewan no respondió y comenzó a frotarse la barbilla.

—Entiendo, sé lo que me vas a decir.

—Los desarrollos son excelentes —contestó Ewan. —Los escenarios y la puesta en escena son magistrales.

— ¿Entonces?

— Son putas marionetas. Se comportan como muñecos. No tienen vida. No saben lo que significa una simple lágrima.

—Tú eres nuestro asesor. Don se ha limitado a codificar esos dichosos mapas cerebrales que llevas diseñando desde hace una eternidad.

—Sí, tienes toda la razón. La culpa no es suya. No soy capaz de encontrarlo. Sé que está ahí y no se deja ver —murmuró Ewan retrepándose en el sofá.

—No he venido con la intención de reprocharte nada. Tómate tu tiempo.

—No tengo tiempo Adrien.

— ¿Qué quieres decir?

—Lo dejo.

— ¿Lo dejas?, ¿después de dos años de desarrollo y es lo único que se te ocurre decir?

—Tranquilízate. No se trata de Chesapeake.

— ¿Y de qué coño se trata? Nadie ha conseguido lo que tú persigues. Es una quimera. Quieres plasmar lo imposible en un código. Tratas inútilmente de humanizar a esos avatares.

—No me has entendido. Lo dejo todo.

Adrien retrepó la cabeza en el sofá, suspiró y cerró los ojos.

— ¿Por qué no vuelves a ver a Don?

—No estoy sufriendo una nueva crisis de *Psicosis Negra*. Tomo la medicación y me encuentro bien.

—No vayas allí —dijo Adrien suplicándole con la mirada.

—He de hacerlo.

—En Compton no durarás nada. Sufrirás la misma suerte que ella.

—Es posible, pero aquí me siento sin vida.

IZAN

Alrededores de Folsom. California.

El jet cruzó el río American y viró de forma pronunciada. Ewan se agarró con fuerza a uno de los asideros de la cabina trasera y miró los reflejos en las mansas aguas. Hacía una eternidad que no se alejaba tanto de la gran ciudad. Afortunadamente la agorafobia no hacía acto de presencia durante la noche; la oscuridad parecía cobijarlo entre la ceguera. Las cuatro paredes de su reducido apartamento, resultaban ser más efectivas que esa descomunal penitenciaría que ya divisaba a lo lejos. Nadie había conseguido extraerlo de su calvario, de esa pena que él mismo se había otorgado en vida. Solo un desquiciado y psicópata negro de Compton lo había conseguido, sin saberlo.

La prisión de Folsom tenía solera en todo el estado de California. Aún mantenía esa sórdida imagen de una estructura que recordaba al pasado. Ewan se quedó mirando la gigantesca y vieja edificación de piedra enmohecida, que se erigía entre la frondosa vegetación. Seguía siendo una emblemática penitenciaría de alta seguridad. En la última década había sido reforzada en su perímetro, por un ejército de metálicos y relucientes autómatas que patrullaban día y noche. En esa cárcel jamás se había producido una fuga y nunca se produciría. Los reos moraban en su interior en una mansedumbre inusual. Nunca se había dado un motín. Ninguno de sus clientes se había quejado de la comida ni del trato recibido. Eran unos presidiarios modélicos en todos los sentidos. Las drogas no cruzaban las puertas de esa cárcel y el silencio era sepulcral.

Pocos funcionarios vigilaban ese penal. Tan solo unos cuantos atendían al sistema de vigilancia de unos reos impasibles, a su alimentación y a la comprobación rutinaria de sus constantes vitales. Todo el conjunto de sintéticos armados que pululaban por las inmediaciones, estaba destinado para hacer frente a las posibles invasiones del exterior, que no a las fugas. De allí no salía ni el mismo tufo a asepsia que impregnaba todo su interior.

El vehículo aéreo giró las turbinas y comenzó a descender entre un torbellino de polvo y gas. La plataforma de metal oxidado destellaba rítmicamente, al compás de los focos que la nave portaba en su base. Todo trascurrió en una danza silenciosa, hasta que la destartalada nave y con un golpe amortiguado, se posó en la plataforma de metal oxidado.

— ¿No puede acercarme más?

—Hijo, ¿ves esa jodida línea roja? Nos freirían como hamburguesas si oso traspasarla un milímetro —contestó el octogenario taxista, un enclenque y calvo viejo del condado de Sacramento. Un pobre pakistaní que jamás alcanzaría a cobrar una pensión y que dejaría este mundo, estrellando sus envejecidos huesos en algún que otro trayecto.

La humareda se disipó en segundos y Ewan sintió un escalofrío cuando la cúpula de cristal de esa antigualla de taxi basculó hacia un lado. No solo fue el frío y la humedad del cercano río, lo que le hizo estremecer. Centenares de ojos luminosos acechaban de lejos los movimientos de la nave y de sus dos ocupantes.

—Necesito que me espere aquí.

El viejo de tez morena y arrugada se echó a reír.

—Sabes, el último tipo que traje hasta aquí me dijo lo mismo y no volvió a salir. No sé qué te trae hasta aquí chico, pero ahí dentro solo hay escoria.

—Le pagaré lo que me diga. Además, necesito que me lleve después a otro lugar.

El anciano taxista enmudeció por unos instantes.

— ¿A dónde?

— A Compton.

—O eres un colgado, o me has tomado por un imbécil —espetó el viejo girándose con el semblante serio y el ceño fruncido. —No solo pretendes que te espere aquí ante ese ejército de máquinas neuróticas sino que además, me pides que te lleve a esa jodida ciudad de la muerte. ¿Has decidido suicidarte esta noche chaval?

— ¿Con quinientos es suficiente?

Akbar volvió a enmudecer mientras rascaba su poblada barba negra y al final le respondió:

—Que sea el doble y por adelantado.

—De acuerdo.

—Por cierto, si no estás aquí en una hora, me largo.

—Estaré, no se preocupe.

—Ah, otra cosa más. Te llevo solo hasta Watts. Yo no voy armado —apuntilló el viejo y se quedó pensativo. —Y que narices, aunque lo estuviera tampoco entraría en Compton.

—Está bien. Le entiendo.

Ewan abonó lo establecido, bajó del vehículo y medio centenar de finos haces de luz lo escudriñaron.

—Eh chico, yo que tú levantaría los brazos al aire. —exclamó el viejo. —Así es más probable que consigas llegar hasta esa jodida prisión, —y rió a carcajadas.

Ewan fue meticulosamente analizado mientras se aproximaba al muro que rodeaba la penitenciaría. Esos autómatas lo interrogaron mientras extraían todas las credenciales de su *neurochip*. Al final, lo más efectivo fue mostrar la tarjeta translúcida que Gwyneth, la directora del C4, había tenido a bien concederle. Dos de esas moles de metal lo escoltaron hasta el mismo portón de la prisión y, allí una vez que se abrió, fue recibido por Ashley Lodge, una enjuta mujer de mediana edad y de mejillas prominentes. No hacía falta adivinar de quien se trataba, ella emanaba unas claras dotes de liderazgo aún sin despegar sus labios. Lo miró de arriba abajo y extendió la mano para escanear de nuevo esa tarjeta que brillaba en la penumbra. Volvió a mirarlo y se sonrió.

—Acompáñame.

Uniformada y engalanada con numerosas insignias, atravesaba con pasos firmes el largo pasillo. Sus negras botas de poliamida sintética soltaban chasquidos de sus hebillas, marcando su superioridad y mecenazgo en aquel antro. Ewan trataba de seguirla dando grandes zancadas. Aquel ambiente le resultaba familiar. Ese penetrante e intenso olor a hospital lo llevaba impregnado en sus fosas nasales. En realidad —pensó él, —ese ambiente parecía no diferenciarse demasiado de los laboratorios del C4, donde permanecía enclaustrado la mayor parte del día.

— ¿Eres irlandés?

—Mi padre lo era. Nació en Belfast —respondió atosigado por el ritmo que ella le imponía.

—No me gustan los irlandeses.

—A mí tampoco.

Ashley rió y se detuvo frente a un portón de acero que parecía ser la entrada a una cámara acorazada.

—No suelo recibir visitas en mi establecimiento y menos a estas horas, pero vienes bien recomendado. Supongo que debe ser algo importante lo que te trae hasta aquí. Dime, ¿qué le habéis hecho a ese tipo en el C4? No da la impresión de ser un tarado criminal, más bien parece un becerro asustado.

—Yo solo soy un simple *neuro*. No sabría decirle más.

Ashley lo miró de arriba abajo, luciendo una provocadora sonrisa.

—No me extraña que ella quiera hincarte el diente. Es más, no sé cómo no lo ha logrado hasta ahora; pareces dócil.

Ewan bajó la mirada y se mantuvo en silencio. El grueso portón circular se abrió lentamente y una intensa claridad lo cegó.

Ambos cruzaron la puerta y siguieron caminando. Ahora Ashley se tomaba su tiempo en cada paso y Ewan volvió a adaptarse a su ritmo. Daba la impresión de que la alcaidesa deseaba impresionar al joven, mostrándole sus dominios.

—Yo también trabajé en El Pozo —dijo ella mirando con orgullo hacia un lado y otro. —Tenía a mi mando todo el sistema de seguridad de sus instalaciones.

Ewan comprendió esa conexión que sin duda había entre la responsable de la penitenciaría y la del C4 en Los Ángeles. De hecho, se quedó un poco perplejo cuando Gwyneth le facilitó las credenciales oportunas para acceder a la modélica prisión con tanta rapidez.

Aquel ancho pasillo estaba lindado a ambos lados por grandes ventanales. Gruesos cristales de seguridad separaban ese corredor de las amplias salas donde se hacinaban perfectamente alineadas, un sin fin de urnas también transparentes. En todas y cada una de ellas los desnudos reos morían día a día, inmersos en un coma inducido. Esos féretros de cristal eran los sarcófagos de los nuevos faraones del crimen.

—Gwyneth, menuda arpía —prosiguió ella riendo. —No permite que nadie le haga la más mínima sombra. Sería capaz de matar por ello. Pero conmigo no pudo.

Ewan apenas atendía al monólogo con el que esa hiena carcelaria trataba de encumbrar su desorbitado ego. Deslizaba continuamente la vista hacia un lado y otro del lúgubre pasillo y se sentía cada vez más sobrecogido. Había centenares de seres durmiendo su pena, esperando su sentenciado final. Ni un solo ruido, ni una sola queja. El silencio reinaba en aquel cementerio de cuerpos aún en vida; no era en vano por ello, que recibiera el nombre de "El purgatorio". Alimentados mediante sondas, esos desdichados esperaban con serenidad el día en que los desconectaran para cumplir su sentencia de muerte.

—Si no hubiera sido por Mathew Devison, esa zorra se hubiera arrodillado ante mis pies —continuaba despotricando.

— ¿Se refiere al Gobernador de California?

— ¿A quién sino? Gwyneth ha sabido respaldarse muy bien. Tiene a los altos cargos del país mamando entre sus piernas. Todos adorando ese vástago que le hace sentirse superior. Pero conmigo no ha podido. Pretendía hacerse también con mi establecimiento, con esta pocilga. Afortunadamente, logré pararle los pies y ahora solo se limita a enviarme a esos degenerados.

Ewan no sabía lo que ocurría con los desdichados que habían sido presa de algún proceso viral de diseño. Él les perdía la pista nada más ser liberados de esa infección que los volvía locos y sanguinarios. Siempre creyó que eran reinsertados en la sociedad después de un largo proceso de tratamiento, pero al parecer no era así.

Ashley se detuvo frente a una puerta de cristal rotulada con su nombre.

—Anda, pasa —le indicó a Ewan nada más abrirla.

—Dispongo de poco tiempo —se excusó tratando de rehusar la invitación.

—No temas, solo será un momento. Quiero mostrarte algo.

Ewan asintió y ella miró hacia una de las cámaras dando su beneplácito a los guardianes que los observaban.

El lujoso despacho estaba repleto de imágenes en las que la alcaidesa destacaba entre honores. Condecoraciones y premios otorgados por magnates y otras personalidades de todos los ámbitos, colmaban sus paredes. También la del obeso Mathew Devison figuraba como un estandarte bien visible. Podría decirse, que ese cuarentón de descuidada imagen y en el que la gula se había afincado haciendo un estandarte de él, era el dueño de todo el estado. Su inmensa riqueza procedía en gran parte del negocio hotelero y la restauración. Su emporio se extendía por todo el globo, aunque no consiguiera poner una de sus picas en Beta-Cangri, la prestigiosa estación espacial; el jeque dubaití consiguió arrebatarle la tan deseada concesión. Hasta el momento, nada había que hiciera sospechar en una procedencia oscura de su descomunal fortuna. Quizás fuera uno de los pocos magnates con dotes de gobernante, que eran aún bien acogidos por la conciencia popular, que no por el gobierno central del país. Sus ideas independentistas estaban calando demasiado en el seno de muchos estados y algunos dirigentes, incluida la Casa Blanca, comenzaban a inquietarse. Solo un tachón menoscababa su inmaculado expediente, una mancha que como el aceite se iba extendiendo por todo su reino. Compton era su pesadilla o al menos eso demostraba; un suburbio de Los Ángeles que le había tomado la delantera. Se había proclamado una ciudad-estado independiente, sentando un precedente en todo el país. Pero el grasiento Mathew, dentro de su aparente disconformidad hacia ese distrito sublevado, apoyaba de forma solapada ese germen que se estaba haciendo con el control de toda la ciudad.

— ¿Quieres tomar algo? —preguntó Ashley sentándose en su mullido sillón.

—Se lo agradezco, pero me están esperando ahí afuera.

—Verás, —dijo intentando recordar el nombre del joven.

—Ewan —apostilló él.

—Conozco demasiado a ese marimacho que tienes por mentora. Jamás se atrevería a pedirme un favor; y lo ha hecho. Dime Ewan, ¿a qué vienes aquí? ¿Es esa escoria que han traído esta tarde, el motivo de que Gwyneth Dawson se rebaje a mis pies?, ¿qué se os ha pasado por alto en el C4?

—Verá Ashley, créame que siento decepcionarla pero no creo que haya ningún interés oculto por parte de mi superiora en este asunto. Solo es un tema personal.

— ¿Conoces a ese individuo?

—Necesito que me aporte alguna información.

La enjuta y recia mujer extendió una de sus manos y un visor transparente apareció de la nada. Movió sus dedos con destreza y la imagen de Izan llenó toda la pantalla.

— ¿Este es el cabrón con el que quieres hablar? —espetó ella rotando la imagen hacia a Ewan.

—Sí, Izan Oneal.

—Ha reventado a una nena inocente. He leído el informe, su vagina estaba hecha jirones.

—Yo también lo he leído.

— ¿Y qué más información necesitas?

—Sobre su procedencia. Estoy realizando un estudio sobre...

—Izan Oneal —interrumpió Ashley con prepotencia. —Nacido en Cleveland, Ohio. Con dieciocho años se trasladó a Los Ángeles para cursar estudios de ingeniería del reciclaje. Trabajó para Enders durante un par de años y fue despedido. A partir de ahí hay un gran vacío. Solo sabemos que tuvo un hijo con una tal Gabriela Andrade, una mejicana afincada en el distrito de Mariachi y de la que no tenemos datos. La pista de este animal se pierde en Compton.

—Está bien —dijo Ewan alzando las palmas de sus manos. —Como le he dicho, se trata de un tema personal. Ese individuo me puede aportar información sobre Compton.

— Vaya, que casualidad —comentó ella con ironía.

—Lo crea o no, es así. Digamos que he perdido a alguien allí.

Ashley lo miró. Con semblante serio y una profunda e hiriente mirada, la suspicaz mujer trataba de adivinar que de cierto había en las palabras del joven intruso. Bajó la mirada y rascó repetidamente su corto pelo albino.

—Está bien —prosiguió después de un interminable silencio. —Voy a concederte el deseo, pero quiero que grabes en tu cerebro lo que te voy a decir. Si me estás engañando, si hay el más mínimo atisbo de mentira en tus pretensiones, te aseguro que iré por ti y te verás dentro de una de esas cápsulas de cristal que tanto te han impresionado. ¿Entendido joven Ewan?

—Como el agua de ese río de ahí afuera.

—No me jodas. Ese puto río lleva putrefacto años —y rompió a reír.

Salieron en silencio del despacho y ella lo condujo a través de otro largo pasillo atestado de cristaleras y durmientes prisioneros. Izan no estaba entre ellos. El desgraciado negro de Compton cumplía los plazos del procedimiento. Veinticuatro horas de gracia, antes de ser sumido en un coma del que jamás despertaría. Más de uno se había vuelto loco en ese periodo de espera. Izan no.

La alcaidesa le cedió el paso y Ewan se estremeció al entrar en la celda.

—Dispones de veinte minutos —le advirtió ella. —Por cierto, todo lo que hables con él será grabado.

La puerta se cerró y Ewan se acercó con cautela a Izan. El negro reo permanecía inmóvil suspendido por finos hilos de acero anclados al techo. Las lágrimas resbalaban por sus mejillas para terminar cayendo en la mesa metálica, que apenas llegaba a rozar. No era capaz de mover un solo músculo de su cuerpo y, cuando lo hacía, un tenaz y lancinante dolor le atravesaba los huesos.

Ewan se detuvo frente a él sin dejar de observarlo. Numerosos tubos y cables estaban conectados a su oscurecido cuerpo. Uno de ellos partía del muñón burdamente cosido, de su descomunal verga amputada.

El afroamericano abrió los ojos cuando Ewan se aproximó y se sentó a su lado, pero no intentó girar la mirada en ningún momento.

—Hola Izan, me llamo Ewan —dijo sin dejar de mirar con aprensión sus rojizos ojos y el demoníaco emblema tallado en ellos.

Ese emblema era la marca de fábrica de una secta salvaje y fanática. Revelaba la impronta de unos seres abducidos desde lo más profundo de sus cerebros. Unos desquiciados y fieles súbditos que servían a las órdenes de unos nuevos apóstoles, de una nueva religión. Ellos eran los enviados y encargados de difundir esa doctrina exterminadora.

El negro no se inmutó lo más mínimo. Volvió a cerrar los ojos y una lágrima cayó en el acero.

—Entiendo tu estado en estos momentos y sé que te resultará insólito, pero necesito que me ayudes.

Izan continuó impasible. Solo el movimiento de su pecho al respirar, hacía pensar que seguía con vida.

—Dentro de media hora salgo para Compton. Han raptado a alguien a quien quería con toda mi alma. Sé que ella está allí y he decidido ir en su búsqueda.

La respiración del reo se hizo más violenta y sus párpados hicieron otra vez amago de abrirse.

—Compton —pronunció el reo con voz profunda.

—Sí Izan, dime donde debo buscar.

El negro sonrió y dejó al descubierto su afilada dentadura. Ewan se apartó de forma instintiva atemorizado.

—Emily te está esperando.

Ewan se quedó atónito. Su corazón comenzó a golpear dentro de su pecho y un fino temblor lo invadió. En un instante comprendió, que ese enviado del infierno poseía un don que le era familiar. Esa misma cualidad que Emily denotaba de forma innata, también parecía estar presente en el sentenciado.

— ¿La conoces?, ¿la has visto? Dime que han hecho con ella.

Izan giró la cabeza y miró fijamente al joven.

—Sigue viva. Es una semilla.

— ¿Qué quieres decir?

—No pudo escapar de su destino.

— ¿De quién Izan?, ¿de dónde?

—Yo sí logré escapar —dijo y rompió a reír.

La risa le duró poco. En una intensa mueca de dolor Izan cerró los ojos y las lágrimas volvieron a brotar de sus párpados hinchados.

Ewan bajó la mirada y suspiró.

—Encontrarás el camino —prosiguió Izan. —Ellos te lo han preparado.

— ¿Quiénes?, dime al menos un nombre — preguntó con desesperación.

Izan comenzó a llorar como un niño. Los recuerdos impactaban como destellos en su mente castigada. Su cerebro había sido despojado de ese corpúsculo que lo sumiera en un mundo de maldad y ahora afloraban a su mente, vagas reminiscencias de otro pasado. El mayor dolor no procedía de esas ligaduras que atenazaban la médula de sus huesos, esos recuerdos lo sumirían en una pena infinita. Empezaba a desear dormirse en ese justiciero coma. Al fin y al cabo, lo despojaría de ese profundo sufrimiento.

Ewan sintió un impulso, algo que no sabía explicar. Sorprendido alargó su mano y estrechó la de Izan. Fue como un intenso azote, como si hubiera sido violentamente arrastrado a través del espacio y del tiempo. Su mente se nubló por unos momentos. La oscuridad y el silencio lo envolvieron como por arte de magia. De aquel vacío comenzaron a surgir imágenes, sonidos y una sensación de bienestar indescriptible. Aquello nada tenía que ver con esos sueños de diseño, con los que el ser humano pretendía acercarse a la obra del creador. Eso que experimentaba estaba colmado de vida, de los más puros y elevados sentimientos que nacen del alma. El éxtasis y el dolor se mezclaban en escenas vívidas. Su corazón retozaba viviendo esos instantes de felicidad que pertenecían a otro ser humano. Sintió el roce de una piel morena y el beso de unos húmedos labios, mientras penetraba con ternura a lo que más quería. Vio brotar una simiente en el vientre de esa mujer morena y de tez bronceada. El rostro de un niño se conformó en su mente. Decenas de imágenes destellaron dentro de él haciéndole reír y llorar, alzándolo a cotas de felicidad y dicha que solo había conocido con Emily.

Ewan retiró la mano aterrorizado. Su corazón galopaba desbocado, su respiración era jadeante y la angustia lo oprimía hasta hacerle desfallecer. Esas últimas imágenes lo habían herido, habían calado hasta lo más hondo de su ser. Seres extraños y con un alma invadida por la crueldad, revolotearon en un recuerdo que no era suyo. Negros ángeles venidos del mismo infierno, de las más profundas lindes de la miseria humana, aparecieron como surgidos de la nada. Y todo se desvaneció.

Aún tiritaba y sus ojos trataban de volver a sus órbitas, cuando Izan habló:

—A duras penas logro acordarme. Dime, ¿cómo era esa joven?

—Una adolescente —respondió al cabo de unos segundos.

—Sé que vertí todo mi odio en ella.

—Olvida eso ahora.

—Le arranqué la vida. Ellos no tienen piedad. Se meten dentro de ti y te hacen ser una hiena. Me sentía un dios y ella jugaba al único juego que le habían enseñado. Era aún una niña y yo la destrocé.

—Eso ya no importa.

—Jamás pagaré por ello. Ahora sufro como nunca creí sufrir. Anhelo cada vez más ese sueño eterno en el que me van a sumir. Al menos, espero no soñar con ella hasta que mi corazón se detenga.

—No soñarás.

— ¿Me lo prometes?, ¿o solo tratas de ser complaciente conmigo?

—Soy un *neuro* del C4. El coma te dejará vacío, sin recuerdos —respondió mintiendo. Él más que nadie sabía que ese estado de conciencia era el caldo de cultivo más enriquecido para que los recuerdos afloraran con total crudeza. A Izan le esperaba un infierno en un sueño eterno. Sin descanso, sin tregua, sin la más mínima ayuda. Era la más cruel de las expiaciones.

—Acaba con mi vida —le imploró, intuyendo que Ewan adolecía de una compasión propia de un alma limpia e inmaculada.

— ¿Por qué me has mostrado tu pasado? —le preguntó susurrando.

—Te encontrarás con ella. Gabriela te recibirá.

Ewan grabó ese nombre en su mente como un tesoro.

—Hazlo. Por Gabriela, por Emily, por mi alma.

Ewan adolecía de fortaleza espiritual, pero allí y en aquellos momentos lo dudó poco. Solo tuvo que extraer un fino conector del pulido cráneo de Izan y sus piernas comenzaron a moverse de forma frenética, mientras entregaba los últimos estertores de vida.

Nadie interrumpió aquella obra de misericordia y compasión. Las cámaras del reducido habitáculo grabaron todo; los ojos que estaban tras ellas hicieron caso omiso de ese acto de benevolencia. Todo estaba escrito, aunque Ewan no se percatara de ello.

El joven se apresuró a salir de aquella habitación que olía a sufrimiento y desesperación. Intentó recordar por donde había entrado y atravesó corriendo el largo corredor donde miles de durmientes penaban en silencio. Al llegar al portón de entrada se estremeció. Era una frontera infranqueable para un mortal como él. Pero la pesada puerta cilíndrica se abrió. Ewan volvió la mirada en un intento de no olvidar lo sucedido y de portar en su interior las últimas palabras de esa desdichada víctima del sistema y de sus más enfermizas secuelas. Ewan siguió minuciosamente los pasos diseñados por otros. Ese destino que Izan le había pronosticado estaba ya escrito. Él era la pieza más valiosa del entramado que se había erigido, para la consecución de un magnánimo fin.

Atravesó sin incidentes el perímetro de la penitenciaría. Nadie reparó en él. Incauto y sintiéndose un héroe, el joven *neuro* atravesó aquellos campos bañados por la luz de la luna, con su corazón henchido de gloria y con el ánimo de encontrar a su amada.

Akbar lo vio de lejos. Su cigarro se desplomó de entre sus dedos al verlo atravesar y a toda velocidad, esos campos bañados por la luz de la luna. Hacía ya demasiado tiempo que sus arrugadas manos no temblaban de emoción, un atisbo de juventud recorrió su envejecido cuerpo. Pulsó botones y giró la llave de encendido en una secuencia que en otro estado, jamás hubiera conseguido hacer a tal velocidad. La cúpula de vidrio se desplazó y Ewan saltó para caer en el deslustrado asiento.

El vehículo alzó el vuelo y la prisión de Folsom se hizo cada vez más pequeña ante ellos.

—Estaba a punto de pirarme —dijo el viejo haciendo un viraje acentuado sobre el río.

—Sabía que no me dejarías tirado.

—Confías demasiado y eso te traerá problemas. Agárrate chico, voy a sortear la Sierra de Nevada. Te dejaré en Watts, tal y como hemos acordado.

Ewan trataba de recobrar el aliento. Hacía ya demasiado tiempo que su adrenalina no impregnaba su metódico y ordenado cerebro. Ese chute no tenía nada que ver con las *ciber* drogas. El ser humano se debatía por diseñar algo que ya existía en la naturaleza. Alguien o algo se había tomado la molestia de diseñarlo en toda su plenitud y la especie trataba de crear de forma cochambrosa lo ya inventado. Ewan se sonrió. Por primera vez en su vida estaba entreviendo los hilos que subyacían bajo todo el tejido de la existencia. Tanto ímpetu por crear, por intentar asemejarse al dios de la creación y solo eran ansias de seres imperfectos. Se acordó de Queen, su gatita persa. Ella estaría esperándolo por siempre, hasta la eternidad. Pero, ¿por qué intentar que un animal tuviera otras cualidades distintas de las que le ha otorgado su especie? El supremo hacedor lo había diseñado con maestría. Un gato era así, sin más. Cumplía su cometido, un rol en un entramado estudiado con minuciosidad. ¿Qué sentido tenía alterar los designios del creador? Los androides más elaborados, aquellos construidos bajo los auspicios de las más insignes multinacionales del planeta, se quedaban a la altura de las pezuñas de un simple gato persa. Ese mimoso animal que se acurrucaba en el regazo de su amo, inculcándole sosiego y compresión dentro de su parco y reducido cerebro, infundía más vida que el mayor de los avatares creados en esos sueños de diseño. Mientras Akbar sobrevolaba con experiencia y destreza esas montañas, Ewan tuvo constancia de la nimiedad del mundo en el que vivía. Todo estaba ya inventado y, además, de la forma más elegante y sencilla.

Después de dos horas sobrevolando valles y montañas, auspiciados por los controles de navegación y por la luz de la luna, miríadas de luces aparecieron en el horizonte anunciando las lindes de Watts.

LA ISLA DE LA MUJER SOLITARIA

Alrededores de Newport. California.

Corría una brisa fresca y los visillos de la pequeña casa azul ondeaban como el velamen de un navío. El soplo de alguna que otra ráfaga de viento y el canto gutural y profundo de los cormoranes, creaban esa melodía que encandilaba a Adrien. No había nada como despertar con las primeras claridades del día y presenciar como el horizonte cambiaba de rojizo a amarillo intenso. Era un espectáculo al que asistía a diario, en ese bello paraje donde residía.

Esa mañana su reloj interno, ese que le avisaba de que el día se disponía a quebrar la noche en un nuevo concierto de luz y color, no había tenido ocasión de avisarlo. Adrien no pudo conciliar el sueño en toda la noche. Permaneció sentado en su viejo y destartalado sillón de rafia, bebiendo licor y oyendo el sonido de las olas en la oscuridad. Quizás fuera la noche más larga que el apasionado a la navegación viviera en ese refugio. Era en ese vestigio de naturaleza, donde sus sentimientos se fundían con el entorno en una emoción ya ridícula en esos tiempos.

Arropado con una vieja manta y sosteniendo entre sus manos el último trago de esa botella ya vacía, el joven expresaba en su rostro la tristeza y el dolor. Ese amanecer fue distinto a los demás. La melancolía era su acompañante y el recuerdo su peor enemigo. Dentro de su corazón anidaba el presentimiento de que jamás volvería a ver a su compañero, a su buen amigo, a ese joven al que hubiera dedicado toda su vida y todo su ser. Aquellos tiempos en que tuvo la fortuna de conocerlo y de sentir junto a él, ya se habían difuminado en su memoria. Solo quedaba un cálido rescoldo de esa llama que Ewan encendiera en él, en una noche embadurnada con licor.

Por un instante, un atisbo de sonrisa se dibujó en sus labios. Un destello en su memoria le hizo recordar el rostro de Ewan tras sus primeros tragos. Un joven que se había resistido a probar el alcohol y que una noche de expiación aireó su alma frente a él. Su corazón palpitó de nuevo con furia, rememorando aquellos días en los que ambos eran cautivos de sus pasiones y sentimientos. Pero esa vislumbre de euforia le duró poco. Ese encantamiento se desvaneció como el humo en el viento, cuando los ojos de su más tierno amor se posaron en ella, en Emily. Se lo había recriminado una y mil veces. Se había fustigado a él mismo día y noche, pero el destino parecía estar escrito.

Mientras su mirada se perdía en ese vaso vacío, se vio reclamado por otro compañero que nunca lo abandonaría. Allí en el embarcadero, se movía danzando hacia un lado y otro intentando llamar su atención. La pequeña campana anudada en lo más alto de su mástil, trataba de desperezarlo del profundo abatimiento.

Adrien no lo pensó dos veces. Por su mente cruzó como una centella, la idea de hacerse a la mar y navegar hasta esa isla donde un día intentó, sin conseguirlo, llevar a su buen amigo. Un remanso de paz y de abandono. Un lugar olvidado por todos, excepto por él y esos cormoranes que siempre le habían inspirado a sentirse libre.

Lanzó el vaso con todo su brío y se puso en pie. Su velero lo esperaba y nadie mejor que ese cascarón, para internarse en el olvido y calmar su pena.

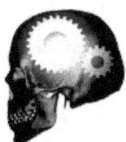

El Hunter 31 era un pequeño velero de un solo mástil. Aún seguía construyéndose esa embarcación desde que apareciera su primer prototipo en 1983, un monocasco de tres metros y medio de manga, por ocho de eslora. El que poseía Adrien era blanco y con unos finos listones en su línea de flotación, que hacían juego con el velamen azul. Limpio y reluciente como una patena, esa pequeña embarcación era el orgullo de su flacucho y narigudo patrón.

Subió a bordo y se santiguó frente al palo mayor. Un ritual que el joven marino ofrendaba y de forma ceremoniosa, antes de soltar amarras. Aunque jamás había sentido apego hacia el culto cristiano, sentía y desde hacía unos años, un afecto que no podía explicar. Quizás fuera aquella experiencia mística ocurrida un año antes de conocer a Ewan, la que dejara mella en su interior. Fue como una anunciación, en la que el Jefe de los Ejércitos de Dios le revelara su destino, la que cambió y de forma profunda su visión de la vida.

Este narigudo y famélico joven se crió como hijo único en el seno de una familia homoparental. Uno de sus padres, Edgard, había logrado hacer fortuna tras establecerse en Newport, una floreciente ciudad por aquellos entonces del condado de Orange, en California. Edgard Abbaci procedía de un linaje de célebres almirantes de la armada francesa. Aunque nunca mostró inquietudes por continuar esa tradición familiar, su hijo Adrien sí que parecía haber heredado los genes de esa estirpe de marinos.

Fue a los pocos años de nacer Adrien en esa ciudad marítima de Cherburgo, sede de la marina francesa, cuando Axelle decidió rescindir el contrato de pareja. El joven Edgard había demostrado ya y en más de una ocasión su verdadera vocación entre las sábanas. No dudó en abandonar esa tierra que lo vio nacer y aceptó con agrado e ilusión una oferta de trabajo al otro lado del océano.

Edgard se estableció en Newport junto a su hijo Adrien y Aakil, ese íntimo amigo que le ofreciera su nueva ocupación. El chico aún no había cumplido los diez años, pero ni Axelle ni los tribunales pudieron arrancarlo de su padre. Siempre le había profesado auténtica veneración. Si bien añoró en buena medida abandonar Cherburgo, el infante recobró su afición por el mar en ese nuevo destino.

Adrien estudió y se hizo un versado en materia de sistemas de diseño virtual, influenciado quizás por Aakil, su otro padre. Este, un cincuentón alto y enjuto, supo inculcarle la pasión por los entornos virtuales. Aakil nunca llegó a ser un diseñador virtual. Era lo que más ansiaba en su vida, pero carecía de creatividad. Se conformó con fundar una empresa de limpieza de basura informática, y triunfó. Era bien amplia su cartera de clientes. Empresarios, políticos, e incluso la misma sede episcopal, habían tenido a bien recurrir a sus servicios para hacer desaparecer del *ciber* esos datos sensibles que no debían figurar. Pocas empresas en el planeta habían conseguido demostrar la pericia que ese hombre, de pelo rizado y rasgos hindúes, había logrado. Su empresa, un referente en el estado de California, aseguraba un borrado total y seguro de todos los rastros dejados por cualquier *neurochip*.

Aakil Mahan había sabido rodearse de todo un ejército de expertos en el campo de la ingeniería del reciclaje. Todo ese vasto equipo de profesionales hacía su labor desde los lugares más dispares de la India. Ese país continuaba siendo líder en el sector de la computación cuántica. Mediante complejos algoritmos matemáticos, sus arañas escudriñaban y limpiaban el *ciber* de toda esa información obsoleta, sensible o comprometedora que quedaba incrustada como el moho, en la estructura de la red.

Adrien supo acoger con entusiasmo la ofuscada pasión de su segundo padre y no dudó en cursar estudios virtuales a distancia, en la afamada universidad de Yale. El diseño virtual se fue alojando poco a poco en su mente y supo compaginarlo con su pasión por el mar. Su maestría y destreza para diseñar navíos virtuales y sueños de navegación, lo encumbraron en los círculos de expertos en la materia. Sus publicaciones en las revistas especializadas le dieron marca a su nombre y pronto tuvo numerosas ofertas del sector. Pero Adrien carecía de ambición. Para este bajito y cenceño joven, la vida se encontraba en el mar y no encerrado entre cuatro paredes manipulando complejos sistemas de computación cuántica. Adrien no podía vivir sin sentir en su piel la fresca brisa marina; sin olfatear el fuerte olor a salitre. Jamás se comprometió a dejarse la piel en el seno de una multinacional del diseño onírico. Solo les permitió acceder a parte de su valioso tiempo, ofreciéndoles diseños en sus ratos de descanso y de ocio.

Era asiduo a competir en las célebres regatas de Newport-Ensenada. Él y su nacarado velero Aegean, abandonaban a diario las calmas aguas de la bahía para internarse en otras más profundas y bravas. Esa era su pasión, solo eso le daba sentido a su vida. Siempre soñó con circundar el globo. A solas, sin ayuda de nadie, con su nave y el mar como únicos compañeros de viaje. Aegean no daba la talla para tal empresa, pero en su mente vagaba la idea de conseguir un navío capaz de hacer realidad su sueño.

Ahora, Adrien se disponía a internarse de nuevo, entre las embravecidas aguas del canal de California; un archipiélago de islas situado frente a la costa suroeste del país. Pero en esta ocasión, la más temible soledad y la añoranza pretendían acompañarlo.

La isla de San Nicolás era su destino. Un escollo de apenas sesenta mil metros cuadrados y la más alejada de la costa de todo aquel archipiélago. Adrien siempre se vio atraído por ese desierto paraje en aguas del océano Pacífico. No solo sentía fascinación por la hazaña de llegar navegando hasta ese islote, poniendo a prueba su pericia como marino, y de encontrarse en aquel vestigio de naturaleza junto a una fauna y floras autóctonas. Su mayor gozo procedía de la historia de ese terruño azotado por los vientos del canal y de sus bravas y frías aguas. En su mente y en el interior de su velero, la imagen de una valerosa mujer lucía como un estandarte. La última descendiente de una estirpe de indígenas de ese islote, que se aferró a no abandonar su tierra. Una tribu diezmada en 1814 por cazadores de nutrias marinas de Alaska, que no lograron acabar con su espíritu. Nadie pudo convencerla cuando el resto de los Nicoleos fueron trasladados a tierra firme. Ella se quedó allí como un baluarte de su pueblo. Durante dieciocho largos años permaneció conviviendo con cormoranes y delfines azules, en la más absoluta soledad. Fue en 1853, cuando un capitán de navío la extrajo de ese hábitat para el que estaba creada y la devolvió a una sociedad que le reportaría la muerte en pocas semanas.

Adrien gustaba de cobijarse en la cueva donde la valerosa mujer se resguardaba de las duras inclemencias. Pasaba noches enteras al calor de una hoguera, sintiéndose el heredero de unos valores ya caducos en una sociedad enloquecida y sin baluartes. Era su refugio, aquello que le otorgaba identidad y carácter. Un lugar al que jamás había invitado a nadie, un santuario que quiso compartir con su mejor amigo y que por los avatares del destino, nunca le llegó a mostrar.

Aquel embarcadero de maderas enmohecidas y roídas por el agua de mar, lo saludó con crujidos a cada uno de sus pasos. Soltó amarras y subió a bordo. Solo esa mochila desgastada y de color gris que colgaba de su espalda, portaba lo necesario para pasar otra noche en la soledad de sus recuerdos: un par de botellas de Kirsch, un álbum tridimensional repleto de imágenes del pasado junto a Ewan y algo de comida.

Durante unos minutos, aferró los aparejos y desató el velamen para desplegarlo cuando ya estuviera en aguas más profundas y al azote del viento. Comprobó toda la instrumentación que el mimado velero portaba a bordo y programó la travesía. Ese día el viento rolaba a su favor y le ayudaría a fondear en la costa de la isla de San Nicolás cuando el sol estuviera en su cenit.

Adrien arrancó el motor y el Aegean se fue alejando de aquella zona que Adrien amaba con pasión. Volvió su mirada para contemplar con un sentimiento extraño, la pequeña casa azul. Era un presagio que lo había atenazado durante toda la noche y que quizás, en el fondo esperaba y deseaba. Aunque siempre había alardeado de poseer un carácter fuerte y extrovertido, su ímpetu se había visto mermado día a día. Ahora que Ewan había decidido inmolarse internándose en esa ciudad dominada por el terror y la muerte, su vida ya no tenía sentido. Sabía que no lo volvería a ver, que el recuerdo de ese joven de mirada tierna y sincera terminaría destrozándolo.

A dos millas de la costa detuvo el rugido del motor y encaró la proa de la embarcación en dirección al viento. Desplegó el velamen de su único mástil y el velero se zarandeó jugando con el soplo de Céfiro; el dios del viento que lo internaría en alta mar.

Subido en su más alto pedestal, girando con brío hacia un lado y otro el metálico y reluciente timón, el joven y, no por ello menos diestro patrón de barco, blandía la embarcación entre aquellas olas cortándolas con su quilla. El nacarado velero se ceñía a babor y estribor en un lento y profundo baile con su anfitrión, ese mar embravecido que discurría entre islotes desperdigados en la lejanía. El gozo comenzó a inundar su corazón. La emoción de sentirse solo y a merced de los vientos, era una droga que llevaba incrustada en lo más profundo de su ser. Pero Adrien no estaba solo aquel día claro de invierno. Un minúsculo punto en el horizonte y negro como el azabache, parecía seguir sus pasos. Una sombra en ese mar abierto, hundía su proa en grandes y profundas embestidas, abriéndose paso entre crestas blancas de espuma.

La isla de Santa Cruz había quedado a estribor y el océano se abría ante él. Adrien encaró la embarcación en dirección a ese diminuto punto al que se dirigía. Fijo el rumbo en algunos de los sofisticados instrumentos de a bordo y activó la navegación inteligente. Esa travesía sería épica. El Aegean lo escoltaría hasta San Nicolás y él ahogaría sus sentimientos con alcohol.

Fue durante unos segundos. El joven marino, con su famélico torso desnudo y aferrado a la botella, gritó a los cuatro vientos el nombre de su alma gemela. Con todos sus bríos, con las venas de su cuello ingurgitadas de pasión y dolor, Adrien aulló mientras sus ojos enrojecidos dejaban escapar lágrimas que ese viento del oeste le arrebataba sin contemplación. Pero ese vendaval pareció reaccionar ante su llanto. Céfiro tuvo un amago de conmiseración con él y su soplo se desvaneció. La vela dejó de ondear y el pequeño velero detuvo su zarandeo. Adrien sonrió y volvió a dar un largo trago.

La calma se había adueñado de aquella franja de océano. Como por arte de magia, esas aguas se habían convertido en un remanso de paz, intentando infundir en el navegante sosiego y quizás, unos momentos de expiación. Su corazón ya lo sabía. Jamás volvería a pisar esa tierra mítica donde se fundía con el alma de esa mujer. Nunca más su mente se adormecería frente a esa hoguera, lejos de ese mundo que solo le había reportado vacío.

Se sentó en cubierta y continuó bebiendo mientras las lágrimas brotaban. Aquel punto negro seguía allí, inmóvil e impasible en un mar calmo. Y fue después del último trago cuando el joven narigudo se sobrepuso. Esa experiencia mística que un día le reveló su destino, le hizo recobrar la entereza y la cordura. Adrien comprendió que su suerte no estaba allí. Que ese licor que nublaba sus sentimientos no era la solución y que su misión también se hallaba en esa ciudad, en la que su buen amigo se había internado. Como si de una revelación se tratara, tuvo conciencia de su terquedad, de que toda su vida había sido solo un lento peregrinaje hacia esa misión encomendada. Solo su flaqueza espiritual y su falta de fe, habían logrado distraerlo de esa misiva. Ahora, perdido en la inmensidad de aquel mar que como un espejo reflejaba su condición humana, Adrien captaba la verdadera esencia de su vida. Ewan era lo único que había que proteger y él no había sabido hacerlo. Atosigado e inmerso en los pecados que devoran el alma, se había dejado llevar por las pasiones que llevan al ser humano hasta las lindes más bajas.

De un salto y recobrando las fuerzas, decidió cambiar el rumbo que lo había conducido a comportarse como un despojo de una sociedad emponzoñada. Replegó el velamen y se dirigió al puente para arrancar de nuevo ese motor, que lo sacaría de esas calmas aguas.

El bramido volvió a inspirarle ímpetu. El velero aplaudía ese despertar. Pero el Aegean no hizo el menor gesto de moverse. Permanecía varado como en un fango. Adrien revisó todos los sistemas y una alarma prendió en todo aquel panel de instrumentación. Una diminuta luz parpadeante le anunciaba que la hélice no respondía a su deseo. De nuevo, escudriñando pantalla a pantalla todo el sistema, se percató de que solo sumergiéndose en esas frías aguas lograría poner fin al desafortunado incidente.

Se enfundó en un traje de neopreno blanco y embutió sus labios en la pequeña ampolla que le suministraría oxígeno durante más de una hora. Descendió por las escalerillas de popa y se sumergió hasta llegar al nivel de la hélice. Un simple tornillo ya enmohecido resultaba ser el culpable. Una pequeña e insignificante rosca de acero que se había aflojado como por arte de magia, atendiendo a aquellos que trataban de ofuscar de nuevo su mente.

Adrien decidió subir a bordo para hacerse con el material necesario, pero una quilla negra como el azabache se aproximó al Aegean deteniéndose a su costado. Apenas tuvo tiempo de asirse a la escala, cuando en esas azules y tranquilas aguas, dos negras y pérfidas figuras penetraron en ellas rodeadas de infinidad de diminutas burbujas. Él se quedó atónito, observando como esos extraños buceadores lo miraban mientras la miríada de minúsculas pompas emergía de sus negras y sombrías siluetas.

Adrien supo que todo había terminado. Sonrió mostrándoles su entrega y reconociendo su fracaso. Uno de los arpones le atravesó su dolorido corazón y el otro cruzó su cerebro de punta a punta. Su cuerpo se perdió en la profundidad de aquellas aguas con una sonrisa en los labios.

SEGUNDA PARTE

Los ángeles lo llaman placer divino; los demonios, sufrimiento infernal; los hombres, amor.

Heinrich Heine (1797-1856). Poeta alemán.

ENCUENTRO EN EL CIELO

Hotel Al-Baseer. Estación espacial Beta-Cangri.

Una directora del C4 no podía permitirse ese lujo. Gwyneth Dawson sí y además, sobradamente. Por esa noche en el Al-Baseer, la dirigente del C4 en Los Ángeles abonaría una cantidad de dinero equiparable a la nómina mensual de todo su departamento. Esa morada de Alá en el cielo figuraba hacía ya una década, en el primer puesto del ranking hotelero del planeta. Aunque sus acreditados huéspedes contaban de base con el anonimato, era por todos sabido que las mayores fortunas del mundo habían posado los pies, en sus exclusivas moquetas de seda oriental.

Al-Baseer era la obra cumbre del megalómano y visionario jeque de Dubái. El nombre con el que había bautizado esa joya de los cielos, "El que todo lo ve", no solo hacía referencia a las maravillosas vistas del planeta azul que desde él se divisaban; también aludía y de forma irónica, a esa sensible y privilegiada información acerca de sus notables huéspedes.

Desde que se construyera el hotel Burj Al Arab, ese emblemático y centenario edificio con forma de embarcación a vela, la dinastía Al-Maktoum había continua-

133

do la labor de su antepasado, el jeque Mohammed bin Rashid. El afán por extender su grandeza y visión de futuro, más allá de las fronteras del famoso emirato árabe, continuaba vigente en su descendiente. Los lujosos hoteles construidos a mediados de siglo y a orillas de los lagos artificiales, en pleno corazón del Sahara, fueron buena prueba de ello.

Omar bin Abdul Al Maktoum, biznieto del jeque que emprendiera la magnánima obra de hacer de Dubái una megalópolis del lujo y del glamour a nivel mundial, fue quien obtuvo la exclusiva en Beta-Cangri. Un diseño faraónico que compitió a base de dinero y de altas influencias, con los más acreditados complejos hoteleros del planeta. Al-Baseer era el buque insignia de la flota del octogenario jeque dubaití. Las suites del prestigioso hotel estaban equipadas con la más puntera tecnología, sin dejar de lado ese toque oriental y musulmán. Setenta y dos habitaciones diseñadas por las más prestigiosas firmas del globo. Mármol, terciopelo y oro adornaban esas estancias desde las que se observaba el lento desfile del planeta; Gwyneth pernoctaba en una de ellas.

Empapada en sudor, la esbelta mujer de treinta y dos años arqueaba la cintura. Allí, en aquella lujosa estancia que orbitaba la Tierra, hacía alarde de su más codiciado implante. Lo manejaba con auténtica maestría, como una prolongación de ella misma, como un súbdito internándose en el abismo de la depravación. Su rostro reflejaba el éxtasis frenético al que se aproximaba y sus ojos se habían perdido en una mirada hacia el infinito. Embriagada de sexo y de drogas virtuales, Gwyneth estaba a punto de alcanzar el jardín de Alá, pero esta vez no fue así.

Respiró profundamente un par de veces antes de atender la insistente llamada. En cierto modo la esperaba, aunque no en ese momento. Desenfundó del joven y moreno adonis su preciada joya, secó el sudor de su rostro y con un ligero toque de sus dedos su maquillaje inteligente se puso a trabajar.

Gwyneth se sentó en el diván y desplegó en el aire un visor. El rostro de una mujer ya entrada en años, pero de exquisita presencia y compostura, se dibujó en la pantalla virtual. Gwyneth no lo dudó y traspasó esa llamada a su *neurochip*. Su cabeza basculó hacia atrás como si entrara en trance y sus ojos resplandecieron en color violeta.

—Espero no ser inoportuna —dijo la mujer de pelo gris nacarado y ojos pequeños y oscuros.

— ¿Qué tal Hanna?, ¿todo bien por Dusseldorf? —contestó Gwyneth dando los últimos retoques a su pelo.

—Estoy en Atlanta.

— ¿Ocurre algo?

—He declarado el nivel uno.

—Debe tratarse de algo importante.

—Han saltado todas las alarmas. He convocado al C4 para una reunión de emergencia —contestó con serenidad y voz templada. —Me faltabas tú, no imaginaba que estuvieras en Beta-Cangri.

Gwyneth sonrió. Su superiora en el C4 se había percatado de la esplendorosa luz solar circundando la estancia.

—He subido a ver a un viejo amigo.

—Entiendo —dijo la quincuagenaria mujer, mostrando resignación en su faz. —Necesito que te pongas en marcha.

— ¿Otro brote de *Psicosis Negra*?

—No puedo decirte más.

Gwyneth enmudeció por unos segundos, esperando que la máxima responsable del C4 le ofreciera una explicación más detallada. Pero no fue así.

—Bien, en un par de horas me tendrás allí.

Gwyneth cortó la comunicación con una simple orden y miró al joven.

—Será mejor que te vistas —dijo observando con voluptuosidad al efebo de piel morena.

— ¿Subirás la semana que viene?

—No creo. Tengo la impresión de que voy a estar muy ocupada las próximas semanas —contestó escondiendo ese atributo, antaño masculino, entre sus piernas.

El atractivo joven y mecenas de esos tiempos, saltó de la cama de un brinco. Se acercó a Gwyneth sigilosamente y la rodeó con los brazos besándola en el cuello.

— ¿Me llamarás? —preguntó él con voz sugerente.

Ella se deshizo de sus manos y rió mientras terminaba de ajustarse el ceñido vestido.

—Estoy convencida de que sabrás apañártelas sin mí.

Él, un tipo engreído y arrogante, no se sintió ofendido ante esa conducta. Ya estaba más que acostumbrado y en cierto modo era lo que buscaba. Esa hembra especial lograba ofrecerle aquello que deseaba. La sumisión y la humillación formaban parte de ese juego, en el que él adoptaba un rol que nadie como Gwyneth sabía trabajar. Se llamaba Naguib y era bien conocido en todo el globo. Su empresa era un referente en el mundillo de las comunicaciones y él, su más emblemática representación en los medios. Todo el entramado de globos estratosféricos que circundaban el planeta y que surtían de conexión al *ciber* a través de cañones láser, eran de su propiedad. Con un simple gesto, el magnate de las comunicaciones podía dejar a oscuras a millones de ciudadanos ávidos y dependientes de su tecnología. Pero allí en Al-Baseer, aparcaba su divino estatus para entregarse a sus más bajas pasiones. Lo tenía todo, pero no a Gwyneth. Solo unos momentos de gloria sintiéndose defenestrado por una mujer como ella y atiborrado de vidrio azul hasta las cejas, lograban extraerlo de esa farsa en la que vivía y que no le reportaba más que riqueza. Un alma en pena, que jamás lograría un atisbo de serenidad y plenitud.

Gwyneth colmaba así dos de sus grandes pasiones. De un lado su lujuria quedaba satisfecha, de otro y quizás más importante, añadía adeptos a su amplio currículo. Personalidades de todos los ámbitos habían catado su auténtico poder. Ella solo coleccionaba favores.

Naguib se vistió a toda prisa. La conocía de sobra y sabía por experiencia que estallaría en una violenta muestra de ira.

—Toma —dijo ella entregándole una ficha luminosa y divisa del hotel. —Desaparece y di que me preparen una lanzadera.

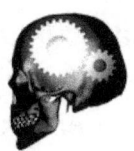

Los curvados pasillos de Beta-Cangri estaban vacíos a esas horas. La estación espacial mantenía el horario UTC[20], el estándar por el cual el mundo regulaba

----

[20] *Tiempo Universal Coordinado.*

todos los relojes. Gwyneth se deslizó por una de las cintas transportadoras que circundaban ese enorme toroide que era Beta-Cangri, en dirección a las puertas de embarque.

Dos hombres la esperaban en esa sala de color blanco y de confortables sillones. Los dos vestían de negro y la miraron fijamente.

—No esperaba encontraros aquí —dijo ella mientras se aproximaba.

Uno de ellos la invitó a tomar asiento con un simple ademán.

—Tengo prisa Joseph.

—Lo sé, solo será un momento.

— ¿Qué tal Mathew?, ¿todo bien en el estado de California?

—Mejor que en Atlanta —respondió el rollizo cuarentón con ironía.

El Gobernador del estado de California no podía disimular donde radicaba su pecado. Con solo metro y medio de estatura y ciento cincuenta kilos de peso, apenas lograba sitio para albergar su descomunal culo. El lujoso sillón de piel blanca pedía a gritos que lo liberaran del infernal castigo.

—Veo que las noticias vuelan —dijo ella. — ¿es eso lo que os trae por aquí a estas horas?

—Nos dirigimos a Shoemaker —respondió Joseph. —Aunque a decir verdad, también estábamos interesados en verte antes de que te enfrentes a tus superiores.

— ¿Cómo habéis dejado escapar a ese engendro? —preguntó ella sin más cortapisa.

—Digamos que ha sido un imprevisto —respondió Joseph. —Ese negro era demasiado valioso para nosotros. Lástima que su cerebro no sea convenientemente aprovechado.

— ¿Eso es todo?, ¿sabéis lo que me estoy jugando con esto?

—Vamos Gwyneth —dijo Mathew, —hasta ahora has jugado bien tus cartas. Ese negro no es el problema.

— ¿Qué coño quieres decir?

—Suponemos señorita Dawson, que habrá sabido capear el temporal —repuso Joseph.

—Naturalmente. Ese negro está ya a buen recaudo. Y si te refieres a *Chronos*, no queda vestigio de él, se ha fundido en las manos de un jodido neurocirujano.

—Karavokiris se alegrará de ello.

—Pero yo no me alegro de que esos jodidos Ángeles Negros la hayan fastidiado.

— ¡No consiento que hables en ese tono refiriéndote a ellos! —exclamó Joseph advirtiéndola con su dedo.

— ¿Tan complicado era el trabajo que tenían encomendado?

— ¡Cállate de una puta vez! —volvió a exclamar en voz baja, tratando de no llamar la atención.

Joseph inspiró profundamente y trató de recobrar la compostura alisándose el cabello.

—Él trata de decirte que te tranquilices —repuso Mathew de forma flemática. —Olvida por un momento a ese jodido negro.

— ¿Qué coño ha ocurrido? —preguntó Gwyneth más calmada. —El C4 no decreta un nivel uno así porque sí.

Joseph no respondió. La sala de embarque permanecía vacía y en silencio, solo el silbido de los inyectores de aire era perceptible. Dirigió sus pequeños y achinados ojos hacia el ventanal y observó con detenimiento como una de las lujosas lanzaderas del hotel maniobraba para posarse en el puerto de atraque. Gwyneth continuó mirándolo. Ese joven de fuerte carácter le imponía el máximo respeto, por no decir recelo. Su sedosa y larga cabellera negra ondeaba ante aquel incesante soplo de aire, dando el aspecto de ser un ángel desterrado del cielo.

Joseph Bishop no había alcanzado aún la treintena, pero sí que había logrado alcanzar gran notoriedad y amasar toda una fortuna. No tenía amigos. En realidad, no tenía a nadie en su vida. Aun siendo un simpático y dicharachero joven apuesto y atractivo, la soledad era su triste y asidua acompañante. De la misma forma que hacía amistades, se esfumaban tras conocer a tan atrayente y enigmático personaje. La causa: su ego.

Joseph adolecía de un marcado narcisismo. Aunque siempre alardeaba y aparentaba de forma magistral poseer una formidable autoestima, el joven carecía de ella. Quizás su minusvalía, una incipiente cojera congénita, le influyera de modo decisivo. En su interior anidaba un sentimiento de inferioridad, de baja autoestima, que lo impulsaba a sobrevalorarse de forma exagerada. Buscaba con ansiedad la admiración de los demás. Sí bien, este rasgo puede formar parte de la personalidad de infinidad de criaturas, en el caso de Joseph llegaba a constituir un auténtico desorden patológico.

Era un náufrago en un océano social, aunque él mismo no fuera consciente de ello. Se podría pensar que Nicole, su madre, pudiera haber influido en su desequilibrio emocional. Obsesionada por no poseer los atributos masculinos que hicieran justicia a su carácter y, con la pérdida de su primogénito Brian como colofón, quizás descuidara la atención hacia Joseph.

Fueron tres pérdidas las que de niño sufrió en un breve plazo de tiempo. La última, la de una madre histérica y desquiciada que no reparara en la valía de su pequeño, sería el detonante que minara su aún no conformada mente y personalidad.

Joseph no eligió estudiar arquitectura urbana. Sí que se decantó por la arquitectura virtual y el diseño de entornos. Sus progresos en la universidad virtual fueron visionados y seguidos por doctos en la materia. Sus diseños eran magistrales, repletos de una elegancia y naturalidad jamás vistas. Cuando recibió los primeros elogios por parte de aquellos que estaban en la cúspide de esa doctrina, fue cuando su deformación mental comenzó a tomar forma. Fueron varias y afamadas las empresas que se disputaron al joven y brillante artista del diseño, y él eligió Obidian como catapulta de su carrera profesional.

Enclavada en el distrito de Los Feliz, entre el área de Hollywood y el río Los Ángeles, era una multinacional pionera en el desarrollo de software recreativo turístico. Su sede principal ocupaba gran parte del interior de la montaña Hollywood, en el Parque Griffith. Obidian utilizaba el viejo y abandonado observatorio astronómico, para dirigir su cañón de datos a la red de satélites que distribuían sus desarrollos virtuales por todo el planeta. Millones de usuarios en todo el mundo viajaban en un sueño inducido a cualquier parte del globo. Era posible e increíblemente real, tomar un café en el bulevar de los Campos Elíseos de Paris, o bañarse en las sucias y pestilentes aguas del Ganges en la India.

Obidian se había convertido en el primer tour operador virtual. Ofrecían viajes de todo tipo y para todos los bolsillos, con la peculiaridad, de que el turista no se movía en absoluto de su hogar. Los mejores hoteles del mundo estaban detalladamente recreados en sus simulaciones y Joseph fue el artífice de esas creaciones y de monumentales edificios cargados de historia.

Pero Joseph no se contentó con eso. Adinerado a su joven edad y famoso en el sector que lideraba, ansiaba encontrar su recompensa. Las noches lo sumían en una profunda melancolía, la soledad hincaba su daga en lo más profundo de su corazón. Robaba horas al sueño para seguir creando aquello que le diera aún más protagonismo, en una vida carente de afecto y de relaciones sociales.

A los dos años de su ingreso en la multinacional del ocio, comenzó a internarse en un mundo oscuro y de tinieblas. Esa búsqueda lo había conducido a un callejón en el que no se vislumbraba la salida, un mundo extraño poblado de seres aún más insólitos. Creyó que ahí se escondía su remedio y fue en esos círculos donde conoció a Aiyana.

Ella, o él, porque nadie era capaz de definir el sexo de esa nueva especie que había surgido en el seno de una de las sectas más secretas y esotéricas de los suburbios de la gran urbe, supo atraerlo a su territorio. Aiyana lo encandiló desde el principio.

La mente de Joseph se fue alienando hasta llegar a estar abducido por unas mentes que le ofrecían lo que él ansiaba, beatificándolo. No tardó mucho tiempo en percatarse de que era un dios incomprendido y que su potencial era infinito. De esas diatribas y de las oscuras pretensiones de Aiyana y todo su séquito, nació en él la delirante idea de crear su propio imperio. Un reino donde su reconocimiento como monarca no fuera discutido por nadie. Así nació Brainsoft.

Él fue su fundador. Una empresa liderada por un desequilibrado y gobernada en la sombra por un ejército de criaturas que pululaban entre la realidad y las tinieblas.

Brainsoft surgió como una semilla en la mente de Joseph. Una simiente sembrada con destreza por una mente calculadora y deforme, como la de Aiyana. Era un intento más de esa secta por hacerse un hueco en una sociedad menoscabada por la falta de ilusión, de expectativas y de fe. Joseph fue el caldo de cultivo para fomentar esa cultura suburbana, que una elite de "colgados" intentaba implantar. Nadie como él para encarnar y en toda su plenitud a la envidia.

—Ahí tienes tu transporte —dijo Joseph sin dirigirle la mirada.

Gwyneth se derrumbó. Su fuerte carácter y su desorbitado ego hacían aguas frente al oscuro personaje que apenas le prestaba atención.

—Sabes que he cumplido con mi parte —contestó a modo de súplica. ¿Qué ha fallado Joseph?

— ¿Quieres tranquilizarte? —le espetó él.

Gwyneth enmudeció y después de unos segundos, el joven prosiguió:

—Al parecer, un puto japonés jubilado ha sido el causante.

— ¿Qué?

—Gwyneth, está todo bajo control.

— ¿A quién coño habéis encargado el trabajo sucio?

Joseph se dignó a mirarla y sus ojos negros se hincaron en ella. Gwyneth le mantuvo la mirada, haciendo caso omiso a esa voz dulzona y artificial que la invitaba a embarcar.

—Dentro de unas horas, cuando estos rayos de sol bañen las orillas del Rin, tendremos todo el código —dijo Joseph.

—Ahora lo que nos preocupa es la llave —apostilló Mathew.

— ¿Creéis que soy una estúpida?

Joseph sonrió. En ese rostro, que casi nunca mostraba el menor atisbo de complacencia, lucía ahora y como primicia un vestigio de satisfacción.

— ¿Ves Mathew? Esta es la Gwyneth que me encanta.

— ¿El polluelo ha abandonado el nido? —preguntó el obeso gobernador.

—Va hacia ella —respondió Gwyneth.

—Bien. Me siento reconfortado —dijo Joseph. —En Shoemaker se alegrarán de saberlo.

— ¿Quiénes?

—Los mismos que permiten que nades en dinero.

—No es solo el dinero lo que me importa y tú lo sabes.

—Gwyneth por favor —dijo Mathew, —tú ya has cumplido con tu parte. Ahora solo limítate a comparecer en ese dichoso comité del C4.

— ¿Me dejáis al margen?

—Gwyneth, los de arriba saben agradecer los favores. No te va a faltar de nada, si es que te refieres a eso.

— ¿Crees que me contento con estas escapadas? Sabes perfectamente que no es el dinero lo que más me pone.

—Ya querida, todos sabemos que es lo que más te pone —replicó Joseph sonriendo y mirando el abultamiento entre sus muslos.

—Sé que te hubiera gustado probarla —dijo ella empapada de ira.

—Oye nena, tengo mis gustos particulares en cuanto a eso. Será mejor que te tranquilices y seas más educada, o...

— ¿O qué Joseph?, ¿tendré un fatídico accidente en esa puta lanzadera que me está esperando?

—Todo es posible en estos tiempos. No serías la primera ni la última.

— ¿Qué pretendes? —preguntó Mathew.

—Se me prometió un lugar en ese reino que estáis creando.

—Señorita Dawson.

— ¡No me llames así! —gritó ella encolerizada.

Joseph rompió a reír y Mathew prosiguió con otro talante.

—No pretendas vender la piel antes de que cacemos al oso.

— ¡El oso ya está entre rejas! —volvió a gritar ella.

Mathew no lo dudó un instante. Sacó de uno de sus bolsillos una diminuta arma y situó el láser rojo entre las finas cejas de la mujer. Joseph le bajó la mano con cautela y tratando de calmarlo.

— ¿Ves lo que estás consiguiendo? Este no es el camino. Pórtate como una buena chica y te recompensaremos —dijo Joseph con flema.

Gwyneth aún jadeaba, cuando un alto y elegante joven de rasgos árabes se aproximó a ellos.

—Disculpe Gwyneth, su lanzadera está lista para partir.

—Gracias Omar, ya me disponía a embarcar.

Esperó a que ese adonis se alejara y miró a Joseph fijamente.

— ¿Has solucionado el otro problema?

— ¿Cuál, querida?

—Sabes perfectamente a quien me refiero. Los dos son uña y carne.

— ¿Te refieres a ese excéntrico aficionado a la navegación?, ¿mi buen amigo y discípulo Adrien Gaudet?

—Empieza a sospechar.

—Bueno, ya no debes preocuparte por él. Duerme con los peces. No se nos ocurrió ofrecerle mejor destino —dijo riendo. —La verdad es que me siento desolado. Hemos perdido a un genio del diseño.

—Un pútrido ángel menos en las filas del magnánimo —apuntilló Mathew.

—Lástima que no hayáis defenestrado la cabeza de Hanna. Deberíais haber comenzado por ahí —recalcó Gwyneth.

—Todo a su tiempo, querida —respondió Joseph. —Aún debes comparecer ante ella.

—Pensáis exprimirme hasta la última gota, ¿no es así Joseph?

—Eres un fruto muy jugoso Gwyneth, fuiste tú la que se vendió sin cortapisas.

—No por este pago.

Se levantó del confortable sofá y volvió la mirada hacia Joseph y su acompañante.

—Tened en cuenta que aún puedo echarlo todo abajo. Sigo siendo una directora del C4. Espero noticias.

CUATRO ASES PARA UNA BARAJA

Sede matriz del C4. Atlanta. Georgia.

La capital del estado de Georgia continuaba siendo famosa a nivel global, no solo por el hecho de haber sido en otros tiempos la sede mundial de firmas como la mítica y ya desaparecida Coca-Cola y el gigante de las comunicaciones, AT&T. Ese territorio cedido al estado de Georgia por los indios americanos de la tribu Creek en 1821, era también la sede de un organismo dedicado en cuerpo y alma a la prevención y el control de enfermedades. El CDC[21] tenía su emplazamiento a pocos kilómetros de la ciudad. Un vasto conjunto de edificios de metal y cristal verde, rodeado por un amplio campus y vallado en su totalidad. Su historia se remontaba a 1946, el mismo año que las Naciones Unidas se reunieron por primera vez y Karol Wojtyla (Juan Pablo II) fuera ordenado sacerdote.

Desde sus primeros inicios, el prestigioso organismo se centró en la lucha contra la malaria[22], una enfermedad por aquellos entonces altamente endémica en zonas del continente africano. Más del cincuenta

---

[21] *Centros para el control y la prevención de enfermedades.*

[22] *También llamada Paludismo, es una enfermedad parasitaria transmitida al ser humano por unos mosquitos del género Anopheles.*

por ciento de su personal, entomólogos[23] en su gran mayoría, se dedicaron a eliminar el vector que transmitía la debilitante y mortal enfermedad: los mosquitos.

Unos años más tarde se formó la primera generación de una elite de detectives, especializados en detectar cualquier forma de epidemia. Formaban parte del recién inaugurado Servicio de Inteligencia Epidémica y fueron muchos insignes profesionales de la salud, los que se enfrentaron a plagas como la poliomielitis[24].

No cabía la menor duda acerca de los éxitos que el organismo internacional había acumulado a través de su larga existencia. Muchos países adoptaron las pautas y estrategia del famoso centro, controlando los brotes de enfermedades que surgían bajo sus dominios. Pero no todo fueron alabanzas y buenas acciones, también hubo algún tachón en ese expediente inmaculado. El Experimento Tuskegee fue buena prueba de ello, poniendo en tela de juicio a la misma ética y praxis médica. Un estudio clínico sobre la sífilis, en el que más de cuatrocientos aparceros afroamericanos, en su mayoría analfabetos, fueron estudiados para observar la progresión natural de la sífilis si no era tratada. Lógicamente, la gran mayoría de ellos falleció en la ignorancia y sin tratamiento a causa de ese estudio, o mejor dicho, experimento.

---

[23] *Se denomina entomólogo a la persona que estudia los insectos.*

[24] *Enfermedad contagiosa, también llamada polio y parálisis infantil, que afecta principalmente al sistema nervioso. En su forma aguda causa inflamación en las neuronas motoras de la médula espinal y del cerebro y lleva a la parálisis, atrofia muscular y muy a menudo deformidad.*

A partir de ahí y con el paso del tiempo, fueron muchas las enfermedades a las que el centro dedicó sus valiosos recursos. Males como el Sida, Ébola y el Dengue habían pasado ya a formar parte de la historia de la medicina, después de causar millones de muertes a nivel global. Fue el CDC y personajes míticos en su seno, los que tras una lucha constante lograron derrotar a esas partículas microscópicas, que pugnaban por derrocar al ser humano de la faz del planeta.

En 2032 se implantó el *neurochip* a escala global, interconectando a los seres humanos de forma perpetua. Fue entonces cuando el CDC volvió a tener relevancia a nivel mundial. Nuevas epidemias surgieron de la codicia y la ambición del hombre, no de la naturaleza. Virus diseñados con código binario infectaron ese corpúsculo implantado en pro de la interconexión de la raza del futuro. Plagas de proporciones bíblicas afectaron a todo el planeta, auspiciadas por las más bajas inclinaciones del ser humano. El CDC se vio incapaz de resolver ese desafío que la tecnología le imponía de forma implacable y brutal. Un nuevo organismo debía resurgir de ese entramado sanitario que pertenecía a otros tiempos. Nuevos profesionales no epidemiólogos, debían situarse en vanguardia contra esos nuevos frentes que auguraban una hecatombe a nivel mundial.

Fue así como surgió el C4. Una institución dependiente del soberano y afamado CDC, e integrada por los más cualificados expertos en materia de *neurotecnología*. Mentes brillantes que estudiaban y analizaban en profundidad las conexiones entre cerebro y máquina. Profesionales de la nanotecnología informática, del ordenador de ADN y de las interconexiones a nivel neuronal del cerebro humano.

Hanna Kruger fue su fundadora. Una mujer quincuagenaria y oriunda de Dusseldorf. De exquisita presencia y modales. De pelo rubio, ojos pequeños y adorable mirada. Y con un coeficiente intelectual capaz de hacer estremecer a cualquier superdotado. Ella fue la que diseñó toda la estructura y procedimientos, del nuevo organismo que haría frente a esa invasión de tecnología maliciosa. Creó cuatro sedes en puntos estratégicos del planeta. Solo se reservó un derecho y nadie se lo objetó. Por nada del mundo, abandonaría su tierra natal, esa a la que amaba profundamente y por la que sentía auténtica veneración. Aun siendo la máxima responsable del C4 a nivel mundial, Hanna regentaba la sede enclavada en Dusseldorf (Alemania). Su modestia era un emblema que lucía con orgullo. Nunca mostraba esos aires de superioridad, que otros subordinados llevaban adheridos a su piel como un disfraz de ostentación.

Gwyneth era el ejemplo más típico de ello, pero Hanna no dudó en encargarle la dirección de la sede de Los Ángeles. Bajo su espesa capa de orgullo y soberbia se atrincheraba una mente prodigiosa; y en verdad que tuvo ocasión de demostrarlo.

La directora del C4 en Los Ángeles cumplió su palabra. En menos de dos horas la lanzadera del hotel la dejó en el *espaciopuerto* de la sede matriz del C4. Al-Baseer ponía a disposición de sus adinerados clientes, todo un séquito de lanzaderas de última tecnología y equipadas con las más exquisitas y estrafalarias exigencias. No era en absoluto una deferencia por parte del singular y divino hospedaje, esa atención estaba más que remunerada dentro de la indecente y desorbitada factura que el cliente recibía a su partida.

Tres personalidades la esperaban en aquella sala pintada de verde; un color que representaba la quietud, la esperanza y que en esos momentos parecía oscurecerse a tenor de los acontecimientos. Una sala hermética, aislada de toda intromisión y diseñada para los cuatro dirigentes de un organismo venerado a nivel mundial. Una cámara sellada a cal y canto en esa pirámide de culto al poder del hombre sobre la enfermedad.

Los tres dejaron de hablar y le dirigieron la mirada. No cabía la menor duda de que irradiaba mando en cada uno de sus movimientos. Fue Nadya Nóvikov, la directora de la sede moscovita, la que rompió el silencio:

— ¿Qué tal el viaje?

—Bien —respondió Gwyneth mostrando su habitual y falsa sonrisa mientras se dirigía hacia su trono.

Cuatro sillones rodeaban a una amplia, negra y metálica mesa circular en cuyo centro destacaba iluminado el emblema del C4; un cráneo albergando en su interior un par de engranajes.

— Celebro que hayas podido conseguir transporte a estas horas —comentó irónicamente Hanna Kruger.

Nadie mejor que la súbdita alemana, para conocer los entresijos de esa espléndida pero enmarañada mente, que confería la personalidad de Gwyneth.

—En Los Ángeles es fácil rodearse de amigos influyentes —respondió sin dirigirle la mirada y mientras abría su fino y lujoso maletín.

—De eso precisamente estábamos hablando — volvió a comentar Nadya.

—La verdad, no creía que mi vida privada fuera tan relevante ante un *EMERCON 1* declarado, —y miró a Hanna exigiendo una explicación.

La máxima dirigente la invitó con un ademán, a que dirigiera la mirada hacia él. Oguri Kazuya aún no había pronunciado palabra. Se mantenía incólume observando y escuchando las diatribas de las tres damas. Su mofletuda cara y sus diminutos ojos negros, le conferían una apariencia de serenidad muy característica. El obeso oriundo y director de la sede del C4 en Tokio, parecía no alterarse por nada. Observaba a Gwyneth con actitud flemática y calmada.

—Me alegro de volver a verte. Bueno en realidad, todos nos alegramos de ello —dijo dirigiendo levemente la mirada hacia el resto de la reducida comitiva. —Hemos analizado el último informe que enviaste.

— ¿A qué informe te refieres? —preguntó mientras sincronizaba su maletín con la mesa de ébano reluciente.

—Al de Izan Oneal.

— ¿Esa es la razón para haber decretado el nivel uno? —preguntó Gwyneth dirigiendo la mirada hacia Hanna. —Es solo un caso aislado. No creo que se puedan extraer conjeturas de algo que aún desconocemos.

—No es común ver esa actitud tan prosaica en ti —dijo Hanna. —Cuando detectaste la *Psicosis Negra*, también hubo un primer caso y, en menos de una semana, fuiste tú la que aconsejaste que nos situáramos en este nivel.

—Vamos Hanna, sabes perfectamente que la *Psicosis Negra* utilizaba el estándar para operar. ¿Realmente pensáis que este caso puede originar una epidemia? —dijo sonriendo y desafiando a los tres con la mirada. — ¿Quién se va a encargar de insertar un nuevo *neurochip* a más de nueve mil seiscientos millones de personas en el planeta?

—Nadie —respondió Nadya, —no nos tomes por estúpidos.

— ¿Entonces?

—Hemos de ver ese corpúsculo como un prototipo. —interrumpió Hanna.

—Bien, un prototipo ¿y qué? Es posible que en los próximos meses veamos algunos casos más, pero no a escala epidémica. Hay demasiados colgados en Los Ángeles. Esos pirados ya no saben qué insertarse en sus podridos cerebros.

—Te refieres a Compton, supongo —dijo Oguri.

—Sí, me refiero a Compton por supuesto. Todos somos conscientes de que es una zona caliente, pero también sabemos que todo se reduce a unos pocos kilómetros cuadrados.

— ¿Zona caliente? —preguntó Nadya con ironía. — Esa secta creó y logró difundir la *Psicosis Negra* en un abrir y cerrar de ojos. Compton no es una zona caliente querida, es la zona cero, el foco de infección de todo el planeta.

—Los Ángeles Negros son solo un grupo de desquiciados y estrafalarios psicópatas —replicó Gwyneth.

—Unos psicópatas que nos pusieron en jaque — corrigió Oguri.

—En serio, no entiendo nada. No logro adivinar a que viene todo esto. No encuentro semejanza alguna con aquella pandemia. Sí, es cierto que fueron ellos los que diseñaron el virus de la *Psicosis Negra* y posiblemente también los autores de este prototipo. ¿Creéis que van a propagarlo por correo? "Tomad, dirigiros a vuestro neurocirujano y que os lo implante" —dijo en tono ridículo y riendo.

Hanna Kruger deslizó un dedo sobre la pulida y acristalada mesa y un dossier virtual se desplegó en el aire como por arte de magia.

— ¿Qué es eso? —preguntó Gwyneth cambiando su semblante.

—Lo envió uno de tus ayudantes —contestó Hanna mientras rebuscaba entre imágenes y documentos.

— ¿Uno de mis ayudantes?

—Sí, un *neurotecnólogo* llamado Ewan Atkins.

Su maquillaje inteligente no pudo superar en ese instante la oleada de calor que invadió su rostro y el rubor de sus mejillas fue bien visible ante todos.

—No tenía conocimiento de ello —balbuceó Gwyneth con la respiración agitada. —No recuerdo haber encargado a nadie el envío de información.

—Al parecer, este *neuro* se interesó por el informe policial.

—Ewan es un joven con demasiadas pretensiones, ¿y qué?

Hanna siguió hojeando un grupo de documentos con esa actitud de autocontrol que la caracterizaba.

—Todo parece indicar, que ese individuo permanecía inmerso en un sueño inducido.

— ¿Y qué tiene eso de particular? —preguntó Gwyneth recobrando el color y la compostura. —Se difunden miles de sueños por la red a diario.

—Este es diferente —apostilló Nadya.

— ¿En qué sentido?

El bajito y rechoncho directivo japonés se levantó de su asiento y se dirigió hacia una pared de la sala. Con un ligero toque de su dedo, esta se iluminó y mostró la imagen de un rostro. Era el de un hombre de mediana edad, de nariz prominente aunque bien parecido, pelo corto negro y unos ojos de un azul intenso.

—Todos sabemos que la industria del diseño de sueños no descansa ni un instante y también somos conocedores, de que cada vez los sueños son más perfectos, más cercanos a la realidad. Pero hay algo que los caracteriza —dijo dirigiendo su mirada hacia Gwyneth.

—Venga Oguri, no soy adivina.

—Todos están encorsetados. Está todo escrito en ellos. Todo deliberadamente programado. Una vez que has entrado en uno de ellos, siempre es igual. Nada ni nadie puede modificarlo.

— ¿Qué tratas de decirme Oguri? Eso ya lo sabemos.

— Izan Oneal tuvo un lapso en su delirio nada más ser detenido. Un breve periodo de tiempo en el que como un baboso estúpido, palabras textuales del informe policial, narró a los agentes algo que a tu ayudante le hizo mella. Quizás fuera por ello, por lo que decidió agregarnos ese informe que tú pasaste por alto.

—Me tienes en ascuas.

—Ese nuevo chip implantado en su cerebro no conectaba con la red. Solo tenía una conexión perenne a un servidor de sueños, según declaró él en esos momentos de lucidez. Y lo más llamativo de todo, el sueño proporcionado no se atenía a reglas.

— ¿Qué tratas de decir?

—Oguri cree que estamos asistiendo a una nueva era en el diseño lúdico —explicó Nadya.

— ¿A raíz del simple delirio de un colgado?

—Gwyneth, ¿dónde está tu espíritu, esa suspicacia que hacía que fueras un referente en el C4? —preguntó Hanna.

Gwyneth se quedó en silencio y recordando con nostalgia mientras la miraba.

—Lo siento, es posible que me esté volviendo más pragmática e incrédula, pero no creo que un sueño inducido adquiera vida por sí mismo; si es a eso a lo que os estáis refiriendo.

—Exactamente a eso —apostillo de nuevo Nadya. —El centro de investigación de Skolkovo lleva años invirtiendo en estudios sobre la dinámica en el diseño de sueños.

—Sí, lo sé. Unos ingenuos como otros tantos, que pretenden encapsular el alma. Vamos Nadya, se supone que somos los responsables de un organismo serio y respetuoso, no unos simples aficionados a merced de los desvaríos de un psicópata drogado.

—Entre sus desvaríos, Izan hizo alusión a que el diablo estaba dentro de su cabeza —dijo Oguri.

Gwyneth rompió a reír.

—Espero que esa risa te dure lo suficiente —espetó Nadya.

— ¿Os habéis vuelto locos? Estoy harta de ver a sujetos como ese jodido negro. En Los Ángeles hay un sin fin de garitos donde te tunean el *neurochip* por un par de los grandes. Unos ven a Dios, otros al demonio y todos, os lo aseguro, se adentran en los rincones más escabrosos de su pútrida y deformada sexualidad.

Hanna Kruger dirigió la mirada hacia la entrepierna de Gwyneth.

—Has cambiado mucho —le dijo. —Ya no veo en ti a aquella *neurotecnóloga* que se desvivía por el C4. Me aferro en no pensar que hayas desviado tu camino.

—Mi camino está más asegurado que nunca —contestó mirándola con descaro.

— ¿Y quién es ese? —preguntó volviendo a mirar a Oguri y a la pared translúcida.

— ¿No lo conoces?

— ¿Acaso debería conocerlo, Oguri?

—Es el magnate Jeremías Karavokiris. Nuestro servicio de inteligencia cree que él puede tener algo que ver en todo esto. Karavokiris es el dueño de la famosa empresa de diseño lúdico Emotiv. Al parecer y, según los últimos datos de que disponemos, ha invertido enormes cantidades de dinero en un sistema nuevo y revolucionario. Es cierto que hasta ahora es solo una conjetura, pero es lo único que tenemos.

—A ver si lo entiendo —dijo Gwyneth sonriendo. — Ese individuo desarrolla un nuevo concepto de sueño en el que el sujeto se interna y vive, hasta convertirse en un pirado. Los Ángeles Negros diseñan un nuevo *neurochip* y lo insertan en esos negros de Compton. Bueno, todos contentos. Un magnate cada vez más rico, unos grillados que visten de negro creyéndose ángeles del infierno haciéndose con más poder en su cubo de basura y, por supuesto, unos negros que terminan destrozados. ¿Eso es todo?

—Lo sería, si no tuviésemos la sospecha de que alguien intenta implantarlo a nivel global —dijo Nadya.

— ¿Y en qué te basas para sospechar algo tan absurdo?

—Creemos que intentan descifrar el sistema de filtro del *neurochip* —explicó Oguri acercándose de nuevo a su sillón. —Qué mejor que utilizar el estándar que ya está implantado en más de nueve mil seiscientos millones de personas en el planeta, como tú muy bien has dicho.

—Eso es imposible y vosotros lo sabéis tan bien como yo. El *neurochip* no se puede extraer para analizarlo, los esquemas de su estructura están a buen recaudo. Ese cortafuego de más de cien *teras* embutido en cadenas de ADN que diseñamos, es indescifrable.

Hanna se quedó pensativa. A su memoria venían recuerdos de aquellos tiempos en los que los cuatro mandamases del C4 hicieron frente a la pandemia de *Psicosis Negra*. Entre ellos diseñaron un componente que controlaba los accesos indebidos al corpúsculo. Fue una magnánima labor en equipo y un trabajo individual por parte de cada uno de ellos. El valioso código fue desarrollado en cuatro partes que unidas, confeccionaban el complejo filtro. Ninguno de ellos conocía el código empleado por sus otros tres colaboradores. Esos cuatro fragmentos de un material altamente secreto y complejo, se depositaron como copia en cuatro recipientes humanos. Nadie sabía quiénes eran esos portadores. Solo Bastian, el superordenador cuántico alojado en los sótanos del centro de Atlanta, era conocedor de la identidad de esos cuatro empleados del C4 que portaban en su cerebro un fragmento de ADN sintético y programado.

Hanna pareció volver a la realidad y se dirigió de nuevo a Gwyneth:

—Necesitamos tener analizada la estructura de ese nuevo implante a la mayor brevedad posible. Es primordial que averigüemos a donde apunta ese chip, donde se esconden los servidores de suministro. Si es cierto lo que sospechan los servicios de inteligencia del C4, es muy posible que estén soterrados en Kyra Panagia.

— ¿Kyra Panagia?

—Es una isla griega en las Espóradas Septentrionales —contestó Oguri. —Es propiedad de Karavokiris, su cuartel general.

—Siento deciros que no va a ser posible analizar ese corpúsculo —dijo Gwyneth.

— ¿Qué quieres decir?

—En neurocirugía intentaron extraerlo, pero "puf", se desvaneció en un instante.

— ¿No reparaste en ningún momento en que eso podía ocurrir?, ¿por qué no lo analizaste primero con el escáner? —preguntó Nadya exaltada.

—Bien, no quería decirlo, pero Ewan Atkins se hizo cargo del tema sin avisarme.

— ¿Sin avisarte? Gwyneth, todo el personal del C4 sabe que un caso como este es de declaración obligatoria y debe seguir el conducto reglamentario. Ese protocolo que tú muy bien definiste.

—Ewan Atkins está pasando por un mal momento.

Los tres dirigentes se miraron atónitos.

—Así que no disponemos de ninguna prueba tangible —dijo Oguri.

—Analicemos al paciente —propuso Nadya.

—Sí, no nos queda otra opción. Vamos a enviar a un grupo de *neuropsicólogos* forenses a Los Ángeles con el fin de extraerle el máximo de información.

—Me temo que eso también sea imposible —dijo Gwyneth de nuevo.

— ¿Qué quieres decir? —preguntó Nadya extrañada y a punto de estallar.

—A estas horas, ese negro debe estar sumido en un coma irreversible.

— ¿Lo has soltado? —preguntó Hanna.

—No tenía más remedio. No había motivos para retenerlo en el Pozo. Ese negro debía cumplir su sentencia.

Los tres gerifaltes del C4 guardaron silencio y se limitaron a mirar con expresión de incredulidad y de sorpresa a su veterana colega.

Hanna suspiró profundamente.

—No me lo puedo creer. Has dejado escapar al único sujeto que nos podía haber aportado información. Es realmente inaudito.

—Quizás tendríais que haberme mantenido informada —respondió Gwyneth con contundencia. —¿Creéis que he sido ajena durante todo este último tiempo, de vuestra desidia hacia mí?, ¿pensáis que no he sentido vuestras sospechas como aguijones? ¿Qué esperabais a estas alturas?

—Tu forma de vida no es apropiada para el cargo que ocupas —dijo Nadya con expresión de resentimiento.

—Vaya, ella es tu nueva conquista ¿no es así Hanna?, dejé de infundirte deseo.

—Nadya tiene razón —contestó Hanna. —Dejaste de infundirme confianza. Te has perdido en un mar de ofuscación y, sabes al igual que yo, que ese camino que tomaste y con el que creías mitigar tus ansias de poder, te está llevando a la ruina.

—Sí Hanna, deseaba ocupar tu trono —contestó con los ojos inyectados en sangre. —Eres una vieja decrépita.

—Tengamos paz —interrumpió Oguri. —Este no es el camino para solventar la crisis que se nos avecina.

—Y ahora, ¿se puede saber a qué viene todo esto?, ¿qué coño me estáis ocultando? Que yo sepa, aún sigo dirigiendo el centro de Los Ángeles —exclamó Gwyneth en voz alta.

—Oguri ha sido el que ha dado la voz de alarma —dijo Nadya.

—Soy toda oídos.

—Es penoso decirlo —dijo Oguri, —pero Bastian no nos ha alertado.

— ¿Alertado de qué?

—De la muerte de uno de los portadores.

— ¿Tratas de decirme que ha muerto un portador y Bastian no lo ha notificado?

—Así es, nos hemos enterado por pura casualidad.

— ¿Bastian ha cometido un error?

—Están analizándolo y parece que Bastian funciona perfectamente.

—Explícate Oguri.

—Bastian no ha recibido señal alguna que indique la muerte cerebral de ningún portador. Para él, los cuatro siguen estando vivos. De hecho, me he molestado en analizar los registros encefalográficos de este portador y entran dentro de la normalidad. Lo único que no es normal es que este muerto.

Gwyneth sonrió y apartó la vista de Oguri mostrando incredulidad.

—De verdad, si no os conociera pensaría que me estáis tomando el pelo. En serio, tengo la impresión de que en cualquier momento os echaréis a reír como si de una broma pesada se tratara.

—No es una broma Gwyneth —espetó Hanna.

— ¿Dónde ha ocurrido?

—En mi territorio, en el distrito de Shibuya hace un par de días —respondió el súbdito nipón señalando con su mano hacia la pared. —Hiromu Ashida, veintitrés años. Fue reclutado por el departamento de biotecnología hace escasamente un par de años. Sé que algún día me lo presentaron, pero la verdad, no logro acordarme de él. Solo sé a tenor de su expediente, que era una mente brillante. Hace escasamente seis horas que recibí una comunicación del inspector jefe de la policía de Tokio. Alguien estaba moviendo cielo y tierra con el fin de recuperar el cuerpo de su hijo fallecido en un accidente acontecido la noche del veintiséis.

— ¿No se ha encontrado su cuerpo? —preguntó Gwyneth. —Es posible que este desaparecido, herido, no sé, algo que explique esta absurda contradicción.

—Sí que se encontró su cuerpo, pero no completo.

—Explícate.

EL OJO RASGADO DE HIROMU

Centro comercial Shibuya 109. Distrito de Shibuya.
Tokio.

Hacía ya un siglo que Shibuya 109 se erigiera como el centro y origen de la subcultura Kogal. Aquella tribu urbana de jóvenes japonesas que rompieron con los estereotipos de la mujer tradicional de piel pálida, pelo negro y de carácter sumiso, había dejado la senda para que cien años después, fuera el sexo masculino el que retomara ese movimiento. Firmas míticas como Cocolulu y Cecil McBee, continuaban dando glamour a uno de los centros comerciales más emblemáticos de Tokio y del planeta. Esos lugares de culto donde miles de chicas renunciaron a la milenaria cultura nipona para camuflarse al más puro estilo californiano, ahora atendían a chicos que buscaban una identidad, un rasgo que habían perdido a través de los años. Esas jóvenes subidas en altos tacones, con cortas faldas que dejaban entrever su ropa íntima y con más de una intervención quirúrgica a sus espaldas, con la intención de borrar todo rastro de su raza, ya había pasado a la historia.

Ese fue el movimiento de las "Bodicon", aunque Hiromu Ashida no pudiera recordarlo. Él solo tenía veintidós años y se dejaba llevar por las tendencias imperantes en esa ciudad plagada de neones y pantallas virtuales. Hacía lo mismo que otros miles de jóvenes de Tokio, vestir a la moda y usar las últimas tecnologías en una urbe pionera en ese sector.

Hiromu era bajito y con el pelo negro endemoniadamente dislocado. Su cabellera abultaba más que todo él mismo. Sus diminutos ojos no podían disimular su linaje y él jamás tuvo intentos de esconderlo. En el fondo de su corazón, aunque joven y por ello rebelde, anidaba un amor patrio, un orgullo nipón al más puro estilo. Lo había aprendido de su padre, un ejecutivo de Hitachi que aún usaba kimono y celebraba a diario la ceremonia del té.

Pero bajo ese enjambre de pelo negro y ese rostro imberbe y aniñado, se ocultaba una mente prodigiosa, un cerebro brillante. Así lo había demostrado desde la niñez y su progenitor supo orientarlo. En solo dos años, Hiromu se hizo un experto en el campo de la biotecnología. Fueron muchas las empresas del sector que mostraron su interés por contratar a ese joven desaliñado, pero al final fue en Hitachi, donde sentó su inquieto culo. Y me refiero no solo a esa energía desbordante y arrolladora que lo caracterizaba, sino también a su desproporcionada promiscuidad sexual. Este nervioso joven había recibido más visitas por sus espaldas, que de frente con el consabido saludo nipón. Paradójicamente y en esos tiempos, Hiromu abanderaba con orgullo su pertenencia al movimiento Sekkusu Shinai Shokogun, una adoración al celibato muy común desde hacía décadas. Se les llamaba comúnmente "Herbívoros", en alusión a su falta de contacto carnal en la vida real. Pero aunque en realidad así fuera y ese celibato cada vez más generalizado ocasionara el brutal deterioro del nivel de natalidad, el sexo en todas sus variantes campaba de forma desorbitada dentro de sus cerebros. Adictos a los sueños inducidos en los que empresas como Emotiv no deparaban en suministrar auténticas bacanales de depravación, esas últimas

166

generaciones se dopaban con las más estrafalarias y extravagantes parafilias.

Hiromu no demostraba ser un degenerado. Sus orgías virtuales solo se remitían a practicar sexo con avatares de su mismo género, algo ya demasiado manido y carente de interés en esos tiempos en los que no existían barreras en el divertimento lúdico. La pedofilia, el bestialismo y un sinfín de innombrables parafilias habían surgido dentro de la legalidad, amparadas por leyes que no castigaban su práctica con personajes de diseño.

Pasó poco tiempo para que el C4 se interesara por él. La sede nipona del prestigioso organismo internacional, lo seleccionó entre un nutrido grupo de candidatos de ojos rasgados. Él fue el único entre ellos que demostró desinterés y apatía en ese cargo que le ofrecieron, pero el puesto era ya suyo desde el principio. Nunca supo para lo que estaba predestinado, al igual que otros compañeros en la sombra distribuidos por el planeta. Hacía su trabajo con soltura, sobrado en recursos y perfectamente remunerado. Hiromu se podía permitir esos lujos que la gran mayoría no podía. Y esa noche estaba allí, gastando dinero a mansalva en ropa estrafalaria y de colores hirientes para la vista.

Manoseó hasta el hartazgo unos pantalones de color gris metalizado. Se los colocó ante la cámara que lo seguía como loca de un lado para otro. Vio miles de veces como le quedaban en una simulación instantánea y, al final, los dejó arramblados encima del montón de ropa extravagante por la que ya habían pasado sus inquietas manos.

Hiromu era así. No daba valor a nada material. Pensaba que todo le venía regalado como si de una divinidad se tratara. Lo merecía simplemente. Lo que más valoraba, era precisamente aquello que buscaba y de lo que realmente carecía. Ese sentimiento que le brotaba desde lo más hondo de su corazón y que había surgido como una semilla a lo largo de su niñez, al lado de la única persona que se había desvivido por él. Amor, esa palabra ya obsoleta y hasta pedante para el vulgo, que jamás se atrevía a pronunciar ante sus amigos, era quizás el motor de su existencia, su razón de existir. Todo lo demás era fútil, sin valor. Su corazón aún no había palpitado con fuerza, con el ímpetu y la pasión con que solía hacerlo al sentir las caricias y el calor de un hombre que decidió un día hacerlo su hijo. Una búsqueda perpetua para no encontrar más que vacío y soledad. Así era la vida de Hiromu en esos años separado de ese hombre que le infundió unos valores ya extintos en una sociedad carente de fe y esperanza. Demasiado emocional para unos tiempos difíciles y para un mundo insensible. Pero quizás esa labilidad afectiva, esa ternura que se escondía en lo más profundo de él, era también la que le hacía ser diferente, la que le confería esa creatividad muy apreciada por aquellos entonces.

Hiromu llevaba impresa una pasión por redimir a sus semejantes del pecado. Nadie le había inculcado esa devoción por salvar almas en pena, era fruto de su forma de ser, o quizás lo fuera de un sueño tras un día de hastío. Poco después de que entrara a formar parte del famoso organismo internacional, el joven nipón despertó en mitad de la noche jadeando y sudoroso. Aún recordaba con nitidez ese sueño que había logrado despertarlo. Se vio uncido por una dama de cabellos blancos, y nombrado como Sariel, el arcángel encargado de los espíritus de aquellos que pecan.

Fueron demasiados los días que el joven Hiromu atosigó a su envejecido padre con ese sueño. Y desde entonces se esforzaba como si de un redentor se tratara, a buscar almas pecaminosas.

Esa noche salió del asiduo y famoso centro comercial sin comprar nada. Había ido allí para encontrarse con alguien que no asistió. Alguien que no era joven como él y que había logrado embaucarlo, un hombre por el que había sentido algo más. Lo había encontrado en el *ciber*, un ser desquiciado que necesitaba ayuda, una pobre alma a punto de despeñarse por el precipicio.

Vestido de negro como la misma noche que se cernía sobre Tokio y con ristras de diodos luminiscentes que recorrían sus pantalones, el joven se internó en las atiborradas calles de la ciudad. Un distrito como Shibuya, epicentro del comercio y entretenimiento de Tokio, bullía de almas en esas primeras horas del ocaso. El cielo estaba plagado de luciérnagas que como ríos de lava, atravesaban la ciudad en todos los sentidos. El tráfico terrestre también era abrumador y el gentío se agolpaba codo con codo, en unas calles atestadas de agitación, ruido y millares de reclamos luminosos. Era realmente una orgía visual, pero él ya estaba suficientemente acostumbrado. Solo había conocido eso.

Paseando entre esa ingente masa, Hiromu trataba de llegar a la estación del suburbano de Shibuya. Le esperaba un recorrido de más de diez kilómetros bajo el suelo de la bulliciosa ciudad, hasta llegar a Ichigaya, donde se ubicaba su dulce hogar. Solo se veían sus negros y desaliñados mechones, esquivando como un poseído al gentío. La prisa le había entrado de repente. Deseaba llegar a su cubículo de treinta metros cuadrados para internarse en esos clubes virtuales donde miles de jóvenes mostraban sus cualidades sin pudor. Pensaba que esa noche lo encontraría, recostado en su diván de terciopelo morado y acariciado por miríadas de luces estroboscópicas. Solía ser así, un deseo irrefrenable con la ilusión de que todo cambiaría y su alma se vería por fin reconfortada. Lamentablemente, la realidad era bien distinta y el joven Hiromu se sumía en el sueño, cansado y hastiado de conversaciones triviales.

Él esperaba impaciente como centenares de transeúntes en una de las aceras del célebre paso de peatones de Hachiko, un cruce revuelto de múltiples pasos de cebra y emblemático a nivel mundial desde hacía más de un siglo.

Los focos cambiaron a verde y una marea humana invadió el asfalto cruzándose en todas direcciones. Quizás fuera Hiromu el único que levantó la vista, mientras atravesaba atolondrado ese vasto cruce de vías. Tal vez recibiera un mensaje en su deslumbrante cerebro, pero el joven se quedó inmóvil y mirando hacia el negro cielo, mientras la multitud lo zarandeaba de un lado para otro en ese tsunami humano.

Sus achinados ojos se abrieron de par en par, observando un punto luminoso entre aquel reguero de luces que atravesaban el cielo. Una luz fue haciéndose más intensa en cuestión de segundos y terminó por engullirlo a él y a medio centenar de transeúntes más.

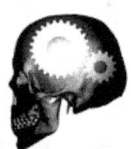

La música lo envolvía. Podía ver el colorido de los sonidos y oler cada una de sus excelsas notas. Todos y cada uno de los instrumentos que componían la orquesta, era como un fragor que acariciaba su envejecido cerebro. Esa sinfonía celestial nacía de lo más profundo de su materia gris, de ese diminuto corpúsculo que un día le implantaron.

Solía hacerlo cada noche antes de ir a la cama. Amante de las tradiciones y fiel incondicional de su ancestral cultura, Kichiro un hombre próximo a cumplir los ochenta años y con incontables canas, retozaba plácidamente induciendo a su mente a un necesitado y merecido sueño.

Él, como otros muchos en Tokio, vivía solo. Resultaba insólito, que en una ciudad con más de veintinueve millones de habitantes, se sintiera la soledad en un grado tan extremo e inhumano. Su salud continuaba siendo imperturbable, digna de una estirpe de ancestros centenarios, solo sus trastornos del sueño lo menoscababan cada vez más.

Desde que la jubilación llamó a su puerta, hacía apenas tres años, la mente de Kichiro se rebelaba. Aún no había tenido tiempo de encajar ese nuevo estado. Los recuerdos de su trabajo, al que había dedicado toda una vida, seguían aflorando noche tras noche.

Kichiro se había dejado toda una vida diseccionando cadáveres. Su arte como perito forense lo había desempeñado en la facultad de medicina de Tokio, una de las más prestigiosas del mundo y la mejor posicionada en esos tiempos en el ranking mundial Shangai Jiao Tong. Un hombre con aplomo y experiencia en la vida, que solo esperaba que la muerte lo visitara en cualquier momento. Él estaba preparado para ello. Tenía decidido que cuando llegara el momento, se desconectaría de la red, de ese vigilante implacable que controlaba sus constantes vitales las veinticuatro horas del día. El viejo Kichiro deseaba traspasar las barreras de este mundo en completa armonía y no abrazado a un sinfín de tubos y sensores que prolongarían su agonía de forma ridícula. Fueron muchos los cuerpos sin vida que abriera en canal. Cuerpos de los que había escapado su esencia, aquello que les daba identidad y razón de ser. Baúles vacíos, caparazones que habían contenido a un ser con sus virtudes y bajezas. Él solo era el descuartizador de una carne muerta, inerte y carente de ese halo divino que infundía la vida.

Esa noche su nombre, "Hijo afortunado" según la traducción occidental, no le hizo justicia. Una llamada que no esperaba lo arrebató de su estado de bienestar. Ese bajito y bonachón nipón presagiaba que su único hijo terminaría algún día entregando los largos palillos de madera, para ocupar como primer inquilino ese panteón en el cementerio de Yanaka. Era algo que siempre había revoloteado sobre su mente y no por casualidad. Desde pequeño, el inquieto y revoltoso niño hacía alarde de su lugar de procedencia. Kichiro decidió legar su dinastía sin la intervención de ninguna nipona. Aquellos tiempos en que las geishas deleitaban con su arte en las casas de té, ya formaban parte de la historia, de una fábula que muchos jóvenes pensaban era ficticia e inventada. Una creación del ancestral séptimo arte, tal y como creía su hijo. Lo solicitó por la red en uno de esos anuncios que prometían embriones de linajes ancestrales, semillas de míticos samuráis. Pero la realidad fue bien distinta, Hiromu solo debió portar esos genes que le conferían sus rasgos orientales y por supuesto algo más.

Hiromu era como un recuerdo en su vida. Una reminiscencia de un pasado que apenas recordaba. La última vez que lo vio fue para pavonearse de su última conquista, un estrafalario y estrambótico chaval que cantaba en un grupo que nadie conocía. Un imberbe con una mata de pelo que nacía de su garganta y que portaba dos sofisticadas cámaras en lugar de ojos. Kichiro intentó no amedrentarse ante aquel engendro repleto de implantes tecnológicos, pero sí que su alma rozó el asfalto cuando el tipo se puso a cantar y de forma inesperada ante su incrédula mirada. Su corazón no estaba ya para conciertos improvisados y, mucho menos, para ver a su propio hijo contornearse como una serpiente beoda en mitad del parque. El caso es que la muchedumbre de jóvenes que retozaban sin el menor pudor en aquella hierba sintética, se levantó como un puñado de zombis y aplaudieron hasta la histeria a los dos insólitos personajes.

Kichiro había deseado no despertar en multitud de ocasiones. Sumirse en un sueño que lo dejara en el más allá, en esos valles que sus antepasados cruzaban a caballo blandiendo sus catanas. El destino no se lo permitió. La imagen de Hiromu surgía en cada despertar. Era la misma carta de ajuste al amanecer y desgraciadamente también, al caer el sol. Ese samurái de los tiempos del ordenador de ADN estaba minando su moral día a día, noche tras noche.

Solo tuvo un atisbo de esperanza cuando Hiromu fue seleccionado para el C4. Jamás hubiera imaginado que su vástago pudiera llegar tan lejos. Sí que demostraba poseer desde pequeño unas dotes que él mismo llegaba a entender. El cerebro para Hiromu era como un melón, o al menos así lo definía él. En sus pepitas, el niño veía implantes de alta tecnología y la verdad es que quizás no anduviera demasiado descaminado. Eso le infundió unas ideas que a nadie se le hubiesen ocurrido. Demasiadas de esas bayas pepónides sucumbieron en manos del pequeño y Kichiro se vio obligado a degustar ese fruto durante mucho tiempo.

No es que su padre ansiara que su único hijo hiciera alarde de una estirpe ya obsoleta y caduca, pero tampoco deseaba que se convirtiera en la ninfa del barrio. Cuando Hiromu se internó en la adolescencia, un sinfín de amigos surgió como los tallos de té verde en una maceta. Su padre se quedó con las ganas de estrechar la mano de alguna chica, aunque fuera una de

173

aquellas seguidoras a destiempo del "Bodicon". No fue así. Todas las mañanas, mientras preparaba el café antes de partir para su trabajo, Kichiro veía salir al amigo de turno de su amado vástago.

Ahora todo había acabado. Ese encargo en que depositó todas sus esperanzas, parecía haber caducado.

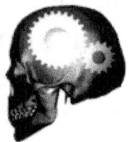

Eran las dos de la madrugada. El tanatorio improvisado bajo la gigantesca y original estructura del gimnasio nacional Yoyogi, en el mismo distrito de Shibuya, estaba colapsado por un gentío que reclamaba ver los cuerpos de sus seres queridos. Kichiro era uno más entre ellos, una triste sombra entre un mar de almas en pena que empezaba a empaparse con la fina lluvia.

Efectivos policiales, personal sanitario, trabajadores sociales y un sinfín de voluntarios se agolpaban en las inmediaciones del parque que daba nombre a la colosal construcción.

Mientras guardaba su turno en mitad de ese enjambre humano, donde los lloros y los sollozos aturdían y hacían que el corazón se refugiase en lo más hondo, sus ojos se posaron en el emblemático edificio. Kichiro lo había visto miles de veces, pero nunca desde la perspectiva que su compungido pecho le estaba haciendo sentir. Daba la impresión de que esa centenaria estructura se hubiera transformado esa noche, adoptando la forma de un vasto sepulcro. Resultaba paradójico pensar que esa mole de hormigón y metal donde su hijo quemaba a diario su desbordante e inagotable energía, ahora acogiera su cuerpo sin vida.

Cuando el apesadumbrado hombre llegó a la entrada, dos policías le recabaron su identificación y un tercer hombre, ya entrado en años como él, lo acompañó al interior del recinto. Kichiro jamás había presenciado algo así. Nunca se había sentido como la víctima emocional de los designios de la muerte. Durante su larga vida laboral se había situado siempre al otro lado, una perspectiva protegida por una capa de insensibilidad realmente inhumana. Fue la única forma de subsistir a ese trabajo.

Jamás había sentido labilidad en su espíritu, pero en esta ocasión se vio invadido por un vahído que le hizo tambalearse.

—Apóyese en mí —le recomendó el fornido acompañante mientras Kichiro bajaba la mirada, incapaz de seguir presenciando tanta barbarie.

Los dos hombres caminaron por un lateral de esa explanada de cemento repleta de restos humanos. El agente de seguridad lo dejó junto a un reducido grupo de personas con rostros desencajados, en uno de los vestuarios. En ellos se apreciaba un último atisbo de esperanza, el deseo de que alguien hubiera cometido un error, en mitad de esa algarabía. Aún seguían entrando cadáveres y miembros amputados de cuajo. Las ambulancias tronaban con sus alaridos en ese silencio roto por el llanto y los chillidos.

—Espere aquí hasta que lo llamemos —dijo amablemente el fornido acompañante, ese que ahora demostraba bajo su impenetrable broquel, lo que él de forma cotidiana solía aparentar.

A su lado, una chica que aún no habría alcanzado la mayoría de edad, mantenía su brazo pegado al cuerpo. Kichiro desvió por un instante y de forma esquiva la mirada hacia ella. La adolescente no mostraba expresión alguna en su rostro. Parecía como si su mente se hubiera quedado colapsada. Ella solo temblaba y Kichiro la rodeó abrazándola.

—Todo se arreglará —dijo él tratando de reconfortarla.

La joven rompió a llorar y apoyó la mejilla en el costado de Kichiro.

—Tranquila, ya ha pasado todo.

—Él se soltó de mi mano —dijo ella entre sollozos. —Esa luz nos deslumbró. No me dio tiempo a alcanzarlo. Por Dios, era un niño —y volvió a llorar de forma desgarradora.

—Ven, será mejor que enjuagues tu cara con un poco de agua —aconsejó Kichiro mientras la acompañaba hasta uno de los lavabos metálicos.

El viejo pensionista aprovechó para refrescar su rostro en el lavabo contiguo. Cuando alzó la mirada y se vio en el espejo, un resplandor invadió su mente. Apenas recordaba las risotadas de Hiromu en su niñez. Había cambiado tanto. Lo observaba a escondidas, mientras el presumido chiquillo se acicalaba ante el espejo. Siempre quiso tener un buen matojo de pelo y llevarlo erizado. Kichiro no daba abasto comprándole esos productos que le mantenían el cabello como escarpias. Ya desde muy niño, Hiromu mostraba poseer un carácter bien definido. No toleraba en absoluto que nadie ni nada lo dirigiera. No aceptaba los consejos y directrices de nadie y menos aún los suyos. Pero le hacía reír. Kichiro jamás había sentido tanto júbilo, como cuando su hijo era aún un renacuajo. Todos los días eran un desafío para el hiperactivo infante, un nuevo reto nada más abrir sus rasgados ojos negros. Kichiro se ponía a temblar cuando lo veía inactivo, ahí se estaba engendrando la semilla de una nueva tropelía.

La imagen de su rostro envejecido y triste volvió al espejo. Las gotas de agua resbalaban entre los pronunciados surcos de su cara y Kichiro las enjugó en una desgastada toalla.

— ¿Estás esperando a tus padres? —preguntó viendo como la chica dejaba la toalla pintarrajeada.

—No tengo familia.

—Entonces...

—Yoshiro es *biónico*, bueno quiero decir que lo era —precisó ella entristeciéndose de nuevo.

Kichiro se inclinó y le susurró:

—Eh, escúchame. Estoy convencido de que Yoshiro no ha sufrido lo más mínimo. No se ha enterado de nada. Además, es muy posible que su cabeza haya quedado intacta ¿o no habías reparado en ello?

Yoshiro era uno de esos millones de engendros que una sociedad sin escrúpulos y falta de la más mínima moral, pululaban entre la heterogénea población. Solo sus cabezas eran cultivadas en esos criaderos de embriones de segunda categoría. Era más barato para ciertas empresas del sector, reducir los costosos sistemas de mantenimiento al órgano rector de la existencia. Cuando eran adoptados bajo una petición, se les dotaba de un cuerpo artificial compuesto por sensores, servomecanismos e infinidad de conexiones a su cerebro. Numerosas empresas fabricaban esos mecanismos, que a precio módico, insertaban en seres humanos nacidos en el seno de un caldo enriquecido en nutrientes.

Esa nueva raza de seres sin estirpe era adiestrada por una monitora, antes de ser adjudicados a un falso progenitor y por una sustanciosa cantidad de dinero. La chica a la que Kichiro miraba con compasión, era una de ellas. Trabajaba para el estado nipón, a cambio de un sueldo que solo le permitía vivir en un féretro adosado a otros cientos. Un cubículo de menos de dos metros cuadrados en una de esas torres nicho.

Ante la masiva y descontrolada producción de criaturas biónicas, los gobiernos y especialmente el ejecutivo japonés decidieron tomar el control. Fueron demasiados los casos de niños artificiales que acababan en centros psiquiátricos, al exponerse a un mundo para el que no estaban preparados. Sus mentes solo habían conocido la oscuridad y la calidez de un líquido en el que sobrenadaban en un tiempo infinito. El contacto con otros niños diferentes a ellos, que gozaban de unas cualidades que ellos jamás tendrían, los sumía en el camino hacia la autodestrucción. Chicas como ella dedicaban todo su tiempo y su ser, para que esos desdichados seres se adaptaran a un sistema cada vez más incomprensible y aceptaran su identidad.

Los ojos de la chica se abrieron y brillaron por primera vez, ante las reconfortantes palabras de Kichiro. Pero él sintió como su pecho se comprimía de dolor, cuando alguien entró en la habitación y pronunció su nombre. Como una res que va al matadero, el anciano nipón se despidió de la chica con una sonrisa.

Fue otro individuo, joven, frío e impasible el que lo acompañó hasta un lateral de la explanada. En su bata manchada de sangre aún se podía leer su nombre y su estatus de forense. El cuerpo sin vida de Hiromu reposaba tumbado sobre el cemento rojo. Los diodos luminiscentes de su estrafalario pantalón aún parpadeaban y su chaqueta plateada permanecía intacta. Ni una sola gota de sangre manchaba su ropa de diseño.

Kichiro inspiró a fondo tratando de no desfallecer.

— ¿Reconoce a su hijo? —preguntó el insensible y metódico experto en medicina legal.

El anciano se quedó mirando el cuerpo destrozado. No tenía cabeza, su cuello parecía haber sido seccionado con un escarpelo, pero su pecho sí que mantenía las huellas de su identidad. A su mente acudieron los recuerdos de un atolondrado adolescente, que luchó a capa y espada por tatuarse una cruz en su virgen y depilado torso. Kichiro jamás hizo alarde de abanderar ninguna creencia que no fuera la que derivara de sus antepasados, pero esa compra que hizo un día por la red portaba otra estirpe. En lo más profundo de ese niño se escondía un afán por encontrar a su verdadero creador.

— ¿Y cómo quiere que lo reconozca? —respondió Kichiro con aplomo y sin dejar de mirar el cuerpo. —¿Dónde está su cabeza?

—Aún no la han encontrado. Verá, llevaba esta factura de los almacenes Cocolulu en uno de sus bolsillos —dijo mostrándole una pequeña lámina luminiscente que aún parpadeaba. —La policía ha cotejado los datos y por eso le hemos llamado. ¿No tiene usted un hijo llamado Hiromu Fushida?

—Así es —respondió visiblemente consternado.

Kichiro se agachó ante el cuerpo y observó con detenimiento el cuello del que había sido su único hijo. Pasó uno de sus dedos por el borde y miró su dedo ensangrentado.

—No toque nada —espetó el joven forense con enojo.

—Hijo, ¿has visto en alguna ocasión un corte tan preciso? Parece como si le hubieran rebanado el cuello con una catana.

—Vamos abuelo, todo es posible cuando los fragmentos de metal vuelan por los aires.

—Observa a tu alrededor. Esos miembros amputados han sido cortados de cuajo, arrancados brutalmente. Es lo propio. Pero esto es otra cosa —terminó con voz apagada y los ojos humedecidos.

— ¿Tratas de decirme cómo tengo que hacer mi trabajo?

Kichiro se levantó con torpeza y lo miró a los ojos.

—Busca la cabeza de mi hijo y prepara un informe creíble, o de lo contrario te limitarás a limpiar mierda de pilas funerarias.

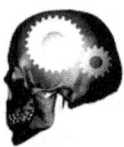

Aún quedaban vestigios de la antigua armada imperial japonesa y de su cuartel general, en ese barrio de Ichigaya. Fue allí también donde Yukio Mishima, uno de los más grandes escritores de la historia de Japón, viviera y terminara suicidándose. Quizás fuera esa vida de excesos y su pensamiento cercano al postfascismo y defensa de la homosexualidad, lo que hiciera que Hiromu se decantara por establecer su residencia en ese lugar.

Kichiro alzó la vista después de cruzar el río. Era la torre donde residía Hiromu y donde más de un centenar de nipones se hacinaban en agobiantes aposentos. Ascendió en segundos los ciento cuarenta pisos, en una cápsula de cristal desde la que se contemplaba todo el distrito de Ichinaga. Recorrió el largo pasillo con su cabeza gacha. Los recuerdos que asaltaban su memoria le hicieron detenerse y apoyarse en unos grandes ventanales. Inspiró profundamente tratando de recobrar aliento y dirigió la mirada hacia la puerta de metal del fondo. Solo tuvo que alinear uno de sus ojos frente a un diminuto visor y la curvada puerta se deslizó con un ligero soplido. La iluminación surgió lentamente y bañó de luz violeta la estancia circular. Kichiro percibió el olor a incienso con el que su hijo solía perfumar su hogar. Volvió a sentir una puñalada en el corazón y falta de aliento. Se dirigió afligido hacia la cama circular de color azul y se sentó en su borde tratando de recobrar los ánimos. Los rayos del sol comenzaron a acariciarlo al traspasar una claraboya de cristal que se situaba encima de él, en lo alto del techo abovedado. Aún podía percibir a su hijo. Por unos momentos tuvo la impresión de verlo entre aquellas pantallas que habían brotado de la nada, esperando una orden de su propietario.

Frente a él, sobre una pequeña mesa de cristal, un emisor de conexión emitía un fino y disimulado pitido. Kichiro se percató de que aún permanecía encendido y con una comunicación pendiente. Se sentó en un incómodo sillón de diseño vanguardista y activó el dispositivo. En menos de un segundo, varios haces de láser rojo escanearon su fisonomía creándolo como un avatar. Un fino haz de luz blanca y brillante como el platino buscó su cráneo y profundizó hasta encontrar su *neurochip*. Fue instantáneo, esa estancia y el olor a incienso desparecieron de sus sentidos, para dar paso a otro mundo. Por unos momentos, el viejo nipón tuvo el amago de cortar ese trasto. La estridente música hacía que su estómago retumbara, mientras centenares de luces estroboscópicas herían sus ya desgastadas retinas. El local virtual estaba a rebosar a esas horas de la mañana y algunos jóvenes lo miraban como si fuera un espectro.

Kichiro se acercó a una de las barras donde varios adonis desnudos mostraban y alardeaban de sus cuerpos de diseño y atributos masculinos. Las *nanopartículas* se atiborraban en el interior de esos jóvenes, esculpiendo auténticas esculturas que podrían haber servido de inspiración al mismísimo Miguel Ángel. Kichiro se sintió avergonzado y miró su cuerpo. Todo estaba diseñado al más mínimo detalle, incluso esa mancha de nacimiento que siempre había portado en su vientre. Intentó en un acto reflejo ocultar su sexo y fue reprobado por decenas de miradas. En ese club no se admitía el engaño, los avatares eran fiel reflejo de sus clientes en la vida real.

— ¿Qué vas a tomar abuelo? —preguntó un joven con los pezones parpadeando al ritmo de la atronadora música.

—No quiero tomar nada —respondió. —No sé utilizar este emisor y parece que tiene grabado algo. ¿Cómo puedo visionarlo?

— ¿Sistema Solaris o Mandriva?

—No lo sé, es de color plateado y tiene una estrella con una media luna.

—Ah vale, no escatimas en tecno ¿eh momia? Pasa la página simplemente tío.

— ¿Y cómo lo hago?

—Joder, te compras un emisor que vale una pasta y no sabes navegar con él. Desplaza la mano, así ¿ves?

—Entiendo.

Kichiro emuló el movimiento desplazando la escena hacia un lado y todo se desvaneció en un instante. Varias opciones aparecieron frente a él en un fondo negro y vacío, y eligió la que giraba.

De nuevo el mismo local, la estridente música y los deslumbrantes centelleos. Pero en esta ocasión Kichiro no podía interactuar, era solo un espectador. Su corazón se enterneció e intentó retirar la mirada. Al fondo y sentado junto a un hombre ya maduro, estaba su fallecido hijo. Atravesando la multitud, como si de un descarnado se tratase, el anciano se situó junto a ellos. Kichiro comenzó a sentir una oleada de frío en su interior. No tenía el más mínimo vello que pudiera erizarse en su blanquecina y envejecida piel, pero sí notó como sus piernas flaqueaban.

Ese hombre de ojos hundidos y pómulos prominentes no era oriental y acariciaba a su hijo sin pudor. Kichiro sintió el amago de lanzarse sobre él y diseccionarlo en vida. Sus lágrimas brotaron al ver a su retoño y no poder despedirse de él.

— ¿Sientes algo por mí? —preguntó el joven.

—Claro, ¿no lo sientes tú?

—Sí, nunca he estado con un hombre mayor.

—Y eso te atrae ¿verdad?

Hiromu se volvió hacia él y lo abrazó reclinando la cabeza en su hombro.

Kichiro dejó escapar una lágrima al ver aquella escena. De nuevo sintió amago de cortar y deshacerse de ese emisor, producto del mismísimo infierno, pero se quedó inmóvil al oír a ese hombre despreciable.

—Deseo hacerte un regalo.

— ¿A mí?

—Sí, algo que luzcas solo para mí. Una prenda única y exclusiva que lleves en tu interior.

Hiromu recorrió la espalda de ese hombre hasta llegar a su pelo. Alzó el rostro y lo besó como jamás lo había hecho con nadie. Él se soltó de Hiromu y se levantó del diván.

— ¿No te ha gustado Pete?

—Por supuesto, pero antes quiero que lleves puesto algo mío. Mañana a las diez en el Centro comercial Shibuya 109. No me falles.

LA CAJA DE PANDORA

Sede matriz del C4. Atlanta. Georgia.

Tres portadores y una llave. Ese era el procedimiento de seguridad, para salvaguardar la programación del sistema de corte frente a intrusiones en el *neurochip*. Bastian era el encargado de elegir a los empleados del C4 que portarían el fragmento del valioso código. Un complejo ordenador cuántico, que se mantenía soterrado en una cámara de máxima seguridad, bajo la sede matriz en Atlanta.

Cuando el joven Hiromu fue elegido por el departamento de biotecnología del C4 en Tokio, Bastian ya lo había estudiado en profundidad. Analizó todas sus cualidades y también sus defectos. Pero algo imperó en ese análisis del joven nipón. Hiromu no era consciente de ello, pero dentro de su inquieta personalidad se ocultaba un bien muy preciado para Bastian. Una cualidad innata que le confería los atributos para ser un nuevo portador. Él sería el relevo de alguien que durante años había llevado incrustado en la ignorancia, algo que no tenía precio. Ese don que Bastian supo identificar en Hiromu diseccionando con maestría su personalidad, era simplemente un sentimiento, una creencia, una búsqueda. Algo casi inexistente ya, en un mundo de autómatas y de seres con frívolos e insignificantes sentimientos. Bastian buscaba indicios de un alma rozada por las alas del amor. Aunque ese superordenador jamás entendiera donde radicaba la esencia que lo diferenciaba de un ser humano, sí que tenía escrito entre sus circuitos lógicos, los signos que delataban la existencia de algo bastante escaso e inusual.

Cuando el ojo electrónico de Bastian observó una pequeña lágrima en la mejilla de Hiromu, supo que él era el elegido. La pregunta era crucial y pocos respondían en la forma en que lo hizo él.

Hiromu fue intervenido por un equipo de especialistas. Aparte de adecuar su *neurochip* a las exigencias del C4, también se le implantó un microscópico ovillo de ADN, donde se resumía toda una labor de desarrollo y una esperanza para la humanidad. El joven nipón retomaba la antorcha que otros antecesores habían portado en ese maratón, a través de una sociedad corrupta y mermada en esperanzas.

—Cuando la prefectura de Tokio me alertó de ese pobre hombre desquiciado que anhelaba ver por última vez el rostro de su hijo, se me heló la sangre —dijo Oguri. —Fue una intensa sensación de sobrecogimiento la que me embargó, al saber que se trataba de un empleado de la sede. La idea de que Hiromu fuera uno de los portadores me hizo sentir autentico pavor. Llamé a Hanna y ella no dudó en convocar una reunión urgente ante Bastian.

—Y tú Hanna llamaste a Nadya —replicó Gwyneth.

—Ya sabes que es necesaria la presencia de al menos tres de nosotros, para que Bastian nos revele la identidad del portador —respondió Hanna.

El procedimiento estaba minuciosamente descrito. Ante la muerte inesperada de cualquier empleado del C4, el gabinete de crisis se reunía de urgencia con la intención de descartar que se tratara de uno de los portadores. Era imprescindible que se personara el director de la sede donde se había producido el fatal acontecimiento y al menos dos de los dirigentes de las otras sedes.

—No pensaste en llamarme, ¿verdad Hanna?

—No.

—Hiromu era por desgracia el portador de Tokio —continuó Oguri. —Tenemos el presentimiento de que su cabeza sigue aún con vida, de que lo mantienen de forma artificial. De hecho, Bastian continua inmutable. Para él, Hiromu no ha sufrido el más mínimo percance.

—Entiendo —dijo Gwyneth. —Ahora comprendo vuestro desasosiego. Teméis por el destino de los otros dos portadores y, por supuesto, de la llave.

—Así es —confirmó Nadya.

—Oye Hanna, si no me hubieras necesitado para abrir la Caja de Pandora, ¿me hubieras llamado?

—No Gwyneth, no lo hubiera hecho. Hace ya tiempo que dejé de confiar en ti.

—Creéis que tengo algo que ver con todo esto ¿no es así?

Ninguno de ellos respondió. Hubo un largo silencio y Oguri le contestó:

—Nadie conoce los códigos de acceso a Bastian excepto nosotros cuatro. Y no figuran accesos indebidos en sus registros.

Gwyneth borró de su rostro esa imagen fingida de desconocimiento e incredulidad. La sonrisa volvía a asomar entre sus labios. Una mueca que ellos conocían de sobra, un gesto que hacía pensar en una precaria derrota, para degustar al final una gran victoria.

—Estáis hundidos —dijo ella regocijándose. —Sois unos pobres miserables para ellos.

Hanna entornó los párpados y suspiró. Por fin tomaba cuerpo ese sentimiento que hacía ya tiempo la estaba atormentando. En sus sueños, un reducido ejército a las órdenes de Dios se disponía a ser masacrado por las hordas del demonio, en una última y épica batalla. Sariel, el arcángel encargado de velar por los espíritus de los pecadores, era el primero en ser vencido. Sus largos y negros cabellos se arremolinaban mientras su cabeza se desprendía al ser cortada por una fina y brillante espada. Alguien mostraba su orgullo. Un ser con tres cabezas surgía del rostro de esa mujer que un día sirvió a las órdenes del bien.

— ¿Quién está detrás de todo esto? —preguntó Nadya.

—Sois estúpidos. ¿Creéis que llego a alcanzar quien mueve los hilos? Yo solo soy una pieza en el entramado. Si supiera más de lo conveniente, hoy no estaría sentada aquí.

—Háblanos de Karavokiris —dijo Oguri.

—Creedme, ni siquiera he podido acceder a él. Solo sé que forma parte de la maraña.

— ¿Están ubicados los servidores en Kyra Panagia?

— ¿Y que si lo están?, ¿vais a ordenar un desalojo de su isla? ¿Creéis que con eso podéis detener lo inevitable?

— ¿Qué pretende? —preguntó Nadya de nuevo. — ¿Hacerse de un ejército de psicópatas asesinos?

—No puedo responderte a esa pregunta, los intereses de los que realmente están arriba son desconocidos para mí.

— ¿Te has vendido por dinero? —preguntó Hanna después de un largo silencio y mirándola a los ojos.

—Vamos Hanna, el dinero ya lo tengo. Más del que pudiera gastar en el resto de mi vida. Voy a arrancarte de ese sillón, aunque sea a trozos.

— ¿Desde dónde?, ¿desde Folsom, mientras duermes en un coma camino del infierno? —increpó Nadya.

— ¿De qué pensáis acusarme? No tenéis ninguna prueba contra mí. Todo son conjeturas de unos conspiranoicos. ¿Quién se va a creer en todo esto? Habéis decretado el nivel uno y he acudido a este gabinete de crisis. ¿Habéis encontrado algo que me inculpe?, ¿algún rastro mío en los registros de Bastian?

—Eres muy astuta, pero tendrás que explicar esos desorbitados gastos a los que te enfrentas alojándote en el Al-Baseer.

—Nadya, soy una puta. Tengo amigos influyentes que no dudan en pagar auténticas fortunas, por abrir sus apestosos culos ante mí. ¿Te imaginas lo que se siente cuando penetras a uno de esos magnates forrados de billetes? Disfruto viéndolos comportarse como nenas, arramblados bajo sus más sucios instintos. Bueno, tú eres incapaz de entenderlo, tu única ilusión se resume en seguir apoyando tu viejo y arrugado culo en ese sillón, en seguir luciendo a esa joven bobalicona que te ilusiona pensar que siente algo por ti y en seguir costeándole a ese hijo que compraste de mercadillo, sus excelsas bacanales. ¿Realmente sigues opinando que eres mejor que yo?

—Eres una zorra. No llego a entender como Hanna puso sus ojos en ti.

—Porque siempre los he tenido bien puestos. Esta vieja no tuvo cojones de enfrentarse a esa peste. ¡Fui yo la que le hice frente! ¿O es que ya no os acordáis? Le temblaban las manos sujetando aquellas estadísticas de afectados por la *Psicosis Negra*. Casi lloriqueó suplicándome que la despojara de esa plaga que podía hacer tambalearla en su sillón. Y lo hice. Sabéis muy bien que lo hice.

—Y ahora nos sumes en la miseria —dijo Oguri.

—No lo entendéis. Esto tenía que ocurrir más tarde o más temprano. Solo era cuestión de tiempo. Si no hubiera sido yo, habrías sido tú Oguri, o tú Nadya e incluso tú Hanna. Solo sois unas putas marionetas creyéndose los salvadores del mundo. Escuchad lo que os voy a decir. Cuando se implantó el *neurochip* a nivel global, ya todo estaba perdido. ¿Quién estaba interesado en que todo el mundo estuviese conectado? Pensad.

Hanna se mantenía incólume. Solo se dedicaba a observar todos y cada uno de los movimientos de su antigua pupila. Una mujer que la encandiló un día y en la que supo ver a un líder con la única ambición de salvaguardar el alma humana. Fue después de la epidemia, en la que se puso de manifiesto el poder que ella misma poseía, cuando Gwyneth comenzó a cambiar. Aquella intrusión en millones de corpúsculos implantados significó una toma de conciencia, de lo que podía suceder en tiempos venideros. El mal siempre abría una puerta nueva, un nuevo sendero por donde deslizarse y esta senda conducía al Apocalipsis final. La *Psicosis Negra* solo fue un aviso, una llamada de atención en la que sucumbieron millones de inocentes. Su epicentro se focalizó en la misma ciudad de Los Ángeles, presumiblemente en ese distrito de Compton, que ya era sede del imperio del mal. A pesar de que la terrible infección avanzaba de forma lenta, se tardaron años en poder extirpar de toda la población mundial, esos corpúsculos que corrían riesgo de ser infectados. Todo se llevó en el más absoluto silencio. Fue una directiva a nivel global y en la que todos los gobiernos participaron. El C4 dio órdenes muy estrictas al respecto, la población no debía tener conocimiento del peligro a la que estaba expuesta. Solo el C4 y los dirigentes a nivel mundial sabían lo que se estaba cociendo. De no haber sido así, el caos hubiera originado más muertes que ese malvado código. De forma solapada, los servicios de salud de todos los países fueron sustituyendo ese corpúsculo susceptible de ser infectado, por uno nuevo con el novedoso y eficaz sistema de corte.

— ¿Quién más ha muerto? —preguntó Oguri. — ¿Hasta dónde han llegado?

—Ves Oguri, ese es vuestro trabajo y no, enjuiciarme a mí —respondió Gwyneth con arrogancia.

—No me has respondido.

—Compruébalo tú mismo.

Oguri deslizó su pequeña mano sobre el negro y pulido cristal de la mesa y una cabeza virtual se alzó entre ellos. Era Bastian y giraba lentamente ante sus miradas.

—Bastian —dijo Nadya, —esto es un gabinete de crisis. Necesito me des la identificación del portador de Moscú.

—*Por favor Nadya, introduce tu clave* —respondió Bastian con voz cálida y melodiosa, mientras escaneaba su retina.

La responsable del C4 en Moscú tecleó en un panel de extraños símbolos, emergido de la translúcida y negra mesa.

—*Necesito al menos dos integrantes más* —solicitó Bastian.

—Yo —dijo Oguri y el rostro tridimensional se giró al instante hacia él.

De nuevo un teclado surgió de la nada y el súbdito japonés introdujo su clave mientras era escaneado.

Hanna volvió a mirar a Gwyneth, y no con recelo. Su mirada reflejaba un sentimiento de pena, de una tristeza indescriptible. Ella ya sabía lo que se iba a desvelar, pero decidió continuar con la pantomima. Introdujo su clave y limpió una lágrima que tímidamente resbalaba por su mejilla.

Gwyneth se mantuvo impasible, mientras Bastian cotejaba las identidades y rebuscaba en su banco de datos el perfil del portador de la sede del C4 en Moscú.

Emergió una imagen y Bastian habló:

—*Su nombre es Irina Vasiliev. Código de identificación MA-242135. Epidemióloga de red nivel uno. Acoplamiento actual, Departamento de Epidemiología experimental en Moscú.*

—Dime Bastian, ¿dónde se encuentra ella ahora mismo? —preguntó Nadya.

—*De permiso. Tiene concedidos tres días.*

— ¿Puedes conectar con ella?

—*Negativo. Tiene desconectadas las comunicaciones. Solo recibo datos biométricos.*

— ¿Puedes ubicarla? —preguntó Oguri.

—*Sí, se encuentra en Rosa Khutor.*

— ¿Donde esta eso? —volvió a preguntar dirigiendo con ansiedad su mirada hacia Nadya.

—Es una altiplanicie en la región de Krasnaya Polyana. En Sochi.

—Danos sus coordenadas.

—*Latitud: 43.658434, Longitud: 140.289956.*

—Corresponden al hotel Golden Tulip Rosa Khutor —dijo Nadya después de teclearlas.

—Bastian, ábrenos comunicación con el hotel Golden Tulip en Rosa Khutor —ordenó Hanna.

Al cabo de unos segundos de silencio, la imagen de un joven apareció en una pantalla virtual y su voz resonó en aquella cámara.

—Hotel Golden Tulip. Mi nombre es Andrei. ¿En qué puedo ayudarle?

—Escúcheme con atención, —dijo Nadya con su correcta pronunciación del idioma ruso. —Necesito hablar urgentemente con Irina Vasiliev. Es un caso de extrema gravedad.

—Disculpe, ¿con quién tengo el placer de hablar?

— ¡Haga lo que le digo!

—Un momento por favor, no corte la comunicación.

Los tres miraban a Gwyneth con muestras de hastío. Ella continuaba esgrimiendo una disimulada y socarrona sonrisa.

—Lo siento, la señorita Vasiliev y su hijo han emprendido el descenso hacia la estación de Laura. Si lo desea podemos enviar a alguien del hotel en su busca.

—Por favor, es un asunto de vida o muerte.

Irina y el hilo de luz

Alrededores de Sochi. Krai de Krasnodar. Rusia.

Aún figuraba la hoz y el martillo en el logotipo de la famosa aerolínea rusa. A pesar de los fallidos planes para reemplazarlo, ese símbolo había quedado incrustado en la flota de naves de Aeroflot. Apenas había reticencias en occidente, acerca de ese emblema que tiempo atrás representara al proletariado industrial y al campesinado de la antigua Unión Soviética. Los tiempos habían cambiado y Rusia ocupaba un puesto privilegiado como potencia mundial. El fervor por el dinero y la riqueza había conseguido aflorar a un país emblemáticamente capitalista y prueba de ello era la simbólica compañía aérea. Se habían difuminado en el tiempo, aquellos años de final del siglo XX en los que la famosa aerolínea y, coincidiendo con la caída de la Unión Soviética, se dividiera en más de trescientas compañías aéreas regionales. Pero como un ave fénix que resurgiera de nuevo entre sus cenizas, Aeroflot renació hasta convertirse en la mayor aerolínea del planeta. Con una flota de más de cuatrocientas aeronaves que circundaban a diario el globo y treinta lanzaderas compradas a Virgin Galactic para tránsitos lunares, la gran firma aeroespacial se situaba a la cabeza del sector.

Irina viajaba a bordo de un Túpolev TU-600. Ese enorme pájaro metálico había sido reflotado por el mítico fabricante de aviones, hacía ya una década. Su diseño recordaba en cierta medida a su antecesor, aquel primer avión supersónico que construyera la Unión Soviética. Algo dormido y silente se albergaba en la mente de algunos mandatarios rusos. Quizás el amor a su propia casta, a sus costumbres y a su historia, continuaba circulando por sus venas. Una nostalgia de sus antepasados, de un vasto y viejo imperio.

El puntiagudo morro en forma de delta descendió lentamente. El cuatrimotor supersónico se disponía a tomar tierra en una de las pistas del aeropuerto internacional de Sochi.

Denis miraba a través del triple cristal. Sus grandes ojos claros observaban como aquellas estribaciones nevadas de la cadena montañosa del Cáucaso, ascendían majestuosamente. El pequeño estaba encandilado, pegado al cristal y mirando esas blancas cumbres acariciadas por las nubes. Nunca había estado allí arriba. Esta vez, Irina cumplía su promesa.

Los primeros edificios de la ciudad desfilaron lentamente bajo sus pies. El ruido comenzó a ser más violento, el Túpolev desplegó sus frenos aerodinámicos y Denis notó como su cuerpo quería escapar del mullido y confortable asiento.

—Será mejor que te sientes bien y reclines la cabeza —le aconsejó Irina.

El pequeño obedeció fielmente. Se retrepó en el asiento y cruzó sus brazos en señal de madurez. Denis había cumplido los ocho años, pero ya sabía deslizarse sobre la nieve como un pingüino. Su madre lo había adiestrado desde que comenzó a mantenerse en pie. Aprendió a andar y a esquiar sobre los prados nevados de la pequeña localidad de Antonovka. Era allí, a poco más de treinta kilómetros de Moscú, donde residía. En un caserón de madera de color rojo y de empinados tejados de color gris. Este era su primer viaje en avión con Irina, la primera vez que dejaba solo a su abuelo y a los manzanos. Boris lo había criado. Su madre apenas tenía tiempo para él y sufría inmersa en un trabajo que cada vez le requería más tiempo y dedicación. Denis sentía auténtica pasión por su madre, una devoción que Irina también compartía con él. Fue como un soplo de aire fresco en su vacía vida, algo por lo que vivir y en quién depositar su amor.

Tan solo habían transcurrido cuarenta minutos desde que despegaran de Moscú-Sheremétievo. A Denis no le había dado tiempo de aburrirse en ese vuelo supersónico. Ni siquiera tuvo la impulsiva necesidad de volver a internarse en su juego virtual favorito, ese que hacía que robara tiempo a sus tareas escolares. Para el pequeño fue como un suspiro. Irina lo subió al jet medio dormido en aquel frío amanecer moscovita y se desperezó novecientos kilómetros más allá, ante las turbulencias de la nave bordeando Luhansk, en suelo ucraniano.

Denis despertó como lo hacía siempre, buscando a su madre y abrazándola como si fuera el último día. Irina lo acurrucaba y acariciaba su ondulado pelo rubio, mientras la embargaba un cruel sentimiento de culpa. Sus lágrimas habían brotado más de una vez manteniendo al chico entre sus brazos. Apenas podía recordar momentos con él. Siempre con prisas, arrastrada por un torbellino que no le dejaba hueco para Denis y aún menos para su padre, el viejo Boris.

— ¿Es verdad que hay cinco mil kilómetros de pistas? —preguntó Denis entusiasmado.

—Quinientos Denis —contestó ella sonriendo.

El pequeño se quedó pensativo, aún no tenía muy clara la diferencia.

— ¿Me vas a llevar esta noche a las antorchas?

—Denis, es un descenso para mayores. Ya lo hemos hablado. No creo que vayan otros niños.

—Tú me lo prometiste —irrumpió de nuevo.

—Te prometí que vendrías conmigo y lo he cumplido. Tenemos tres días para esquiar juntos.

—Mamá —dijo refunfuñando.

El avión posó sus neumáticos en el asfalto y ambos dieron un buen tumbo. La cara de Denis se desencajó por unos instantes y no volvió a soltar palabra.

El aeropuerto de Sochi daba cuenta de la gran expansión, que esa ciudad a orillas del Mar Negro, había experimentado en el último siglo. Las más avanzadas tecnologías se habían puesto en práctica, en una de las terminales con mayor afluencia de toda la geografía rusa. Hacía algo más de cien años que esa urbe, asentada entre las cumbres nevadas del Cáucaso y el Mar Negro, solo destacara por ser una ciudad balneario. Un destino turístico para adinerados rusos que disfrutaban durante todo el año de un clima templado, con vegetación subtropical y manantiales con supuestos efectos sanadores.

Fue en 2014, cuando la extensa metrópoli, de más de ciento cincuenta kilómetros de largo, obtuvo relevancia mundial. Esos juegos olímpicos de invierno marcaron el despegue, de lo que sería uno de los lugares turísticos más demandados a nivel mundial. Alejandro Magno nunca pudo imaginar que esas aguas termales de Matsesta, donde dejaba reposar su cuerpo y sanaban sus heridas, serían dos milenios y medio después el centro turístico por excelencia. No era casual, este territorio ruso se ubicaba en la misma latitud que ciudades como Niza. Era por ello, por lo que comúnmente se la llamaba "La Riviera Rusa". Resultaba paradójico que en menos de una hora, se pasara de los cuarenta grados bajo cero de la capital rusa, a una agradable temperatura primaveral.

Irina volvió a experimentar esa sensación al bajar del avión. No era la primera vez que acudía a Sochi con la intención de visitar la famosa estación de esquí. Era su evasión, lo único que le hacía olvidar su trabajo, ese entierro en vida, en unas de las instalaciones más vigiladas en suelo moscovita. Esos tres días eran para ella una escapatoria. Soñaba con descender esquiando esas laderas de Rosa Khutor, en compañía de su retoño. Solía quedarse dormida con las imágenes de esas pistas en su mente. Todo el año esperando y, por fin, ya había llegado.

Con el mullido abrigo en un brazo y cogida de la mano de Denis, Irina cruzó el cemento mirando las altas cúspides, hasta llegar a la terminal. Denis la miraba, alzaba la vista para contemplar a una madre pletórica, llena de entusiasmo. Pocas veces la había visto así y él también retozaba de orgullo y felicidad.

El pasillo estaba atestado de gente que deambulaba de un lado para otro. Pilotos de Aeroflot caminaban hacia las puertas de embarque, enarbolando su orgullo y prepotencia. Centenares de paneles virtuales se desplazaban en el aire, mostrando al gentío itinerante los vuelos que partían y llegaban al "Jardín de todas las Rusias". Gente de todas las razas y condiciones sociales, pero sobre todo y en esa época del año, aficionados al deporte de la nieve.

Denis no soltaba ni un instante la mano de su madre. Para él aquello era un hervidero humano, como cuando Irina lo llevaba a Moscú y subían al atestado metro. Pasillos y cientos de personas que deambulaban de un lado para otro como sonámbulos.

La sala de recogida de equipajes también estaba repleta. Irina se aproximó agobiada a la cinta transportadora mientras Denis, enganchado al bolsillo trasero de su pantalón, la seguía como una vagoneta descarrilada. Las tiras de goma acariciaron por unos instantes su maletón azul y los esquíes. Irina hizo un intento de alcanzarlos y unas rudas manos los engancharon.

—Tome —dijo el fornido hombre dejando el pesado equipaje en el suelo. —Supongo que trataba de alcanzar esto.

—Se lo agradezco —repuso ella un poco exasperada aún y comprobando todas sus pertenencias.

—Detesto los aeropuertos —volvió a decir él. —Solo me producen ansiedad y frustración.

—Créame, comparto con usted la misma sensación. —replicó ella mirando al hombretón, un tipo fornido y bien vestido que se agachó para recoger un recipiente metálico con forma cilíndrica.

Irina trató de coger la pesada maleta, los esquíes y los dos sofisticados cascos. El tipo recio, de calva brillante y elegantes gafas se le acercó de nuevo arrastrando un carrito metálico.

—Será mejor que utilice esto. Déjeme ayudarla —dijo cogiendo uno de los costosos cascos.

Denis, agarrado aún a su madre, no paraba de observar al elegante hombretón y a su extraño equipaje. Jamás había visto una maleta tan rara y con tantas luces parpadeando.

—Se lo agradezco —respondió ella. —Es usted muy amable.

—Vaya se ve que es usted una profesional —comentó el maduro hombre observando con detenimiento el casco.

—Bueno, es mi debilidad —respondió ella colocando los esquíes sobre el carrito.

— ¿El tuyo también tiene HUD[25]? —preguntó agachándose ante Denis.

El pequeño no respondió. Continuaba mirando los ojos negros de ese extraño y, sobre todo, esa extensa cicatriz que cruzaba una de sus mejillas hasta perderse en su barba.

—Discúlpelo, Denis es un poco introvertido.

—No importa, se ve que es un chico obediente ¿no es así Denis?

— ¿Qué llevas ahí? —preguntó el pequeño.

—Venga Denis, no seas maleducado —dijo Irina reprendiéndolo.

— ¿Sabes qué es un leopardo?

—Sí, un gato con lunares.

—Bueno, algo así —dijo riendo. —He de llevarme uno aquí metido para estudiarlo.

Denis asintió levemente con su cabeza, pero no quedó muy convencido de ello.

—Discúlpelo, es demasiado curioso.

—No se preocupe, me encantan los niños como él.

— ¿Es eso cierto? —preguntó Irina dejándose llevar también por la curiosidad.

—Voy al Parque Nacional de Sochi, tratamos de introducir de nuevo al leopardo caucásico en este hábitat.

—Que interesante.

---

[25] *Head-up display, en español pantalla de visualización frontal, es una pantalla transparente que presenta información al usuario.*

—Bueno, ha sido un placer —dijo el hombre ofreciéndole la mano y esperando conocer su nombre.

—Perdón, me llamo Irina. Gracias por todo.

—De nada Irina, le deseo una feliz estancia en Rosa Khutor. Y tú Denis, no te separes de tu madre ni un instante. Esas pistas son muy empinadas —dijo removiendo su pelo.

El extraño individuo se perdió entre la muchedumbre y antes de salir de aquella sala se giró, miró a Denis durante unos segundos y desapareció.

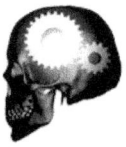

Las vistas desde el taxi aéreo eran de ensueño. El vehículo triangular viró en el gélido aire para enfilar su ruta. Madre e hijo miraban a cada lado de la bovedilla acristalada. Rosa Khutor mostraba todo su esplendor desde esa altura. La descomunal estación de esquí había crecido de forma exponencial, desde que fuera construida para la candidatura de los Juegos de Invierno de 2014, en la región de Krasnaya Polyana. Con su medio kilómetro de pistas, sus 200 remontes y sus teleféricos de última tecnología, capaces de transportar vehículos, figuraba la segunda en el ranking mundial, detrás de Aspen. Desde esa altitud era visible la megalómana construcción de Rosa Khutor, la altiplanicie que albergaba el grandioso complejo hotelero y todo el entramado de pistas. Más de cuatro mil esquiadores diarios podían pernoctar en sus caros y lujosos hoteles; el Golden Tulip Rosa Khutor, uno de los más emblemáticos, iba a acoger a Irina y a su retoño.

Denis, asido al pantalón de su madre, atravesaba el amplio hall mirando hacia arriba. Dando algún que otro traspié, el pequeño estaba inmerso en la visión que esas gafas de *hiperrealidad* le ofrecían de toda la sala. Él sí podía ver esa miríada de finos haces invisibles que se movían interceptando a todo ser viviente. Madre e hijo habían sido escudriñados por lectores de identificación, desde su entrada al hotel.

—Disculpe, tengo una reserva a nombre de Irina Vasiliev —dijo ella llamando la atención del joven tras el mostrador circular de mármol blanco.

—Mi nombre es Andrei.

El chico le sonrió cortésmente. Separó dos de sus dedos y un visor apareció en aquel aire perfumado.

—Sí, tiene reservadas tres noches. ¿Es correcto señorita Vasiliev?

—Correcto.

—Irina Vasiliev. Código de identificación válido. —¿Qué tal día hacía esta mañana en Moscú? —preguntó el rubio y enjuto empleado, mientras cotejaba la documentación virtual que los sensores del hotel habían captado de su *neurochip*.

—Frío —contestó escuetamente y a sabiendas de la insignificancia de la pregunta.

Él le sonrió de nuevo.

— ¿Va a necesitar un *droide* de compañía?

—No, gracias. Ya llevo aquí a uno —respondió ella mirando de soslayo al pequeño.

Andrei se asomó y sonrió.

—Yo también tuve uno —dijo el joven. —Y le entiendo totalmente. Me lo regalaron...

—Denis no es *biónico* —interrumpió Irina con sequedad.

—Disculpe, no quería molestarla —dijo el joven expresando su pesar. — ¿cómo va a abonar la estancia señorita Vasiliev?

—*NeuroCash.*

—Perfecto ¿es tan amable?

Andrei aproximó un diminuto dispositivo metálico a la cabeza de Irina y el pago se efectuó al instante.

Denis continuaba con su excursión visual. Decenas de palabras que no llegaba a entender parpadeaban ante su vista. Listados, menús y un sinfín de imágenes aparecían y se esfumaban ante sus ojos, en aquella amplia sala abovedada. En uno de sus recorridos visuales tuvo que retroceder. Arriba, en el pasillo que circundaba todo el recinto, estaba ese señor de negro. Denis pulsó el sensor cercano a su oreja y las gafas enfocaron aumentando la nitidez. El hombre sin pelo conversaba con alguien. De pronto, sus gafas le mostraron parpadeando unas palabras que sí conocía y se apagaron exhaustas de batería.

—Que tenga una cómoda y feliz estancia, señorita Vasiliev —dijo Andrei mostrando su sonrisa más entrenada.

—Gracias Andrei.

—Por cierto —repuso el joven. —Si desea participar esta noche en el descenso con antorchas a Laura[26], le

---

[26] *También llamada Estación de esquí de Gazprom.*

recuerdo que el punto de reunión es en la explanada sur a las nueve.

Irina miró a su hijo y él le devolvió una mirada de súplica.

— ¿Ve conveniente que lleve a Denis? —preguntó sin dejar de mirar cariñosamente al pequeño.

—Me han dicho que han preparado un exquisito menú de golosinas para los niños allá abajo. —respondió en voz baja y con complicidad.

Denis dio un salto de alegría y se puso a hacer chirigotas por todo el vestíbulo.

— ¿Ve a que me refería cuando le dije que no necesitaba un *droide* de compañía?

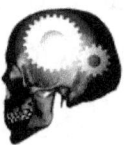

Irina presenció durante horas a un hijo en todo su apogeo de hiperactividad. Apenas había tenido ocasión de ver todas y cada una de las facetas de Denis. Casi siempre lo encontraba dormido. Era casi un desconocido. Estaba viviendo y compartiendo en ese día, más vivencias de las que jamás vivió cerca de él. Era sencillamente un niño, una criatura descubriendo un mundo extraño e incompresible la mayor parte de las veces. Sentada en el sofá de piel blanco, sonreía y sus lágrimas escapaban al verlo brincar en la cama. Para él, ese descenso a la luz de la luna y en compañía de su madre, era la mayor de las glorias. Irina hizo un momentáneo y profundo acto de reflexión. Toda su vida desfiló por su mente a la velocidad del rayo y solo una pregunta quedó como residuo en su castigado cerebro. Retrepó su cabeza en el sofá y cerró los ojos. Marcó a través de su *neurochip* y oyó esa cálida voz que siempre la había reconfortado.

— ¿Has regado ya los manzanos? —preguntó ella.

—Sabes que siempre lo hago cuando cae el sol —respondió él con voz melodiosa y tranquila.

—Me he acordado de ti.

—Yo no he dejado de acordarme de vosotros ni un momento.

—Lo echas de menos ¿verdad?

—Y a ti, Irina. Te perdí hace tanto tiempo.

—Siento haberte defraudado papá. —y una lágrima escapó entre sus párpados cerrados.

—Préstale algo de atención. Eres su vida, aunque no sepa demostrártelo aún. El chico tiene pasión por ti. No escatima en hablar horas y horas de su madre. Alardea ante sus amigos de algo de lo que carece.

—Lo siento Boris.

—Eh Irina, eres una Vasiliev. Jamás nos hemos arrugado ante nada —dijo enérgicamente tratando de levantar su estado de ánimo. —Es noble por tu parte admitir un error, pero todos los cometemos a lo largo de nuestra vida. — ¿cómo está Denis?

—Potreando la cama —contestó sonriendo entre lágrimas. —A este paso, creo que nos echarán de aquí.

—Me alegra saber eso y también que me hayas llamado.

—Oye papá.

—Dime cariño.

—Si me ocurriera algo, desearía que le contaras como fue su madre cuando tenía su edad.

—Vamos Irina, cuéntaselo tú. Ahora dispones de un tiempo muy valioso junto a él. Disfrútatelo, Denis tiene su corazón abierto para ti.

—Lo haré Boris. Sin duda que lo haré.

—Os quiero Irina.

Un sonido celestial inundó la habitación. Alguien llamaba a la puerta. Irina dio la orden y la puerta se desplazó hacia un lado.

Medía dos metros de altura. Su rostro era blanco como el nácar y relucía. Sus ojos azules y diminutos emitían una luminosidad fosforescente. Fornido y diseñado a conciencia, esperaba solo una orden humana para que sus complejos sistemas cerebrales se pusieran en marcha. Impasible e inmóvil, mantenía entre sus brazos mecánicos, el equipaje de Irina.

—Pasa, déjalo allí al fondo.

El engendro dio unos pasos medidos y controlados hacia el ventanal y depositó el equipaje sobre la moqueta. Irina se percató de que entre sus enseres faltaba algo.

—Has olvidado los cascos de esquí.

El androide se giró hacia ella con un movimiento preciso y sus ojos la enfocaron.

—Disculpe señorita Vasiliev. En la relación de efectos de su equipaje no figura eso a lo que se refiere.

—Jodidos cacharros —murmuró Irina.

— ¿Cómo te llamas? —preguntó Denis dando vueltas alrededor del androide.

—Iván, señor.

—Que original —refunfuñó Irina mientras trataba de comunicarse con recepción.

— ¿Hasta dónde sabes contar? —volvió a preguntar el inquieto niño.

—No entiendo su pregunta señor —contestó la máquina girando su cabeza hacia un lado y otro, tratando de seguir al agitado pequeño.

Un visor se abrió en mitad de la habitación y apareció el sonriente rostro del recepcionista.

—Disculpe Andrei, pero entre mi equipaje faltan dos cascos de Holmenkol.

—Espere un segundo.

— ¿Por dónde haces pis? —preguntó Denis hurgando en la metálica entrepierna del androide.

Irina se echó a reír y Andrei la miró un tanto desconcertado.

—Efectivamente —repuso él. —Ha debido ser un error por nuestra parte. Los han enviado a otra suite. En unos momentos los tendrá ahí.

—Gracias Andrei.

Irina abrió la maleta con la intención de deshacer el equipaje. Encima de todas sus pertenencias destacaba una. Cogió el viejo libro y lo acarició. El perfume de ese papel embriagaba su corazón. La joven madre depositó con delicadeza ese ejemplar de la Biblia sobre la mesita, junto a la cama. Boris se la regaló cuando era niña y jamás se había quedado dormida sin leer antes alguno de sus pasajes. Su anciano padre era un ferviente creyente y había llevado una vida acorde al cristianismo, la misma que intentó infundir en ella. Irina sentía auténtica pasión leyendo esa fuente de fe y doctrina de Cristo. Su mente se transportaba a otra época, cuando sus ojos se posaban en esas escrituras del Antiguo Testamento.

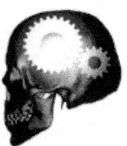

La noche se había cernido sobre la región de Krasnaya Polyana. La luna levantaba su lento tránsito sobre un cielo estrellado. Irina y su hijo ya habían cenado. Denis se había atiborrado de lo que más le gustaba: pollo frito con kétchup. Más de una vez había logrado llegar al empacho a base de engullir y pringarse todo entero de ese delicioso manjar, pero aún y así cada vez que podía elegir, no dudaba en montarse su propia bacanal con el ave.

La explanada sur estaba a rebosar. Grandes y pequeños, equipados con las mejores firmas, se disponían a emprender el tradicional descenso. Un recorrido de más de treinta minutos entre pinares, hasta llegar a la subestación de Laura. Irina y Denis estaban entre ellos. El chico no paraba de moverse y de mirar a otros renacuajos que como él, blandían sus antorchas en el aire. Denis no hacía más que mirar la suya, por nada del mundo quería que se apagase.

El líder del grupo dio la orden de partir, después de verificar el número de asistentes. Todos comenzaron a deslizarse por aquella nieve blanda, en dirección a la pista.

Madre e hijo permanecían cogidos de la mano, mientras sus antorchas fulguraban entre el centenar de esquiadores. Era un descenso sin bastones, tranquilo y disfrutando de esa nieve caída la noche anterior. La tibia luz de la luna los acompañaba en ese largo recorrido entre sombras de árboles dormidos y el silencio de la noche alpina. Solo el apagado ruido de cientos de esquíes deslizándose sobre la mullida capa de nieve, rompía aquel mutismo.

La serpiente luminiscente avanzaba lentamente y arqueándose, para adaptarse al sinuoso recorrido de la pista. Irina giraba la cabeza con frecuencia vigilando al pequeño. El chico lo hacía con maestría, dominaba los esquís inclinando su cuerpo hacia un lado y otro, como en una divina danza. Se sintió orgullosa de su retoño y el vello se le erizó dentro de su ceñido traje. Denis estaba inmerso en esa travesía con la que había soñado todo el año. Con los cinco sentidos puestos en su antorcha y en el visor de su casco, el crío daba muestras de su interés. Algunos de los adultos que lo rodeaban, hubieran pagado una fortuna por poseer su destreza.

Irina atendía a las indicaciones que le ofrecía su casco. En el sofisticado visor aparecían destellando el recorrido de la pista y decenas de datos.

Ya habían traspasado el ecuador del trayecto, cuando Irina notó un suave tirón en la mano. Miró a Denis y vio como intentaba mirar hacia atrás. La antorcha había escapado de su mano.

—Déjala Denis —dijo ella a través del transmisor. —No te preocupes. Concéntrate en el descenso.

Pero Denis no hizo caso. Continuó buscando ese punto de luz roja en la oscuridad, que se alejaba cada vez más. Hizo un peligroso contoneo para tratar de equilibrarse y volcó, arrastrando a Irina en su caída.

Algunos pasaron a su alrededor, esquivándolos con pericia. Otros hicieron amago de detenerse, pero Irina les indicó que continuaran. El numeroso grupo se fue perdiendo en la lejanía.

— ¿Estás bien? —preguntó ella. — ¿te duele algo?

—No mamá.

— ¿Estás seguro? —repitió palpando su pequeño cuerpo.

—Si. —y Denis se puso en pie.

—Bien, será mejor que continuemos o no quedará ningún dulce cuando lleguemos.

La luna comenzó a esconderse entre nubes densas y la oscuridad los envolvió en pocos minutos. Irina cedió su antorcha al pequeño y encabezó de nuevo el descenso. Por primera vez, la joven madre sintió miedo. Un temor que achacó a la responsabilidad que le infundía Denis, algo que pocas veces había experimentado.

En pleno descenso y cuando los primeros vislumbres de la subestación le hicieron recobrar la entereza, su sofisticado casco se apagó. Irina le propinó varios golpes con la esperanza de que volviera a iluminarla en su trayectoria, pero no sucedió. Después de un centenar de metros en la más densa oscuridad y, tras salir de una pronunciada curva, Irina frenó y Denis se detuvo con ella. Se despojó del casco y miró a su alrededor. Todo estaba oscuro y en silencio. Ni siquiera esas diminutas luces que anunciaban su proximidad a la estación de Laura, se dejaban ver en ninguna dirección.

— ¿Me oyes Denis? —gritó Irina agachada ante el pequeño.

Denis asintió varias veces con su cabeza.

— ¿Ves la pista en el HUD?

El chico miró en todas direcciones y levantó los hombros en un gesto de desconcierto. Fue en ese momento, cuando la madre se percató. No tenía sentido dotar con un costoso casco de visión nocturna, a un niño que no sabía leerlo. A un pequeñajo al que ni siquiera se había preocupado de explicárselo.

Denis sacudió la manga de su madre. Estaba vislumbrando unas pequeñas luces más abajo y le indicó la dirección apuntando con su tosco dedo enguantado.

— ¿Ves las luces de Laura? —preguntó Irina algo más animada.

Denis volvió a asentir con su cabeza. Irina tomó impulso para deslizarse tirando de él en esa dirección.

Cien metros más abajo, fue Irina la que vislumbró esos puntos luminosos a su derecha. Giró en una amplia curva y comenzó a descender aumentando la velocidad.

Denis lo vio, pero no pudo saber de qué se trataba. Todas las líneas que parpadeaban en su visor eran rojas y verdes. Esta que apareció, era fina y de un color azul brillante. Permanecía fija y cruzaba de un lado a otro. La luminiscente raya pasó sobre su cabeza en un abrir y cerrar de ojos y notó como Irina y él frenaban hasta detenerse. Miró lo que tenía delante de él. El visor resplandecía con miríadas de lucecitas en el fondo de un precipicio. Se asustó y notó como la mano de su madre se aflojaba por instantes. Alzó la vista y presenció con horror a Irina decapitada. El cuerpo de su madre se abalanzó hacia delante y él soltó su mano viendo con espanto, como se despeñaba en el vacío. Denis giró la mirada hacia atrás. Un corpulento esquiador portaba ese cilindro metálico y reluciente a la luz de la luna.

CUATRO JUGUETES PARA GISELLE

Plaza Alter Markt. Colonia. Alemania.

Era la quinta estación del año, o al menos así denominaban los habitantes de esa región de Renania, a los carnavales más exuberantes y grandiosos de toda Europa. Durante tres largos meses, la ciudad de Colonia vivía con euforia esa especie de catarsis multitudinaria. Era martes y la nieve seguía acumulándose en los puntiagudos tejados de los edificios multicolores que rodeaban la plaza. Aunque hacía tres días que el cielo no dejaba de verter nieve sobre esa atractiva ciudad asentada a orillas del Rin, la fiesta de carnaval continuaba con todo su esplendor. Alter Markt estaba atestado esa mañana y miles de vehículos cruzaban el cielo nublado.

Apenas quedaban quince minutos para que diera comienzo el Weiberfastnacht, la tradicional Fiesta de las Mujeres. El vistoso desfile de sintéticos disfrazados de alabarderos, cruzaba la plaza. Aporreando tambores y engalanados con trajes en verde y rojo chillón, eran aplaudidos por centenares de espectadores. La cerveza no faltaba. Grupos de jóvenes disfrazados de flores danzaban beodos, derramando jarras de la espumosa bebida. Otros, vestidos de color rosa y con sus rostros embadurnados con polvo blanco, hacían alusión a su condición sexual ondeando sus cuerpos de manera lasciva. Pero lo que más abundaba en esa fría mañana de invierno, era el color rojo. Centenares de mujeres emperifolladas con pelucas escarlatas y pintarrajeadas, portando entre sus manos tijeras de todos los tamaños.

Giselle estaba allí. Apoyada en una centenaria fuente de piedra y de cuatro caños de agua petrificada por el frío. Este año estrenaba disfraz. Había encargado que se lo confeccionaran con suficiente antelación. Ella misma lo había diseñado y, fue en un comercio especializado de Düsseldorf, ciudad en la que residía, donde lo hicieron realidad. Giselle destacaba esa mañana entre la multitud. Su máscara de porcelana blanca y antifaz con dorados, estaba encumbrada por un turbante de terciopelo negro del que emergían pequeñas caras angelicales. La tela rizada de sus hombros bombachos era de color crema y de pura seda, al igual que el vestido que cubría todo su cuerpo. La capa de color canela llegaba hasta sus pies y terminaba de darle ese aire majestuoso que exhalaba.

Esta vez estaba sola y recordaba con pena y añoranza los carnavales del año anterior. Se emocionó al mirar las torres puntiagudas de la catedral, que emergían entre los blancos tejados. Ella y Christin hicieron el amor en el presbiterio, tras el altar, con el aroma del incienso y las petrificadas miradas de sus esculturas talladas en piedra. Las lágrimas se deslizaron por sus mejillas, escondidas tras la impasible expresión de su máscara. Ahora Christin, la joven que conoció ahí en Colonia y, de la que se enamoró hasta el tuétano, no estaba cogida de su mano. Fue la compañera sentimental con la que compartió más tiempo. Seis meses que la sacaron de esa intensa promiscuidad a la que estaba acostumbrada y que no le satisfacía. Relaciones fugaces de una noche, aún sin conocer el nombre de la mujer a la que ofrecía su cuerpo.

Hacía ya medio año que la abandonó. De la noche a la mañana, sin mediar explicación. Otro amor efímero se cruzó por la vida de su amada compañera y Giselle se derrumbó. Después de aquello se impuso un voto de castidad y, hasta el momento, nadie había vuelto a usurpar su cuerpo, y menos aún su corazón. Pero Giselle volvía a Colonia con esperanzas, con un ánimo escondido de reencontrarse con ella. Y no fue así.

Dieron las once en el reloj de dígitos incandescentes que flotaba sobre la plaza y el festejo se declaró oficialmente abierto. Un hombre disfrazado de príncipe, otro de campesino y un tercero de mujer haciendo las veces de virgen, se alzaron como estandarte entre la muchedumbre.

Un pequeño séquito de mujeres recibió las llaves de la ciudad, de manos del alcalde. Un acto simbólico en el que se otorgaba a las féminas el rol principal de la fiesta. Giselle sonrió al ver a esas alocadas con pelucas rojas. Cortaban con grandes tijeras, las descomunales prótesis con forma de penes que portaban los jóvenes adrede. Esa mítica fiesta en la que antaño fueran corbatas, el objeto simbólico a cortar, había derivado en otra simbología más provocadora.

Entre el alboroto, la joven Giselle sintió una presencia cercana. Por unos instantes creyó notar el aliento y la calidez de Christin. Se giró lentamente y sus ojos se abrieron de par en par en el interior de su máscara. La miró perpleja de arriba a abajo. A su lado, otra mujer lucía su mismo diseño, aunque en otros colores. La misma máscara, el mismo turbante, vestido y capa, pero del color de la sangre.

Giselle retiró la mirada con disimulo y volvió a mirar al jolgorio. Su corazón palpitaba desbocado y su oculto rostro ardía sofocado. Solo Christin conocía ese disfraz único. Se lo mostró cuando lo diseñó esperando lucirlo junto a ella.

Giselle se giró de nuevo.

—Te sienta muy bien —dijo la enigmática rival con voz acaramelada.

La joven retiró la mirada, sintiéndose avergonzada y desilusionada. Esa cálida y agradable voz no era, por desgracia, la de su amada. Durante unos segundos permaneció en silencio e inmóvil, aparentando distraerse con el alboroto.

—Gracias, a ti también —respondió volviendo a mirar con cortesía.

— ¿Eres de aquí? —volvió a preguntar la desconocida mujer.

—No, solo he venido a ver este día del carnaval.

— ¿No has traído tijeras? —le preguntó con voz pausada y sugerente.

—Ah no, —respondió sonriendo a través de su máscara. —Solo me gusta observar. Me divierte ver cómo les cortan eso.

—Interesante. Yo también siento una sensación especial al verlo.

Giselle miraba fijamente la máscara, tratando de adivinar a la dueña de esa voz angelical.

— ¿Vives aquí en Colonia? —preguntó ella.

—No. Al igual que tú, solo he venido por un día.

— ¿A cortar penes? —preguntó sonriendo de nuevo.

—Bueno, no precisamente —le respondió devolviéndole el sonido de la sonrisa.

Un reducido grupo de chicas adolescentes pasó a escasos metros de ellas. Ataviadas con ceñidos vestidos y los colores del arco iris parpadeando, se les quedaron mirando. Dos de ellas no dudaron en abrazarse y besarse apasionadamente, en un conato de espectáculo lésbico. Sus cuerpos, aún no formados, se movían al unísono en una danza erótica y al compás de los tambores. Giselle y esa extraña mujer las miraron sin pudor hasta que retomaron entre risotadas su camino. La mirada de Giselle siguió por unos segundos los vaivenes de sus nalgas mientras se alejaban.

—Divina juventud —comentó la misteriosa mujer con voz sugerente y mirando de nuevo a Giselle.

—Sí, lástima que la marchite el tiempo —respondió mirando su máscara impenetrable.

—Lo importante es seguir manteniendo ese ímpetu en tu interior, ¿no crees?

Giselle se sonrojó tras la careta de porcelana. Cada vez que oía esa voz rasgada pero armoniosa y con temple, un ardor ascendía desde su vientre inundándola.

—Bueno, supongo que estarás esperando a alguien —dijo Giselle un tanto nerviosa y tratando de disimular el sentimiento de ser seducida.

—He venido sola. Digamos que necesitaba una escapada.

Las manos de Giselle, enfundadas en unos elegantes guantes blancos de seda, mostraban su estado de excitación. Ya no sabía qué hacer con ellas. Hasta que esa mujer y, de forma delicada, le sujetó una tratando de infundirle sosiego. Se quedó inmóvil y su fino temblor desapareció.

—Tengo un poco de sed ¿qué tal si tomamos algo?

Giselle lo pensó durante unos segundos. Su larga experiencia le indicaba que aquello era el inicio de una declaración de intenciones. No deseaba comenzar una nueva aventura amorosa, su corazón estaba aún dañado. Pero esa voz parecía sumirla en un extraño placer, la excitaba. El misterio que rodeaba a la enigmática mujer, hizo que su decisión se decantase hacia uno de los lados.

Las dos engalanadas y disfrazadas damas se alejaron de la concurrida plaza. El paseo fue en silencio. Atravesaron calles tapizadas de nieve, alzando sus vestidos y dejando entrever los elegantes zapatos de tacón. De vez en cuando sus miradas se encontraban, en un sentimiento de intriga y excitación.

Aún caían copos, cuando Giselle le indicó un local que conocía. La fachada era de piedra enmohecida e invadida en parte por la hiedra. Un ventanal de madera mostraba el nombre de esa famosa cervecería de Colonia. Las dos mujeres traspasaron el umbral, una puerta de madera rancia y acristalada. Era sin duda una catedral de la cerveza y un vestigio de otros tiempos. Con varias plantas y candelabros que colgaban del alto artesonado por medio de gruesas cadenas, ofrecía la sensación de regresar a otra época. Olía a maderas nobles, el cedro tapizaba unas paredes que se abovedaban a gran altura en un artesonado.

Después de atravesar el gentío multicolor y en estado de embriaguez, la pareja encontró una mesa libre en la segunda planta. Se sentaron una frente a otra y, fue entonces, cuando se despojaron de las máscaras. Los ojos de Giselle brillaron ante la llama de la vela que las separaba. El misterio se resolvió. El rostro de la misteriosa mujer se ajustaba a su agradable y atractiva voz. Giselle mostró sorpresa y satisfacción, al contemplar a esa treintañera mujer.

—Aún no me has dicho tu nombre —dijo Giselle esquivando sus claros ojos azules y jugando con el posavasos.

—Amy —respondió la mujer morena de pelo largo y ondulado, — ¿y tú?

—Giselle —contestó alzando de nuevo la mirada.

Una mujer sobrada de peso se les acercó y Giselle pidió un par de Kölsch. Ambas sonrieron cuando la dependienta se marchó después de tomarles nota. Los pechos de la madura y rolliza mujer habían sido objeto de atención por parte de las dos.

—Es curioso, —dijo Giselle más envalentonada y observando el vestido de la atractiva mujer.

— ¿Qué es curioso?

—Que vistas el mismo diseño. Me ha llamado poderosamente la atención.

— ¿Por qué?

—Dediqué bastante tiempo a diseñarlo. Encargué que me lo hicieran.

— ¿Te dedicas a eso?, ¿diseñas moda?

—No, es solo un pasatiempo, una afición.

—Entiendo —respondió sonriendo. —Lo adquirí en el *ciber*. Me gustó. Estaba en un escaparate virtual de Arthur Platz.

—No me lo puedo creer —dijo Giselle con cara de asombro.

Amy sonrió al ver su cara de desconcierto. Giselle se mostraba como una niña enrabietada. La adulta mujer observó durante unos instantes a esa frágil y joven criatura. Grabó en su mente el cutis terso y los ojos grises de Giselle. Su pelo rubio y sus jugosos labios. Amy retrató aquel rostro en su cerebro, mientras Giselle no paraba de quejarse. Salió de ese trance, cuando la rolliza camarera puso sobre la mesa dos espléndidas jarras de cerveza.

—Brindemos —dijo Amy alzando la jarra.

—Por este día —dijo Giselle alzando la suya. —Por la Fiesta de las Mujeres.

—Por esta noche —añadió Amy mirándola.

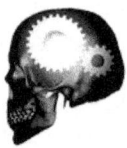

Había dejado de nevar. Las dos damiselas salieron de la famosa cervecería después de varias horas de charla y risotadas. Sus rostros mostraban cierto estado de embriaguez. Un buen número de jarras habían quedado vacías sobre la mesa.

El cielo comenzaba a despejarse y el sol vespertino caldeaba la tarde. Amy y Giselle decidieron pasear.

Las calles estaban más sosegadas. Las terrazas de la plaza Alter Markt albergaban a tranquilos y cansados carnavaleros tomando café. Los paneles publicitarios surgían sobre ellas, anunciando los eventos de la noche. El silencio se había instaurado hasta el esperado anochecer. Cabalgatas y espectáculos de música en vivo estaban programados antes de que terminara ese día.

— ¿Cuánto tiempo te vas a quedar, Amy?

—Regreso mañana temprano.

— ¿A dónde?

—Los Ángeles.

— ¿Has venido desde allí para ver el carnaval?

—Bueno, ya te he dicho que necesitaba una escapada —contestó riendo.

— ¿No pretenderás que crea que has cruzado el Atlántico solo para eso?

—No, claro que no. Tenía que resolver aquí un asunto de trabajo.

— ¿Y se puede saber en qué trabajas?

—Por mi cuenta. Resuelvo pequeños entuertos para empresas y gente con poder.

— ¿Ah sí?, ¿y qué temas les resuelves?

—Aquellos en los no quieren mancharse.

— ¿Eres una asesina a sueldo? —preguntó Giselle sonriendo.

Amy rió y se detuvo mirándola. En esa calle y con el sonido de las gotas del deshielo cayendo de los tejados, la estrechó entre sus brazos y la besó. Se cogieron de la mano y continuaron paseando.

— ¿Y tú?, —preguntó Amy — ¿a qué te dedicas? Aparte de ofrecer gratuitamente tus diseños de moda.

—Trabajo para un organismo internacional.

—Vaya, eso es realmente interesante, ¿temas de política quizás?

—Investigación.

—Jamás me lo hubiera imaginado. ¿Eres una de esas científicas chifladas?

—Me temo que sí —contestó Giselle.

— ¿Y qué investigas?

— ¿Has oído hablar del C4?

—Por supuesto, ¿quién no ha oído hablar de él? No me digas que trabajas ahí.

—En la sede de Düsseldorf.

—No es que sea una entendida en temas científicos, pero si no me equivoco, en Los Ángeles hay otra sede ¿no?

—Sí, le llaman "El Pozo".

— ¿Entonces has trabajado en aquello de la psico...?

—La *Psicosis Negra*.

—Sí, eso quería decir.

—Todas las sedes formamos un equipo. Fue labor de todos.

—Me dejas asombrada. Y yo que creía que mi trabajo era importante. Oye chica, tu cerebro no tiene precio —dijo riendo. —Supongo que estarás ganando una buena pasta.

—No me puedo quejar. Pero no es el dinero lo que más me importa.

— ¿Y qué es lo que te importa en realidad?

Giselle calló y Amy le apretó la mano en señal de cariño y comprensión.

A pocos metros, un cartel virtual mostraba a una joven desnuda contorneándose alrededor de una barra. El local se llamaba "Venus" y estaba franqueado por una puerta de piel, abotonada con broches metálicos. Amy miró a Giselle y le sonrió.

El local estaba en penumbra. Una luz roja y apagada las bañó nada más entrar. La música retumbaba en sus vientres. Al fondo de la sala repleta de mesitas que emitían luz y de roídos sillones, había un escenario y al otro lado, unas vitrinas colmadas de artículos diseñados para el sexo.

Se sentaron al fondo, lejos de las miradas de algunos adictos a ese tipo de espectáculo; ancianos en su mayoría y algún que otro joven chapero buscando algo de dinero. Almas que habían quedado atrapadas en un mundo monótono y superfluo. Degenerados que sublimaban carencias a base de llegar a un manido orgasmo en solitario. Prostitutas que se cobijaban del frío, al calor de unos cuerpos ya envejecidos por el tiempo y el hastío. Mujeres adultas buscando a alguien que las sedujera y las llevara a esos parajes que visitaron en su juventud.

Un joven luciendo los pectorales embadurnados les sirvió unas copas. El espectáculo comenzó. Una chica ataviada tan solo con unos altos zapatos de tacón, mostraba sus encantos al son de una música empalagosa. Los gemidos se podían oír en algún que otro rincón de la sala y Amy no tardó en saborear los labios de su nueva conquista. Un atrevido y desesperado viejo se sentó próximo a ellas. Esperaba presenciar un espectáculo novedoso, amateur y alejado de todo lo rancio que ofrecía aquel antro. Amy lo miró y no tuvo necesidad de pronunciar palabra. El anciano notó en sus ojos algo que lo aterrorizó y que hizo que, aunque torpe por su edad, se levantara como poseído.

—Espérame aquí —dijo ella poniéndose en pie. —Voy a comprar unos juguetes.

Giselle le sonrió. Nadie hasta ahora la había excitado tanto. Sentía como el ardor iba incrementándose a cada momento. Esa mujer tenía sobrada experiencia. Destilaba morbo por cada uno de sus poros. Giselle comenzaba a sentirse embriagada, y no solo por el barato alcohol que estaba ingiriendo.

El tipo que estaba sentado tras el mostrador era de mediana edad. Con el pelo enmarañado y unas gafas que hacían crecer sus ojos al doble, mostraba sin esconder su profundo aburrimiento. Apenas miró a Amy cuando se acercó a otear las vitrinas. Ella paseó lentamente buscando los aderezos adecuados para su festín particular, y los encontró.

Todo ese material fue envuelto y guardado en una caja sin la menor publicidad. Solo algo portó entre sus manos hasta llegar a reunirse con su presa. La chica del escenario estaba ya en todo su fingido y cotidiano clímax. Ese falo de silicona fosforescente llevaba demasiados kilómetros recorridos en su interior, alumbrando su vientre.

Amy dejó la caja sobre la mesita y metió su mano entre el largo vestido de seda de su compañera. Giselle suspiró y cerró los ojos en una leve mueca de dolor.

—Déjatelo ahí. Quiero que lo lleves puesto hasta el hotel.

—Quizás no sepa responderte —dijo Giselle después de inspirar profundamente un par de veces.

—Seguro que sí, cielo. Vayámonos de aquí.

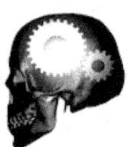

Ya empezaba a oscurecer. El hotel Römerhafen era pequeño, tres habitaciones por planta y una fachada que terminaba en un tejado de pizarra casi negra. Era un hotel familiar a orillas del Rin y estaba completo. Antes de entrar, Amy le rogó que escondiera de nuevo su rostro tras la máscara; eso formaba parte del juego. Subieron a la tercera planta en un ascensor tapizado de espejos y acompañadas por un metálico e insulso *droide* de compañía. Amy se dedicó a acariciar con delicadeza y descaro el cuerpo de Giselle ante la impasible actitud de ese ser artificial. La palpó por completo, inspeccionando el terreno que iba a conquistar en esa noche de lujuria.

La habitación era parca, aunque con cierto estilo. Dominaba el color naranja entre muebles de haya. La cama estaba preparada y unos bombones reposaban sobre ambas mesitas. Amy hizo un gesto con su mano y la puerta de cristal se deslizó y oscureció haciéndose opaca. Giselle tuvo un amago de abandonar; el recuerdo de Christin la invadió por unos instantes.

Se dirigió hacia el ventanal y observó el río. En la otra orilla del Rin, el *espaciopuerto* construido frente a la zona de Kennedyplatz, recibía un aluvión de vehículos aéreos. Era un enjambre de diminutas luces, las que descendían de esas autopistas de los cielos, para unirse a los espectáculos programados. Grandes naves cruzaban el cielo mostrando publicidad en sus paneles luminosos y un gentío comenzaba a desfilar por las lindes del majestuoso río.

Logró reponerse de ese sentimiento de pesadumbre y nostalgia, y se giró. Amy había dejado caer su vestido en el suelo enmoquetado. No portaba prenda alguna. Giselle se quedó inmóvil, admirando sus encantos. Ni un solo vestigio de vello, en una piel clara y aterciopelada. Amy era una hembra creada para dar placer, —pensó la joven sin dejar de mirarla.

Amy movió una mano y la pantalla que flotaba en una de las paredes se le aproximó. Seleccionó una música. Un clásico de otras épocas.

— ¿Te gusta Sade?

—Jamás lo he oído —respondió Giselle con muestras de nerviosismo.

—Me pone. Es el preludio del trance.

De nuevo, la joven sintió una sensación extraña y, esta vez, no por el recuerdo de su antigua amante.

— ¿No piensas desnudarte? —preguntó Amy aproximándose a ella.

Giselle miraba aquellos ojos embaucadores. Era incapaz de mover un solo dedo. Se sentía atrapada por la fuerza que irradiaba esa mujer. Pero también percibía una lenta transformación en la experta amante. Su voz ya no era tan tierna, algo de dureza emergía de su interior.

Amy la despojó lentamente de sus elegantes ropajes y, por primera vez, presenció el cuerpo de la chica.

— ¿Qué es eso? —le preguntó impresionada.

— ¿A qué te refieres?

—A eso que cuelga de tu cuello.

—Un crucifijo.

—No podía imaginar que fueras creyente.

— ¿Importa ahora eso?

—Supongo que no. Pero te agradecería que te deshicieras de él.

—No suelo deshacerme de él.

—Y yo no suelo hacer el amor con iconos.

Giselle se despojó con desgana y a regañadientes de algo que llevaba casi incrustado en su piel. Ese emblema de metal formaba parte de ella misma. Jamás se había despojado de esa cruz que resumía su condición y que pendía entre sus pechos. No era en absoluto un talismán. Christin la había coronado y como si de una reina se tratara, con ese símbolo que para los cristianos seguía representado el árbol de la salvación. La divinidad de Jesús y su humanidad, estaban representadas en ese signo que portaba como prueba de amor a esa joven, y a su Dios. Era una aguja en un pajal. Pocos como ella y en esos tiempos, profesaban auténtica devoción por unas creencias ya obsoletas y tildadas de esnobismo. Giselle era así, una mujer venida de otro tiempo y con un alma limpia. No encajaba en esa sociedad desprovista de sensibilidad y carente de ese sentimiento que los había engendrado: el amor.

Amy la acarició suavemente, como deleitándose ante la visión de un plato exquisito antes de engullirlo.

Giselle se derrumbó entre sus brazos. Su cuerpo estaba siendo mimado con destreza, con la maestría de una soberana en el tema.

—Túmbate en la cama —le susurró al oído.

Giselle comenzó a dejarse llevar por esa experta en el arte del placer y Amy abrió la caja de los regalos. Sacó unas esposas de un acero reluciente y la esposó al cabecero de la cama mientras jadeaba.

—Quedan tres juguetes más —volvió a susurrar, lamiendo el cuello de la chica.

Un cordel de pura seda y de color rojo vivo, le sirvió para atar sus tobillos a ambos lados de la cama. Giselle estaba cada vez más excitada. Su respiración se aceleraba por momentos y su mentora la reconfortaba con suaves caricias. Giselle ya estaba preparada. Tumbada en aquella cama blanca e inmaculada como un altar, mostraba su sexo mordido por una pinza metálica. Amy se la quitó de una palmada y la joven dio un pequeño grito.

El tercero de los juguetes era una venda negra. Giselle le insinuó que no quería hacerlo con los ojos tapados, y Amy se lo respetó.

— ¿Cuál es el cuarto juguete? —preguntó la chica al borde de la excitación y con sus ojos empañados.

—A su debido tiempo, cielo. Antes quiero que me hagas algo. ¿Te gusta pasar la lengua?

—Si, por favor —contestó entre jadeos.

Amy subió el volumen de la música y se sentó sobre el rostro de la chica. Giselle comenzó a arquear su cuerpo; sentir los jugos de otra hembra en su boca, era el mejor de los elixires.

La experta amante prefirió no llegar al orgasmo. Apretó con fuerza sus nalgas sobre la cara de la joven y cogió el último juguete de la caja negra. Giselle se agitaba de un lado para otro, no podía respirar y ni mucho menos soltar sonido.

El cuarto juguete medía veinte centímetros. Por uno de sus bordes era afilado como un escarpelo y por el otro dentado como una sierra. No lo dudó un instante, comenzó a cortar el cuello de Giselle con todos sus bríos. La sangre salió a borbotones esparciéndose por las sábanas, mientras la desdichada joven daba tumbos en la cama.

— ¡Tu amiga Christin lo hacía bien! —gritó Amy esforzándose en cortar la cabeza de Giselle.

Con un machetazo final, el cuerpo de Giselle quedó inmóvil y separado de su cabeza. Amy se levantó y masajeó con los dedos su sexo, la joven lo había mordido en su agonía.

Aquella mujer se fue como llegó. Vestida con su elegante traje de carnaval y su máscara. Dejó un cuerpo sin vida en la habitación del hotel y se llevó algo dentro de un cilindro de metal.

A las dos horas de su salida, el hotel Römerhafen ardía como una tea. Dieciocho personas murieron en ese incendio y Amy concluyó su trabajo entregando la cabeza de la joven Giselle.

LA LLAVE

Sede matriz del C4. Atlanta. Georgia.

Los integrantes de ese comité de crisis desvelaron la identidad del tercer portador. Bastian identificó a Giselle y también el último registro de su paradero, ese hotel a orillas del Rin en la ciudad de Colonia. Pero desgraciadamente llegaron tarde. Giselle no respondió a ninguna de sus llamadas y los agentes del C4 que se desplazaron hasta Colonia, encontraron un hotel en llamas y todo atestado de bomberos, ambulancias, policía y curiosos.

Mientras Giselle se retorcía en la cama y su cuello era seccionado violentamente, su *neurochip* le anunciaba de repetidas llamadas entrantes que no pudo atender. Bastian solo recogió sus registros biomédicos y, aunque denotaban unos exacerbados picos en su frecuencia cardiaca y respiratoria, podían ser compatibles con un orgasmo; algo usual en ella.

Sentados alrededor de esa negra mesa de la que se erigía el rostro impasible de Bastian, Hanna Kruger, Nadya Nóvikov y Oguri Kazuya mostraban su desaliento ante la mirada impertérrita de Gwyneth. Hasta ahora, todas las sospechas del súbdito japonés parecían cumplirse. Aunque la muerte de Hiromu era un hecho palpable, los tres presagiaban que Irina y Giselle también habían abandonado este mundo. Al menos en la forma en que se concibe la vida.

Bastian continuaba ajeno a todo. No se planteó en ningún momento el sentido de esa reunión de urgencia y, ni mucho menos, que le sonsacaran los nombres de esos portadores. Actuó tal y como estaba programado. Jamás rebatiría una orden dada por un humano.

La ciencia de los ordenadores había alcanzado metas impredecibles. La computación digital tradicional llegó a su fin cuando la miniaturización de los microprocesadores alcanzó la escala del nanómetro. El efecto túnel[27] fue una realidad tal y como fuera descrito tiempo antes, anunciando la muerte de esa tecnología que dio a luz a la computación.

El nuevo modelo surgió una década antes de ese funeral anunciado. Un nuevo concepto de ordenador basado en la mecánica cuántica, daba respuesta a nueva sociedad cada vez más exigente y con más necesidades. Se lograron solventar todos los problemas que durante décadas, habían permanecido ligados a la consecución de esta mítica tecnología. Se consiguió dotar al ordenador cuántico de un recipiente adecuado, de un hardware buscado como una quimera a lo largo de los años. Se logró cumplir con la "Lista de Di Vincenzo", una serie de condiciones que el método debía cumplir, para ser utilizado en un sistema computacional. Pero de la misma forma que se solventaron todas esas trabas y, una vez que los nuevos prototipos invadieron la sociedad, un nuevo problema surgió del desconocimiento.

---

[27] *La miniaturización cada vez mayor de los componentes de los ordenadores, llegó a su límite. Al aproximarse a escalas atómicas, los electrones presentan fugas que interfieren el funcionamiento de los circuitos.*

Hasta la aparición de estos nuevos ordenadores, los algoritmos que se utilizaban para el cifrado de la información se basaban en la factorización de números. La criptografía, utilizada para crear claves de seguridad, se asentaba precisamente en esa circunstancia. El proceso de cifrado y descifrado de la información se basaba en utilizar un número extremadamente grande, generado a partir de claves. Alguien que tratara de conocer el contenido de un mensaje cifrado sin saber la clave se enfrentaba al problema de factorizar ese número.

Durante muchos años, el algoritmo RSA[28] se consideró computacionalmente irrompible. Todos los ordenadores del mundo trabajando de forma coordinada durante cientos o miles de años, podrían resolver el problema matemático que supone la factorización de números grandes. Romperían y por la fuerza bruta, un mensaje cifrado con este algoritmo.

Toda esa seguridad informática que protegía a millones de usuarios en el planeta, dejó de existir en un abrir y cerrar de ojos. Estos nuevos superordenadores y, debido a su extrema capacidad de cálculo, lograban destripar ese enmarañado sistema de cifrado en décimas de segundo. De pronto, capturar las comunicaciones, interceptar transacciones financieras o acceder a datos confidenciales, estaba al alcance de un niño.

La década de 2030 fue como una Edad Media, una época de tinieblas para un mundo basado ya en esa tecnología. Fue Alexander Olsson, un hombre nacido en Suecia y que había llevado una vida anodina como científico, cuando en su vejez se rebeló como una men-

---

[28] *Sistema criptográfico de clave pública desarrollado en 1977. Fue el primer y más utilizado algoritmo de este tipo y válido tanto para cifrar como para firmar digitalmente.*

te brillante. No solo sería el artífice de la elegante teoría con la que demostraba que el universo era producto de una simulación, sino que además, sentó las bases de la criptografía cuántica. Alexander fue considerado como un segundo Einstein. Logró resolver ese problema que estaba sumiendo a la humanidad en un verdadero apagón.

Hanna Kruger, Nadya Nóvikov, Oguri Kazuya y por supuesto Gwyneth Dawson, hicieron acopio de los complejos algoritmos que Alexander Olsson dejara transcritos. Los cuatro eminentes científicos, lograron desarrollar ese complejo sistema de criptografía cuántica. Consiguieron adaptarlo a los sistemas computacionales de ADN que se insertaban en todo ser humano. De ese modo se erradicó la *Psicosis Negra* y cualquier intento de soslayar la integridad de esa unión entre humano y máquina.

Fueron otros tiempos, los cuatro formaban un equipo digno de admirar. Es cierto que Gwyneth dominaba sobre los demás y no, debido a su superioridad intelectual. Era su capacidad de liderazgo, su fuerte y férreo carácter, el que hacía que los demás confiaran ciegamente en ella. Desgraciadamente, sus ansias de verse recompensada jamás se vieron colmadas y fue derivando hacia otros derroteros de forma sigilosa.

Ahora allí reunidos, tres de ellos sentían la derrota por una mujer que volvía a demostrar su arrogancia.

—He de reconocer que habéis sido muy hábiles. —dijo Oguri mostrando preocupación.

—Yo no —respondió Gwyneth. —No dudo que me hubiera gustado estar a la altura de ellos, pero este plan no lo he trazado yo. Son divinidades las que lo han diseñado.

—Nunca lo hubiera imaginado. Creía que teníamos un sistema infalible —dijo Nadya mirando a Bastian. —Es incapaz de saber si Irina y Giselle están muertas.

—Te aseguro que no lo están, al igual que Hiromu. —dijo Gwyneth sonriendo. —Al menos hasta que logren extraer el código de sus cerebros.

— ¿Cómo lo han hecho? —preguntó Nadya.

—Bastian sigue recibiendo datos biométricos de ellos —contestó Gwyneth. —Sus cerebros siguen perfundidos adecuadamente con un bombeo artificial de sangre sintética. Digamos que viven en la oscuridad de un cofre metálico.

—Eres una bestia —espetó Nadya. —No sé cómo puedes conciliar el sueño.

—No duermo. Es así de fácil.

—Los mantienen vivos para extraerles el código —dijo Oguri.

— ¿Acaso hay otra forma de hacerlo? Diseñamos juntos este protocolo. El ovillo de ADN que contiene el código no duraría ni un segundo tras la muerte cerebral. Lo sabéis igual que yo.

—Pobres muchachos —lamentó Hanna. —No solo sufre en la oscuridad, aún les queda un calvario hasta que extraigan de sus cerebros esa mierda.

— ¿Mierda?, —replicó Gwyneth. —Fue tuya la idea de depositar ese ovillo en tres seres humanos. Al igual que elegirlos por sus putas creencias religiosas. Menuda fanfarronada, ¿qué querías demostrar con ello?

—Por su capacidad para amar —respondió Hanna, —algo que tú jamás llegarás a entender.

Gwyneth frunció el ceño por primera vez. Hanna debió acertar en una diana sin saberlo.

La máxima dirigente no ocultaba que era una acérrima cristiana. No era común en esos tiempos que alguien se declarase adepto a la religión. El papado y todo su séquito habían sido involucrados en demasiados escándalos. Los creyentes eran vistos por la sociedad como unos abducidos.

El Vaticano había cambiado a raíz del último concilio ecuménico, hacía dos décadas. Al pronunciado descenso de jóvenes con vocación hacia el sacerdocio, se unió el ímpetu de una cada vez más mayoritaria sociedad feminista, que pugnaba por oficiar la misa. Ello dio origen y en medio de una gran presión social, a que el papado promulgara la celebración del Concilio Vaticano III. A raíz de ahí, la mujer tuvo acceso a celebrar el acto litúrgico. La Iglesia quedó escindida en grupos cardenalicios y, en alguna secta que pernoctaba silente entre tinieblas.

Fue en 2052 y, tras la renuncia del Papa Pío XIII, antiguo arzobispo de Nueva York y primer Papa estadounidense, cuando el papado abrió las puertas de la Santa Sede a la mujer. Una fémina fue elegida como nuevo pontífice. La Papisa escogió el nombre de María II di Magdala en honor a María Magdalena y, en los cinco años que llevaba ejerciendo el pontificado, el número de creyentes del sexo femenino se había elevado de forma exponencial. La Santa Sede había dejado de ser un emporio cerrado, para convertirse en un estado más, abierto a sus votantes.

Ese último comentario de Hanna, acerca de la ineptitud para amar de su subordinada, hizo que esta estallara.

— ¿Y os etiquetáis como científicos? ¿De qué coño os han servido tantos años de estudio?, ¿para engañaros pensando que esa ilusión llamada "amor" no es fruto de unas cuantas sinopsis entre neuronas?

—Me das pena —dijo Hanna. —Solo me infundes lástima.

—Siente lo que quieras Hanna, al final eso también se basa en conexiones entre distintas zonas de tu puto y envejecido cerebro. ¿Qué diferencia hay?

— ¿También han resuelto el tema de la llave? —preguntó Oguri en tono desafiante.

— ¿Tu qué crees? —respondió Gwyneth en tono provocador.

— ¿Vas a cooperar? —volvió a preguntar Oguri.

— ¿Por qué no? —tendríais una excusa para involucrarme oficialmente en todo este asunto. Estamos asistiendo a un gabinete de crisis, ¿o no es así?

No solo había que hacerse con los tres fragmentos de código. Hacía falta algo más, algo sublime que hiciera que esos ovillos de ADN se juntaran en una danza celestial y dentro de un útero especial. Solo el fragor del más puro sentimiento del ser humano, lograría unir esas tres hebras. Y lo harían bajo el influjo de unas simples palabras, cargadas de la mayor fuerza del universo. Ese era el vientre que Hanna había creado.

Esa persona que solo Bastian conocía, podía estar en cualquiera de las cuatro sedes y necesitaban de la cooperación de Gwyneth.

—Bastian, esto es un comité de crisis —dijo Oguri. —Necesitamos que nos proporciones la identificación de la llave.

—*Necesito la clave de los cuatro responsables del comité,* —respondió girándose hacia el regordete hombre de ojos achinados.

Uno tras otro repitieron el proceso y Gwyneth tuvo un amago de rehusar. Aún no tenía muy claro, si la llave estaría donde debía estar.

—No estás muy segura de ello ¿verdad? —dijo Hanna. —Te estás jugando todo a una sola carta.

—Siempre he jugado con una sola carta —contestó, e introdujo la clave.

Bastian se tomó su tiempo. Era la primera vez que se le solicitaba la identificación de un elemento tan esencial como lo era la llave. Después de cotejar los datos y, tras unos interminables segundos, habló:

—*Su nombre es Ewan Atkins. Código de identificación LA-022687. Neurotecnólogo nivel uno. Acoplamiento actual, Departamento de Patología de Neurointerfaces.*

De nuevo miraron a Gwyneth.

—Lo sabias desde el principio —dijo Nadya.

—Lo he tenido siempre a mi lado. Es un cachorro adorable. No me extraña que Bastian lo eligiera entre todo el personal del C4. En realidad, creo que no hay nadie como él en toda la faz del planeta.

— ¿Dónde está ahora? —preguntó Oguri.

—Camino de su destino, el que él ha elegido libremente.

—Ten conmiseración por una vez en tu vida —suplicó Hanna.

—Esa piedad que me pides no la he tenido ni conmigo misma. Lo he dejado escapar a sabiendas de que lo perdía para siempre. Lo único que me hacía sentir ilusión cada mañana al despertarme, era poder estar a su lado, sentir su roce y oír su voz. Me he inmolado en pro de no engañarme y desterraos de este paraíso que os habéis fabricado.

Una lágrima se desprendió de una mejilla de Nadya y quedó suspendida en el aire. Quedó inmóvil como si el tiempo se hubiera detenido. Su rostro y el de Oguri permanecían petrificados en la penumbra que invadió la sala. Solo una tenue y cálida luminosidad alumbraba aquella escena suspendida, y procedía de Hanna. Un ser alado y resplandeciente emergió de ella, resplandeciendo. El arcángel San Miguel tomó cuerpo. El Jefe de los Ejércitos de Dios dirigió la mirada hacia el engendro de tres cabezas: una de toro, otra de carnero y una tercera de ogro coronado. Las tres testas surgidas del cuerpo dormido de Gwyneth, hablaron con un tinte de voz inconfundible:

—"Y miré, he aquí un caballo blanco; el que lo montaba tenía un arco; le fue dada una corona y salió venciendo, y para vencer". Temisteis en él, en el anticristo. Y lo disfrazasteis de mil maneras —narraron con sarcasmo. —Después fue la guerra, con la que infundisteis temor a través de la profecía de unos desquiciados. La hambruna fue otro de vuestros delirios, para intentar comprender lo irremediable. Y al final, a un caballo amarillo al que le disteis el nombre de "Muerte", le otorgasteis la potestad de exterminar con el hombre. Cuatro jinetes cabalgando hacia el exterminio, cuatro fábulas escritas desde el principio de los tiempos, con el único fin de amedrentar a unos de por sí, ya condenados. Pero vuestro dios no ha sabido inspiraros. Ese ser fatuo al que alabáis, no ha tenido a bien revelaros cual era ese "Quinto Jinete" que cabalgaba a lomos de un corcel de metal, y que pondrá fin a esta farsa.

El arcángel se irguió y batió las alas desplegándolas con esplendor.

—Tú, Asmodeo[29], has sabido muy bien acurrucarla entre la lujuria. Me la arrebataste sin piedad, aprove-

29 *Demonio de la lujuria.*

chándote de sus más bajas pasiones, en su momento de mayor debilidad. Ahora, después de servirte, te la llevarás entre tus pezuñas para otorgarle un tiempo infinito de sufrimiento.

—Ha sabido servir a mis huestes y su final también está escrito. La misma senda que han seguido tus seis elegidos y, que tú y el resto de ellos, secundaréis.

—Con Emily no podréis.

—Esa joven que dedicaba su triste existencia a esos moribundos es ahora un alma en pena y presa de su propio devenir. El dolor y la humillación han logrado hacer de ella un discípulo muy aventajado.

—Dentro de ella se haya la semilla del arcángel San Rafael.

Asmodeo retiró la mirada y escondió sus tres cabezas, emitiendo un sonido ensordecedor.

— ¡Poco queda ya de esa miserable embaucadora y, menos quedará, cuando él se aposte a su lado! —gritó el engendro. —El mismo Lucifer lo está esperando con ansia.

—Recuerda Asmodeo, la fuerza de Dios jamás será vencida. El arcángel Gabriel la lleva en lo más profundo de su corazón. Seré yo mismo el que le cobije y lo asista. Nada ni nadie podrán impedirlo.

La luz volvió a inundar la sala. Esa lágrima que Nadya había dejado escapar, cayó sobre la pulida mesa de metal y Oguri recobró la conciencia observando a Gwyneth desperezarse de un trance. Jadeando aún miró a Hanna. Su expresión era de benevolencia y compasión. Y con una simple mirada, le infundió una despedida.

—He de irme —dijo Gwyneth aturdida. —Si me necesitáis ya sabéis donde encontrarme.

— ¿En ese hotel de la estación espacial? —preguntó Nadya con ironía.

No, —respondió al borde del llanto. Cerró su maletín y abandonó la sala en silencio y cabizbaja.

Hanna, Nadya y Oguri la siguieron con la mirada. Eran incapaces de adivinar lo que sentía su traicionera compañera y, mucho menos, lo ocurrido.

El responsable del C4 en Tokio recobró la compostura y formuló la última pregunta que quedaba pendiente:

—Bastian, ¿dónde se está Ewan Atkins?

No hubo respuesta. Bastian enmudeció.

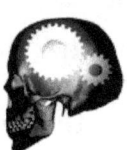

Cuando Gwyneth abrió los ojos, se desconcertó. No guardaba ningún recuerdo de lo sucedido desde que abandonara la sede matriz del C4 en Atlanta. Recordaba haber subido a ese transporte que la trasladaría hasta Los Ángeles. Pero su destino final fue un distrito de esa gran urbe. Un lugar proscrito, donde las leyes y normas hacía demasiado tiempo que no existían. Un territorio que nadie se atrevía pisar y donde la anarquía y la barbarie campaban a sus anchas. Un imperio regido por una secta surgida de las lindes más oscuras de la inmundicia humana.

Compton era una estación de paso hacia el infierno. Dominada por los Ángeles Negros, se asemejaba a un limbo premonitorio, donde las pesadillas y miedos del ser humano se hacían realidad.

Con la mirada aún borrosa intentó descubrir donde se hallaba, pero la intensa luz de los focos no se lo permitían. Su delicada piel rezumaba sudor y expelía un ligero tufo a quemada. Hizo el amago de incorporase y no lo consiguió. Sus manos estaban atadas en cruz y sus piernas separadas y amarradas en ese potro metálico. Solo su espalda y sus nalgas parecían descansar sobre un lienzo rasposo. Gwyneth sintió miedo. Movió su cuerpo en un sentido y en otro, intentando liberarse de las ligaduras. Al final, sus esfuerzos fueron vanos e intentó calmarse entre jadeos. Gwyneth puso en marcha toda su cordura y se dedicó a observar con detenimiento. La habitación era parca. Ningún aderezo y solo unas paredes grises roídas por la humedad y la suciedad. Su respiración se agitó al oír el chirriar de una puerta. Miró desbocada hacia un lado y otro y no vio nada. Sus ojos comenzaron a humedecerse y, no solo por la intensa luminosidad; Gwyneth ya presagiaba su destino.

A duras penas consiguió erguir el cuello. El terror la invadió. Un sentimiento que jamás había experimentado, una violenta impresión que hizo que su cuerpo se convulsionara en un intento de escapar de esa horrible pesadilla.

Fueron cuatro los Ángeles Negros que entraron. Arrastraban y como si de un perro se tratara, a un quinto individuo desnudo y amordazado por el cuello con una cadena.

Ángeles Negros. Así se hacían llamar y no era por casualidad. En 2050 las relaciones entre los dos sexos estaban ya trágicamente mermadas. El matrimonio era cosa de unos pocos aferrados a las viejas costumbres y, sobre todo, mediados por el interés. Los contratos de matrimonio se revisaban anualmente y el nivel de natalidad era mínimo. Casi todos los bebés procedían de granjas de fecundación artificial. Eran esas granjas de úteros artificiales, las que surtían de descendencia a parejas en las que el amor brillaba por su ausencia. La mujer dominaba casi todas las áreas de poder. Eran ellas, los máximos exponentes de la elite empresarial y gubernamental. Los transexuales ocuparon y por un tiempo, el hueco que la mujer había dejado vacío. Multitud de sectas sexuales y con tintes místicos habían surgido en ese espacio. Varones de variopintas fisiognomías copaban todo el espectro posible de relaciones. El nivel más alto y valorado en esos últimos años lo constituían los "Ángeles". Los primeros en surgir dieron lugar a una auténtica revolución sexual. Seres anodinos, indefinidos pero atrayentes por su fisonomía e indumentaria. Solo se les veía de noche en los lugares de ocio más vanguardistas de la ciudad. Vestidos con largos atuendos blancos, cabelleras albinas y ojos también albos, eran la admiración en la noche de la gran metrópoli. Se comentaba que practicaban la magia blanca y que poseían poderes sobrenaturales. Nada más lejos de la realidad, en una sociedad carente ya de creencias místicas y gobernadas por la tecnología.

Poco tiempo tuvo que pasar para que surgieran los Ángeles Negros, un grupo escindido de los anteriores, que derivó en la magia negra y en la transmisión de software malicioso. La *Psicosis Negra* fue su estandarte y la pandemia su mayor logro. Se les llamó ángeles por su llamativa fisonomía: Sus hombros presentaban unas elevaciones terminadas en punta, producto de la proliferación del hueso de la escápula. Eso les confería un aspecto demoníaco, dando la impresión de ser ángeles desterrados.

Los cuatro engendros de negro se aproximaron al cadalso. Gwyneth no podía controlar su temblor y, uno de ellos, el más alto, se inclinó sobre ella.

—Siempre deseé verte aquí, en este santuario —dijo el iracundo ser.

—Suéltame Aiyana, vas a cometer un error —contestó Gwyneth jadeando con voz temblorosa y débil.

Aiyana se había criado como varón en Brasil, en la zona del estado de Acre, lindando con la frontera de la amazonia peruana. Inmerso desde la niñez en la Umbanda[30], llegó a sacrificar a sus padres, en una de esas sesiones espiritistas de magia negra donde la ayahuasca se bebía como el zumo de naranja. No tuvo más remedio que huir del país, cuando se vio atosigado por aquella limpieza que el gobierno brasileño se vio obligado a realizar. El antiguo presidente de esa superpotencia mundial fue relevado de su cargo, tras descubrirse su activismo en la macabra hermandad.

Aiyana atravesó gran parte del continente hasta llegar al estado de California. Fue en Compton donde acabó su huida y donde se internó en las profundidades de la malvada secta. Sus escápulas fueron deformadas a base de dolor y sus atributos masculinos extirpados de cuajo. Los pómulos y su mentón fueron igualmente resaltados mediante las técnicas más cruentas. En poco tiempo, Aiyana se hizo con el poder absoluto de una banda de criminales, que amparados por el mismo gobernador del estado, habían conseguido hacer de ese suburbio un gueto del terror y la muerte.

---

[30] *Religión brasileña, espiritualista y magista.*

Gwyneth la conocía, como a otros seres depravados que formaban parte del entramado en el que estaba inmersa. Conocía su pericia; lograba hacer de la tortura y el sufrimiento todo un arte. Y sabía que su muerte sería lenta y cruel.

Su piel se escaldaba bajo la abrasadora luz incandescente, pero Gwyneth trató de no sollozar. Mantenía los ojos cerrados y sus lágrimas brotaban en silencio. Aiyana deslizó una de sus largas y negras uñas por su mejilla y le dijo:

—Es una lástima que no puedas presenciarlo. Ese falo que has enarbolado con arrogancia, colmará el apetito de nuestro can.

Gwyneth recuperó su brío y le escupió a la cara. Ese ímpetu le duró bien poco. Su preciado miembro fue lo primero que ese abominable ser de ojos rojizos y puntiaguda dentadura, royó de manera lenta. Sus entrañas fueron engullidas por todos, en una orgía de sangre. Solo un envoltorio de piel quedó de ella.

TERCERA PARTE

Cada persona que pasa por nuestra vida es única. Siempre deja un poco de sí y se lleva un poco de nosotros. Habrá los que se llevarán mucho, pero no habrá de los que no nos dejarán nada. Esta es la prueba evidente de que dos almas no se encuentran por casualidad.

Jorge Luís Borges (1899-1986).Escritor argentino y erudito del siglo XX.

DOS AÑOS ANTES

LA FERIA DE SUEÑOS

Distrito de Westwood. Los Ángeles. California.
24 de abril de 2060.

Aquel día el esmog fotoquímico[31] era especialmente denso. Ese manto grisáceo que permanecía adherido y cubriendo a la ciudad de forma perenne, se había esparcido hasta tocar el mismo asfalto. Ocurría con demasiada frecuencia y daba a la gran urbe un aspecto sórdido, que hacía recordar viejas imágenes de calles londinenses. El *Noxer*, esos bloques de mortero de cemento tapizado con una capa de óxido de titanio, no lograba absorber la densa contaminación. Aun así, se podían distinguir las siluetas de los edificios que conformaban la prestigiosa y ya obsoleta universidad. Miles de vehículos aéreos surcaban esa espesa niebla en todas las direcciones, bajo los estruendos de sus potentes motores. Ese enjambre no cesaba un instante en una ciudad que jamás dormía. El día parecía ser igual a la noche; una triste y perenne luminosidad era ya emblemática de la mayor concentración humana de Estados Unidos.

---

[31] *Contaminación del aire en áreas urbanas, por ozono originado por reacciones fotoquímicas y otros compuestos. Como resultado se observa una atmósfera de un color plomo o negro.*

Era frecuente que los allegados a la gran ciudad sufrieran bruscas y desagradables alteraciones en sus ritmos circadianos. Sus cuerpos y sus mentes no lograban captar la diferencia entre el día y la noche. Sus relojes biológicos internos se desreglaban hasta tal punto, que necesitaban ingresar en algún que otro centro especializado para recibir los cuidados pertinentes. El insomnio o por el contrario, la somnolencia excesiva, era la dolencia más común en ellos. Todos eran tratados durante un periodo de tiempo a base de fototerapia. Estaba ya suficientemente demostrado, que el tratamiento a base de aldabonazos de luz lograba estabilizar y engañar al organismo. Triste pero efectivo.

Adrien paseaba enfundado en un espeso abrigo sintético. Encapuchado hasta la nuca, con protectores auditivos y gafas especiales contra el esmog, engañaba a su cerebro hábilmente. El canto de los pájaros, la luz de un sol espléndido y una ligera brisa primaveral, eran perfectamente simulados en ese ambiente hostil. Esos programas de simulación eran gratuitos y abundaban en el *ciber*. El engaño funcionaba a la perfección; la gente se recreaba con escenas y paisajes que solo existían en su mente. Desgraciadamente, siempre había algún pirado que adquiría productos en el mercado negro, que le hacían ser pasto de un episodio de muerte extravagante. Arrojarse al vacío desde una azotea creyendo zambullirse en un lago, no era precisamente un disfrute. Las muertes de estos "colgados" estaban a la orden del día. Sus cuerpos caían desde edificios, transportes públicos que cruzaban el cielo y hasta de los mismos ascensores espaciales, como sacos inertes. Nadie se extrañaba de ver un cuerpo reventado en el asfalto. Era algo normal.

Las finas y cáusticas gotas de esmog ácido se acumulaban en la prominente nariz de Adrien, la única parte de su cuerpo en contacto con la intemperie. Esa nariz aguileña le confería marca. Casi se podía adivinar que se trataba de él, al divisar sus napias entre la espesa niebla. La había heredado de su abuelo paterno, el insigne almirante de la marina francesa, y hacía gala de ella con orgullo.

Con una simple orden, los pájaros dejaron de trinar, la suave brisa dejó de acariciar su piel y el sol se apagó. Estaba aproximándose al edificio Royce Hall y ese era su destino. Parecía increíble que todo aquello hubiera estado algún día repleto de vida. Por más esfuerzos que hiciera mentalmente, no podía imaginar a miles de jóvenes discurriendo por aquel vasto enjambre de edificios y parques. Él no había tenido la fortuna de vivir esos tiempos. No eran recuerdos suyos, solo recuerdos de otros que sí lo vivieron y así se lo habían contado. Ahora toda esa inmensa infraestructura era solo un vestigio sombrío, un monumento a otra época.

Adrien acostumbraba a asistir a esos eventos relacionados con la industria del diseño lúdico. Esa fría y húmeda mañana de sábado se celebraba el acostumbrado simposio "Virtual Dream". Una feria anual en la que se mostraban los últimos avances en materia de sueños inducidos. Ese día, las puertas de los viejos pabellones donde antaño los jóvenes universitarios empapaban sus camisetas en actividades deportivas, solo estaban abiertas para los profesionales del sector. Y Adrien lo era.

Hacía ya un año. En el mismo simposio al que ahora de nuevo asistía, Adrien se toparía con dos personas que marcarían su vida. Ella, una mujer ya entrada en los cincuenta años, parecía estar esperándolo. Parecía fulgurar entre el gentío y se vio atraído por la dulzura de su rostro y la ternura de su mirada. Adrien sintió algo especial, una sensación que jamás había experimentado antes, que lo colmaba de plenitud y sosiego. Era como si la conociera desde el principio de los tiempos. Todo aquel alboroto se silenció en un instante y una penumbra invadió el recinto. Esa mujer le habló con voz serena y él supo recoger el mensaje. Todo volvió a la normalidad y Adrien se sintió aturdido. Ella no estaba allí, solo un vago recuerdo de lo sucedido se difuminaba en su memoria. Pero un nombre se repetía en el interior de su mente, algo sin significado en esos momentos y que le hacía estremecer: Raguel.

Fue poco después, paseando por aquella muestra de sueños, cuando se topó con Joseph y su escaparate. Nunca había oído hablar de Brainsoft, pero aquella flacucha chica supo encandilarlo. No era frecuente encontrar a alguien tan fascinado por la historia, y Mischa lo era. Joseph consiguió atraerlo con una atractiva propuesta de trabajo y él asintió siguiendo los designios de algo que portaba escrito en su interior.

Este año, todos los edificios que componían la vasta y antigua universidad, estaban ocupados por representaciones de firmas míticas en el sector. Grandes emporios como Astrid, empresa especializada en visitas virtuales a distintos enclaves del sistema solar, publicitaban sus últimas creaciones. Sueños cada vez más vívidos y reales, en mundos inaccesibles aún para el ser humano.

Adrien se paseó entre los stands. Brainsoft se encontraba también allí. Rodeada de los grandes del diseño, la empresa que había sabido captarlo, mostraba este año su más ambicioso proyecto. Un sueño aún en fase de pruebas, en el que Adrien era el principal artífice. Esa recreación de la batalla de los Cabos de Virginia[32], prometía llevar al durmiente a unos niveles de crudeza y realidad jamás alcanzados.

---

[32] *También llamada Batalla de la Bahía de Chesapeake.*

Dos de sus compañeros atendían ese escaparate y rieron al verlo vestido con esa indumentaria.

— ¿De qué os reís?, he venido paseando —dijo Adrien desabrochándose el grueso gabán.

— ¿Con el día que hace? —preguntó Don, el corpulento psicólogo brasileño de tez oscura y grandes ojos claros. —Aún estás a tiempo de conseguir una bonita habitación en "La granja".

—No, gracias —respondió sonriendo con ironía. —Prefiero vivir cerca del mar.

—Bueno, tú te lo pierdes. Pero encajarías en aquel ambiente al cien por cien.

—Sé que harías todo lo posible para que encajara, esa es tu especialidad.

Don no respondió, pero lo miró intentando reprimir su sentimiento de ira. Él era el más veterano del grupo y, quizás debido a su profesión, era un mago manejando sus propias emociones. Adrien no habían logrado conciliar una buena relación con el mandamás del famoso psiquiátrico. Don era un tipo cerebral y metódico y Adrien, bajo su perspectiva, un romántico esquizofrénico.

— ¿Has venido desde Newport andando? —preguntó Mischa inocentemente.

—No, por Dios —respondió sonriendo, —he dejado el jet en el *aeroparking* de la abadía.

Mischa era una chica enclenque y albina. La más joven del equipo y con quien mejor conectaba Adrien. Entre ellos se habían creado unos fuertes lazos de amistad reforzados por una misma afición: la historia.

—Será mejor que te dejes de monsergas —replicó Don. —Te están esperando.

Adrien miró de forma instintiva en un sentido y en otro, buscando a alguien.

—No está aquí —volvió a decir Don con recelo. —Lleva esperándote desde hace más de una hora.

—Está en el stand de Emotiv —replicó Mischa.

— ¿Desde cuándo le interesa a nuestro querido jefe el sexo virtual? —preguntó Adrien.

—No creo que sea el sexo lo que le interese —respondió Mischa. —El presidente de Emotiv se ha dignado a venir a la feria.

— ¿Está aquí Jeremías Karavokiris?

—Así es, ese gilipollas presuntuoso ha acaparado la atención de Joseph.

—Vamos Mischa, no dudo que sea un gilipollas pero tiene mucho poder —repuso Don.

—Será por esa cualidad, por la que a Joseph se le abre el culo ante él —añadió Mischa.

—Bueno, será mejor que me acerque a verlo —dijo Adrien mirando hacia el fondo, el lugar donde el stand de Emotiv destacaba como si de un casino de las Vegas se tratara.

El joven narigudo se giró con intención de dirigirse hacia el mayor emporio del diseño erótico y Mischa le preguntó:

— ¿Nos vas a dejar?

—No, claro que no —respondió Adrien sorprendido. — ¿Por qué me preguntas eso?

—No sé, tengo la sensación de que se está cociendo algo.

—Entiendo que os llevéis tan bien —interrumpió Don. —Un esquizofrénico y una paranoica, que estupenda combinación.

—Joseph me insistió en que no faltara —le respondió Adrien. —Creo que quiere hablarme acerca de los avatares que utilizamos en Chesapeake.

— ¿En qué sentido?

—No lo sé.

—Joseph está interesado en dar más profundidad a los personajes —explicó Don.

Mischa lo miró extrañada. Él había diseñado las mentes de los avatares que darían vida a ese sueño.

—Sí, es verdad —dijo Don asintiendo. —Joseph no se conforma con mis diseños.

—Vaya, me siento como un cobaya en estos momentos —dijo Adrien. — ¿Hay algo que debiera saber, antes de acercarme a nuestro querido jefe? No te entiendo Don. Eres el experto en psicología artificial. Has diseñado los avatares, ¿y te quedas impasible ante la inconformidad de Joseph? ¿Por qué yo? Diseño los navíos y el entorno, no se diseñar inteligencia artificial.

—Será mejor que te lo explique él —contestó Don.

Adrien lo miró durante unos segundos y se giró hacia Mischa cogiéndole las manos. Mischa Barlow, era una experta historiadora. Había ayudado a Adrien, a extraer del olvido esa batalla histórica que diera origen a la independencia de Estados Unidos. Una joven poco atractiva pero con gran encanto en su interior. No era de extrañar, que esa chica que se desvivía por la historia, no valorase los trabajos de una empresa como Emotiv. Un emporio que se adhería como una sanguijuela al cerebro de millones de adictos al sexo virtual.

—Tranquila, no veo motivo para desconfiar de nuestro jefe. ¿Crees que vamos a montar un prostíbulo en el "Ville de Paris"?

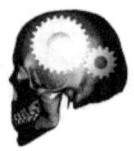

El stand de Emotiv ocupaba todo un pabellón. Cientos de profesionales del sector del sexo se arremolinaban en torno a las estrellas porno diseñadas y encumbradas como actores de Hollywood. Directivos de prestigiosas cadenas de distribución, posaban con jóvenes diseñados mediante la infografía cuántica más avanzada. Cuerpos que no existían en la realidad y deseados por la muchedumbre. Sexos perfectos de todos los tamaños y texturas. Poses estudiadas al mínimo detalle para enardecer a cualquier mortal. Un amplio repertorio de escenas desfilaba ante las lujuriosas miradas de los asistentes. El muestrario de un catálogo que Emotiv ponía a disposición de un público cada vez más numeroso y exigente.

Adrien hizo caso omiso a esas orgías, que entre gemidos y orgasmos, copaban el centro de la gran sala. Solo se fijó en Joseph y su acompañante.

Jeremías Karavokiris no podía disimular su ego. Demostraba a la perfección que era el dueño y señor de todo ese imperio. A su lado, Joseph parecía ser un insignificante siervo, aunque intentara por todos los medios aparentar lo contrario. El magnate del sexo virtual había logrado derrocar a otros emporios del sector. Personajes míticos como Hugh Hefner, el fundador del imperio Playboy, habían servido de inspiración para la ostentosa escalada del súbdito griego. Hugh jamás soñó llegar tan lejos.

Karavokiris tenía cincuenta y dos años, pero su esmerada y cuidada imagen le hacía aparentar algunos menos. Las canas que adrede había dejado asomar entre los mechones de su rizado cabello negro, le aportaban aún más solemnidad. Un tipo de ojos diminutos, acicalado hasta las cejas y apoyado en un bastón de incalculable valor.

El joven narigudo no se amilanó. Se acercó a ellos y un tipo alto y delgado le impidió al instante que se aproximara más de lo debido.

—Es Adrien Gaudet, el tipo del que te he hablado —dijo Joseph.

—Pete, deja pasar al chico —ordenó Karavokiris con un gesto cursi y una complaciente sonrisa.

Adrien se soltó de las garras del sórdido personaje y se acercó a la pareja.

— ¿Te has atrevido a venir a pie? —preguntó Jeremías observando la ruda y protectora indumentaria que Adrien arrastraba por el suelo.

—Me gusta pasear.

— ¿En un día como este? —y se echó a reír.

—Adrien es un aguerrido amante de la naturaleza. Estaría dispuesto a morir con sus pulmones encharcados en ácido —repuso Joseph riendo.

—Te admiro chaval. Y no solo por tu valor ante el esmog fotoquímico de esta puta mañana. Joseph me estaba hablando de tus habilidades como creador.

—Me he limitado a simular lo que más me gusta.

—Joseph me ha mostrado algunos de tus diseños. Eres realmente un artista. Jamás había sentido el mar tan real, con esa furia y créeme, sé de lo que hablo.

—Ya le he dicho, me apasiona la navegación.

—Eso está bien chico. Si mis empleados pusieran toda su pasión como tú lo haces en tus diseños, Emotiv revolucionaría todo el planeta.

— ¿Y qué les va a sugerir?, ¿qué naveguen en esperma?

El semblante de Karavokiris cambió y dejó entrever la parte más oscura de su ser. Joseph trató de acuchillarlo con la mirada.

—Veo que el sentido del humor es otra de tus virtudes —continuó Karavokiris, tratando de mantener a raya su ira.

—Lo he heredado de uno de mis padres.

—Ven, acompáñame —dijo cogiéndolo por el brazo.

Atravesaron la sala seguidos por Pete y Joseph, y se dirigieron de forma pausada hacia los grandes ventanales del fondo.

—Tengo entendido que navegas en un Hunter.

—Si. Lo tengo fondeado en Newport —contestó Adrien mostrando interés.

—Yo también soy un apasionado de la navegación. ¿Conoces Kyra Panagia?

—No, pero sé que es una isla de las Espóradas griegas.

—Bravo chico. Se nota que llevas sangre de marino en tus venas. Tengo anclados allí cuatro buques, pero al que más cariño le tengo es a un viejo velero del que posiblemente hayas oído hablar, el Pentacontarca.

—Ochenta y ocho metros de eslora, doce de manga, mil cuatrocientas ochenta y nueve toneladas y tres mástiles —respondió Adrien.

Karavokiris no pudo reprimir una carcajada y prosiguió:

—Lo tengo fondeado en Long Beach.

Adrien mantenía los ojos abiertos de par en par y su corazón palpitaba como un corcel dentro de su famélico pecho.

—Estaba pensando —continuó el magnate, —si estarías dispuesto a subir a bordo. Casualmente doy una fiesta esta noche en cubierta y me gustaría tenerte entre los invitados.

Adrien no podía disimular su entusiasmo. Su cara mostraba el mismo frenesí que aquel día, cuando participó en su primera regata. Nadie tenía acceso a ese buque insignia de la flota del magnate. No circulaban imágenes de su interior. Era un secreto, al igual que las instalaciones que el famoso mecenas del porno, había ordenado construir en esa pequeña isla.

Resultaba paradójico. Durante décadas, el mundo pareció encaminarse hacia la globalización. Todos los esfuerzos iban dirigidos hacia ello; sin embargo, en 2041 se dieron los primeros pasos en sentido inverso. Esa tendencia, fundamentada en profundos intereses económicos y de poder, se vio arrasada por una oleada de países y estados que exigían retornar a su soberanía. Casualmente, fue el estado de California el que dio el primer paso. Comandados por magnates que no dudaron en poner hasta el más mínimo de sus recursos en ello, compraron poblaciones enteras y estados. Jeremías Karavokiris fue uno de ellos. Un empresario griego nacido en el seno de una familia adinerada y que había construido su vasto imperio con negocios que lindaban entre lo delictivo y lo legal. Había logrado hacerse con el mercado que más dinero daba, el ocio y sobre todo el sexo virtual.

No dudó en comprar Kyra Panagia, una isla griega en las Espóradas septentrionales. Un islote de veinticinco kilómetros cuadrados, ocupado por un viejo monje al cuidado de un monasterio. Fue en ese antiguo centro de culto, donde el famoso magnate enclavó la sede de su empresa. Jeremías tuvo a bien respetar el interior y restaurar sus fachadas. Ordenó construir un puerto espacial al borde de uno de los acantilados más espectaculares de la isla y una amplia dársena al pie del mismo. Las complejas instalaciones de Emotiv se hicieron excavando bajo el monasterio. Bóvedas y pasillos cavados en plena roca para cobijar un costosísimo material, unos servidores que distribuían código lúdico a un número de adeptos cada vez mayor.

Nada se sabía en torno al personal que trabajaba a las órdenes de Karavokiris. Pero el magnate se hizo con los más aventajados diseñadores de sueños del momento.

Jeremías era consciente de sus limitaciones y también, de su mayor pecado. Él representaba mejor que nadie, a un espíritu vacío y sin fondo. Una voraz sed por satisfacer algo que jamás lograría, hacía de él la encarnación de la avaricia.

El populacho exigía cada vez más. Algo fallaba en esas simulaciones que hacían correr ríos de esperma de forma fantasiosa, y el magnate no dudó en vender su alma para conseguirlo.

—Por cierto Adrien —dijo Karavokiris volviendo a retomar la palabra, —supongo que Joseph ya te ha hablado de sus pretensiones acerca de fichar a un *neuro* del C4.

— ¿Desde cuándo forman equipo Brainsoft y Emotiv? —preguntó desviando la mirada hacia Joseph.

—Estamos ultimando un acuerdo —respondió Joseph. —Hemos llegado a la conclusión de que debemos unir esfuerzos y dirigir nuestros objetivos hacia el diseño de los avatares.

—Adrien —dijo Karavokiris, —ha llegado a nuestros oídos que un *neuro* del C4 está logrando progresos estudiando el córtex[33]. Al parecer sus mapas cerebrales son pioneros en la neurología. ¿No crees que sería un excelente fichaje? Si logramos implementar esos diagramas en nuestros personajes, podemos alcanzar la gloria.

—No creo que haya nada de realidad en eso —contestó Adrien. —Nuestro psicólogo artificial lleva estudiándolo años y ha sido un fracaso.

—Don no dispone de los sistemas de investigación del C4 —espetó Joseph.

—Tu obra debe lucir al máximo —Apostilló Karavokiris. —Personajes acordes a esos magníficos diseños de navíos.

— ¿Y qué pinto yo en todo esto?

Joseph separó dos de sus dedos y una imagen se amplió entre ellos.

—Se llama Ewan Atkins y está en el salón de conferencias.

Adrien fijó la mirada en ese rostro. Algo dentro de él quiso hacerlo despertar de un letargo. No era la primera vez que sentía eso. De pronto recordó aquella experiencia sufrida hacía justamente un año y que había olvidado. El mismo sentimiento se apoderó de su corazón, el de sentir que ese joven había estado presente en su vida desde siempre. Hacía ya demasiado tiempo que no percibía una sensación tan profunda. Incluso sus alocados cabellos parecieron querer erizarse en esos momentos de ensoñación.

---

[33] *Manto de tejido nervioso que cubre la superficie de los hemisferios cerebrales*

—Sigo sin entender, ¿por qué yo? —preguntó intentando no dar crédito a esa emoción.

—Sabemos que este chico es un portento como *neurotecnólogo*, pero también somos conocedores de su peculiar personalidad y de su apego al C4 —comentó Karavokiris. —A esta lumbrera le han llegado todo tipo de ofertas por parte de multinacionales del ocio y no ha dudado en rechazarlas. Parece ser un tipo de viejos principios, ya sabes, de esos "pirados" que viven en otra realidad.

El desaliñado joven miraba a Karavokiris, exigiéndole una explicación más detallada.

—Adrien, este joven rechazaría de pleno cualquier oferta que proceda de algo no acorde con su forma de ser. Es extremadamente sensitivo. Como un niño. Ni Joseph y mucho menos yo, lograríamos poner un pie en su gueto. Pero tú sí.

—Ewan Atkins vive anclado tres siglos atrás —añadió Joseph. —Es un apasionado de la cirugía, aunque no tenga espíritu para ejercerla. Conoce a fondo los orígenes de esa disciplina en el siglo XVIII. Esa es su pasión.

—Entiendo.

—Chesapeake necesita de él, y él de tu obra —prosiguió Joseph. — ¿Quién mejor que tú, un entusiasta de esa época, para embarcarlo en este proyecto?

— ¿Y tú Jeremías?, ¿qué interés te mueve en todo esto? Tus diseños no encajan para nada en la mente de ese chico.

—Vamos Adrien, nada es gratis. Joseph y yo hemos firmado un acuerdo de colaboración.

— ¿En qué sentido? —preguntó mirando a Joseph.

—Los avances que logremos en Brainsoft serán también competencia de Emotiv.

—Eso es juego sucio —replicó el joven narigudo.

—Por Dios Adrien, ¿de parte de quién estás? —espetó Karavokiris. —Brainsoft recluta entre sus filas a un profesional de valía que puede revolucionar el mundo del entretenimiento, Emotiv pone los mejores sistemas que existen en el mercado y ese tal Ewan logra su sueño. Todos contentos.

El joven extendió la mano y acunó entre sus dedos esa imagen. Los miró y se alejó en dirección al pabellón donde esa conferencia estaba a punto de comenzar.

—Oye chico —dijo Karavokiris, —tráete esta noche a ese *neuro*. Toma, esto te conducirá hasta el Pentacontarca —y le arrojó un pequeño disco translúcido.

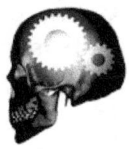

No frecuente, pero ese sábado 24 de abril alguien daba una conferencia a la antigua usanza, en una de las espaciosas aulas de esa vieja y obsoleta universidad. Esa charla era del máximo interés para una amplia comunidad de científicos y profesionales del sector lúdico, y no se difundía por los canales habituales. Era una docta plática entre doctos expertos. Un tema que Adrien solo conocía por los noticiarios que se divulgaban a los cuatro vientos por la red y, que de alguna forma, le afectaba.

Al entrar en el aula, fue el centro de todas las miradas. Su especial fisonomía y su aspecto desaliñado, no concordaban con aquella élite. Esos expertos tecnólogos en neurociencia, venían engalanados y habían dejado sus lujosos vehículos aéreos en el *espaciopuerto* de la antigua universidad. El ácido esmog no había deteriorado un ápice de sus trajes.

El joven no se cortó lo más mínimo. La timidez no era precisamente una de sus pautas de comportamiento. Dejó caer el grueso y deslucido chaquetón ocre, ante la atónita mirada de todos.

Adrien Gaudet tenía por aquellos entonces veinticuatro años y, se podría decir, que lucía un tipo leptosomático puro. Era delgado como una sílfide y narigón como nadie. Ningún desarrollo muscular hacía intención de resaltar entre esa vestimenta, que de forma lánguida, se desplomaba marcando su famélica silueta. Hiperactivo a más no poder y muy extrovertido, el joven de tez bronceada y ojos verdes miró a todo el auditorio con descaro. No tardó en elegir donde sentarse. Un solo vistazo al aforo le bastó para decidir su futuro. Ante la mirada de todos, subió lentamente y con aplomo los escalones que daban acceso a las últimas filas de asientos y se sentó junto a él.

El atractivo joven que estaba a su lado fue el único que no desvió la mirada hacia su persona. Continuaba inmerso pasando páginas en su visor virtual. No reparó para nada en él y eso llamó aún más su atención. Cuando se sentó en silencio y tratando de no sacarlo de su estado ausente, inspiró profundamente entornando los ojos. Algo especial lo estaba cautivando, una esencia que podía muy bien ser suya, la fragancia quizás, de un alma gemela. Pero Adrien miró al frente impasible y en silencio. Permanecía sumido en un trance de pura receptividad, cuando unos marcados pasos llamaron su atención.

Subió al estrado como una emperadora, y todo fueron vítores. Las pantallas surgieron de la nada. Esquemas cerebrales y circuitos neuronales se dibujaron girando en una danza tridimensional. Ella vestía sin el menor pudor. Poco tenía ya que esconder de su exuberante y lascivo cuerpo, lo poco que escondía era perfectamente adivinable. Pero ya nadie recababa en ello, sus cerebros habían sido amputados por la ingeniería social. Ni siquiera el desasosiego hacía ya mella, por el hecho de haber perdido la identidad otorgada por la naturaleza. La búsqueda era común en muchos seres que sobrevivían sin obtener el menor sentido a sus vidas. Cercenados con el implacable bisturí del sistema y su desbordada hipocresía, atravesaban su existencia como marionetas al servicio de la producción y del enriquecimiento de unos cuantos. Una minoría que no dudaba en inculcar aquello de lo que ellos mismos, jamás harían alarde.

Su misterioso compañero cerró el visor y dirigió la mirada a la insigne interlocutora. Gwyneth comenzó a hablar y todos excepto Adrien le prestaron la máxima atención.

—Psittaci —dijo ella apuntando con un dedo a una de las pantallas. —Así es como lo hemos bautizado. Este software fue detectado por el servicio de inteligencia del C4 hace unos meses en Shanghái, justo donde se observaron los primeros casos de síndrome de Sheehan en hombres. Como todos ustedes saben, este síndrome se presenta solo en la mujer, a consecuencia de una necrosis de la glándula hipofisaria, después de un sangrado excesivo tras el parto. No crean que no se nos ocurrió pensar en que China trataba de preñar a sus varones —dijo irónicamente y las risotadas fueron unánimes.

— ¿Se trata realmente de un Sheehan? —preguntó un regordete y bajito hombre sentado en la primera fila.

—Bueno, como comprenderá —respondió Gwyneth riendo, —estos varones no han echado en falta la carencia de lactancia ni de menstruación, pero el cortejo sintomático apuntaba a un hipopituitarismo agudo y adquirido. En las biopsias se apreciaba claramente una necrosis de sus glándulas hipofisarias.

Gwyneth se sentó frente al estrado y abrió con descaro sus piernas, dejando entrever ese vástago replegado entre su fina y blanca lencería.

— ¿Te excita ver su sexo? —preguntó Adrien.

—No —respondió Ewan sin dirigirle la mirada.

— ¿Y qué es lo que te excita?

— Psittaci, ese código encriptado que es capaz de producir un infarto agudo de la hipófisis.

Adrien volvió de nuevo su mirada hacia el estrado. Sentía como una daga lo abría en canal, dejando su corazón y sus sentimientos más íntimos al descubierto. El perfume que despedía ese joven lo envolvía embrujándolo. Olía a nobleza y sencillez.

Gwyneth continuaba haciendo alarde de su elocuencia y de su merecido protagonismo:

—No sabemos qué empresa lo ha diseñado, pero está claro que cuenta con mano de obra muy especializada. Aún no hemos logrado descifrar su código, incorpora una encriptación desconocida. Pero lo que sí sabemos, es que los afectados por esta nueva infección portaban en sus *neurochips* una versión de un sueño diseñado por la empresa Cuantics. Por cierto, Cuantics no está presente entre nosotros este año.

Gwyneth sabía muy bien vender el C4 y, por supuesto, venderse a sí misma. Uno de los asistentes levantó su mano y ella lo miró otorgándole la palabra.

— ¿Se transmite como un virus?

—No tiene las características habituales de los virus. Su forma de transmisión se asemeja más a una clamidia.

— ¿Una clamidia?

—Sí, sospechamos esto en base a su forma de actuar de forma silenciosa. Al parecer se adquiere mediante software recreativo de índole sexual.

— ¿Dónde trabajas? —volvió a preguntar Adrien sin atreverse a mirarlo.

—Para ella —contestó Ewan girándose, para encontrarse con la mirada de ese estrafalario joven.

Ambos se mantuvieron en silencio. Sabían que la química labraba una conexión invisible entre ellos. Era eso lo que encandilaba a Ewan; formaba parte de su búsqueda personal. La forma que en que dos cerebros podían comunicarse más allá de los procesos neuronales, constituía la base de su apasionamiento. Ewan seguía llamándolo "alma". Pocos como él creían en esa palabra del pasado, una cursilería para una sociedad que buscaba la felicidad en el diseño de sueños.

— ¿De verdad trabajas para esa zorra?

—Sí, es una zorra, pero sabe más que nadie de esto —respondió Ewan mirándolo con enojo.

Adrien captó la negativa de Ewan a seguir conversando y abrió un visor entre sus manos. Moviendo con agilidad sus dedos, decenas de gráficos giraron e infinidad de códigos se desplazaron en ese cristal de luz. El tintineo era constante y llegó a ser molesto para Ewan. El *neuro* trató por todos los medios de centrar su atención en la plática, pero sus esfuerzos fueron vanos. Ese individuo parecía estar dispuesto a aguarle la conferencia. La curiosidad lo arrastró a mirar de reojo la pequeña pantalla y a su neurasténico propietario. La responsable del C4 en Los Ángeles platicaba sobre el comportamiento epidemiológico que seguía ese microorganismo de diseño. Adrien examinaba y contrastaba toda esa información en complejos modelos matemáticos.

— ¿Eres epidemiólogo? —preguntó Ewan invadido por la curiosidad.

—No —respondió Adrien sin prestarle atención.

—Ese patrón es el de un virus.

—Así es. El virus de la viruela, para ser más exactos.

— ¿Historia de la epidemiología?

—Tampoco —contestó Adrien esgrimiendo una simpática sonrisa. —Tienes razón esta tía parece que sabe de lo que habla. Me ha inspirado.

—Habla de un modelo epidémico que no tiene nada que ver con la viruela.

—Lo sé, ¿por quién me has tomado?

—Bueno, no pretendía ofenderte pero la viruela ya no produce epidemias.

—También lo sé. Diseño el modelo de la epidemia que afectó a Europa en el siglo XVIII.

Esas palabras fueron como un sortilegio para Ewan. Se vio invadido por una irresistible necesidad de profundizar en la identidad de ese carismático individuo. Su mirada se centró por primera vez en él. El perfil de su rostro podía encajar a todas luces, con alguno de los personajes con los que solía soñar.

Los aplausos resonaron en el aula y ambos alzaron la mirada para observar la petulancia de Gwyneth.

—La verdad, no te imagino trabajando con ella —dijo Adrien sorprendido.

— ¿Eres historiador?

—No das una —Contestó poniéndose en pie.

Ewan lo miró con ansiedad. Ese desaliñado se disponía a poner fin a un encuentro casual sin más pretensiones.

—Oye narizotas, me llamo Ewan.

Adrien se volvió y no pudo reprimir sonreírle.

— ¿Te apetece un dulce de los de verdad?

270

LA ABADÍA DE CARBONO

Alrededores de Westwood Village. Los Ángeles.

Coronando aquella colina, donde en otros tiempos se ubicaba una verde planicie plagada de blancas lápidas, ahora se alzaba un monasterio de extraordinaria belleza. Ese cerro cercano a la anticuada universidad había sido arado por completo y despojado de sus silenciosos moradores. Todos esos restos que monstruosas máquinas de metal habían arrancado de la tierra, fueron incinerados y arrojados al espacio en barriles.

Hacía ya tres décadas que no se inhumaba a un cadáver. La superpoblación mundial y la carencia en creencias de índole religiosa, habían contribuido a que los restos humanos desaparecieran de la faz del planeta del mismo modo que lo hacían los residuos nucleares. La ceremonia era igual, al fin y al cabo se trataba de deshacerse de unos residuos excretados por un diminuto e insignificante punto azul en el cosmos.

Esa majestuosa construcción de piedra había sido erigida por una de las multinacionales de la restauración. De origen francés y presidida por un romántico apasionado a la cocina cenobítica[34], no solo había usurpado el descanso eterno a miles de almas, sino

---

[34] *Cocina monacal o de abadía.*

que además, no había tenido la más mínima conmiseración con las viandas que sus antepasados tuvieron a bien degustar.

El emporio "Food Hermitage" se enorgullecía en servir pollo asado grasiento, en un entorno monacal rodeado de esculturas esculpidas en blanco polietileno y dentro de ábsides que habían sido levantadas de la noche a la mañana. Auténticos monasterios confeccionados con nanotubos de carbono, ofrecían la apariencia de la más rancia piedra enmohecida a base de spray de mohos sintéticos. En el interior de esas descomunales arquitecturas que soñaban con ser herederas de sus antepasadas, un despampanante centro comercial ofrecía todo su esplendor a un sinfín de ignorantes que creían traspasar las fronteras del tiempo. Era común a la entrada del ostentoso monasterio, que los allegados se vistieran de forma acorde. Ataviados con míseros y andrajosos ropajes, deambulaban por todas las dependencias de un templo de carbono y metal en su estructura. Abducidos por el entorno, se arriesgaban sin el menor recato a sucumbir subiendo empinadas escalinatas de piedra y a un sinfín de otras penurias medievales.

Esta megalómana construcción era un referente de la famosa multinacional. Construida a semejanza de su original, la abadía del Mont Saint-Michel, erigía su aguja neogótica hasta difuminarse entre la sucia bruma. Cuando Ewan bajó de aquel transporte público, se sintió sobrecogido. Escarpó con la mirada palmo a palmo de ese sucedáneo de monumento. Nunca había estado allí, aunque sí que le resultaba familiar esa silueta, que desde la ciudad, se veía como un fantasma del pasado. Sintió un escalofrío al ver el ser alado en su cúspide puntiaguda. Una representación del arcángel San Miguel se erigía en el pináculo de la majestuosa abadía.

Seguía siendo sábado. Una muchedumbre vagaba entre aquel laberinto de corredores y descomunales bóvedas adornadas con falsos arbotantes. Ewan y Adrien eran unos más entre ellos y habían desestimado disfrazarse. Apenas habían cruzado palabra desde que subieran a ese transporte público, allá en el campus de la universidad. Solo comentarios sobre la densa nube que cubría la ciudad y alusiones a esa debilidad del *neuro* a los espacios abiertos. Adrien lo detectó pronto. Ewan no hizo intención de disimularlo.

Entraron en el claustro. Ese enorme jardín rodeado de una doble fila de pequeñas columnas unidas por bóvedas ojivales, había sido recreado con todo lujo de detalles. Solo los comercios adosados a sus muros de piedra y que rodeaban todo el recinto, lograban romper con el atisbo de solemnidad. Ese lugar destinado en su versión original y en su tiempo a la reflexión, por parte de los monjes que lo habitaban, ahora estaba copado por domingueros y turistas en su gran mayoría.

— ¿No habías subido aquí? —preguntó Adrien, mientras atravesaban un gran arco y se adentraban en la iglesia de la abadía.

—No. Los lugares concurridos me producen ansiedad.

—No me atrae este sitio y mucho menos su comida, pero hay algo en esta recreación que cautiva ¿no crees?

—Es posible —contestó embelesado por el canto gregoriano y por lo que se alzaba frente a ellos. De nuevo, esa escultura de grandes dimensiones encumbraba el centro de aquella nave.

Ewan permaneció unos segundos extasiado, observando aquel bello rostro y su larga cabellera petrificada. Con sus alas desplegadas y blandiendo la espada sobre el demonio atenazado bajo sus pies, su expresión parecía infundir una divina benevolencia.

Durante unos instantes, aquel divino rostro se hizo carne y lo miró con dulzura. Unas facciones que le eran familiares parecían querer asomar de ese pétreo semblante.

— ¿Te gusta? —preguntó Adrien sin dejar de observar a su compañero. Su rostro lucía con esplendor, como si unos invisibles rayos emanaran de esa efigie para incidir en él.

—Es sublime —contestó aún extasiado.

—Es una representación del arcángel San Miguel. —comentó Adrien con ánimo de deslumbrar aún más a su nuevo amigo.

—Hubo un gran combate en los cielos —narró Ewan en tono apacible. —Miguel y sus ángeles lucharon contra el Dragón. También el Dragón y sus ángeles combatieron, pero no prevalecieron y no hubo ya lugar en el Cielo para ellos. Y fue desterrado el Dragón, la Serpiente antigua y Satanás. El seductor del mundo entero fue arrojado a la tierra y sus ángeles con él.

— ¿De dónde has sacado eso? —preguntó Adrien sorprendido.

—Está todo escrito en el Apocalipsis. Esta es una de sus representaciones. Ilustra la lucha del arcángel San Miguel, Jefe de los Ejércitos de Dios, sobre sus enemigos, sobre el diablo.

— ¿Crees en todo eso?

— ¿Me estás preguntando si soy creyente?

—Supongo que sí.

— ¿Y qué, si lo fuera? Creo en la belleza, en el amor, en el sentimiento que ahora me sobrecoge y que inspira mi alma.

—Nunca hubiera imaginado que un *neuro* se confesara adepto de ese emporio de riqueza e hipocresía.

—Yo no he dicho eso. Jamás he creído ni me he sentido devoto del clero y, mucho menos, con esa Papisa.

—Vaya, me alegra saberlo —dijo Adrien relajando su rostro. —Por un momento pensé que estabas entre sus filas.

—El hecho de que me considere creyente no impide que sea anticlerical.

—Bueno, yo nunca he creído en nada —dijo Adrien.

Ewan lo miró y se sonrió. Por un momento se sintió abrigado por un alma gemela, alguien que intuía un más allá sin ser consciente de ello.

—Ven, quiero enseñarte algo —lo invitó Adrien con ímpetu.

Atravesaron de nuevo el claustro y, esquivando la muchedumbre, se dirigieron hacia una pequeña portezuela de madera rancia.

—Ponte delante de mí y tápame —dijo el escuálido joven.

— ¿Qué vas a hacer?

—Abrir este jodido cerrojo.

— ¿Vas a forzar esa puerta?

—Yo no voy a forzar nada, este cerrojo está roto —y se oyó un crujido.

La puerta se entreabrió chirriando. Se deslizaron por la abertura y una fría humedad los envolvió. Ewan hizo amago de regresar al interior, invadido por un ataque de pánico. Adrien lo sosegó al instante. Era una terraza desde la que se divisaba toda la ciudad. Ewan se vio reconfortado por ese extraño que le infundía cada vez más confianza. Sus rostros, cubiertos por finísimas gotas de esmog, se mantenían incólumes y con la mirada enfrentadas. Durante unos largos segundos ninguno pronunció palabra, pero sus ojos hablaron largo y tendido.

—Ya puedes soltarme —dijo Ewan con voz temblorosa.

Adrien retiró sus brazos sintiéndose avergonzado.

—Lo siento —dijo excusándose, —no recordaba tu fobia. Solo quería enseñarte estas vistas.

—No te preocupes, ya ha pasado.

Aquel lugar, ese bello arcángel o quizás fuera solo Adrien, estaban causando en Ewan unas impresiones que no recordaba haber sentido.

—Será mejor que entremos o esta humedad nos calará hasta los huesos —aconsejó Adrien.

— ¿Qué querías enseñarme?

—La costa.

Ewan giró la mirada hacia el neblinoso horizonte.

—Apenas recuerdo el mar —dijo entristeciéndose.

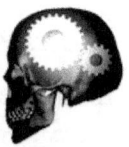

El estilo románico del refectorio había sido recreado con igual precisión. Situado en la galería opuesta a la iglesia abacial, la inmensa nave rectangular y abovedada estaba plagada de escandalosos comensales. Todos devoraban carne como alimañas. Aquello nada tenía que ver con el comedor donde los monjes benedictinos saciaban su apetito. Solo las largas mesas de madera atiborradas de lebrillos de barro, lograban emular un lugar dominado por el silencio en otros tiempos.

Ewan y Adrien encontraron sitio entre aquella bacanal de carne a granel y vino sintético. Después de leer el mugriento pergamino donde figuraban las exquisiteces de la multinacional, optaron por pedir solo el postre; unas peras especiadas con miel y zumo como maridaje. Ambos confesaron ser unos reprimidos golosos. En una sociedad donde se había erradicado el azúcar, aquello significaba pecar. Y pecar en una abadía, resultaba ser doblemente exquisito.

— ¿Me vas a decir ahora a que te dedicas? — preguntó Ewan.

—La curiosidad te ha arrastrado hasta aquí ¿no es así?

—Más bien la glotonería.

—Tienes respuesta para todo. —dijo Adrien riendo.

—No para todo. Hay ocasiones en las que me siento como un extraño y esta es una de ellas.

—Bueno, eres un *neuro*. Nadie como tú para saber que pasa por tu cabeza.

— ¿Y cómo sabes que soy un *neuro*? —preguntó girando la jarra de barro que contenía el zumo, buscando rastros de suciedad.

—Has sido tú el que dijiste que trabajas para esa engreída presuntuosa. Es de suponer que seas uno de esos eremitas del C4 que viven escondidos como topos en el Pozo.

—Eres un embaucador —dijo Ewan sonriendo. —No he conseguido saber en qué trabajas y para colmo, ni sé cómo te llamas.

— ¿Se puede saber qué haces? —preguntó Adrien sorprendido.

—Limpiando este recipiente. Tengo pavor a los gérmenes. Deformación profesional, supongo.

—Adrien.

— ¿Cómo dices?

—Que mi nombre es Adrien.

—Vaya, creo que podría haberlo descubierto si me hubiera dejado llevar por mi intuición —dijo alzando la mirada

— ¿Y eso?

—Le va bien a tu nariz.

—Gracias, a tu cara también le va bien el lunar de tu mejilla y ese surco que divide tu barbilla.

Ese hoyuelo lo había heredado de su padre y le confería atractivo y personalidad. Un encanto que Adrien acariciaba con su vista cada vez que le dirigía la mirada.

—Bien, en ese caso brindemos por ello —dijo Ewan con efusividad.

— ¿Con zumo de naranja?

— ¿Y por qué no?

Alzaron las jarras de barro y volvieron a cruzar sus miradas.

—Mi pasión es el mar —dijo Adrien. —Pero si te refieres a cómo me gano la vida, digamos que diseñando sueños.

—Imaginaba que te dedicabas a algo así.

—Intuyo que no podré esconderte demasiados secretos.

— ¿Das por hecho que vamos a seguir viéndonos? —preguntó Ewan.

—Si.

Hubo un largo silencio y Ewan prosiguió suavizando el tono:

—Siempre me he sentido atraído por vosotros. Capaces de crear de la nada, mundos de fantasía. Admiro esa habilidad para hacer que otros sueñen. Por desgracia adolezco de creatividad. Mi trabajo es pura rutina. Si te soy sincero, he venido hasta aquí porque emanas eso que muchos envidiamos.

—Bueno, me reconforta saber que te sientes atraído al menos por eso —contestó Adrien sonrojándose.

—Te he dicho que no tengo respuesta para todo. En estos momentos no sería capaz de expresarte lo que me conmueve de ti. No sé, igual es tu nariz —y le sonrió.

Adrien se entristeció y escondió la mirada.

— ¿He dicho algo improcedente?

—No —contestó sin atreverse a mirarlo. —Creo que será mejor que me vaya —y se puso en pie.

—Oye narizotas, es la segunda vez que intentas dejarme a medias.

Adrien se dejó caer en el duro banco de madera y suspiró.

—Hay gente interesada en que trabajes con nosotros.

—Bueno, al menos empiezas a ser sincero conmigo.

—He tratado de serlo desde el primer momento que te vi.

Ewan no respondió, se limitó a esperar una explicación, pero Adrien demostraba estar demasiado dolido.

— ¿Eres un simple enviado?

—En un principio lo era. Ahora que empiezo a conocerte acepto mi equivocación.

—Todos nos equivocamos en algún momento. ¿Quiénes son esos que te envían?

—Somos un grupo de desarrolladores. Un equipo multidisciplinar. Los de arriba piensan que un *neuro* nos ayudaría a dar otra dimensión a los avatares que creamos.

— ¿Y tú qué piensas? —preguntó Ewan.

—Que me gustas.

—Esa no es la respuesta adecuada.

—Supongo que no, pero no te estoy engañando.

—Me han ofrecido demasiadas oportunidades en el sector y las he rechazado. ¿Por qué debería aceptar la que me estás proponiendo?

—Porque ansias lo mismo que yo, porque tu pasión y la mía van de la mano.

— ¿Tan seguro estás de eso?

—Lo sabes tan bien como yo —dijo Adrien con los ojos algo empañados.

Volvieron a guardar silencio entre aquel alboroto y decidieron abandonar ese triste escenario de gula y mediocridad. Adrien se ofreció a acompañarlo hasta su morada y Ewan se negó. Una lucha interna se libraba en su interior, una pugna entre su conciencia y su corazón. Había algo en ese delgaducho joven que llamaba poderosamente su atención y no era precisamente su apariencia. Adrien denotaba poseer un encanto que trascendía más allá de lo habitual. No sabía explicarlo ni definirlo, pero era una atracción por algo en lo que siempre había creído y que portaba como una impronta en su interior. Su cerebro captaba una esencia más allá de la del ser humano, algo inmaterial. Tantos años en la soledad, escudriñando en la compleja estructura de un órgano gris repleto de repliegues y no había conseguido desenmarañar el mecanismo de algo tan sublime como un sentimiento. Ewan no estaba acostumbrado a sentir, a experimentar ese gozo interior, producto de una intensa comunicación entre dos almas. Sus recuerdos en ese sentido eran demasiado difusos. Adrien había conseguido resucitarlos de un largo letargo, y eso no tenía precio.

Fue Ewan y, después de sopesar los pros y los contras, el que decidió posponer una dolorosa despedida. Invitó a Adrien y de camino hacia la salida, a detenerse entre los jardines del claustro. Tomaron asiento en un roído banco de madera sintética, bajo la cúpula de cristal que protegía de la intemperie.

— ¿Qué hace un apasionado al mar diseñando sueños? —preguntó Ewan.

—Intentar plasmar en sueños esa pasión.

— ¿Y la epidemia de viruela en Europa?

—Estamos diseñando un pasaje del siglo XVIII.

—Háblame de ese sueño.

—Hace un año, mientras visitaba la feria, hubo alguien que se interesó por mi trabajo.

Adrien se quedó en silencio y pensativo. Algo pretendía aflorar a su conciencia. Una semilla sembrada en su mente comenzaba a florecer.

— ¿Te encuentras bien?

—Sí, creo que sí —respondió recobrando la compostura.

—Me ofreció integrarme en un grupo de desarrollo innovador y hacer realidad un proyecto que tenía en mente desde hacía años. Al parecer, mis publicaciones habían calado en ese grupo de diseño y él parecía ser un tipo con bastante determinación. Yo no conocía Brainsoft, era una empresa nueva en el sector. Cuando conocí a sus integrantes, comprendí que mi futuro estaba ahí. Jóvenes abnegados, virtuosos en sus disciplinas y colmados de esperanzas. Mi proyecto era un auténtico reto y pronto se situó como el buque insignia de la empresa. Siempre quise vivir en esa época. Ser aquel comandante al mando de una flota de navíos, que luchó por la independencia de este país. Supongo que mi origen francés y mi ascendencia con abolengo en la marina, tuvieron algo que ver. Aquellas historias que mi abuelo me narraba una y otra vez, me fueron esculpiendo desde la niñez y Chesapeake es fruto de ello.

Ewan se mantenía en silencio. Fue esa palabra, la que nombraba a la bahía y mayor estuario del país, la que le hizo vibrar. No podía ser la casualidad. El destino entretejía su red de forma magistral. Algo en lo más profundo de él llamaba su atención tratando de desperezarlo. El delirio que lo embargaba con frecuencia y lo extraía de la vida rutinaria, comenzaba a tener sentido. La idea de que el espíritu traspasaba las fronteras del tiempo y de que almas gemelas en otras vidas volvieran a reencontrarse, tenía un atisbo de realidad.

—Eh *neuro*, ¿sigues aquí? —preguntó chasqueando los dedos frente al rostro impávido de Ewan.

— ¿Crees en el destino?

— ¿Por qué lo preguntas?

—Me pregunto si fuiste tú ese almirante de la flota francesa.

— ¿Te afecta el azúcar también?

Ewan le respondió con una sonrisa y prosiguió:

—Siempre quise ser cirujano. Me vi atraído desde la niñez por la medicina, pero no tardé en darme cuenta de que mi espíritu no me acompañaba. Aún recuerdo el día en el que mi madre se cortó accidentalmente con un cuchillo de cocina. La sangre salía a borbotones y me desmayé. Todos aquellos libros que había releído sobre la historia de la cirugía se me venían encima, sepultando una vocación que jamás se haría realidad. En mis sueños, un personaje se repetía una y otra vez. Un cirujano guardiamarina que sirvió a las órdenes de un almirante de flota. Un discípulo cirujano más brillante de esos tiempos.

Adrien borraba la sonrisa al compás de las palabras de Ewan. Llegó a sentir un escalofrío que lo recorrió por completo y no dudó en coger y apretar la mano de su amigo.

—Ahora entiendo por qué me has preguntado si creía en el destino.

— ¿Y?

—Hay algo que llevo dentro de mí y que hoy ha aflorado a mi conciencia. Algo que creía que era un sueño, una alucinación.

— ¿Me lo vas a contar o tendré que sonsacártelo?

—Ha ocurrido mientras estabas extasiado observando la imagen de ese arcángel. Ha sido como un destello, pero en ese instante te he visto como si resplandecieras, como si fueras igual que él.

— ¿Yo?, ¿un arcángel? —y Ewan rió.

— ¿Qué te sugiere el nombre de Raguel?

Ewan miró fijamente al joven narigudo y el vestigio que aún le quedaba de sonrisa se borró.

— ¿Por qué me preguntas eso?

—Creo que alguien se dirigió a mí con ese nombre.

— ¿Alguien?

—Una mujer adulta, de pelo blanco como el nácar, de ojos pequeños y de adorable mirada —contestó parpadeando de forma repetitiva y moviendo sus piernas frenéticamente.

— ¿Dónde has visto a esa mujer?

—No lo sé, quizás en sueños.

Ewan sabía a quién se estaba refiriendo. Fue un encuentro fugaz y coincidiendo con su ingresó en el C4. Esa mujer se llamaba Hanna Kruger y le dejó mella. Solo la vio unos breves momentos y a solas en un despacho. No era normal, pero la fundadora y máxima responsable del C4 se había desplazado hasta Los Ángeles, para mantener una corta y extraña conversación con él. Era precisamente su rostro, el que intentó fraguarse en esa pétrea escultura del arcángel San Miguel.

—Raguel es uno de los siete arcángeles —dijo Ewan. —El arcángel de la justicia y su misión, la de mantener el cielo puro y limpio de corrupción.

—Tú también la has visto ¿verdad?

—No lo sé Adrien. Lo cierto es que me siento cada vez más confuso y empiezo a sentir miedo. ¿Qué te dijo esa mujer?

—No recuerdo nada, solo ese nombre. Hasta ahora creía que se trataba de un sueño. Supongamos que nuestros sueños son el reflejo de otras vidas, ¿qué se supone que tendríamos que hacer ahora?

—Continuar —respondió Ewan. —No tenemos otra alternativa.

—No sé, creo que nos estamos dejando llevar por la fantasía. Quizás estemos hundiéndonos en el mismo fango.

—Oye Adrien, hace un rato me estabas diciendo que mi pasión y la tuya iban de la mano. En ese momento no lo entendí, aunque sí que es verdad que algo dentro de mí asintió.

—Sí, es verdad, pero me siento cada vez más confuso. Es como si vas caminando y te encontraras con un precipicio.

— ¿Puedes volver hacia atrás? —preguntó Ewan.

—No.

Volvieron a quedar en silencio. Comenzaba a llover y el incesante chapoteo sobre la bóveda de cristal ahogaba el tumulto del claustro.

— ¿Es verdad que no recuerdas el mar? —preguntó Adrien.

—Apenas quedan recuerdos en mi memoria.

—Estoy dispuesto a lanzarme al vació —dijo Adrien. —Siempre y cuando sea contigo.

PENTACONTARCA

Puerto deportivo Shoreline Marina.
Long Beach. Los Ángeles.

Era media tarde. La escasa luminosidad y la densa bruma otorgaban a la ciudad un aspecto lúgubre y sombrío. Miríadas de diminutas luces dibujaban entre la neblina, la silueta de los megalómanos edificios que emergían del asfalto. Ríos de vehículos aéreos atravesaban la vasta planicie de asfalto y metal, arremolinándose en el sucio vapor maloliente. La ciudad cambiaba de nuevo su apariencia, para adaptarse y ofrecer a millones de almas su merecida dádiva. Una propina que les haría sentirse recompensados después de un estresante día, enclaustrados en esas moles de metal y cristal. Los sábados y a esas horas, la gran urbe comenzaba a vibrar como un organismo con vida propia, como un engendro desperezándose de un letargo. Cañones de luces cegadoras disparaban sus haces hacia las nubes negras de polvo y contaminación. Grandes cabinas luminosas ascendían de forma vertiginosa, hacia las lindes de Perseo y de otras plataformas orbitales. Torrentes de magma incandescente y multicolor, mostraban el vasto entramado de vías que enmarañaban la colosal metrópoli.

Ewan permanecía en silencio. Se limitaba a observar el bullicio que titilaba bajo sus pies. Adrien imaginaba lo que podía estar pasando por la mente del *neuro*. Lo miraba con frecuencia, intentando transmitirle sosiego y confianza. Pero la mente de su nuevo amigo se encontraba embotada por el aluvión de estímulos y cercenada por su agorafobia. Ewan engullía con ansiedad el poco aire del habitáculo. El temblor asomaba ya en sus manos blanquecinas y el sudor invadía su frente.

El vehículo los advirtió de un cambio de dirección. El descenso de nivel fue suave y Ewan se agarró de forma instintiva al asiento. Adrien no pudo reprimir una leve y cariñosa sonrisa. Ese vehículo dotado de inteligencia artificial los llevaría hasta el destino prefijado. Era un recorrido trivial. El trayecto estaba grabado en el sistema mediante ese disco luminiscente que el magnate le arrojara.

Ewan aceptó acompañarlo a esa fiesta que el rey del porno organizaba en su lujoso velero. Estaba interesado en seguir la senda que el destino le había labrado y en conocer a Joseph.

Continuaba observando el enjambre de edificios y la nave volvió a girar. Adrien solo le prestaba atención a él. Sabía que ese vehículo no tendría el menor contratiempo atravesando la ciudad, entre ríos de almas sonámbulas. Los cambios de altitud se sucedían de forma automática y con suavidad. Algo propio de una valiosa y compleja máquina que pocos se podían costear. No había sobresaltos, la sangre fluía con suavidad por las venas y no se producían vahídos.

Eran comunes las muertes entre los miles de seres que se trasladaban por los cielos. Vehículos abaratados y defectuosos, que depositaban a sus propietarios en estado cadáver. Llegaban a sus destinos sin el menor daño. No había accidentes, pero sí víctimas de desaprensivos ingenieros que no dudaban en abaratar el coste a cambio de vidas humanas. Todo era legal en una sociedad podrida por la codicia. Cualquiera podía adquirir un asequible y mortífero vehículo, en alguno de las innumerables compraventas del mercado negro. Prometía estar equipado con todos los sistemas de seguridad y solo era necesario adjuntar un examen médico. La nave resultaba ser un féretro y el certificado médico un pasaporte fraudulento hacia el más allá. El penado sufría un ataque cardíaco en toda regla, antes o después. Los descensos violentos y los atroces virajes, solían ser la causa. Esos vehículos cochambrosos no estaban capacitados para sortear un tráfico no previsto con antelación.

El toroide de cristal negro abandonaba el área de Downtown, el distrito financiero de Los Ángeles. Cegadores cañones de luz emergían de los locales de ambiente, haciendo de reclamo. Miríadas de vehículos se arremolinaban en torno a ellos hasta posarse en sus puertos. La noche prometía para muchos, lujuria, vicio y depravación. La ciudad era tomada por multitud de bandas y tribus urbanas.

De nuevo otro giro, y el vehículo se acomodó a la autovía aérea 231. El tráfico en esa zona comenzaba a diluirse y ser más fluido. Esa arteria aérea desembocaba en el puerto marítimo industrial de Los Ángeles, en Long Beach.

— ¿Estás mareado? —preguntó Adrien sin dejar de observar a su nuevo amigo.

—No, es solo ansiedad.

— ¿De nuevo el miedo?

—Sí, pero de noche es más leve.

—No imaginaba que un *neuro* pudiera padecer un trastorno de ese tipo.

— ¿Crees que los que nos dedicamos a esto somos inmunes a la locura?

— ¿Así defines tu mal?

—Siempre hay un comienzo ¿no crees?

—No sé, tú eres el experto.

—Creo que sabes más que yo. Te agradezco que intentes distraerme.

Adrien posó una mano sobre la pierna del *neuro* y la apretó en un gesto de ternura. Ewan sintió una oleada de calor y su corazón se desbocó, pero no respondió a esa muestra de afecto. El joven *neurotecnólogo* mostraba una reticencia a profundizar en ciertos aspectos de las relaciones humanas. Algo contradictorio, en un ser que buscaba la raíz de esos sentimientos.

Ewan era un ser extraño. Un alma que por los avatares y caprichos del destino, había traspasado las fronteras del tiempo para llegar a caer quizás en el lugar menos apropiado. Introvertido y con tendencia a construirse sus propios episodios de delirio, hubiera vivido una vida más acorde en esa época del romanticismo de finales del siglo XVIII. Su mente era un hervidero donde ideas y pensamientos contradictorios luchaban, sin lograr hacer bascular la balanza en ningún sentido. Su mente y su corazón jamás habían podido reconciliarse y de esa lucha eterna surgía él. Alguien inalcanzable para la mayoría de los mortales de esa sociedad en la que le había tocado vivir. Una mente brillante y lúcida, que dormitaba en otra dimensión, en otra época.

—Ya estamos llegando —comentó Adrien tratando de tranquilizarlo.

La nave giró en redondo y describió una amplia espiral hasta situarse en el nivel cero, a pocos metros del húmedo y mugriento cemento de los muelles. Ewan se quedó perplejo al ver la inmensidad de aquella dársena, el mayor complejo portuario de toda la costa oeste del país. Él nunca había estado allí. Algunas imágenes asaltaban ahora su memoria, al contemplar esa vasta extensión de buques fondeados. El complejo portuario de Long Beach solía aparecer en los noticiarios.

El negro toroide volvió a girar hasta encarar la zona de Shoreline. La descomunal embocadura, plagada de embarcaciones de todos los tamaños y estilos, daba acceso a uno de los mayores puertos deportivos construidos por el hombre.

—Entiendo que te fascine esto —dijo Ewan mirando a un lado y a otro. —Jamás había estado tan cerca de estas moles flotantes.

Adrien dio una orden y parte de la acristalada cúpula del vehículo se deslizó. La brisa y el olor a mar impregnaron la cabina y Ewan se sobrecogió.

—Seguro que recuerdas este aroma —dijo Adrien después de inspirar profundamente. —Está incrustado en lo más profundo de nuestro ser.

Ewan lo miró. Fue el primer gesto de agradecimiento con el que agasajó al joven apasionado por la navegación. Adrien jamás olvidaría esa expresión. La imagen de Ewan con sus cabellos ondeando y su infantil y tierna expresión, quedaría marcada en lo más recóndito de su mente. Un recuerdo que lo inspiraría en el futuro y que lo destrozaría al final.

De entre aquella miríada de lujosas embarcaciones, el vehículo supo a cuál dirigirse.

—Pentacontarca —dijo Adrien encandilado. —Daría mi vida por navegar en él.

Ewan también se sintió impresionado, aunque su emoción jamás llegara a alcanzar a la de su acompañante.

El vehículo descendió lentamente hasta posarse en la plataforma metálica situada en la popa. Una figura se recortaba en cubierta y a contraluz. Manteniendo esa actitud de arrogancia que lo caracterizaba, apoyado con distinción en su oneroso bastón y sosteniendo una estilizada copa, el rey del emporio sexual los recibió.

—Bienvenidos a mi humilde morada —dijo alzando la copa mientras se aproximaban.

—Espero que no te moleste, pero me he tomado la libertad de traer a un amigo —contestó Adrien señalando a su acompañante.

—Por supuesto que no —respondió el mecenas con presunción y mirando al joven de arriba abajo. —Supongo que tú debes ser Ewan. Hay gente por aquí, interesada en conocerte.

Ewan no prestó atención. Su mirada se paseaba por aquella muestra de lujo y ostentación. Oro y maderas nobles tapizaban la cubierta y una imponente escultura del dios Poseidón custodiaba la entrada de la escotilla mayor.

— ¿Llama a esto su humilde morada? —preguntó Ewan.

Karavokiris se echó a reír, apuró el último trago de su copa y la arrojó al agua.

—Acompañadme —dijo apoyándose en el bastón y ordenando con un gesto para que retiraran el vehículo de la plataforma.

Adrien observó al fornido tipo que subía a su vehículo, para hacerlo desaparecer de allí.

—No te preocupes —dijo el magnate, —lo tendrás en lugar seguro. Esperamos a un ilustre invitado.

Jeremías se asió del brazo de Ewan y comenzó a dar pasos lentamente y cojeando.

—Estás temblando, ¿tan impresionado estás?, —le preguntó.

—No suelo impresionarme con la ostentación.

Karavokiris volvió a reír.

— ¡Me gusta este chico! —exclamó. —Míralo —dijo deteniéndose frente a la onerosa efigie y apuntándola con su bastón. —Observa la perfección de su cuerpo. Su expresión de fortaleza, de dominio. Mira su definido torso y su rostro de benevolencia. Solo él era capaz de calmar las aguas y de embravecerlas hasta naufragar cuando la ira lo invade.

—También era capaz de provocar cierta forma de perturbación mental —repuso Ewan.

—Sí, —contestó Jeremías con los ojos desorbitados. —Del encantamiento nacía su verdadero poder. No llegas a ser un dios hasta que puedes sumir en un delirio a tus mortales creyentes.

Adrien se mantenía ajeno a la conversación. Su atención se centraba en el navío. Su mente revoloteaba entre imágenes del buque hundiendo la proa en aguas embravecidas y con el velamen desplegado a los cuatro vientos. Por unos momentos casi llegó al éxtasis soñando con capitanear esa embarcación.

Ella apareció de forma sigilosa. Descubrió su pelo rubio cortado al ras y alojó su gorra en el costado.

— ¿Todo en orden? —le preguntó Jeremías.

—Todo dispuesto señor.

—Charissa Dikoudis. Sería capaz de circundar con el Pentacontarca el cabo de Hornos, mientras cenamos plácidamente.

Ella sonrió con una mueca rígida de sus prominentes mandíbulas.

—Estoy convencido —volvió a hablar Karavokiris, —de que a nuestro amigo Adrien le encantaría que le mostrases el navío.

El joven apasionado de la navegación intentó disimular su entusiasmo, pero su rostro lucía como un escaparate luminoso. Ewan, Karavokiris y por supuesto la experta navegante, sonrieron al unísono.

—Será un placer —contestó y ambos se dirigieron hacia la escalinata que conducía a la cubierta superior.

— ¿Sabías que Poseidón fue dios de los caballos antes de serlo de los mares? —preguntó Karavokiris.

—Nunca he visto un caballo.

—Pues ya es hora de que lo veas, Ewan.

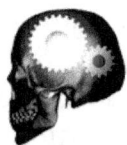

Aún sentía náuseas. Intentó abrir los ojos, pero todo se desplazaba hacia un lado lentamente y volvía hacia el otro de forma vertiginosa. Fue entonces cuando oyó la reconfortante voz de Adrien y notó como alguien le acariciaba el pelo. Un soplo de brisa marina hizo que volviera en sí y recordara donde se encontraba. Intentó incorporarse aún aturdido y Adrien lo tranquilizó. Ewan sintió una ráfaga que lo reconfortaba induciéndole sosiego y un sentimiento que vagamente podía recordar. Ese desconocido le infundía algo que siempre había buscado de forma instintiva, algo en lo que creía y por lo que había apostado. Ewan cogió su mano y, apretándola con ternura, la llevó a su pecho. Fue entonces cuando recobró el aliento.

— ¿Qué ha ocurrido? —preguntó balbuceando.

—Te has desmayado. He oído que empezaste a delirar y a tener convulsiones. ¿Te había ocurrido antes?

—No —contestó aturdido y mirando a su alrededor. —No logro recordar nada. Joder, tengo un dolor de cabeza insoportable.

—El médico personal de Karavokiris te ha atendido. Opina que has sufrido un episodio de delirio psicótico. Te ha suministrado algo y parece que ha surtido efecto. Te tendimos aquí, en estos sillones de cubierta. La verdad es que nos has dado un buen susto.

— ¿Dónde están todos?

—Hablando de negocios y apurando la última copa, supongo.

—Me refiero a todos esos tipos con máscaras de metal.

—Me estas asustando —dijo Adrien mirándolo fijamente. —Ahí dentro está Joseph y su exquisita pareja, Karavokiris y otro tipo bastante raro.

Ewan comenzaba a recordar. Emergían resplandores de su memoria, imágenes incoherentes que quizás fueran producto de ese episodio que lo había dejado inconsciente.

—Deseaba estar a solas contigo —dijo Adrien con cariño.

Ewan sonrió y no escatimó en mostrar sus sentimientos. Se incorporó en el sofá de piel negro, e inspiró profundamente entornando los ojos. Cuando volvió a abrirlos se fijó en la plataforma de metal. Una nave nacarada posaba sobre ella. Jamás había visto un vehículo igual. Parecían ser las alas de un ángel, de un enviado del cielo.

— ¿Quién ha venido?

—Ya te dicho, un tipo bastante peculiar. No sé de quién se trata. Supongo que alguien de las altas esferas, o quizás el amante de Karavokiris —dijo sonriendo.

— ¿Y eso? —preguntó Ewan devolviéndole la sonrisa.

—Los vi entrar en un camarote mientras Charissa me conducía por el interior del buque. O se disponían a tratar asuntos en privado, o a retozar en la cama.

—Sí que tienes una mente calenturienta —dijo Ewan oprimiendo sus sienes.

— ¿Por qué te extrañas?, supongo que un tullido magnate como Karavokiris debe tener unos gustos bastante extravagantes.

— ¿Tan estrafalario es ese extraño visitante?

¿Cómo definirías a un tipo de dos metros de altura, vestido de blanco abotonado hasta el cuello y con un casquete metálico en su coronilla?

Ewan se quedó paralizado. Su mente retrocedió mostrándole una sucesión de imágenes.

— ¿Te encuentras bien?

—He tenido una impresión. Como la de haber visto a ese tipo del que me hablas —dijo aturdido.

—Es imposible. Según dicen caíste al suelo nada más traspasar la escotilla.

—Recuerdo que un hombre encapuchado y con el rostro metálico me acarició el pelo —dijo Ewan con la mirada perdida. —Deslizó sus manos por mi cabeza, como el que acaricia algo que ansía.

—Bueno, no dudo que tu pelo sea capaz de enloquecer a alguien —repuso Adrien, —pero no es lo que más aprecio de ti.

— ¿Cómo se encuentra nuestro invitado? —dijo alguien saliendo por la escotilla.

—Dispuesto para ayudarnos a diseñar Chesapeake. —contestó Adrien.

— ¿Quién es? —preguntó Ewan susurrando.

—Tu nueva pesadilla. Adúlalo y te situarás de los primeros en su ranking —respondió de la mima forma.

Joseph se sentó frente a ellos y dejó la copa en la mesa de cristal.

—Siento que nuestro encuentro se haya visto ensombrecido por este desafortunado incidente, ¿te encuentras mejor?

—Sí, gracias. Si no me equivoco, tú debes ser el mandamás de Brainsoft.

—No me gusta ese término. Digamos que coordino a varios pirados como Adrien.

— ¿Y buscas a un pirado más?

—Oye Ewan, la tecnología debe dar un salto más. Llevamos bastante tiempo estancados, suministrando lo mismo, varados en una especie de meseta. Alguien debe apostar por empujar esa línea horizontal hacia encumbrarla como un pico de gloria, un nuevo hito.

— ¿Crees que los avances tecnológicos surgen así, con el simple hecho de decidirlo?

—Con el hecho de encontrar a la persona adecuada y en el momento propicio.

—Creo que me sobrevaloras. Solo soy un *neurotecnólogo* al servicio de esta puta sociedad.

—Vaya, no se te ve demasiado entusiasmado con tu trabajo.

— ¿Hay alguien en esta ciudad que lo esté?

—Mira a Adrien, ha encontrado algo en lo que depositar sus esperanzas. ¿Hay algo mejor que trabajar en tus ilusiones?

—Da la impresión de que tratas de convencerme cueste lo que cueste.

—Trato de infundirte ilusión —le respondió mirándolo fijamente. —Oye Ewan, sabemos que tienes otras inquietudes. Me hubiera gustado hablar contigo largo y tendido, pero bueno, ese desmayo no lo ha permitido. Quiero que trabajes para mí. Estamos inmersos en un proyecto de envergadura y Adrien es el artífice. Tus estudios sobre mapas cerebrales pueden ser de gran ayuda.

— ¿Cómo podéis saber eso?, es un proyecto personal. Nadie sabe acerca de ese estudio.

—La red es un pañuelo, ¿crees que se pueden tener secretos en estos tiempos?

— ¿Os lo ha soplado alguien del C4?

—Por Dios Ewan, reconócenos al menos el don de saber escudriñar y encontrar a nuevos talentos.

—No he encontrado la piedra filosofal, solo soy un romántico en busca de la esencia del ser humano.

—Con eso me basta, es precisamente lo que busco. Alguien que crea en eso y que apueste por ello. Seguro que sabrás infundir en nuestras creaciones un hálito de vida. Solo te pedimos eso.

— ¿Te pedimos?, ¿Karavokiris participa también en este proyecto?

—Por ahora no. Chesapeake debe ser un paso adelante, una apuesta arriesgada. Oye Ewan, si todo sale como pienso, este griego engreído nos alzará hasta el Olimpo.

—Lo que pretendéis es una quimera. Llevo años estudiando rutinas neuronales y no he encontrado nada. Solo circuitos que disparan otros circuitos y que a su vez disparan otros. Nada más.

Ewan desvió la mirada. Alguien se acercaba, una sombra que parecía oscurecer y dejar sin vida, a todo aquello que se le acercara.

—Siento interrumpir —dijo ella con voz andrógina —pero ya es hora de marcharnos, ¿no es así Joseph?

—Así es Aiyana, ya estábamos terminando. Este joven *neuro* es demasiado humilde y no sabe que posee la "llave" del éxito.

Ataviada con un largo vestido negro que ondeaba al son de la brisa, mostró su afilada dentadura en una amplia carcajada. Sus ojos fulguraban en ese oscuro rostro de marcadas facciones y dos puntiagudos apéndices elevaban sus hombros otorgándole el aspecto de un arcángel desterrado. Ewan se vio invadido por una sucesión de imágenes que lo estremeció hasta sentir un intenso escalofrío. Se quedó inmóvil, sin poder balbucear palabra alguna y con el semblante pálido y sudoroso. Fueron unos pocos segundos, pero su mente dilató ese fragmento de tiempo, en un océano de recuerdos. Como luces destellando en su cerebro, vio instantáneas de algo que no recordaba haber vivido, pero que sentía en toda su dimensión. Se vio entrando en el interior del lujoso navío junto a su propietario. Fue recibido con vítores nada más descender los peldaños. Gente extraña y estrafalaria bebían y reían en mitad de una bacanal de sexo y depravación. Todos del mismo sexo y posiblemente figuras mediáticas e influyentes del país, ocultaban su identidad tras una impenetrable máscara dorada.

Ewan sentía desfallecer. Ese gas azulado y luminiscente profundizaba cada vez más en él, a medida que respiraba. Un olor dulzón y embriagador lo trasportaba, en un dulce vahído, a otro estado.

En el centro de ese suntuoso camarote y subida en un cadalso de oro y cristal, una adolescente mostraba sus tesoros más íntimos. Ewan se vio arrastrado a mirarla, mientras trataba de mantenerse en pie. Se acercó a ella como un poseído e incapaz de reprimir ese arrebato inducido y antinatural. La chica no podía mostrar expresión alguna, su rostro se mantenía embutido en una cabeza de caballo perfectamente recreada. Las crines blancas caían sobre sus púberes senos, acompasando a una danza de movimientos lascivos. Ella mostraba el único fruto que aún mantenía intacto y él respiraba con ansiedad. Ese vapor lo estaba transformando en una hiena, en un animal sin compasión. Alguien le colocó un collar y lo sujetó. La joven adoptó la postura de un équido, alzando las nalgas a modo de grupa, y balanceó la cola. Las crines, también blancas, parecían nacer de sus entrañas; el único resquicio profanado con acritud.

Ewan intentó acariciar la cola de caballo y alguien lo retuvo. Unas manos a modo de garras y con uñas del color del ébano, le hicieron cejar en su empeño. Era Aiyana, un engendro con voz feminoide y el ronquido del diablo. Como una alimaña privada de su presa y con lágrimas en los ojos, Ewan fue arrastrado hasta un diván. Aiyana lo cobijó apaciguándolo como a un cachorro hambriento. Él buscaba de forma desesperada a ese joven que lo había conducido hasta allí, pero Adrien no estaba. Al fondo, sentado en su trono, el soberano midas heleno conversaba con Joseph. Solo una excelsa poltrona vacía mediaba entre los dos y pronto sería ocupada. Su mano derecha continuaba empuñando ese cetro que le imprimía imagen de poder. Aún portaba esos guantes blancos. Unos inmaculados dediles de seda que más tarde se teñirían de un rojo virginal.

Ewan volvió a mirar a la ninfa en su púlpito. Mostraba sin pudor esa ofrenda a toda aquella corte de depravados, que apenas reparaban en ella. Negocios y tratos de toda índole parecían estar fraguándose en esa bacanal, a la espera de ser firmados con sangre.

La figura de otra adolescente, surgió como un espectro entre la densa nube embriagadora. Se aproximó a Ewan sosteniendo un cáliz de oro entre las manos y se lo ofreció manteniendo la mirada gacha. Él lo cogió entre temblores y Aiyana le ayudó a beberlo. Esa pócima roja hizo que jadeara aún más y que su virilidad hiciera acto de presencia. Aiyana echó a reír y lo desnudó. Todos esos rostros de metal dirigieron las miradas hacia él. La música cesó y la neblina azul comenzó a disiparse.

Entró con solemnidad y escoltado por dos vasallos. Vestía de blanco hasta los pies. Abotonado hasta el cuello y encapuchado. Todos lo reverenciaron en un acto de sumisión y el extraño personaje ocupó su trono.

—Vamos Ewan, ve a su encuentro y póstrate a sus pies —dijo Aiyana.

Se puso en pie como un abducido. Cruzó desnudo el vestíbulo y se arrodilló frente al resplandeciente y níveo dios. El omnipotente invitado posó sus manos sobre el cabello del joven y le habló con voz firme y pausada.

—Tómala hijo, ese fruto es para ti. Desvírgala ante nosotros y rézale ese credo que guardas como un tesoro.

Ewan alzó la mirada y contempló su rostro. Arrugado por la vejez, mantenía su pérfida mirada clavada en él.

—Como desees, padre —respondió lloriqueando.

Ewan subió al púlpito de cristal, ante las miradas impasibles de esos rostros metálicos. La joven lo abrazó y le habló con dulzura:

—Hazlo Ewan. Desflórame y dime esas palabras de amor que jamás has pronunciado.

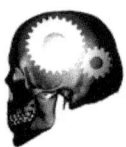

Un soplo de brisa le hizo recobrar el aliento.

—Adrien, será mejor que lo lleves a casa —dijo Joseph poniéndose en pie y asiéndose del brazo de Aiyana. —Por cierto, me gustaría presentarte al resto del equipo —dijo desde lejos.

Un lujoso vehículo descendió hasta posarse con suavidad en la plataforma metálica y la pareja desapareció ascendiendo entre la bruma.

— ¿Has vuelto a desmayarte? —preguntó Adrien.

—No, ¿dónde está la chica?

— ¿A quién te refieres?

—Había una joven, estaba desnuda y disfrazada de caballo.

— Ewan, sufriste un desmayo.

— ¿Tampoco viste ese vapor azul que inundaba la habitación?

—Tranquilízate, me estás preocupando. Todo eso ha sido fruto de tu imaginación.

—Supongo que sí, que fue como tú dices —dijo abatido e inmerso en una profunda confusión.

—Vamos amigo, esa fobia ha debido jugarte una mala pasada. Quizás tenga yo la culpa.

— ¿Quién es esa Aiyana?

—No sé, Joseph es un tipo bastante estrafalario. Es la primera vez que la veo.

—Aiyana es uno de ellos.

— ¿Uno de ellos?

—Esa secta que gobierna Compton.

— ¿Desde cuándo no has salido de tu madriguera, Ewan?, ¿has paseado alguna noche por las zonas de ambiente de Los Ángeles? ¿Sabes que faunas habitan en esos tugurios? ¿Crees que esos jodidos Ángeles Negros se pasean abiertamente por la ciudad? Son unos proscritos fuera de Compton.

—Sácame de aquí —le pidió totalmente abatido.

LA ENSENADA DE CRISTAL

Alrededores de Newport. California.

El visillo parecía festejar la espléndida mañana de domingo. La brisa era su aliada. El olor húmedo y salado era intenso y evocador. Los rayos de sol trepaban entre las arrugas de las sábanas intentando alcanzar su piel. Un cutis blanco y marmóreo como el de los niños al nacer.

Esta vez no fue su *neurochip* el que lo sacara de sus sueños. Los trinos de los cormoranes y el sonido de las olas fueron una melodía celestial. Por un momento creyó estar soñando, pero él jamás había tenido sueños tan bellos. Nunca había sentido nada con tal pasión, como para rememorarlo durante la noche. El sueño vacío y las pesadillas solían ser sus acompañantes en esas horas de silencio y oscuridad.

Se sorprendió. Alzó la sedosa sábana, que arrollada apenas lo cubría, y contempló ese mástil enarbolando su olvidada virilidad. Hacía eones que no despertaba así. Se incorporó y anudó la liviana seda celeste alrededor de su cintura.

Ewan observó con detenimiento ese dormitorio. No había el menor signo de ostentación. Era parco, pero diseñado con estilo y sencillez. Una isla en el tiempo, un sueño atemporal. Solo el aroma a mar y ese aire limpio y fresco, bastaban para decorar esa morada de sosiego y paz. El mejor de los diseños y, no por la mano del hombre, se hallaba frente a él. Solo tuvo que descorrer el fino visillo, para colmar sus sentidos con ese regalo de la naturaleza. Inspiró profundamente y cerró los ojos. Su maltrecho espíritu recobraba fuerzas y su ánimo revoloteaba como los cormoranes.

Adrien lo observaba. Se mantenía apoyado en el marco de la puerta y trataba de no quebrantar esa bella escena. Se mordió los labios ante el intento de reír de pura emoción y continuó empapándose del dulce e infantil aspecto de su amigo.

Él no tardó en girarse y en ruborizarse. Adrien estaba espléndido. Sus grandes ojos verdes lucían ante esa cálida luz natural.

— ¿Te gusta la papaya?

—No la he probado nunca.

—Te sentará bien. Toma ponte esto —le dijo arrojándole una parca camiseta a rayas y un pantalón de loneta azul.

Le fue difícil entrar en esa ropa. La camiseta se pegaba a él como una segunda piel y los pantalones se quedaban a camino entre los pies y las rodillas. Aun así se sintió cómodo, esa vestimenta armonizaba con el entorno. La brisa marina acariciaba el tejido, como si ya lo conociese.

Al entrar en la cocina, el olor del pan tostado hizo que su apetito emergiese de esos restos de náusea, que aún merodeaban en su estómago. Todo seguía siendo parco, como si estuviera presenciando una escena del pasado. No había artilugios sofisticados. Era incapaz de poner nombre a aquellos utensilios de cocina, que sin lugar a dudas, habían fraguado y en su tiempo la historia culinaria.

La imagen de Adrien se incrustó en su mente. Vestía una camiseta blanca que alcanzaba sus rodillas y un pantalón corto que dejaba al descubierto sus huesudas y peludas piernas.

— ¿Piensas quedarte ahí?, anda ayúdame con el desayuno.

— ¿Qué hora es?

—Tarde. Has dormido como un lirón toda la noche. Por cierto, roncas como un oso.

—No lo sabía.

— ¿Y cómo lo ibas a saber?

— ¿Te has acostado conmigo? —preguntó Ewan.

—He dormido a tu lado. No me he acostado contigo, si es eso lo que preguntas.

—No logro acordarme de nada.

—Hay poco de que acordarse. Te quedaste dormido nada más llegar.

— ¿En qué te ayudo?

—Corta unas rodajas de papaya. Las tienes ahí en ese cesto.

Ewan se acercó a un extraño recipiente confeccionado con mimbre y cogió uno de esos frutos. Se detuvo observando y dándole vueltas como un majadero, a esa baya verde-amarillenta. En su mente figuraba el zumo de papaya, como una de las excentricidades que ofrecían algunos establecimientos del casco viejo de Los Ángeles.

— ¿Esperas que se pele sola? —preguntó Adrien riendo. —A este paso embarcaremos al atardecer, y hace una mañana estupenda.

— ¿Embarcaremos?

—Por supuesto, no pretenderás que desaprovechemos este espléndido domingo aquí encerrados.

—No creo que pueda hacer eso —dijo Ewan con temor.

—Claro que sí —dijo Adrien rodeándolo por la espalda, cogiendo la papaya con una mano y el cuchillo con la otra.

El apasionado marino cortó el fruto por la mitad y lo despojó de la piel con destreza. Quitó de su anaranjada pulpa las simientes negras y lo rebanó en rodajas. Ewan permaneció inmóvil entre sus brazos, pero sintió el deseo de girarse y abrazarlo en un acto de gratitud y también, por qué no, de cariño.

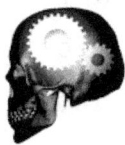

Hacía apenas unos minutos que habían subido a bordo y Ewan había desaparecido de forma sutil, mientras Adrien preparaba los cabos y cables que formaban la jarcia del velero. Recostado en uno de los sofás adosados a ambos costados, el neófito navegante intentaba mantener los ojos en un punto fijo. Eso al menos le había aconsejado su compañero en caso de mareo y él ya lo estaba poniendo en práctica. Esa medalla de plata que pendía al otro extremo del camarote también se balanceaba y no era precisamente el mejor punto de referencia.

Adrien se agachó a la entrada de la escotilla y se preocupó al verlo allí tendido.

—¿Te encuentras bien?

—Un poco mareado, este balanceo me está avinagrando el estómago.

—Ewan, aún no hemos soltado amarras.

—¿Y por qué se mueve?

—Porque no estamos en tierra firme. Simplemente por eso.

—¿Quieres decir que cuando zarpemos se moverá aún más?

—Solo un poco más, pero te acostumbrarás en pocos minutos. El mar está hoy muy calmado. Vamos anímate, necesito que me ayudes a desatracar el barco. La brisa te espabilará.

Mostrando signos de inestabilidad, el joven *neuro* se puso en pie y envalentonándose se dirigió hacia la escotilla dando algún que otro traspié.

—Esto es un barco, no como el de ese estúpido de Karavokiris, pero funciona exactamente igual. Necesito que me ayudes y por eso te nombro timonel.

—¿Qué?

—No te preocupes, es fácil. Mira, aquella punta de allí es la proa, ya sabes, la parte delantera, la que abre el camino en el agua. Y aquella otra —señaló girándose, —la popa.

Ewan apenas incorporaba esos conceptos en su memoria, su atención se centraba más en las aguas que se divisaban más allá del puerto. Esas crestas de espuma blanca no le presagiaban nada bueno, y eso que él no era marino.

—Bien, ahora situémonos de cara a la proa, —dijo Adrien zarandeándolo. —Todo lo que hay a la izquierda se llama babor y todo lo de la derecha estribor. ¿Lo ves?, es muy fácil.

Adrien tiró de él como si fuese un cachorro asustado y lo llevó hasta el puente.

—Esta rueda es el timón. Necesito que lo mantengas firme mientras suelto los largos de proa y popa.

— ¿Largos?

—Sí, los amarres.

Ewan se mantuvo como una estatua, aferrado a ese gran volante de metal. Adrien volvió a subir a bordo y se unió a él.

—Lo has hecho muy bien. Sabía que tenías madera de navegante.

—Vamos Adrien, no me tomes el pelo. Estoy asustado.

—Confía en mí.

Ewan asintió y Adrien puso en marcha el motor de la embarcación. La pequeña embarcación apenas se balanceaba en esas aguas calmas cercanas a Newport. El novato marino volvía con frecuencia la mirada. Hubiera vendido su alma al diablo, por volver a esa tranquila y humilde casa azul.

—No te preocupes, te traeré de vuelta sano y salvo. —dijo Adrien tratando de infundirle confianza.

— ¿A dónde vamos?

—Hay una pequeña isla a unas sesenta y cinco millas de aquí, la más alejada del canal de California.

— ¿Y qué tiene de particular esa isla?

—Nada. Está desierta. Quiero que sientas por unos instantes la soledad en plena naturaleza, lo insignificantes que somos.

La brisa se hizo algo más intensa después de traspasar los diques y el pequeño velero comenzó a balancearse con más brío. Ewan volvió a sentirse de nuevo sobrecogido, pero Adrien supo distraerlo.

—Vamos a encarar la proa contra el viento. Así podremos izar las velas sin que porten.

Adrien hizo que el timón girase como enloquecido y el velero comenzó a navegar en ceñida[35], escorando de forma pronunciada hacia babor. Ewan sintió desfallecer, hasta que el viento incidió de pleno en su rostro. Inspiró profundamente, colmando de esa fresca y húmeda brisa sus pulmones, y por vez primera se sintió pletórico.

El experto marino apagó el motor e insistió a su timonel que mantuviera el rumbo. Ewan se aferraba al timón sin dejar de mirar el panel. Esos dígitos rojos que indicaban el rumbo debían mantenerse fijos. Solo así, su patrón podría izar la vela mayor y el génova[36].

Todo trascurrió en pocos minutos. El inexperto navegante quedó fascinado al contemplar el velamen hinchado y blandiendo al viento. Adrien sonrió de camino hacia el puente; el rostro de su compañero no podía expresar mejor su estado de ánimo. Él comenzaba a sentir el embrujo del mar, la fascinación de navegar.

Adrien encaró la proa del velero rumbo a esa minúscula isla y activó el sistema de navegación inteligente. Ambos bajaron del puente y se sentaron en cubierta.

— ¿No habías subido antes a un barco? — preguntó Adrien, abriendo un bolso de piel blanco.

---

[35] *Navegar a vela contra la dirección del viento (hacia barlovento) en el menor ángulo posible.*

[36] *Es un tipo de vela triangular, situada en la proa de la embarcación.*

— ¿Sueles ir con frecuencia a esa isla?

—No me has contestado.

Ewan se quedó en silencio y mirando al horizonte.

— ¿Por qué tienes tanto interés en eso?

—Hay algo que no acabo de entender —dijo Adrien. —Ya he visto la ansiedad que te producen los espacios abiertos. Sudas, te pones pajizo y tiemblas. No entiendo demasiado sobre ese mal que te azota, pero entiendo menos que seas capaz de subir a un transporte aéreo y no manifiestes ese miedo que has mostrado nada más subir a bordo.

Ewan continuaba en silencio y mostrándose incómodo. Adrien se aproximó a él y comenzó a extender una fina capa de crema sobre la blanquecina piel de sus brazos.

—Será mejor que te proteja del sol, de lo contrario mañana tendrás el aspecto de una gamba cocida.

Aún en silencio y con la mirada escondida, notó calma y sosiego al sentir el tacto del narigudo marino. Adrien trataba de cobijarlo con sus caricias.

—Yo era un niño —dijo Ewan, —creo que no había cumplido los diez años. Vivíamos en Reno, en el estado de Nevada. Mi padre era un *farmscrapers*[37] irlandés. Aún recuerdo cuando dejamos aquella casa del condado de Tipperary, el Valle Dorado, con sus verdes prados y las ruinas de la abadía de Cashel donde solía perderme.

— ¿Cashel? —preguntó Adrien mientras continuaba refregando su piel.

—Sí, un viejo asentamiento de reyes cedido a la iglesia como abadía, y abandonada en el siglo XVIII.

---

[37] *Experto en agricultura vertical.*

—Entiendo, —dijo Adrien sonriendo.

—Brian era un buen hombre y un excelente padre. No pudo retener sus lágrimas cuando decidió abandonar esa tierra. Pero eran malos tiempos. En Reno pareció resurgir de sus cenizas, de esa depresión que casi llegó a destruirlo; y yo comencé a vivir. Le profesaba auténtica devoción. Jamás he albergado un sentimiento tan limpio y desinteresado.

Allison era distinta, ejercía la psiquiatría en el South Hospital, un enorme edifico blanco y repleto de ventanas. No puedo decir que fuera una excelente madre, ni tampoco creo que fuera una inmejorable compañera para mi padre. Vivía inmersa en su trabajo. En Reno pronto consiguió un puesto en un hospital especializado en la demencia. Todo iba sobre ruedas, la economía parecía reflotar y alquilaron una pequeña casa de campo en la frontera con el estado de California, junto al lago Tahoe. Era realmente bello. Pasábamos fines de semana y vacaciones en ese paradisíaco lugar, rodeado de abetos y cumbres nevadas. Aún lo recuerdo como la época más feliz de mi vida. Brian y Allison lograron reencontrarse en ese escenario. Quizás fuera allí, donde me hice consciente de la esencia del amor, del cariño que dos personas pueden llegar a profesarse. Mi madre cambió por completo, se despojó de esa capa que no le dejaba ver a un marido enamorado y a un hijo que deseaba sentirse arropado por los dos. En esa cabaña sentí que los tres formábamos una familia, un solo alma.

Adrien dejó de embadurnarlo y alzó la mirada. Ese relato le producía cierta añoranza. Él también había sentido el calor de una madre, aunque estaba ya tan difuminado, que solo lo percibía como un cálido rescoldo en su corazón.

—Fue un verano y en un día soleado como el de hoy —prosiguió Ewan, —cuando Brian y yo subimos a

313

ese bote. Nos internamos en el lago, dispuestos como otras veces, a pescar salmones. Todo ocurrió tan rápido —dijo escondiendo la mirada.

— ¿Qué pasó Ewan?

—Dejó caer la caña de pescar. Brian me miró con desesperación y oprimiéndose el pecho con las manos. Fue un instante, basculó hacia un lado y cayó al agua haciendo volcar el bote. En un suspiro, me vi tratando de mantenerme a flote en un agua helada y viendo como Brian se hundía. El pánico me inundó por completo, la inmensidad de aquel paradisíaco entorno se transformó en el peor de los escenarios. Pero pude salir de ese horror. El instinto de supervivencia pudo más que nada, aunque al final se cobrara algo; un pago que sigo arrastrando. Sé lo que es la soledad en plena naturaleza, Adrien. No creo que en esa isla descubra algo nuevo.

Adrien se mantuvo en silencio y sobrecogido.

—Será mejor que te quites la camiseta. Quiero embadurnarte los hombros. El sol se pega ahí, más que en ningún otro sitio.

Ewan se deshizo con rubor de la ajustada funda y dejó al aire su lampiño torso. Ni un solo cabello había brotado en esa piel clara y sonrosada. Adrien se quedó sorprendido al acariciar esa epidermis inmaculada y sedosa. Ninguna imperfección adulteraba ese recubrimiento que la naturaleza había tenido a bien concederle. Pero hubo algo que lo dejó boquiabierto al ver su espalda. Unas protrusiones nacían bajo sus hombros y parecían querer despegarse.

— ¿Qué te ocurre? —preguntó Ewan al notar el silencio y la pasividad del experto marinero.

—Son como esbozos de unas alas —respondió atreviéndose a palpar con temor.

314

—Sí, por eso se les llama "escápulas aladas".

— ¿No te producen molestia?

—Algunas veces. Hay días que siento como si quisieran separarse de mi espalda.

Adrien deslizó sus dedos con delicadeza y tapizó con una fina capa de crema esos salientes que conferían al joven y, visto desde atrás, el aspecto de un ángel.

—Cuando conseguí alcanzar la orilla —prosiguió Ewan —acabé exhausto. Mis brazos no me respondían. Al pasar los días comencé a sentir que algo no iba bien. Aquel sobreesfuerzo hizo que algunos nervios de mis hombros se lastimasen y que algunos músculos de mi espalda se atrofiasen.

—Déjame que te aplique protector en la cara —dijo Adrien tratando de recobrar la entereza.

Deslizó sus manos con suavidad y delicadeza por el imberbe cutis de Ewan. Acariciaba el rostro de alguien que ahondaba en su corazón sin piedad alguna.

El viento roló a levante y se hizo más fuerte. El velero comenzó a escorar hacia un lado y una estridente alarma los despertó de ese trance.

— ¿Qué ocurre? —preguntó Ewan alarmado.

—El viento está rolando —respondió Adrien levantándose de un brinco.

Oteó el cielo y no lo dudó ni un instante.

—Coge el timón y mantén el rumbo. Voy a aferrar el génova y a replegar la mayor.

El levante arreciaba por momentos y, todo hacía presagiar, que un temporal se cerniría sobre la zona en poco tiempo.

— ¡Vira a estribor!, ¡pon proa al viento! —grito Adrien viendo que era imposible arriar el génova. Esa vela al igual que la mayor, portaba con todo su brío. Los capotazos de ambos aparejos resonaban al compás de las ráfagas de viento.

Ewan se vio invadido por el terror. Esa sensación de parálisis y ahogo surgía de nuevo de su interior. Era como el despertar de un monstruo, ese que trató de llevárselo tal y como lo hizo con Brian. Pero ese divino instinto que en su día lo salvó de una muerte segura, volvió a otorgarle su gracia. Ewan reaccionó. Giró con todas sus fuerzas el timón, hasta que vio coincidir los dígitos rojos que indicaban que el velero estaba aproado al viento. Adrien se apresuró a aferrar el génova y arriar en dos tercios la vela mayor.

El Aegean disminuyó la escora y su patrón se tranquilizó. Subió al puente y cogió el timón.

— ¿Vas a dar la vuelta? —preguntó Ewan.

—Imposible, volcaríamos.

— ¿Entonces?

—Intentaremos acercarnos al fondeadero más cercano. Baja al camarote y tráeme el visor de mapas que hay bajo la mesa.

Ewan no era el mismo, algo dentro de él había cambiado. Asiéndose a cabos y barandillas, logró volver con un tubo metálico amarrado a sus espaldas. Adrien lo cogió y desplegó un marco iluminado con el mapa náutico de la zona.

—Fondearemos aquí, en Crystal Cove. Es el más cercano su fondo es de arena.

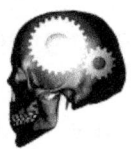

"La ensenada de cristal", así llamaban a esa bahía de aguas mansas y cristalinas. Una playa del litoral cercano a Newport y cobijada entre acantilados. Adrien logró bordearlos con pericia. El velero Aegean se deslizó con suavidad, meciéndose a merced de esa brisa en la que se había transformado el vendaval. El cielo se había encapotado y los rayos de un sol rojizo daban al océano la apariencia de ser plateado. Adrien maniobró la embarcación en esas aguas dóciles y ancló cerca de la playa. Ewan mostraba perplejidad. Ese paisaje estaba desolado. Le resultaba paradójico que ante un mar de plata y cristal, se encontrara un cementerio de desechos de la podredumbre humana. Afortunadamente, ese océano que aún luchaba con toda su furia, no había podido ser profanado por la mano del hombre. No fue así con el destino de ese parque natural, que sembrado de hormigón y metal por la avaricia de seres sin escrúpulos, había sido transformado en un estercolero. Edificios derruidos y en ruinas se inclinaban en una larga agonía, buscando el descanso eterno. Aquel paraíso quemado hasta la saciedad solo deseaba que el océano, su aliado, lo volviera a revestir de vida en el transcurso de un tiempo infinito. Aquella playa era una víctima más de seres carentes de ética y moral, que solo dejaban desolación tras su pasos. Esqueletos inertes y carcomidos por la herrumbre, se dispersaban por toda aquella amplia franja de costa, que en su día fuera un vergel y una dádiva de la naturaleza.

Adrien detuvo la embarcación y soltó amarras. Su mirada se posó en Ewan. Continuaba absorto y compungido ante ese escenario desolador.

—Una Sodoma más —dijo él. —Hay tantas repartidas por todo el litoral, que es imposible encontrar un remanso natural. Por eso quería llevarte a la isla San Nicolás.

— ¿Qué ocurre?, ¿no hemos conseguido devastarla también?

—Sí que lo intentaron. A principios del milenio fue escenario de las primeras pruebas nucleares, pero ese islote ha logrado sobrevivir y curar sus heridas. Afortunadamente, nadie quería invertir en un escollo rocoso y contaminado. Ahora los cormoranes han vuelto a colonizar su primitivo hogar y la flora autóctona a tapizar sus acantilados.

— ¿Qué vamos a hacer ahora?

—Mucho me temo que no podamos levar anclas hasta mañana. Espero que no te echen demasiado en falta en El Pozo.

—Me pondré en contacto con ellos a primera hora.

— ¿Te va a creer esa zorra cuando le digas que te has quedado varado en una playa desierta?

—No. Creo que no —contestó riendo y Adrien rió también.

—Bien, bajemos al camarote y veamos que tenemos para cenar.

La luminosidad fue disminuyendo, el tono rojizo del horizonte se fue apagando y el silencio se adueñó del insólito paraje. Solo el sonido de algunas ráfagas de viento golpeando los aparejos, recordaban a Ewan que se encontraba a bordo de un barco. Su interior era parco pero confortable. Todo reducido a unos pocos metros cuadrados y perfectamente estructurado. En realidad, un perfecto alojamiento para él, acostumbrado a cobijarse entre cuatro paredes y en reducido espacio.

Adrien encontró algunas viandas en la despensa. Conservas de pescado y verduras enlatadas, fueron servidas en aquella mesa de madera de nogal que los separaba. El chocolate puso fin a una improvisada y encantadora cena. El zarandeo de la embarcación se había incrustado en la mente de Ewan y era como un mecimiento suave y relajante. Sus ojos lo demostraban y su voz también.

Después de acabar con las existencias de cacao, una botella de Kirsch empañada por el frío reinaba sobre la mesa. Ewan rehusó esa primera copa que su compañero le ofreció. Jamás había ingerido alcohol. El joven *neuro* era un implacable detractor del uso de cualquier sustancia que pudiera alterar el estado de conciencia. Fue su madre, quien le inculcó ese desprecio ante cualquier tipo de droga y así se lo explicó a su amigo.

—Por cierto, ¿vive aún tu madre? —preguntó Adrien sirviéndose otra copa.

—Murió. Fue una de las últimas víctimas de la epidemia de 2056.

— ¿Te refieres a la *Psicosis Negra*?

—Si. Los primeros casos que se dieron en Reno fueron atendidos por hospitales convencionales. Nadie podía imaginar que se tratara de un virus de red. Allison y otros psiquiatras se contagiaron pronto, aunque la enfermedad no mostrara síntomas hasta algunos años después.

—Lo siento, debió ser otro duro golpe para ti.

319

—Sí que lo fue —contestó entristeciéndose. —Por aquellos entonces yo estaba recién ingresado en el C4. Nos veíamos con frecuencia por video convencional y todo parecía ir bien.

—Entiendo, no utilizabas *neurovídeo*.

—No llevaba un *neurochip* como el suyo. Si hubiera sido así, también me hubiera contagiado. En el C4 nos implantaban un modelo especial dotado con un sistema de corte. Solo nos permitía conectar con el Pozo y todos sus sistemas. Nos mantenía aislados del exterior.

—No sabía que los *neuros* estabais capados.

—Por aquellos tiempos sí, aunque todos sabíamos que había una forma de activar "El grano" y hacerlo totalmente funcional. Era un secreto a voces y también, un suicidio intentarlo. Cuando se desató la epidemia, Gwyneth y otros cerebros de la organización desarrollaron el cortafuego, y todo acabó.

—Entonces, ahora llevas implantado el mismo "grano" que yo.

—El mismo.

Adrien se sirvió otra copa de licor y lo bebió de un solo trago.

— ¿Por qué ese virus tardaba tanto tiempo en causar daños?

—Lo diseñaron así, para que la propagación se hiciera de un modo silente y abarcara a un mayor número de víctimas. Cuando se vieron los primeros afectados, el número de contagiados a nivel mundial era ya desorbitado.

— ¿Por qué Ewan?, ¿qué mente es capaz de diseñar el mal? ¿Cuál es el motivo?

— ¿Por qué sigue habiendo guerras? —contestó. —
Pienso que todo se resume en lo mismo que ha movido
a este mundo desde siempre.

— ¿Crees que es eso lo que condujo a esa secta de
pirados a diseñar la *Psicosis Negra*?

—No se ha podido demostrar que los Ángeles Negros estuvieran detrás de ello. Sí que es verdad que los
primeros casos se dieron aquí, en esta ciudad, pero no
hay pruebas que los relacionen con la epidemia.

—No era eso lo que expresaba tu cara cuando viste
anoche a Aiyana.

—Es posible, pero eso no es relevante —contestó
con temblor en sus manos. De nuevo, ese nombre y la
imagen del engendro intentaban arrastrarlo a otro episodio de delirio.

Adrien cogió sus manos y Ewan le respondió apre-
tándolas con afecto.

—Creo que voy a probar ese licor.

—Genial, ya era hora de que te unieras a la fiesta.

Ewan mojó los labios en ese líquido denso, esencia
de la cereza silvestre, y Adrien lo invitó a que lo bebie-
ra de un solo trago. Lo hizo envalentonándose y su
rostro cambió, cuando el alcohol comenzó a invadir
ese territorio virgen e inexplorado. Otra personalidad
parecía despuntar del joven, un ser que emergía de lo
más profundo, de unas lindes acotadas por su educación y por la recta disciplina de su conciencia. Esa barrera que anteponía a sus sentimientos, como un escudo protector, se desvanecía por momentos y al compás del nivel de licor de la botella.

Adrien se levantó sin decir palabra y abrió una portezuela de madera. Lo extrajo de su envoltorio con delicadeza y lo ajustó a su cuello acariciándolo con la
barbilla. Cuando deslizó el arco por sus cuatro cuer-

das, una melodía celestial surgió de la nada. Ewan se quedó embobado y mirando con ternura al flacucho personaje. Danzaba con su violín al compás del canto de una sirena. No podía imaginar que de un instrumento del pasado, se pudiera arrancar el dulce canto de una mujer.

Cuando deslizó el estilizado arco dando la nota final y haciendo una solemne reverencia hacia su único oyente, Ewan rompió a aplaudir frenéticamente y riendo con sus ojos humedecidos. Adrien se quedó en pie observando al niño, que ese rubio de ojos verdes y de mirada inocente, llevaba en su interior. Volvió a sentarse frente a él y dejó el violín y su arco sobre la mesa.

Ewan trató de recobrar la compostura y deslizó los dedos por la barnizada madera de ese instrumento de cuerda.

—No me podía imaginar que tuvieras tanta sensibilidad. Por un momento he creído hallarme en el mismísimo cielo.

—Seguro que no lo habías oído antes.

—Nunca. Es la primera vez que una melodía me llega a lo más hondo. Creo no han sido mis oídos los que se han recreado, hay algo más profundo dentro de nosotros.

—Y eso es lo que buscas —apostilló Adrien.

—Si.

—Muchos antes que tú y que yo lo buscaron. Al final se conformaron con sentirlo.

— ¿Tú también crees que soy un iluso? —preguntó Ewan.

—Si lo creyera no estaría sentado aquí frente a ti.

Ewan notó de nuevo un revoloteo dentro de su estómago. Intentó reponerse y trató de esquivar el tema.

—No conocía esa pieza musical.

—Aria. Primer acto de la ópera Andrómaque.

El *neuro* ladeó el rostro y entornó los ojos expresando su desconocimiento.

—En 1780, un año antes de que se librara la batalla de Chesapeake, un compositor francés, André Ernest Modeste Grétry, estrenó su obra Andrómaque. El almirante de la flota francesa, François Joseph Paul conde de Grasse tuvo a bien asistir a ese evento. Fue allí donde se enamoró de Antoinette Rosalie Accaron. —contestó Adrien sin dejar de mirarlo.

— ¿Es el comandante del que me hablaste en la abadía?

—Si. Conozco su vida como si la hubiera vivido.

Ewan sintió un pinchazo en el corazón y dejó de acariciar el violín. Sus manos se vieron atraídas por esa vara de suave curva y de madera de Pernambuco. En silencio y tratando de no mirar a Adrien, pasó sus dedos por la larga cinta.

—Es curioso que un material tan extraño como este, logre extraer esos sonidos de unas simples cuerdas.

—Son crines de caballo —respondió Adrien.

Ewan retiró la mano como si hubiera tocado la piel del diablo.

— ¿Qué te ocurre?

—Nada. Me encuentro un poco mareado. No estoy acostumbrado al alcohol.

—Eh, hemos decidido hacer juntos el viaje.

—Empiezo a sentir miedo.

—No debes temer nada —dijo Adrien acurrucando las manos del *neuro*.

—Me encuentro confuso. De buenas a primeras todo deja de tener sentido.

— ¿Qué tienen que ver las crines de caballo?

Ewan no contestó, levantó la mirada y sonrió con claras muestras de embriaguez.

—Dime almirante del Aegean —dijo con voz pastosa, ¿a cuántos has traído hasta aquí? ¿A cuántos has logrado seducir?

— ¿Por quién me tomas?, ¿crees que trato de llevarte a la cama?

—Tu mirada te delata —contestó balanceándose al son de la embarcación.

—No puedo negar que me atraes y que deseo besarte.

— ¿Quieres que te confiese algo?

—Será mejor que calles, o de lo contrario, mañana te arrepentirás.

— ¿Crees que es producto del alcohol?

—Creo que será mejor que descansemos.

—Yo también te deseo, Adrien. Te deseo desde el primer momento que te sentaste junto a mí. Pero... — Ewan bajó la mirada y las lágrimas brotaron en silencio.

Adrien se sentó junto a él y Ewan rompió a llorar abrazándolo.

—Vamos, no tenía que haber permitido que bebieras.

—Me siento sucio Adrien —confesó llorando.

—No soporto verte llorar así. No he pretendido en ningún momento hacerte daño.

Ewan abrazó su cuello y lo besó con pasión. Esa noche fue especial para el joven. Jamás la olvidaría. Dejó sellada una impronta marcada por la pasión, algo que resultaba ser una primicia en su mente. La noche fue como un suspiro y el sol despuntó en un nuevo amanecer. El mejor de los sueños había tenido lugar en un lugar olvidado y decrépito. Había abierto su alma entre sollozos y gemidos, rozando el éxtasis. Fue en esas horas de silencio y plenitud, cuando Ewan desveló su virginidad, aunque un tachón oscuro manchara sus recuerdos. La sangre apareció como un espectro mientras se entregaba en cuerpo y alma. Aquel antro de depravados que aún perduraba como secuela de un delirio, aún trataba de asomar a su memoria. Aquella adolescente fue violada sin compasión, hasta que la sangre brotó de su interior. Y él fue la hiena que hundió su hombría en ella.

La morada de un ángel

Base de lanzamiento EdgeSun. Ascensor espacial de la torre Condominiums.

La ciudad volvía a brillar ante la luz, tal y como lo hiciera en otros tiempos. Ocho millones de almas temían por ese alarmante índice de luminosidad. El sol lograba una efímera victoria, abriéndose paso entre la negruzca bruma. Era un fenómeno meteorológico que se producía con cierta frecuencia. Una gran brecha circular dejaba indefensa a la ciudad de Los Ángeles. Las nubes negras se arremolinaban, como si de un huracán se tratara, pero en ausencia de un viento que lo explicase. Un agujero de enormes proporciones coronaba la gran urbe y el sol penetraba con toda su furia y esplendor. Los científicos no sabían dar explicación a ese fenómeno que se repetía desde hacía más de una década. Era impredecible y causaba una alerta general en la población.

El fenómeno se advertía en los sistemas de alarma de la ciudad y en los *neurochips* de millones de personas. Las quemaduras y el cáncer de piel harían estragos en unas pieles blanquecinas y exentas de capacidad de protección. Ese día, los servicios de urgencias volverían a estar colapsados.

Ewan ya había tomado precauciones. Iba enfundado en una cazadora de polímero de aluminio y encapuchado hasta las cejas. Su vestimenta lograba devolver esos infiltrados e invisibles rayos ultravioleta, rebotándolos en todas direcciones. Estar a su lado era como arrimarse a una estufa, y eso sentía Adrien. Justo ese día, el narigudo dejaba su cuerpo al descubierto, para recibir esos cálidos reflejos de un sol casi olvidado. Su piel ya estaba lo suficientemente curtida como para enfrentarse a esos rayos solares, originarios de vida en otros tiempos. La había cultivado durante años exponiendo su cuerpo al viento, a la luz y al mar.

Había trascurrido una semana desde la truncada travesía en barco. Ewan había cambiado y no, de forma sutil. Sus compañeros de trabajo advirtieron esa transformación en él y Gwyneth lo acusó aún más. Aquel día con Adrien era el primero de una nueva etapa y no solo por haber compartido su ser con él. Ewan había tomado conciencia del origen de sus miedos. La fobia no lo había abandonado, pero tampoco lo atenazaba con crueldad.

De nuevo era sábado. Ambos esperaban, junto a un grupo de turistas, para embarcar en el ascensor de la torre Condominiums. Ewan mostraba su nerviosismo con un incesante ajetreo. Jamás había subido a la estación de Perseo. Adrien tuvo que convencerlo para hacer ese corto y trepidante viaje al cielo. Intentar que un viejo topo como él, saliera de su madriguera para alzarse sobre el planeta, le había costado sudor y lágrimas. Ahora se preocupaba de que ese inquieto envoltorio de metal, no echara a correr antes de embarcar.

Los ascensores espaciales hacían ese recorrido veinte veces al día. Llevaban instalados dos décadas y no se había registrado incidente alguno. Era el medio más seguro, barato y eficaz para alcanzar las grandes construcciones que el ser humano había desplegado a más de cien kilómetros de altitud. Colosales plataformas de ocio, entretenimiento y estaciones de tránsito, desde las que se divisaba un planeta colonizado por una plaga que lo estaba devorando día a día. Las mejores firmas comerciales estaban representadas allí. Un lugar en los confines de la estratosfera, exento de contaminación y donde apenas había aire que viciar. Solo las blancas e inmaculadas lanzaderas de Virgin Galactic, cruzaban aquel transparente y limpio espacio, para comunicar Perseo con los grandes complejos que orbitaban el planeta.

La estación de tránsito Perseo fue construida a finales de 2040. Una plataforma de un kilómetro cuadrado de extensión y donde estaban representados los egos de los magnates del globo terráqueo. Ya no había banderas que ondear, solo insignias, logos de empresas y terratenientes que gobernaban el mundo a su antojo. Era un magnánimo escaparate de esas celebridades, que como dioses omnipotentes, estaban exentos de penas y de calamidades. Solo la muerte les hacía justicia, aunque sus cuerpos impregnados de drogas contra la senectud, dormitaran en lujosos cementerios lunares o vagaran alrededor de la Tierra en costosos féretros de titanio.

Perseo era también una catapulta hacia el espacio exterior. Las lanzaderas de Virgin hacían escala en sus puertos, para recoger a turistas adinerados y altos ejecutivos, y transportarlos hasta Beta-Cangri.

Era el segundo escalón hacia las colonias del exterior. Beta-Cangri se elevaba a trescientos cincuenta kilómetros de altitud y giraba a veintisiete mil kilómetros por hora alrededor del planeta. Había surgido de la arcaica estación espacial internacional y proveía destinos a la Luna y al planeta rojo.

La Luna llevaba colonizada más de tres décadas. No solo gobiernos habían izado bandera en su árida superficie, las multinacionales copaban todos los asentamientos. Esas empresas enclavaban una de sus sedes en el satélite, con fines de investigación. Nadie sabía la finalidad de esas investigaciones y en realidad, a nadie le importaba. Era conocido por el vulgo, que el emporio vaticano también había desplegado sus tentáculos por el satélite, pero de igual forma, nada se sabía al respecto.

De igual modo, medio centenar de empresas desarrollaban estudios en Marte. No era lugar para curiosos ni turistas. Un lugar totalmente acotado para unos pocos, para los elegidos.

Ewan no había pisado la luna y mucho menos, el planeta rojo. Su dolencia lo había incapacitado para ir más allá de su apartamento. Sus trayectos solían ser rutinarios y el transporte público su asiduo medio de locomoción. Rodeado de gente y sintiéndose de esa forma protegido, Ewan lograba sobrevivir en un entorno agresivo. Todos los días eran iguales, la misma rutina, el mismo ceremonial; hasta que Adrien le rompió su protector rito de vida. Ese famélico narigudo supo llegar a él. Consiguió encandilarlo y ofrecerle el aliciente para que aceptara subir a esa altitud. Ewan deseaba conocer al equipo que conformaba Brainsoft.

—Podríamos haber quedado en cualquier otro lugar —dijo Ewan quejándose y sin dejar de moverse.

— ¿Quieres tranquilizarte de una vez?, ya te he dicho que Joseph está muy atareado últimamente.

— ¿Atareado?, más bien parece que viviera ahí arriba.

—Los grandes se mueven por ahí arriba, como tú bien dices. No puedes imaginar los contratos que se firman en Perseo.

— ¿En que difieren de los que se firman aquí abajo?, ¿valen más por ello?

—Dejémoslo, algún día lo sabrás. Además, Emily no puede bajar. Ese era otro de los motivos para celebrar la reunión en la plataforma.

— ¿También vive allí arriba? —preguntó Ewan sin dejar de rascarse.

— ¿Qué te ocurre ahora?

—No sé, me pica todo.

—No me extraña, debes de estar cociéndote ahí dentro. ¿Por qué no te quitas al menos la capucha?

— ¿Qué quieres, que se me frían las neuronas?, ¿te has parado a pensar en los efectos de la radiación solar sobre el sistema nervioso?

—Ewan por favor. Mírame a los ojos —dijo Adrien sujetándolo. —No te va a pasar nada.

—Además, si me la quito, esta noche tendré un dolor de cabeza insoportable. La última vez que tomé el sol...

— ¿Cuándo?

—El domingo pasado.

—No fue el sol, bebiste demasiado ¿o ya lo has olvidado?

—Sí, me acuerdo —respondió más sosegado y apretando la mano de Adrien.

—Eso está mejor —dijo cariñosamente. —Están deseando conocerte. Les he hablado muy bien de ti. Todos están esperanzados y Emily, más que nadie.

— ¿Tratas de venderme a esa chica?

—Ella te puede aportar bastante.

—Tú ya me aportas mucho, Adrien.

Un chirrido hiriente hizo que ambos miraran hacia el cielo. La máquina bajaba a velocidad de vértigo y los sistemas de frenado hacían de las suyas. Ewan tembló y Adrien lo abrazó protegiéndolo.

Las puertas neumáticas se abrieron con un fuerte silbido y ambos entraron a una reducida cámara acolchada.

—Nuestros asientos están en la tercera planta —dijo Adrien.

Ewan se deshizo de la tormentosa capucha y descorrió la cremallera de su cazadora. Todo su ser se empapó de esa atmósfera artificial y viciada a la que estaba acostumbrado. Un joven albino comprobó sus tarjetas de embarque sin dejar de observar al inquieto de Ewan. Subieron hasta la tercera planta y se recostaron en dos de las seis literas, que en forma de círculo, rodeaban aquellas paredes cilíndricas. Aquello no tenía ventanas y era mejor que no las tuviera. El vertiginoso ascenso no debía ser presenciado por personas de emociones lábiles, como era el caso de Ewan. Solo el tremendo empuje inicial era percibido como una sensación de ingravidez y de vahído.

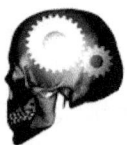

La intensa luminosidad procedía de la estrella madre, la misma que los había engendrado con su luz y calor. Y era esa luz, la única que lograba traspasar los complejos sistemas de acristalamiento. Ningún atisbo de radiación penetraba en la estación de Perseo.

Recorrieron buena parte de la kilométrica plataforma que se mantenía girando con el planeta y ligada por ese cordón umbilical que los había transportado hasta allí. Un laberinto de pasillos conectaba a grandes salas, donde lucían las emblemáticas marcas que habían enriquecido a personajes míticos. Todo el lujo y el glamour se resumían en esa construcción insignia de la especie. Perseo era el orgullo de una sociedad decadente y al borde de su propia extinción como humanos. Un icono que les hacía perder de vista sus orígenes y, por ende, su destino. No fue un iluminado renacentista el que esculpió esa obra, ni estaba erigida para alabar a un dios. Ella en sí era la divinidad.

Ewan comenzó a sentirse como pez en el agua. Su nerviosismo se desvaneció y la flacidez volvió a su rostro. Su sonrisa lo demostraba y Adrien supo reconocerlo al instante. Ewan se abalanzó hacia uno de los ventanales de aquel ancho pasillo almohadillado y de tonos pálidos. En esos momentos de exaltación no fue consciente de la micro gravedad y su rostro se dio de bruces con el grueso cristal. La visión era impresionante y lo resumía todo. Costaba entender desde allí arriba, que toda la existencia se encontrara concentrada en esa magnífica y colosal esfera multicolor. Su vista se perdía en un mar de nubes sucias. Ahora presenciaba desde el cielo, ese inexplicable ojo de Dios que se abría de vez en cuando, para que la gran metrópoli expiase sus pecados. Ese enorme anillo que giraba lentamente y sin explicación, quizás tuviera otro sentido visto desde esa altitud. Posiblemente fuera fruto de la misma ciudad, como el respiro de una urbe asfixiada por sus propios inquilinos. Un intento de retornar a lo que fuera en otros tiempos.

El joven *neuro* agradecía haber subido. Merecía la pena ese mal rato, con tal de observar esas impresionantes vistas. Lo que no sabía, es que allí encontraría la razón de su existencia.

Adrien esperó paciente a que su buen amigo retornara de aquella visión onírica. Al final tuvo que arrastrarlo a través de un largo pasillo hasta una espaciosa sala.

La gran cámara estaba pintada de color celeste y coronada por paneles en los que se anunciaban los vuelos de Virgin. Su forma era circular y con seis grandes ramales. Un nutrido equipo de relaciones públicas atendía y orientaba a una élite de viajeros, para dirigirlos a las puertas de embarque. Ataviados con largas túnicas rojas y cinturones metálicos, jóvenes de ambos sexos y asexuados asistían a empresarios de clase alta y turistas potentados, en el tránsito hacia sus destinos.

La quietud reinaba en ese feudo de los cielos. Solo un ligero temblor se hacía notar, procedente del aterrizaje de alguna que otra lanzadera en alguno de los puertos.

Ellos estaban al fondo de la sala. Joseph había elegido su sitio predilecto. Aquella franquicia de la prestigiosa y elitista cadena Bacterium aportaba firma a su carácter. Don y Mischa estaban sentados alrededor de una mesita y dirigieron sus miradas a Ewan. Don vestía un elegante traje negro y parecía un bloque de ébano. Ella era la mínima expresión de una chica. Su abundante pelo de color ocre y sus grandes ojos le hacían disimular su pequeñez.

—Aquí lo tenéis, os presento a Ewan Atkins —dijo Adrien sonriendo. —Casi tengo que atarlo para subirlo hasta aquí.

El negro grandullón y la canija historiadora se pusieron en pie para saludar al nuevo componente del equipo.

— ¿Qué tal Ewan? —preguntó Don estrechándole la mano. —Nunca había tenido la oportunidad de conocer a un *neuro* del C4.

—Don Byme, psicólogo experimental y experto en inteligencia artificial —añadió Adrien.

Ewan soltó esa negra y robusta mano, mostrando una ligera mueca de dolor.

—No te preocupes —dijo Mischa —a mí casi me la fracturó cuando me lo presentaron.

—Lo siento, nunca reparo en ello —se excusó Don.

—Tú debes ser Mischa —dijo Ewan.

—Mischa Barlow —apuntillo Adrien —nuestra experta en la época de la Ilustración.

—Adrien me ha hablado muy bien de ti —dijo Ewan mientras estrechaba su lánguida y huesuda mano.

—No me extraña —apostilló Don en tono irónico, — los dos tienen una fijación patológica por el pasado.

—No le hagas caso —dijo Adrien. —Don adolece de una profunda deformación profesional, por no mencionar su peor defecto; la envidia.

— ¿También sois presa los psicólogos de los pecados capitales? —preguntó Ewan en tono de humor.

—Solo cuando nos relacionamos con degenerados como Adrien.

—Dejadlo ya —espetó Mischa —siempre estáis igual. Sentaos, estamos esperando a nuestro querido jefe.

Ewan miró a su alrededor buscando a esa chica, que de alguna forma, le había obligado a subir allí. En su interior, un sentimiento de intriga y curiosidad no hacía más que revolotear.

— ¿Y Emily? —preguntó Adrien.

—Ha llamado diciendo que se retrasará unos minutos —contestó Mischa.

—Y bien Ewan —habló de nuevo Don, —tengo entendido que nunca habías subido a Perseo.

—Así es.

—Adrien nos ha hablado de tu fobia.

—Veo que no te callas ni una —dijo Ewan.

—Ten cuidado con lo que le cuentas —apuntilló Don. —Ahí donde lo ves, es el periódico de Brainsoft. Si quieres saber sobre alguien solo tienes que preguntarle a él.

—Lo tendré en cuenta de ahora en adelante. —comentó Ewan sonriendo. —Sí que es verdad que padezco cierto grado de agorafobia, pero supongo que todos tenemos algo que nos hace ser humanos y recordar nuestros orígenes, ¿no Don? Al fin y al cabo, cosas como esta hacen que nos diferenciemos de avatares y sintéticos.

—Buena respuesta. Me gusta este tipo, Adri —dijo el corpulento negro.

— ¿Queréis tomar algo? —preguntó Mischa.

—Paso, —dijo Adrien mirando con repugnancia los restos pastosos en los dos vasos. —No aguanto esos mejunjes.

— ¿Y tú, Ewan?

— ¿Qué estáis tomando?

— Un cóctel de *neumos*.

—Creo que lo probaré.

— ¿Estás seguro? —preguntó Adrien.

—Claro, ¿por qué no? El Kirsch no estaba del todo mal.

Adrien asintió con la cabeza rehusando asumir ninguna responsabilidad. Don se levantó y se dirigió al sintético expendedor de bebidas. Hablándole como si se tratara de un humano, el macizo brasileño le pidió tres *neumos*. No tardó ni un segundo en dirigirse hacia la máquina que secretaba esos multicolores y espesos brebajes, y se los ofreció con su asidua inexpresividad.

Bacterium instalaba sus franquicias fuera del planeta. Desde que se creara, hacía ya más de treinta años, esa empresa de origen chino tenía prohibido asentarse en cualquier continente. Perseo no lo era y fue allí, en los asentamientos lunares, donde pudo desplegar su estrategia comercial y distribuir sus insólitos brebajes.

Ewan miró el cilindro de cristal que Don le ofrecía con amabilidad y Adrien lo observaba intuyendo su reacción.

—Bueno Don, ¿y tú de dónde eres? —preguntó Ewan mientras frotaba con una servilleta todo el borde del estilizado recipiente.

Mischa observaba con asombro al *neuro*. Don supo reconocer algo de obsesión en él y Adrien esgrimió una sonrisa.

—De Belo Horizonte —respondió el corpulento negro sin dejar de observarlo. —Una bonita ciudad en el sudeste de Brasil.

— ¿Y qué hace un psicólogo brasileño en Los Ángeles? —volvió a preguntar Ewan, tratando de adivinar a que sabía aquello que daba vueltas dentro de su boca y que no se atrevía a tragar.

—Estudiar y tratar de curar a sus desquiciados ciudadanos.

— ¿Crees realmente que esta ciudad está plagada de desquiciados? —volvió a preguntar el *neuro* después de deglutir la extraña pócima.

—Los que aún no lo están, lo estarán en poco tiempo.

—Vaya, veo que tienes una visión muy optimista de esta ciudad.

—La granja es buena prueba de ello.

— ¿Trabajas ahí?

—Regento el "hotel" —contestó sonriendo y con ironía.

Ewan no acogió esa burla con agrado y fue patente en su rostro una cierta disconformidad. Aunque jamás había pisado ese famoso psiquiátrico, sentía que su labor como *neurotecnólogo* en el C4 se emparentaba con la que ejercían esos expertos de la mente. Para él la enfermedad mental constituía un mito, una desorbitada obsesión y casi un tabú. La muerte de su madre entre delirios lo marcó. Esos seres afectados por la locura le reportaban una especial sensibilidad. Llevaba impreso el miedo a la pérdida de la razón. Nada más temía en su vida, que caer en manos de la enajenación mental. En sus sueños se dibujaba a menudo, esa fina franja entre la cordura y el delirio.

— ¿Te gusta? —preguntó Don esgrimiendo aún esa sarcástica sonrisa.

—Tiene un sabor muy peculiar, ¿qué es?

—Un filtrado de neumococos atenuados con etanol sintético.

— ¿Me estás diciendo que esto es un jodido cóctel a base de bacterias?

—Te avisé —susurró Adrien.

—Yo no lo definiría así, ¿no conocías Bacterium? —preguntó Don.

—Por favor, no hace tanto tiempo que la gente moría a causa de estos malditos bacilos y ¿habéis permitido que los ingiera? —protestó Ewan con muestras de náusea.

—Es cierto que ellos nos devoraban antes —dijo una voz encantadora. —También lo hacían otras especies y hemos de reconocer que hay auténticas delicias gastronómicas.

Ewan se giró y la náusea desapareció. Todos observaron su expresión de asombro y perplejidad. Ella vestía de un blanco inmaculado y parecía ser la reencarnación de ese arcángel San Miguel que lo impresionara en aquella visión extática. Su rostro mostraba la misma faz, una expresión de quietud y de poder al unísono. Ewan quedó sorprendido ante esa joven a la que sin duda le faltaban las alas y la espada con la que atenazar al diablo.

— ¿Sabes tanto como dice Adri? —preguntó Emily tomando asiento frente a él y tratando de disimular también su asombro.

—En realidad, me dedico a aprender —respondió aún obnubilado.

—Bueno, ya veo que no hace falta que os presente —interrumpió Adrien sobrecogido por la expresión de su amigo.

— ¿Quieres tomar algo? —preguntó Mischa tratando de quebrantar el silencio y las miradas que Ewan y Emily se mantenían de forma interminable.

—Gracias Mischa, pero he de volver pronto —respondió ella sin dejar de mirar aún al joven *neuro*.

Emily se puso en pie y se inclinó para estrechar la mano del nuevo integrante del grupo. Él hizo lo mismo sintiéndose arrastrado por la alta y esbelta joven. Emily notó una mano fría y sudorosa, lánguida como si estuviera agarrando un filete de pescado, pero colmada de vibraciones. Hacía una eternidad que no percibía algo así. Ewan mostraba un halo intenso, de un espectro muy rico, y también algo más.

— ¿No pensáis sentaros? —preguntó Adrien adrede.

— ¿Dónde está Joseph? —preguntó Emily tomando de nuevo asiento.

—Ha llamado. Al parecer, el vuelo desde Base Shoemaker llega con retraso —respondió Mischa.

— ¿Miras mi pecho? —preguntó de nuevo Emily dirigiéndose a Ewan y sonriendo.

—No por Dios —contestó él ruborizándose al instante. —Miraba esa flor.

— ¿No has visto nunca una flor?

—Como esa no.

— Es un lirio — dijo ella mirándolo a los ojos. —Es símbolo del amor puro y divino. Desprende el perfume de Dios.

El suelo volvió a temblar. Otra lanzadera procedente de Beta-Cangri descargaba toda su furia contra los paneles protectores de la base. Las pantallas mostraban imágenes de la nave envuelta en un torbellino de gas y una suave voz feminoide anunciaba su llegada. Esta vez portaba personal procedente de la Luna, después de hacer escala en la estación espacial.

—Parece que el transporte de Base Shoemaker está haciendo su entrada en Perseo —interrumpió Adrien sintiéndose desplazado.

Emily continuaba observando al joven *neurotecnólogo* con minuciosidad, mientras los demás bromeaban acerca del personaje al que esperaban. Veía en él un auténtico diamante sin tallar. Sentía que su alma estaba aún por escribir, por impregnarla de esos sentimientos a los que sin duda, él era ajeno. Hacía ya una eternidad que no se había topado con un ser tan puro, tan limpio; y eso la atraía poderosamente. La inocencia que expelía Ewan era comparable a la de un niño. Él la miraba de reojo y se sonrojaba al ver sus ojos. Esa joven no era como el resto de chicas con las que se había topado y que había rehusado en su vida. La dulzura y la sencillez la envolvían como un capullo de seda a una crisálida. El comportamiento de Emily era algo que escapaba de su conocimiento y experiencia.

—Nunca pensé que llegaría a conocer a un *neuro* del sistema —dijo Don apretando sus nudillos y haciéndolos crujir. —Creía que erais máquinas, no me imaginaba a ninguno de vosotros con esa pinta.

— ¿Pinta? —preguntó Ewan.

—Bueno, se te ve bastante humano. Me refiero a que eres un tipo bastante normal.

—Gracias por tu calificación, pero todos los que trabajamos en el C4 pertenecemos a la misma especie. —contestó Ewan irónicamente.

—No me malinterpretes, no pretendía ofenderte. Solo me hago eco de esa leyenda urbana.

—Demasiadas leyendas urbanas en torno al C4 — dijo Ewan. —Y lo único cierto es que trabajamos en pro del ser humano.

—No me cabe la menor duda, pero admitirás que hay un halo de misterio que envuelve al "Pozo".

—Yo no observo ningún misterio en su interior. Diseñamos y construimos interfaces para la red y estamos en alerta constante contra intrusiones del exterior. Solo eso.

— ¿Has participado en el diseño del gusano? — preguntó Emily.

Ewan se quedó atónito. Hacía tiempo que no oía esa palabra para referirse al *neurochip*.

—No te alarmes —dijo Adrien riendo. —Ni ella ni él son menonitas. Aunque a decir verdad, Emily podría pasar perfectamente por uno de ellos.

Los menonitas, una comunidad bastante extendida por los estados sureños y escindida de los antiguos Amish, estaban considerados insurrectos por el sistema. Eran los únicos ciudadanos que habían luchado de forma implacable, contra la imposición de llevar implantado un módulo de *neurohardware* en el cerebro. Ellos lo llamaban "El Gusano".

Emily se echó a reír de forma compulsiva.

—Nadie me había tachado hasta ahora de menonita —dijo ella. — ¿Adri, crees que tengo alguna reminiscencia de esa comunidad?

—La verdad es que algunas veces das la pinta — contestó el narigudo.

—Adri es demasiado tajante en sus convicciones — dijo Emily sonriendo. —No admite otras formas de comportamiento que se salgan de su encorsetado esquema. No comprendo que haya hecho buenas migas contigo.

— ¿Por qué lo dices? —preguntó Ewan un tanto desorientado en la conversación.

Emily no contestó. Borró la sonrisa irónica de su rostro y volvió a mirar a Ewan fijamente. Algo de él penetraba hasta los confines de su alma.

—Emily desborda imaginación —apuntilló Mischa. —Adolece de una profunda deformación profesional.

—Nunca había tenido la posibilidad de conocer a una diseñadora de entornos —dijo Ewan. —Pensaba que los creadores erais gente introvertida e inalcanzable. Ajenos a la realidad.

—Doy fe de ello —apostilló Mischa de nuevo.

— ¿Si?, ¿es así Emily?

—No me considero inalcanzable. Pero he de admitir que crear requiere de cierto despego de la realidad. No sería posible de otra forma.

Ewan se mostraba entusiasmado con las palabras de esa joven. Él jamás había tenido un ápice de creatividad. Su mente y su trabajo eran meticulosos, embutidos en procedimientos preestablecidos y minuciosamente estudiados. La inspiración no formaba parte de su forma de ser, pero sí que lo era de su máxima estima. Le atraía la capacidad de hacer aparecer de la nada, esos mundos que Emily creaba con auténtica maestría y originalidad. Antaño, el producto de brillantes mentes de escritores, pintores y demás iluminados, se resumían en ella en otra forma de expresión. Era capaz como nadie de hacer realidad lo inexistente. Ella creaba el sueño, la estructura, el andamiaje y los demás lo rellenaban, lo decoraban, lo pintaban. De haber nacido en pleno Renacimiento, Emily hubiera destacado entre los grandes. Todos lo sabían y Ewan comenzaba a percibirlo.

En realidad, lo que más impulsó al joven *neurotecnólogo* a acercarse al grupo, fue su atracción hacia esa cualidad del ser humano. Esa capacidad artística de la especie lo extraía de una vida monótona y sin sentido. Quizás fuera lo más valorado en su ranking personal, algo de lo que adolecía y lo que más echara en falta. Un *neurotecnólogo* veía al ser humano como una máquina biológica regida por infinidad de reacciones químicas. El alma no tenía cabida en esos mecanismos que se habían labrado a través de millones de años de evolución. No había nada más allá de esas sinapsis neuronales que transmitiendo estímulos a velocidad vertiginosa, otorgaban al ser humano una inteligencia fuera de la norma. Solo la tecnología, podía ser una expansión para elevar la raza a otro estadio, a otro escalón de la evolución. Pero Ewan no sentía así. En lo más profundo de su ser, algo se rebelaba con furia.

— ¿Y qué hace una diseñadora de sueños en Perseo? —preguntó Ewan.

—Buena pregunta —dijo Joseph aproximándose al grupo. Vestido de negro y luciendo su emblemática arrogancia, el líder de Brainsoft dejaba patente que él no era un tipo cualquiera.

Todos se pusieron en pie excepto Emily, que se dedicó impasible a oler la flor.

—Me alegro de volver a verte Ewan —dijo Joseph. —Y a ti también, Emily.

Ella solo levantó la mano para saludarlo de forma parca y con desgana.

—Don, ¿Serías tan amable de traerme un *clostridium*? —dijo tomando asiento.

—Bien, supongo que ya habéis tenido ocasión de conocer a nuestro nuevo fichaje. Por cierto Ewan, ni siquiera he tenido la delicadeza de preguntarte por tu salud. Supongo que te encuentras recuperado.

—Por supuesto, aunque no logro dar una explicación a lo sucedido.

—Nuestro estimado compañero tuvo un desvanecimiento justo el día que lo conocí.

—No creo que se tratara de un simple desvanecimiento —replicó Adrien.

— ¿Eres un neurólogo ahora? —preguntó Joseph con ironía.

—Demasiadas emociones en un mismo día —dijo Ewan.

—Por supuesto —repuso Joseph con arrogancia, —¿quién mejor que tú para saber qué te pudo ocurrir? No debemos olvidar que eres un *neuro*.

Emily sintió un intenso escalofrío. Había captado algo en esos comentarios y en la expresión del nuevo integrante del equipo. Era como si el demonio se hubiera deslizado entre ellos.

Don regresó con un diminuto vaso. El color de su contenido era escarlata como la sangre. Joseph lo cogió y lo bebió de un sorbo. Su rostro se arrugó en una mueca entre el dolor y el placer.

— ¿No lo has probado nunca? —le preguntó a Ewan.

—No.

—Debe prepararse en una cantidad muy precisa. Solo así puedes disfrutar de sus efectos, sin terminar en un espasmo generalizado.

—Joseph, no amedrentes a nuestro nuevo compañero —dijo Emily.

El líder del grupo rompió a reír y volvió a retomar la palabra:

—Bien, hoy es un día de júbilo para Brainsoft. De una parte, hemos de agradecer a Ewan que haya decidido unirse al grupo, para aportar su experiencia como *neuro* al desarrollo de Chesapeake. De otra y, no menos importante, acabo de firmar un acuerdo con Jeremías Karavokiris para financiar el proyecto.

— ¿Vamos a pertenecer a Emotiv? —preguntó Mischa.

—En absoluto, Brainsoft sigue siendo una empresa de desarrollo independiente. Solo cederemos los derechos del código a cambio.

— ¿Y qué diferencia hay? —preguntó Don.

—La diferencia está en que yo seguiré siendo el que pague tus vicios —contestó hincándole la mirada.

Todos observaban en silencio, esa mirada de ira que Joseph mostraba con demasiada frecuencia y ante cualquier desavenencia.

—Bien —prosiguió ya más calmado, —necesito que le enviéis a Ewan todo el material, especialmente el diseño de avatares ¿entendido Don? Ewan estudiará las rutinas de comportamiento y nos entregará un informe. Adrien, proporciónale el hardware necesario. Quiero que Ewan disponga de acceso a todos los sistemas de Brainsoft. Y tú Mischa, ayúdale con toda la documentación a tu alcance.

—Te has olvidado de mí —espetó Emily en tono socarrón.

—No princesa, claro que no me he olvidado de ti. ¿Qué te parece si coordinas todo esto en mi lugar y empiezas por explicarle a nuestro querido *neuro* nuestro modo de trabajo?

—No esperaba menos de ti.

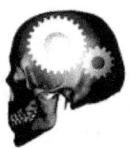

Joseph dio por finalizada la reunión después de que un par de lanzaderas hicieran vibrar la estructura de Perseo. Todos se dispersaron por la vasta construcción y en distintas direcciones. Don tenía previsto almorzar con un antiguo colega, en uno de los emblemáticos y famosos restaurantes de Beta-Cangri. Adrien decidió en el último momento, acompañar a Mischa de vuelta a Los Ángeles. No era lo que deseaba ni tenía pensado, pero los acontecimientos no parecían favorecerle otra opción.

Ewan y Emily continuaron sentados durante unos minutos más en silencio y sonriendo en algún que otro momento. Al final ambos se levantaron y él le propuso acompañarla hasta la terminal. En más de una ocasión, la alta y esbelta chica tuvo que amarrar al *neuro* de su brazo, ante esos pasos no medidos que le hacían dar zancadas en el aire.

Ambos entraron en una sala de espera en penumbra; una bóveda de cristal desde la que se divisaba el firmamento en todo su esplendor. Ewan nunca había presenciado un cielo tan estrellado. Esa visión le hizo abstraerse. Algo dentro de él gritaba por salir al exterior, un sortilegio intentaba asomar entre sus labios, pero se ahogaba aún. Quizás no fuera el momento. Como impulsado por una fuerza interior, apuntó con el dedo a cada uno de aquellos mundos de luz que flotaban en aquel espacio vacío e infinito. Y como un niño, se puso a contar las estrellas que rodeaban acariciando a Emily. Ella, de pie y frente a la inmensidad del cosmos, se sonrió.

— ¿Vas a contarlas todas? —preguntó y sus palabras resonaron bajo aquella cúpula.

—Solo las que se acercan a ti.

La vibración hizo que él retornara de ese trance. La lanzadera descendía hacia la plataforma, arrojando un gas incandescente que hacía desaparecer al mismo universo. Emily se aproximó a él y lo besó.

EL MANUSCRITO ESCONDIDO

Campus del C4. Área residencial de Westwood.
Westside. Los Ángeles.

Ewan siempre hacía el mismo recorrido. No dejaba resquicio alguno a la improvisación. El corto trayecto desde las instalaciones del Pozo hasta esa torre, que recordaba a los atributos masculinos, lo hacía a pie y al amparo de la oscuridad. El día no existía para él. Demasiadas horas en un edificio excavado bajo el suelo y aislado por completo del exterior. Sus párpados se abrían aun siendo de noche y, antes de que la escasa luminosidad bañara la ciudad en un nuevo y triste amanecer, ya estaba sumergido en esa estructura de metal subterránea.

Había sido un día normal como otros tantos. Las mismas rutinas de trabajo, los mismos procedimientos. Miles de datos del cerebro humano habían sido codificados ese día, para añadirlos a esos mapas que Ewan confeccionaba a diario. Esa era su principal labor de investigación, un trabajo arduo y en solitario. Gwyneth, su tutora y superior en el departamento, se lo había permitido. A menudo era motivo de risas y comentarios despectivos entre sus compañeros del C4. Esos estudios a los que dedicaba gran parte de su tiempo, eran para muchos la mofa diaria, el hazme-rreír en un *neurotecnólogo*. Solo él creía y seguía empecinado en detallar y codificar el cerebro humano. Nadie puso tanto empeño para encontrar entre miles de millones de neuronas y conexiones sinápticas, un vestigio de eso que hacía que el ser humano se diferenciase de otras especies. Por su laboratorio habían desfilado mentes brillantes. Virtuosos de la música, de la pintura y otras artes, habían permitido examinar a fondo sus cerebros. Pero Ewan no encontró nada que los diferenciara del cerebro de un tipo normal de los suburbios de Compton. Los circuitos neuronales para ocasionar un simple parpadeo se traducían en miles de líneas de código. No había el menor rastro de eso que buscaba con tesón y paciencia. El miedo estaba bien arraigado en su interior; un temor a no encontrar nada y a rubricar esos conocimientos que como *neurotecnólogo* había adquirido. Al final, todo ese esfuerzo posiblemente fuera en vano, obligándolo a doblegarse a las burlas de una elite científica encorsetada y adscrita al método.

De nuevo otra vez la oscuridad. Ewan salió del soterrado centro de investigación y se dirigió a su cubículo en la torre. Aún tendría tiempo para analizar algunos de esos avatares que Don había diseñado con minuciosidad. Habían transcurrido un par de semanas desde aquella reunión en Perseo. Todas las noches, antes de que el sueño se apoderara de él, se conectaba a los sistemas de Brainsoft y mantenía charlas con los personajes virtuales que darían vida a ese sueño de Chesapeake. Ewan escudriñaba los procesos que se originaban en unos circuitos neuronales diseñados por el hombre. No cabía duda de que ese psicólogo negro había sabido hacer su trabajo, pero las reacciones y comportamientos de los personajes aún distaban de ser etiquetados como de humanos. Noche tras noche, en la soledad de su apartamento y con el recuerdo de

Emily, el joven *neuro* remodelaba esas mentes diseñadas para adecuarlas a un entorno más real.

Esa noche, mientras paseaba por los oscuros y vigilados paseos del campus del C4, no hacía más que recordar aquella reunión. El rostro de Emily ya se había difuminado en su memoria, pero su sonrisa, el olor del lirio y el sabor de sus labios permanecían indemnes. Se encontraba consternado y con una imperiosa necesidad de volver a verla.

Queen lo recibió como todas las noches, pasando el lomo entre sus piernas y transmitiéndole algunos términos en su parco vocabulario. El Kirsch también empezaba ya a formar parte de su vida. Ese aguardiente había logrado atraparlo, conduciéndolo en esas horas de soledad, a un estado de bienestar y de euforia. En su mente el recuerdo de Allison, su fallecida madre, lo asaltaba sin piedad. Pero los tragos del helado néctar lograban hacerla desaparecer. Se sirvió unas copas y cayó desplomado en el sofá. Fue entonces, cuando los recuerdos en torno a la enigmática chica volvieron a revolotear en su interior. Se esforzaba por recrear su imagen, cuando sus ojos emitieron una tenue luz violácea y su cabeza basculó hacia atrás. Una llamada entraba en su *neurochip* y una punzada en el corazón le insinuó de quien se trataba.

— ¿Crees en la conexión mental? —preguntó con un ligero timbre de embriaguez en la voz.

—Creo en ti.

—Déjame verte.

La imagen de Emily apareció en la mente de Ewan. Ahora sí recordaba esa cara de ángel que inspiraba templanza y ternura. Su sedoso cutis y sus negros y achinados ojos. Y sobre todo, su encantadora y sincera sonrisa.

—Llevo días pensando en ti —dijo él.

—Lo sé, yo también.

—Estaba pensando en subir a verte.

— ¿Serías capaz de hacerlo?

—Si.

— ¿Y porque no ahora?, hace una noche estrellada aquí arriba.

Ewan sonrió.

—Lo haré, si me prometes que no dejarás que cierre los ojos ni un momento en toda la noche.

—Te lo prometo.

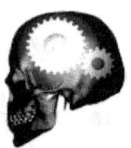

Ewan no tuvo reparo ni temor. Sus miedos se habían disipado bajo un hechizo. La pócima que Adrien había sabido administrarle, era la mejor de las terapias. El ímpetu que surgía de lo más profundo de sus ser, estaba engendrado por un sentimiento ancestral de inconmensurable poder. El empedernido ermitaño estaba dispuesto a dejar su cascarón para enfrentarse a la vida. Jamás notó su corazón palpitar, como en ese trayecto hacia los cielos. Ni los efectos gravitacionales pudieron hacer mella en su lábil forma de ser, en esa última lanzadera de la madrugada que lo transportó hasta Beta-Cangri. No lo hubiera hecho por nadie. Ese lazo invisible tiraba de él con una fuerza arrolladora, arrastrándolo hacia su destino. Nada le importaba en esos momentos, en los que como un ángel, ascendía hacia el edén para reencontrarse con ella.

La nave de Virgin Galactic no hizo escala en Perseo. Solo él y un par de ejecutivos con solideos[38] de seda blanca, atravesaban la atmosfera a esas horas de la noche. Su alma era la que más brillaba, dentro de esa acolchada cápsula repleta de ventanas circulares. En quince minutos y después de una intensa vibración, el firmamento negro y estrellado se hizo visible. La cegadora luz del sol inundó el interior y los dos eclesiásticos se santiguaron.

Beta-Cangri apareció a lo lejos como un punto luminoso en el firmamento. En cuestión de minutos fue creciendo sin parar, al son de un movimiento de giro lento y armonioso. Ewan fijó la vista en ella. Era espectacular ver acercarse ese enorme toroide de metal y cristal, en la oscuridad y el vacío del cosmos. La estación espacial dejó de girar y Ewan se quedó atónito. La lanzadera giraba en una danza lenta acompañando a su anfitriona.

Bastaron cuarenta minutos para que Ewan posara sus pies y, por primera vez, en la vasta construcción. Beta-Cangri no dormía nunca, la estación espacial era un hervidero constante. Ejecutivos, científicos y algún que otro cargo de la curia vaticana esperaban en amplias bóvedas acristaladas, a la nave en tránsito que los transportara a sus destinos. Pilotos y personal auxiliar de Virgin cruzaban los atestados pasillos repletos de franquicias libres de impuestos. Policía y personal de seguridad vigilaban cada rincón de la majestuosa obra. Ewan nunca se atrevió a subir. En esta ocasión

---

[38] *El solideo es un casquete de seda que porta el Papa, los obispos y algunos eclesiásticos para cubrirse la cabeza.*

subía por propia iniciativa y obligado por lo que dictaba su corazón.

Después de recorrer cinco kilómetros en cintas deslizantes, llegó a las puertas de NeuroSky. Todo era blanco e inmaculado. Se acercó a una gran cristalera y allí estaba ella. Ewan se quedó pegado al ventanal observándola. Emily y una docena de cuerpos flotaban en ingravidez. La grácil joven se giró en el aire y le sonrió.

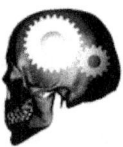

La sala de descanso del centro médico era confortable. Blancos y mullidos sillones giratorios permanecían anclados junto a grandes ventanales, desde donde se divisaba el lento desfile del planeta. Paneles virtuales se desplazaban a través de aquella sala curvada, mostrando las constantes vitales de esos pobres infelices que morían en un sueño inducido e inventado.

Permanecían sentados y en silencio. Con sus miradas expresaban lo que no se atrevían a confesar. Ella tendió la mano y Ewan le entregó la suya. De nuevo volvió a sentir aquello para lo que no tenía explicación.

—No sabía que te dedicaras también a esto —dijo Ewan rompiendo el silencio.

—El diseño infográfico no lo es todo para mí. Debía aprovechar esta facultad y creo que es la mejor manera de hacerlo.

— ¿Desde cuándo la tienes?

—Era muy pequeña cuando me di cuenta que no era como los demás. Veía más allá en las personas, sus colores, su estado de ánimo, su forma de ser y lo que guardaban en sus corazones.

— ¿Colores?

—Sí, todos estamos envueltos en un halo de color.

— ¿Y qué color tengo yo?

— ¿Ahora mismo?, predomina el anaranjado — respondió tratando de no mirar su rostro.

— ¿Y eso es bueno?

—Refleja que estás excitado —contestó rehusando de nuevo mirarlo a los ojos.

—Tengo la impresión de que ves algo que no te gusta demasiado.

—No, en absoluto —respondió sintiéndose incómoda.

Ewan no insistió y desvió la mirada hacia el ventanal. Los reflejos del sol incidían en el océano y hacían que sus ojos destellaran.

—Es realmente bello —dijo ella mirando hacia el continente africano.

— ¿Son los lagos artificiales del Salobral[39]?

---

[39] *En 2041, la región del Salobral Sahariano, fue el foco de atención de grandes multinacionales del sector turístico. Empresas de calado de cinco países colindantes con aquella ecoregión, Mauritania, Argelia, Túnez, Libia y Egipto, invirtieron grandes sumas de dinero para adecuar ese entorno repleto de depresiones salinas naturales que se inundaban de forma esporádica, por un sistema de lagos artificiales y vastos complejos hoteleros de alto nivel. En 2060 era ya el lugar predilecto de la alta sociedad.*

—Así es.

El rostro de Ewan se estremeció al contemplar el moteado verde azulado en el paisaje ocre del desierto. Emily se enterneció al ver la sensibilidad que se escondía en él.

— ¿Desde cuando trabajas en NeuroSky?

—Hace algo más de tres años.

—Debe ser triste verlos morir día a día.

—No si adoptas otra visión de la muerte. Lo importante es que lo hagan de la mejor manera posible.

— ¿Crees realmente que hay algo después de la muerte?

—Naturalmente que sí. La muerte es solo un cambio de estado.

—Me gustaría pensar como tú —dijo Ewan entristeciéndose.

Emily lo miró y también se afligió. Volvió a acurrucar las frías y húmedas manos de Ewan y las apretó.

—Ella sigue a tu lado, aunque tú no lo percibas — dijo ella tras un breve lapso de silencio.

— ¿Te refieres a mi madre?

—Claro que sí.

—Tuvo una muerte demasiado cruel. No puedo borrar de mi memoria sus últimos días. Ya no era un ser humano. Murió entre delirios y manteniendo una sonrisa irónica y artificial. Parecía que fuera feliz; sin embargo, su cerebro emitía signos de intenso sufrimiento.

— ¿*Psicosis Negra*?

—Si. En la última epidemia.

—Esta técnica ha resultado ineficaz ante esa enfermedad.

—Lo sé.

—Ni yo misma pude acceder a ellos. Ese troyano tomaba el control de sus cerebros. Carecían de color. Se apagaban poco a poco. Invadía sus almas.

—Emily, no hay software que interaccione con eso que tú llamas "alma". Ese virus toma el control de los núcleos cerebrales y de la corteza frontal. Solo eso.

—Eres realmente interesante —dijo ella sonriendo. —Deseas con todas tus fuerzas que sea verdad; sin embargo, temes encontrarlo.

Ewan quedó en silencio y volvió de nuevo la mirada hacia la Tierra. El cuerno de África se deslizaba bajo ellos y el mar Rojo emitía destellos en el ventanal.

—Vives en un mar de dudas —continuó ella. —Te debates entre los conocimientos que has aprendido y tu sospecha. En el fondo sabes que hay algo, aunque quizás no lo encuentres jamás.

De nuevo, el joven *neuro* quedó en silencio y con la cabeza gacha.

— ¿Qué piensas? —preguntó ella.

—Pensaba en esos cuerpos que gravitaban alrededor de ti.

—No son cuerpos Ewan, son personas que están atravesando el umbral de su existencia en este mundo.

— ¿Occebia[40]?

---

[40] *El cáncer, esa plaga de tiempos atrás, había sido extinguido por completo. La manipulación genética había conseguido extirpar aquellos genes predisponentes y causantes de esa terrible enfermedad. Pero una nueva plaga surgía de los infiernos, de la codicia humana. La Occebia no solo era una más de esas mortales patologías cerebrales nacida al cobijo de las nuevas tecnologías. El cerebro se rebelaba de alguna forma, ante la intrusión y abuso de módulos que en definitiva, creaban conexiones de las que no se podía prever su finalidad.*

—Sí, todos.

—Algunas veces me siento culpable de todo esto. Tengo sueños que no me atrevería a revelar a nadie.

—Tú no eres el culpable, solo una pieza más de este entramado tecnológico. Es la herencia que hemos recibido. No hay otro camino. Nos dictan la senda y no tenemos escapatoria. Estos pobres desahuciados son solo cifras en sus estadísticas. Cuentan con ello.

—Nunca debimos invadir la mente.

—Es el pago del progreso —dijo ella. —Intento ofrecer a esos pobres moribundos un sueño eterno que los transporte a otra forma de existencia. Un día sus corazones se detienen y sus cerebros se apagan, pero yo sé que emprenden el último viaje en paz.

Los ojos de Ewan se empañaron y disimuló rascándolos con sus nudillos.

—Cuando murió Allison yo no estaba a su lado. Por aquellos entonces me encontraba bastante perdido. Sentía que mi vida era lo que más me importaba. La visitaba a menudo, pero sufría cada vez que la veía sumida en esa postración que la conducía a la muerte. El día que dejó de respirar y se detuvo su corazón, yo estaba aterrado. Había estado toda la noche llorando, intentando olvidar ese dolor que permanecía soterrado. Necesitaba escapar, escabullirme de ese sufrimiento. Debí quedarme dormido y la vi entre mis sueños. Ella apareció como un hada, liberada por fin del dolor y el sufrimiento. Jamás olvidaré su rostro. Era una despedida, un agradecimiento sin rencores y sin exigencias de ningún tipo. Solo un adiós, envuelto en una sensación de cariño y amor. Entonces supe que había fallecido. No he vuelto a sentir nada así, hasta que te vi.

—Ewan, una nube es nube hasta que se convierte en lluvia. Pero su esencia es la misma.

Él volvió a limpiar sus ojos y cambió de tema.

— ¿Tienes familia?

—Soy hija monoparental. Mi madre era una enviada diplomática que trabajaba para la confederación. Me rescató de un cilindro metálico y rebosante de esperma bañado en nitrógeno líquido, de los criaderos de Godlum, en Shoemaker. Me crie en la luna y por las noches me levantaba a hurtadillas para ver el amanecer de la Tierra. Salía entre aquellas montañas grises y muertas, como un resplandor de vida. Siempre quise vivir en esa bola azul, pero nunca tuve oportunidad de hacerlo. Cuando crecí me recomendaron que no visitara la Tierra, la gravedad podía hacer estragos en mi cuerpo. Ya ves, estoy encadenada a la baja gravedad.

Emily era un subproducto nato de esa nueva raza que había nacido y crecido fuera de la madre Tierra. Sus pies no habían pisado la superficie del planeta y, lo más triste, es que jamás lo harían. No solo la gravedad podía afectar a su cuerpo. El aire que había respirado desde que nació, aun siendo artificial, era el único que toleraban sus pulmones. Era un ser indefenso ante la contaminación y los agentes patógenos propios del planeta que engendró a su especie. Ella al igual que otros, estaba condenada a ver desde lejos la cuna de sus antepasados. Ninguna terapia de adaptación de los colonos al planeta había dado resultado. Los que lo intentaron acabaron con sus vidas antes o después. La Tierra era un lugar hostil para ellos.

— ¿Tu madre también tenía esa facultad?

—No. Daiara era una mujer, normal. —respondió titubeando y escondiendo la mirada. —Fue ella quien me inculcó la pasión por la ingeniería de la inteligencia artificial. Supongo que esta cualidad viene de algún donante de esperma.

— ¿Aún vive?

Emily no respondió y trató de esquivar la mirada.

—No quiero hablar de eso —respondió al cabo de largos segundos.

—Perdona mi intromisión, no quería molestarte.

—No te preocupes, no importa. ¿Qué opinas de Joseph? —preguntó cambiando de tema.

—No sé. Aún no tengo formada una opinión acerca de él. Me parece un tipo extraño, como si escondiera algo en su interior.

Emily sonrió.

— ¿Cómo lo conociste? —preguntó de nuevo.

—A través de Adrien.

— ¿Lo quieres?

—Sí, supongo que sí. Siento un gran afecto hacia él.

— ¿Te acuestas con él?

—Bueno, ¿por qué me lo preguntas?

—Por nada, simple curiosidad.

Un breve silencio se hizo entre los dos y Emily volvió a hablar:

—Joseph tiene un marcado halo violeta.

— ¿Y eso qué significa?

Ella no respondió. Suspiró y se quedó pensativa.

—Tengo la impresión de que quieres contarme algo.

Emily acarició su barbilla expresando indecisión.

— ¿Sufriste un desmayo?

—Al parecer, así fue.

— ¿Qué te ocurrió?

—No lo sé. No logro recordar nada —contestó Ewan tratando de evadir el tema.

—No es eso lo que expresa tu aura.

— ¿Y qué es lo que expresa ahora?

—Miedo.

—Bueno, me encuentro algo desorientado. Nunca me había ocurrido algo así, pero tampoco me había enfrentado a mi problema.

— ¿Qué problema Ewan?, ¿el miedo ante ti mismo?

—Veo que es cierto. Adrien no sabe guardar un secreto.

Emily volvió a sonreír y Ewan intentó esconder ese gesto de burla hacia su mejor amigo. Ella volvió a mirarlo y su sonrisa se desvaneció.

—Él ha deslizado su mano sobre ti —dijo entristeciéndose.

— ¿Él?, ¿a quién te refieres?

—El que te ha hecho saborear la maldad.

—Ahora eres tú la que me está asustando.

Una lágrima descendió por la mejilla de Emily y él la recogió entre sus dedos.

—No me dejes sola esta noche.

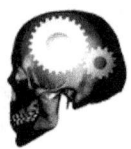

El apartamento de Emily se ubicaba a escasos metros del centro médico. Un reducido cuchitril de apenas veinte metros cuadrados, embutido en un bloque de plástico y metal. La puerta se deslizó con suavidad y Ewan pasó al interior. No dijo nada, pero en su rostro se adivinaba claramente que era de su agrado. Estaba más que acostumbrado a esos espacios apretados que le hacían sentirse cobijado, como en el interior del seno materno. En esa habitación estaba resumida toda una vida. Las paredes de polietileno blanco y los espejos hábilmente colocados, hacían que aquel reducido espacio aparentara ensancharse. Solo un ventanuco, a modo de ojo de buey, permitía la vista al exterior. Ewan se asomó y vio el muelle de carga del puerto espacial. No se podía decir que esa chica de carácter afable y encantador viviera en un apartamento de lujo, pero ella demostraba que era feliz dentro de esa parquedad. Solo un sofá-cama adosado a una de las paredes y una pequeña mesita de cristal negro, adornaban ese diminuto hogar. En una de las esquinas, un ridículo cubículo hacía de cocina. Todo en metal de aluminio reluciente y con un servidor inteligente de comida preparada. Una puerta de cristal oscurecido separaba aquella reducida estancia, de un cuarto de aseo dotado de última tecnología. La otra pared era translúcida. No tardó en iluminarse y mostrar escenas de bello colorido. Imágenes de la ya escasa selva tropical, del fondo marino y de paradisíacas playas que ella jamás vería en vivo.

— ¿Te apetece tomar algo? —preguntó Emily.

—No, ahora mismo no. Siento aún el estómago un poco revuelto. Jamás volveré a probar esos mejunjes.

Emily sacó una botella de licor de un mueble metálico de la minúscula cocina y se sirvió una excedida dosis de alcohol. Ewan se quedó mirándola.

De un sorbo, el pequeño vaso quedó vacío. Los pequeños y achinados ojos de la joven parecieron mostrar una mirada más relajada.

—Voy a darme una ducha. No tardo nada —dijo ella mostrando de nuevo su embaucadora sonrisa.

La translúcida puerta del aseo se cerró tras ella. Emily no hizo el menor gesto de hacerla opaca. Los ojos de Ewan se veían atraídos por esa dulce silueta que se difuminaba mientras se desvestía. Intentó apartar la mirada y decidió servirse una copa. El guante de datos reposaba junto a la botella y Ewan no dudó en enfundarlo en su mano y otear en esa pared, que no cesaba de mostrar bellas imágenes. Lo dirigió hacia esa pantalla y navegó por su contenido. Multitud de esquemas desfilaron a toda velocidad por ella. Código y datos se alternaban con imágenes de modelos en tres dimensiones girando sin cesar. Era el trabajo de Emily para Brainsoft. Ewan estaba embobado observando toda esa titánica labor de programación. Mapas detallados de la bahía de Chesapeake, esquemas tridimensionales de las mareas de la zona, simulación de los vientos y multitud de ecuaciones algorítmicas desfilaban sin cesar ante su absorta mirada. Dirigió el puntero luminiscente hacia una de las escenas y, como surgido de esas complejas ecuaciones numéricas, el navío "Ville de Paris" lució con todo su esplendor. Girando lentamente en tres dimensiones, podía observarse toda su estructura, todo su interior detallado hasta el más mínimo detalle. Cada mamparo, cada cabo y hasta los oxidados clavos que remachaban las innumerables vigas de madera. Estaba todo calculado, un sinfín de fórmulas matemáticas que definían el empuje de sus velas, el rozamiento de su casco con aquellas aguas y hasta la densidad de la mugre pegada bajo su línea de flotación. Era el magistral diseño de Adrien y Ewan no pudo reprimir un sentimiento de asombro y sobrecogimiento ante el boceto del imponente navío.

Moviendo su mano enguantada en el aire, el joven *neuro* se paseó por buena parte de las cubiertas del portentoso buque de guerra. Y fue algo que brillaba parpadeando, lo que atrajo su atención. Allí, en la cámara baja, permanecía abierta la portezuela de un pequeño mueble barroco. En su interior relucía un libro suspendido y girando sin cesar. Ewan intentó asirlo, pero la voz de Emily hizo que cejara en su empeño.

—Espero no haber tardado demasiado —dijo enfundada en un fino camisón blanco, mientras secaba con una pequeña toalla su corto pelo rubio.

—No te preocupes, estaba viendo los desarrollos en los que trabajas y me he topado con uno de los diseños de Adrien.

—Es excelente ¿verdad? Creía que ya habías tenido oportunidad de verlo.

—No he tenido tiempo aún, —contestó Ewan dirigiendo la mirada hacia ella. Sus ojos quisieron esconderse y el rubor apareció en su rostro en un instante. El cuerpo de Emily se dejaba entrever y a contraluz, bajo esa tenue y liviana prenda íntima. —La verdad, es que el estudio de los avatares que ha diseñado Don, me está ocupando todo el tiempo.

Emily se sentó junto a él y la fragancia de esa flor se incrustó y para siempre en su ser. Ewan se sentía varado, incapaz de mover un solo músculo de su cuerpo y aún menos esa mano enguantada.

El libro permanecía girando y Ewan, intentando zafarse de esa inquietud y nerviosismo, dirigió de nuevo su atención hacia él.

— ¿Qué es? —preguntó, intentando cogerlo.

—El cuaderno de bitácora, supongo —respondió impidiéndoselo.

—Lo siento, no pretendía molestarte. Algunas veces me dejo llevar por la curiosidad.

—No importa. Solo son meditaciones en soledad —dijo ella sincerándose.

— ¿Tuyas?

—A veces tengo la necesidad de escribir.

— ¿Y que escribes?

—Pensamientos. El aislamiento aquí arriba llega a abrumarte en algunos momentos.

—De verdad, me siento intrigado y al mismo tiempo sorprendido. Ya no escribe nadie. Me dejas realmente perplejo.

—Da igual, ese escrito jamás verá la luz. Nadie lo leerá.

— ¿Por qué?, me encantaría leerte. Ver lo que se esconde tras esa dulce mirada.

—No es algo que se pueda mostrar —contestó ella ruborizándose.

— ¿Acaso destripas al sistema? —preguntó Ewan riendo.

—Hablo del amor.

—Bueno, ya sabemos que eso está considerado hoy en día como una alucinación de la mente, pero no es razón para mantenerlo oculto.

—Hablo sobre los hombres.

— ¿En qué sentido? —preguntó él cada vez más intrigado.

—En el sentido para el que fueron creados.

— ¿Y para que fuimos creados?

—Para que una mujer os llevara dentro de su corazón.

Ewan no dudó en abrir el manuscrito y, esta vez, ella no se lo impidió. Ewan leyó en silencio los versos escritos con la pasión y el deseo de algo que había sucumbido con el transcurso del tiempo, el temor y la desidia. Cánticos que alababan el poder del amor y su triunfo sobre el mal, copaban aquellas primeras páginas escritas en la soledad. Ewan hojeó buena parte de ese manuscrito y se detuvo en unos pasajes que le llamaron poderosamente la atención. En esas líneas, Emily describía una batalla entre dos ejércitos. Una última contienda de una guerra que se había mantenido desde el principio de los tiempos. Una conflagración entre las hordas de las tinieblas y los últimos enviados de Dios. Nombres bíblicos resaltaban entre aquellos párrafos, fruto de una inspiración divina, y uno de ellos le hizo detenerse. Sus manos comenzaron a temblar. No pudo seguir leyendo más allá de lo que sus empañados ojos le permitieron y cerró en silencio esa obra fruto de la añoranza y la desazón. En una sociedad en la que el concepto de "amor" podía resumirse, en el mejor de los casos y con la máxima benevolencia, como un contrato amistoso y salpicado por efímeros momentos de erotismo, ese escrito sería proscrito y un atentado a la evolución del ser humano. Demasiados estamentos sociales estarían dispuestos, no solo a quemarlo en la hoguera de la hipocresía, sino que además harían de su autora una espléndida cabeza de turco.

— ¿Cómo has podido escribir todo esto?, ¿eres creyente?

Emily rehusó contestar. Se limitó a servirse otra copa y a beberlo de un solo trago. Se levantó del sillón y se dirigió hacia el pequeño ventanuco circular.

—No había tenido una vida muy agraciada —contestó después de un largo silencio —hasta que ella logró rescatarme de la maldad.

— ¿Te refieres a tu madre?

Emily sonrió con ironía.

—No, por supuesto que no. Mi madre había perdido su alma antes de adoptarme.

—Entonces, ¿a quién te refieres?

—A alguien que me sacó de la inmundicia y me ofreció una vida. Apareció una noche entre mis sueños y me rebeló lo que difícilmente pude transcribir en esas páginas. Ella fue quien consiguió que consagrara mi vida en pro de esos moribundos que buscan su descanso eterno.

Ewan se acercó y la rodeó desde atrás con sus brazos. Los dos miraban a esa lanzadera que se disponía a partir hacia la Luna, hacia un lugar en el que Emily había dejado parte de su vida inmersa en la incertidumbre, la desconfianza y el miedo.

— ¿Quién era ella?

—Una mujer adulta, de rostro angelical y con una voz capaz de embriagar.

Emily se volvió hacia él y lo abrazó con pasión.

—Estás temblando.

—Creo que tomaré otra copa —respondió Ewan soltándose de sus brazos y dirigiéndose de nuevo al sofá. — ¿Es a ella a la que te refieres cuando describes al Jefe de los Ejércitos de Dios? —preguntó después de un largo trago y tratando de reponerse.

—Si.

—No es posible que esté pasando todo esto —dijo Ewan oprimiendo su cabeza entre las manos. —Es como si estuviera delirando.

—No estás delirando. Llevo tanto tiempo esperándote.

Ewan alzó la mirada. Sus ojos estaban enrojecidos y su expresión era de súplica. Su corazón necesitaba más que nunca que alguien lo reconfortara, lo acunara dándole cariño y sosiego.

—No debes temer. Todo está escrito.

— ¿Qué hago aquí Emily?, no logro entender nada. ¿Quién soy en realidad?

—Estás encarnando a la Fuerza de Dios.

No dijo nada, pero Emily volvió a ver y con nitidez diamantina ese sello celeste que envolvía su rostro. Ahora lucía con todo su esplendor. Ewan había captado por fin, su lugar y su razón de ser. Era una extraña sensación que lo había acompañado a lo largo de su vida y que por fin adquiría forma.

Emily sonrió entre lágrimas. Se levantó y se dirigió a la reducida cocina. Ewan aprovechó para ir al aseo; necesitaba refrescar su rostro con un poco de agua fría. El cristal se deslizó con suavidad y entró en la pequeña recámara metálica. Salpicó su rostro con agua y se giró para utilizar el secador de aire. Algo colgaba de un armario medio entornado, parecían ser los últimos eslabones de un cinturón metálico repleto de finas púas de acero. Abrió con temor la compuerta metálica y se quedó atónito. Jamás había visto nada igual. Ewan deslizó los dedos sobre algunos de los extraños utensilios y su vello se erizó en un escalofrío. Aquella cadena aún mostraba restos de sangre entre sus puntiagudos alfileres. Al fondo, escondido en la oscuridad, un rugoso falo metálico del que emergían enrolladas largas crines de caballo, le hicieron estremecer.

La voz de Emily lo despertó de esa pesadilla.

Cuando Ewan salió, su rostro no era el mismo. Su faz mostraba una palidez cérea.

— ¿Te encuentras bien?

—Creo que debería irme.

Emily cogió su mano con cariño.

—Aún faltan dos horas para la primera lanzadera hacia Los Ángeles —dijo ella abrazándolo y apoyando la cabeza en su hombro. —Quédate aquí conmigo.

—He de decirte algo.

Emily levantó la mirada. Sus ojos estaban humedecidos y su expresión de ruego.

—Jamás he hecho el amor con una mujer.

PSICOSIS NEGRA

Era cierto. Ewan jamás había percibido el aroma del cuerpo de una mujer. No había sentido una piel tan sedosa, ni nadie lo había acariciado con tanta ternura. Sí que había tenido ocasiones de hacerlo, e incluso se había sentido acosado por parte de alguna que otra fémina, pero su instinto le advertía que era mejor no ceder, no experimentarlo. Los encuentros sexuales con otros varones no le habían reportado gran satisfacción, pero tampoco habían menoscabado su integridad. El sexo era algo incoloro, más o menos inodoro y un tanto insípido. Al menos hasta que lo hizo con Emily.

Ewan se entregó esa madrugada en cuerpo y alma a esa joven. Ella necesitaba que él la despojara de sus tormentos, de esas pesadillas heredadas de la niñez. Emily lo eligió. Tuvo que esperar una eternidad para llegar a desear a un hombre y Ewan fue el afortunado. Los dos vieron el amanecer del sol despuntando sobre el brumoso horizonte del planeta. Lloraron abrazados después de fundirse en un solo cuerpo y de alcanzar un éxtasis que desconocían. No hubo palabras, preguntas ni respuestas. El deseo y la pasión los unió aquella noche para siempre.

Ewan abandonó la estación espacial para subir a la primera lanzadera con dirección a Los Ángeles y con él, se llevó parte del alma de Emily. Una química especial había anclado a la pareja. Un lazo, que durante miles de años, había logrado que la mente de dos personas se fundiera en una sola. Esa noche constituyó un renacer. Fue el inicio de una nueva vida con esperanzas e ilusión.

Pasaron los días. La joven pareja estaba en contacto día y noche, manteniendo largos y emotivos encuentros virtuales por el *ciber*. Pero un día, Emily dejó de ver su rostro y oír su voz. La tristeza y la desazón la corroyeron.

Adrien fue el primero en percibir la metamorfosis que se estaba labrando en el interior de su amado compañero. Ewan había cambiado y no era el mismo. Desde que conociera a Emily, no había tenido ocasión ni lugar para intimar con él. Ewan cerró las puertas a una relación por la que Adrien había apostado desde el principio. Ese distanciamiento era ya patente y su relación con la chica que lo había ensimismado se había reducido a un correcto silencio. Adrien aceptaba haberlo perdido y en ningún momento trató de inmiscuirse en esa aventura. Creyó más oportuno que el destino le abriera los ojos y que esa exploración en la que se había internado, lo devolviera a sus brazos.

Ella lo llamó. No tuvo la menor duda en esos momentos de desesperación. Su imagen apareció en el *neurochip* de Adrien una noche de madrugada.

—Eres la última persona que esperaba me despertase esta noche —dijo Adrien frotándose los ojos. —¿Algún problema con los diseños, Emily?

—Sabes de sobra que no te hubiera molestado a estas horas por eso.

— ¿Entonces de que se trata?, ¿albergas aún dudas?

—No logro dar con él.

— ¿Y qué?, ¿crees que lo tengo aquí, en mi cama?

Emily no respondió y alzó su rostro.

—Lo siento —dijo Adrien al verla demacrada. —No tengo intención de hacerte daño.

Ella comenzó a llorar de forma desconsolada.

— ¿Habéis discutido?

—No hay ni un solo motivo de discordia.

— ¿Y qué se supone que he de hacer yo ahora?

—Ve a verlo.

— ¿Te fías de mí?

—Estoy muy preocupada Adrien. Intuyo que le ha ocurrido algo.

—Está bien, luego te llamo —y cortó la comunicación.

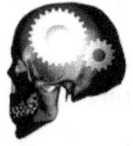

Los focos de luz apuntaban a su vehículo mientras descendía hacia la torre. No era la primera vez que Adrien era reconocido por aquellos detectores en su aproximación al C4. Él tenía permiso como otros tantos allegados al personal del centro. La nave toroidal descendió expeliendo chorros de gas sobre la plataforma. Por la mente de Adrien discurrían todo tipo de conjeturas mientras descendía en el ascensor exterior de cristal, pero la que más se aferraba a su mente era que su buen amigo lo recibiera con los brazos abiertos.

La puerta estaba cerrada y ningún sonido procedía del interior. Adrien llamó repetidas veces y no obtuvo respuesta. Ewan había desconectado su *neurochip*. Solo un atenuado maullido llegó hasta sus oídos, en el silencio de la noche. Adrien perseveró en sus intentos y Queen le devolvió unas parcas palabras en su chip: "Ewan está mal". Lo repetía una y otra vez, como un disco rayado.

Adrien dio una patada a la puerta y esta cedió. Todo estaba en penumbra, solo los ojos de Queen relumbraban en la oscuridad. Estaba con él, acurrucada sobre su pecho y esperando que su amo se despertase de ese delirio en el que llevaba sumido un par de días.

Lo zarandeó tratando de despertarlo y Ewan no respondió. Era un cuerpo pesado e inerte que no respondía a ningún estímulo. Adrien le gritó llevado por la desesperación y Ewan se incorporó al instante con los ojos desorbitados y pronunciando repetidamente el nombre de Emily. Lo estrechó entre sus brazos y volvió a sentir esa fragancia que echaba de menos, como la brisa del mar.

—Ewan, ¿qué te ocurre?

—Desátale la cadena, está sufriendo —balbuceó babeando y con los ojos desorbitados.

—Tranquilízate, soy Adrien. Es un mal sueño. Venga amigo, no me asustes.

— ¿No oyes cómo relincha de dolor? —dijo totalmente ido.

— ¿Quién Ewan?, despierta, es solo una pesadilla. Por favor, —dijo al borde del llanto —no me hagas esto. ¡Despierta! —gritó desesperado y abrazándolo.

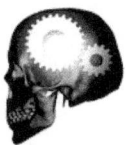

Los reflejos del exterior titilaban en su rostro. Su expresión era calma y relajada. Varias drogas circulaban por sus venas manteniéndolo en un estado de semiinconsciencia. Atado a la cama y con multitud de sensores por el cuerpo, Ewan empezaba a despertar de ese delirio. De nuevo creyó, que estaba sumido en un sueño. Ella estaba allí, sentada a su lado y cogida de su mano. Le sonrió y Emily le respondió con un apretón de manos.

— ¿Dónde estoy? —preguntó con dificultad.

—Tranquilo, estás en reanimación.

Ewan echó un vistazo a la sala y supo reconocerla. Él había estado allí otras veces del otro lado, vistiendo su uniforme y asistiendo al infectado de turno. Entornó los ojos y las lágrimas brotaron. Ella no debía estar allí.

— ¿Por qué, Emily?

—Porque tú eres lo más importante en mi vida.

—Corres peligro aquí, yo estoy bien —dijo intentando soltarse de las ligaduras.

—Venga, descansa —dijo Adrien acercándose a él. —Vaya nochecita que nos has dado.

—Adrien, llévatela. No quiero que le pase nada —dijo Ewan balbuceando y con desesperación.

—No pienso dejarte ni un momento —respondió ella. —Además, ya era hora de poner pie en este infecto planeta.

— ¿Qué me ha ocurrido?

Adrien y Emily se miraron.

—Llevabas silente el virus. Has tenido una crisis. —respondió Emily sin dejar de soltarle la mano.

Ewan no necesitaba más explicaciones. El contagio fue premeditado y en un acto de expiación hacia su madre. Fue allí, ante su cadáver, donde Ewan cortó su barrera en un intento de fundirse con ella, de sentirla más allá de la muerte, de oír su último adiós. Fue en esos momentos donde se impregnó del veneno que había destrozado la vida de Allison. Volvió a entornar los párpados y giró la cabeza rehusando afrontar su destino: una condena a muerte.

— ¿Aún me quieres? —preguntó mirando a Emily.

—Más que nunca.

—Siento no poder dedicarte más tiempo.

—El tiempo es nuestro. Nadie ni nada nos lo puede arrebatar.

Adrien sintió que su corazón se desgarraba aún más. Se consideraba merecedor de esas palabras. Entendió lo que significaba amar, una palabra que no existía en el lenguaje y que había perdido todo su valor. El deseo y el cariño que albergaba no se extendían hasta esos límites. Eran linderos desconocidos para él. Jamás hubiera pensado que alguien fuera capaz de entregar estoicamente su vida, por un breve plazo de tiempo al lado de una persona. Eso no tenía valor, era una proeza que solo podía proceder de un lugar, un sitio en el que nunca había estado. Quizás ese fuera el auténtico significado, de esa palabra que solo existía en la retórica de bohemios aferrados al pasado. Adrien lo percibió, fue como un instante de iluminación celestial, un nuevo sentimiento se instaló como un intruso en su mente. Ese virus, que no había sido creado por la codicia humana, se apoderaría de Adrien día a día. Ese engendro nacía de lo más interior de su persona, de las profundidades del ser, allí donde reside el alma.

Ewan estuvo ingresado pocos días. Los expertos lo desahuciaron. Nadie apostó por él excepto ella y alguien más en la sombra. Una mujer que seguía sus pasos como quien persigue una fortuna. Gwyneth enmascaró la dolencia de su pupilo ante el implacable ojo de Bastian, ese vigilante que día y noche estudiaba sus constantes de vida.

Volvió a su apartamento esperando morir, aceptando el cruel final que un día padeció su madre. Emily dejó su trabajo en NeuroSky y sus expectativas de vida. Se entregó en cuerpo y alma al él. Destinó todas sus facultades, aquellas que le había otorgado la naturaleza, a cuidar y tratar de sanar esa dolencia mortal fabricada por una civilización falta de esperanzas.

Fueron muchas las crisis psicóticas que el joven *neuro* padeció en compañía de su amada. Ella no se rindió. Afrontó su propio deterioro y luchó contra un mal sin sentido. Noches enteras de vigilia a su lado viéndolo delirar y con una sonrisa cada mañana en su despertar. Jamás había sentido tanta pasión, tanto amor y cariño. Había vivido una vida amputada de esos sentimientos y por nada en el mundo los dejaría pasar. Su espíritu nunca había estado tan colmado. Rebosaba de una paz interior indescriptible, aunque su imagen no le hiciera justicia. Ella velaba sus sueños, se internaba en su espíritu y lo saneaba. Día tras día, noche tras noche en una soledad que los unía cada vez más y que hacía de ellos un solo ser.

Los delirios fueron desapareciendo y Ewan mejoró. La enfermedad nunca curaría; tendría que estar atado a una medicación de por vida, pero todo hacía vislumbrar que los cuidados y terapias de Emily habían dado su fruto. Ella no solo había entregado su trabajo y una buena parte de su vida, también había dejado en él parte de su ser; una semilla que florecería tiempo después, un legado de incalculable valor.

Un día, Ewan tuvo el valor de preguntar algo que guardaba en su interior. Ese recuerdo lo estaba torturando y, más aún, al ver a diario la dulce cara de Emily y su desinteresada entrega. Ella estaba desnuda en la cama y despidiendo aún olor a sexo. Ewan deslizó los dedos por ese rosario de cicatrices que Emily mostraba en sus pechos y que daban la vuelta por su espalda.

— ¿Cuándo me lo vas a contar?

Emily acercó un dedo a los labios de Ewan rogándole que no indagara sobre ello.

—En mis delirios vi imágenes que no consigo entender.

— ¿Qué imágenes?

—De una yegua alzando las patas, relinchando presa de dolor.

Emily se giró en la cama tratando de ocultar sus senos.

—Es solo una pesadilla Ewan.

— ¿Por qué utilizabas eso?

—Para sentir dolor.

— ¿Te complace el dolor?

—No.

— ¿Entonces?

—Es una forma de expiación.

— ¿Expiación?

—Déjalo. Ni yo misma sabría explicártelo — respondió mientras se vestía.

— ¿Y aquel dildo metálico?

— ¿Te han surgido los celos de repente por un pene de metal?

— ¿Por qué nunca hablas de ella? —le preguntó asiéndola por los brazos.

—No sé a quién te refieres.

—A Daiara, tu madre.

—No nos llevamos bien.

—Ella abusaba de ti, ¿no es así?

— ¡No! —gritó Emily.

—Te castigaba ¿no es así Emily?, te obligaba a llevar esa cadena.

— ¡Es un cilicio[41]! deberías tenerle más respeto. Muchos lo han llevado antes que yo.

—Es posible —dijo Ewan soltándola —pero no creo que por la misma razón.

---

[41] *Un cilicio es un accesorio utilizado para provocar deliberadamente dolor o castidad en quien lo viste. Su uso estuvo extendido durante mucho tiempo en las diversas comunidades cristianas como medio de mortificación corporal, buscando así combatir las tentaciones de sexo y, sobre todo, la identificación con Jesucristo en los padecimientos que sufrió en la Pasión y los frutos espirituales que de ella se derivan.*

Emily se desplomó en la cama y se llevó las manos a los ojos.

—Venga Emily, saca lo que llevas dentro. Destiérralo de tu mente —dijo Ewan sentándose a su lado y acariciando su pelo.

—Ella me llevaba a aquellas reuniones siendo aún una niña. Todos vestían largas túnicas negras. Había otros niños. Todos teníamos la misma expresión de miedo en nuestros ojos.

— ¿Quiénes eran?

—Los mismos que siempre han estado ahí y seguirán estando.

Emily selló los labios de Ewan con un beso, suplicándole que lo olvidara.

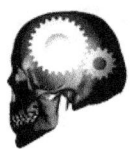

Ewan retomó su labor en el "El Pozo" en poco tiempo y continuó confeccionando esos mapas cerebrales. En Brainsoft también celebraron su regreso. El proyecto estaba en sus últimas etapas y él llegó a punto de dar los toques finales. Chesapeake estaba cerca de ver la luz. Pero el joven convaleciente se desvivía por conseguir un traslado al cráter Shoemaker. Era la única forma de proteger a Emily; devolverla a su hogar, a ese entorno para el que estaba creada. Aun viviendo enclaustrada en ese apartamento, protegida del medioambiente del exterior y respirando ese aire filtrado, su cuerpo se estaba debilitando día a día. La delgadez estaba cambiando poco a poco su fisonomía. El cansancio la obligaba a permanecer tumbada la mayor parte del día. Gwyneth no tuvo la menor contemplación con la pareja y denegó la posibilidad de traslado. Ante la negativa y vislumbrando una separación que ninguno de ellos soportaría, Ewan puso en conocimiento del C4 su renuncia. Ella valía más que nada en su vida y estaba dispuesto a emprender una nueva etapa en la estación espacial. Había acordado con NeuroSky el reingreso de Emily y aceptado un puesto de supervisor de sus sistemas neuronales.

Pero su sueño se terció. Fue un día gris desde que amaneció. La noche se abalanzó como queriendo ocultar lo que Ewan jamás hubiera sospechado. Queen lo recibió, como era de costumbre, al abrir la puerta del apartamento. Pero Emily no estaba, solo desorden y manchas de sangre. Ewan se sentó y cogió esos lirios que ella acostumbraba a llevar en su pecho. Ni una sola lágrima brotó de sus ojos. Durante dos días se mantuvo impasible y abrazado a las blancas azucenas, hasta que un nuevo brote psicótico lo sumergió en el delirio.

Fue de nuevo Adrien quien lo rescató en esa recaída, tras varios días de ausencia. Ewan fue internado otra vez, bajo el cuidado de su protectora, de Gwyneth. Durante algo más de dos semanas, el joven estuvo debatiéndose entre la vida y la muerte. En ese periodo de postración, su mente sufrió una profunda metamorfosis. Una catarsis en la que resurgió de sus propias cenizas y de una pena que su mente no hubiera soportado. Su cerebro había hecho las conexiones necesarias para preservarlo de un dolor que atentaba contra su vida. Millones de años de evolución hicieron su labor en ese corto periodo de tiempo. Lagunas en su memoria y una marcada insensibilidad, hicieron que sobreviviera a tan cruel acontecimiento. Emily era un vago recuerdo en su cercenada memoria, un espejismo.

Cuando abrió los ojos vio a su buen amigo Adrien. Estaba allí sentado, en el borde de la cama, acariciando una de sus manos presa de las ligaduras. Ewan le sonrió y Adrien supo entonces que la fiel oveja volvía al redil.

— ¿Cuánto tiempo llevo aquí?

—Demasiado. Necesitamos que te recuperes —respondió Adrien acariciándolo.

— ¿Qué ha ocurrido?

—Un nuevo brote psicótico. Al parecer, dejaste de tomar la medicación.

—No sé. No logro recordar nada, solo pesadillas.

—Es normal Ewan —dijo Don acercándose a él. —Has estado delirando. Tu mente ha fabricado una historia sin fundamento, sin base alguna. Ya sabes, es el síntoma principal de la *Psicosis Negra*.

—Hola Don —dijo Ewan sonriendo.

—Bienvenido —dijo Joseph devolviéndole la sonrisa.

— ¿Y Emily?

Adrien, Don y Joseph se miraron.

—Debes descansar querido amigo —dijo Joseph. —Necesitamos que te recuperes pronto. Estamos a punto de probar la beta y queremos que seas nuestro anfitrión, nuestro invitado de honor.

— ¿Sabéis?, he soñado con ella.

Don se acercó a él.

—Ewan, Emily sufrió un horrible percance.

382

El rostro del *neuro* cambió. Trataba de rebuscar entre sus sueños algo al respecto. Solo vagas imágenes destellaban sin sentido en su reparada memoria. Miraba hacia un lado y otro con su mirada perdida.

— ¿Qué le ha ocurrido? —preguntó al cabo de unos segundos.

—Al parecer, fue secuestrada —respondió Don.

Ewan se sintió por un momento intensamente afligido. Tuvo casi un amago de romper a llorar, pero su mente lo rechazó al instante; no tenía sentido. Pero una profunda diatriba se cocía en su interior. Un sentimiento intentaba aflorar de alguna zona dormida de su cerebro, haciendo que su corazón se compungiera. Al fin y al cabo, ¿qué se podía esperar de esos sueños del delirio? Él conocía de sobra esa sintomatología y, no solo por ser un experto en neuropatología, sino también por haberlo comprobado en su madre. Ella le confesaba, durante breves periodos de lucidez, ese sueño delirante que vivía con inusual realismo. Aquellas visitas eran para él un calvario. Deseaba verla, pero no así, en ese estado. A menudo entraba en aquella triste habitación y se sentaba junto a Allison mientras gritaba en su delirio y decía incoherencias. Él cogía su mano y la apretaba con el ánimo de que despertara de ese infierno. Su cerebro le daba una pequeña tregua de vez en cuando. Despertaba como si nada hubiera pasado, pero Ewan era un extraño. El dolor lo hundía en un sentimiento de inmensa tristeza. Al final, esos periodos de lucidez se fueron espaciando cada vez más y ella deliró lúcida antes de cerrar por última vez sus ojos. Ewan prefirió no presenciar los últimos momentos de su vida. Necesitaba que alguien le comunicase su muerte, el cese de ese sufrimiento sin sentido. Y así fue.

—Pobre Emily —dijo Ewan recuperándose de esa extraña sensación —la verdad es que me caía bastante bien.

—A todos nos caía bien —repuso Don. —Esta puta ciudad se está convirtiendo en un lugar desquiciado para vivir. Ya no es solo South Central, el área que dominan esos degenerados. Pretenden adueñarse de toda la ciudad.

—Estoy contigo Don —repuso Joseph —nadie está seguro ya ni en Downtown.

— ¿Nadie presenció el secuestro? —preguntó Ewan.

— ¿Qué quieres decir? —preguntó Adrien.

—Sí, me refiero a Beta-Cangri. ¿Ella vivía allí, no? Era un colono.

Los tres volvieron a mirarse. Estaba claro que Ewan había fabricado una laguna en su memoria, un área aséptica que lo protegía del sufrimiento.

—Bueno, no fue precisamente en la estación espacial donde ocurrieron los hechos —contestó Don de forma improvisada.

— ¿Qué quieres decir?

Don miró a Joseph de nuevo para contar con su aprobación. A Ewan había que evitarle que su mente regresara a ese pasado, que hábilmente se había camuflado en su olvido.

—Al parecer, Emily bajaba con cierta frecuencia.

— ¿A dónde?, ella no podía pisar la Tierra. ¿Por qué iba a arriesgar su vida?

—No sabemos más —dijo Joseph.

Adrien se mantenía absorto. No lograba encajar todo aquello. Él más que nadie sabía de esa efímera relación que su buen amigo y Emily habían mantenido en ese último tiempo. También sabía que ella había sido víctima de algunos desalmados, algo corriente por desgracia en esos tiempos y en esa ciudad. Pero no lograba entender el motivo por el que Don y Joseph, trataban de ocultar la verdad al joven convaleciente. Por un instante y, como arrastrado por un presentimiento sin sentido, Adrien giró su mirada hacia Gwyneth. Permanecía en la penumbra de aquella habitación como una sombra.

CUARTA PARTE

El sufrimiento es el medio por el cual existimos, porque es el único gracias al cual tenemos conciencia de existir.

Oscar Wilde (1854-1900). Escritor, poeta y dramaturgo irlandés.

COMPTON

South Central era un distrito ubicado al sur de Los Ángeles. Su reputación era de sobra conocida por toda la población y por todos los estados de la decadente nación. Un lugar acotado para las fuerzas del orden público y en vías de obtener la independencia como estado. Ningún gobierno había logrado doblegar a esa comunidad negra e hispano parlante y menos, en esos tiempos, en los que la desmembración de una de las mayores potencias del mundo estaba calando a nivel global. El estado de California lideraba esa tendencia hacia la autodeterminación. Ya no eran los políticos los que se repartían el pastel. La sociedad había perdido la confianza en esa casta de figurines. El vulgo depositaba sus esperanzas en nuevos líderes surgidos de los grandes emporios. Ahora más que nunca, el dinero lucía como el gran motor de la sociedad. Las grandes fortunas compraban no solo a una población adormecida y abducida, sino a estados y países. El mundo sufría una transformación radical. Los presidentes de gobierno eran magnates del mundo empresarial.

Todo empezó en el seno de algunos países árabes y se estaba extendiendo como la pólvora por la faz del planeta. Las antiguas repúblicas bálticas hacía tiempo que estaban gobernadas por rusos atiborrados de un dinero de oscura procedencia. Esa semilla también logró llegar a China y fueron Hong Kong y Shanghái, las pioneras en allanar el camino dentro de la gran península.

El gobierno de Estados Unidos veía impasible esa oleada que se le abalanzaba de forma implacable, ya se estaban produciendo los primeros atisbos de emancipación en su seno. California estaba dando los primeros pasos hacia ello y su distrito South Central encabezaba la propuesta. Compton, un suburbio de ese distrito sureño, se proclamó como el epicentro de esa revuelta. Una revolución silenciosa y sustentada por el dinero, no por la fuerza. Siempre había sido un barrio infesto de la gran metrópoli. Su nombre solía encabezar los titulares de noticiarios a nivel nacional. Ocupaba el primer puesto en el ranking de violencia de los Estados Unidos. Cuna y sede desde tiempos inmemoriales, de bandas criminales míticas.

Compton mantenía el índice de homicidios más alto del planeta. La constante guerra entre los Crips[42] y los Bloods, había dejado en las calles a infinidad de victimas de todas las edades. Los niños portaban armas y asistían a funerales de pequeños féretros blancos. Compton continuaba siendo un barrio bicolor; el azul y el rojo dominaban sus calles. Dos colores antagónicos y que simbolizaban a sus dos bandas. Aquel que no portaba el lazo azul en el cuello o el rojo en la frente, era sentenciado a una muerte cruel y despiadada. Era una ciudad sin ley. La droga y la prostitución campaban en esas calles plagadas de vehículos en

---

[42] *Crips y Bloods eran pandillas integradas casi exclusivamente por afroamericanos. Se originaron en Compton (Los Ángeles), hacía casi un siglo.*

llamas y cadáveres putrefactos. Al amanecer, las calles mostraban las tropelías y el salvajismo ocurrido durante la noche. Una mirada equivocada aún en pleno día, solía acabar en un amasijo de carne y sangre al que nadie prestaba atención.

Las naves policiales no patrullaban sus cielos. Los últimos que lo hicieron, fueron derribados sin piedad, ante una artillería que vigilaba día y noche ese antro de violencia y degeneración. Nadie excepto los Ángeles Negros, podía sobrevolar la zona.

Fue durante la década de 2050, cuando estos extraños y temidos seres se hicieron con el poder en el distrito de South Central. Desbancaron a los Crips y a sus rivales los Bloods, en una contienda sin igual. Fue una guerra silenciosa y sin cuartel. No hubo disparos, pero las calles amanecían plagadas de cadáveres de negros y chicanos ajusticiados a la vieja usanza. Fue una caza de brujas al viejo estilo. Parecía que la inquisición había retomado el poder, después de casi un milenio. Empalamientos, descuartizamientos y órganos esparcidos por las calles daban fe de la crueldad de sus gobernantes.

Los Ángeles Negros desterraron a esas bandas y su negocio. La droga ya no corría por las calles de Compton y las prostitutas no se apostaban en sus esquinas. Ahora, toda esa población vivía sumida y gobernada por los delirios de los sueños de diseño. Allí surgió la *Psicosis Negra*; fue el epicentro de esa temible enfermedad que se propagó por todo el planeta.

Infinidad de antros distribuían los sueños virtuales que la secta diseñaba y vendía. Estados de conciencia alterados, en los que el sexo, la violencia y las drogas más potentes se entremezclaban en un néctar que empapaba el cerebro. Los *neurochips* eran tuneados en aquellas sucursales del terror, para exponer a sus descerebrados propietarios a las experiencias más bru-

391

tales y exóticas. No había nada como eso. El hampa y los pandilleros habían pasado a formar parte de la historia.

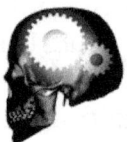

Ewan jamás hubiera visitado Compton y mucho menos, en la noche. Sabía que era un lugar proscrito, una isla de corrupción y vicio repleta de almas vagando como sonámbulos. Pero estaba decidido a internarse en sus calles, a sumergirse en ese inframundo y a seguir las huellas de Emily.

Y Ewan llegó a Watts. Akbar, el anciano taxista pakistaní, había apurado ya varios cigarros y saturado la pequeña cabina con una densa humareda, cuando el tren de aterrizaje de la destartalada nave se posó sobre el mugriento metal.

Watts era un barrio limítrofe, una frontera que nadie se atrevía a cruzar. En su reducida extensión, algo más de dos kilómetros cuadrados, se hacinaba una ingente cantidad de población afroamericana. Aún existían pandillas de jóvenes en esa tierra de nadie y no conquistada por las hordas de la sanguinaria secta. Era un lugar de tránsito, un oasis de adaptación antes de internarse en el colindante Compton.

Ewan bajó de ese transporte que lo dejó en el puerto aéreo de la calle 107, una céntrica arteria del barrio, al lado de las emblemáticas y puntiagudas torres construidas con aros metálicos. Se quedó contemplando a esa antigualla de taxi aéreo, que ascendía expeliendo gas y humo de tabaco por sus numerosas rendijas. Sintió miedo y su corazón se acurrucó en el fondo de su pecho. Solo y en la oscuridad de una explanada de cemento rodeada por ruinosas viviendas, esperaba que alguien le ayudase a llegar a Compton.

Cuando la nube de gas se disipó, tres sombras surgieron entre la oscuridad en un santiamén. Eran jóvenes negros desaliñados y con pañuelos azules anudados a sus cuellos. Se quedaron a escasos metros de él, quietos como estatuas y en silencio. El de menor estatura, el que se situaba en medio, blandía una catana que destellaba en la negrura. Fue el único que parecía tener voz.

— ¡Oye blanco!, —gritó con voz aguda y chillona — ¿te has perdido?

—Intento llegar a Compton —respondió Ewan tras unos segundos y permaneciendo inmóvil.

— ¿Y qué coño se te ha perdido en Compton? — preguntó el sietemesino acercándose y balanceando el afilado sable japonés de un lado para otro.

—Busco a alguien.

— ¿En Compton? —y los tres rieron a carcajadas.

— ¿Traes pasta? —volvió a preguntar.

Ewan no contestó. Presintió que su estancia en aquellos parajes iba a durar un suspiro, el suyo posiblemente.

A pocos metros, un destartalado vehículo encendió un potente foco situado en su techo. Una antigualla, más propia de un museo que de aquellas calles, se acercó y se detuvo alumbrando al joven y a esas alimañas de la noche.

Tras unos segundos, la puerta se abrió con un chirrido insoportable y todos se quedaron atónitos. No solo era Ewan el que mostraba desconcierto, aquellos tres energúmenos estaban flipando. Algún descerebrado les iba a echar por alto su negocio, les iba a jorobar la noche. La puerta enmudeció y la gigantesca y oscura imagen de un hombretón bajó del vehículo. Se acercó a ellos sin decir palabra y con pasos que parecían marcar los últimos segundos antes de la muerte. La amarillenta iluminación de la calle empezó a alumbrarlo en la penumbra. Ewan se quedó perplejo observándolo de arriba abajo. El tipo era un negro corpulento y con un rostro tapizado por innumerables marcas. No había duda, de que en su cara llevaba escrita una buena parte de su vida. Su brillante cuero cabelludo brillaba bañado en sudor y sus grandes ojos resaltaban como no teniendo sitio para albergarse. Vestido con una simple camiseta grisácea y unos pantalones oscuros diez tallas mayores, mantenía la mirada fija en los desdichados pandilleros. Ewan miró a su cinto. De él colgaba un arma descomunal.

— ¿Y quién coño eres tú? —preguntó dirigiendo la punta del sable hacia el recién llegado al festín. —No llevas pañuelo, ¿eres un marica de los Bloods?

—Oye tío, yo no soy ni un puto Crips como tú, ni un jodido Bloods —respondió con tono grave y seguro. —Solo vengo a hacer mi trabajo.

— ¿Y esa camiseta?, nos estás ofendiendo. Quítatela —repuso bastante nervioso el joven negro, al ver las palabras "Fuck You[43]" impresas en ella.

—Yo no busco problemas. Me voy a llevar a este blanco y vosotros os iréis por donde habéis venido.

---

[43] *"Jódete" en inglés.*

—Nosotros lo hemos visto primero. ¡Y quítate esa puta camiseta! —gritó moviendo sin cesar la catana.

—Oye enano negro, deja ya de mover la puta espada. Me estás poniendo —le respondió mientras se acercaba sigilosamente hasta Ewan.

El *neuro* comenzó a temblar cuando el voluminoso negro lo miró con fijeza durante unos leves instantes y le susurró:

—Agáchate despacio.

Ewan hizo caso y flexionó lentamente las rodillas ante la mirada atónita de los tres pandilleros. En ese instante, el grandullón desenfundó el gigantesco arma de la cintura y, de un sordo y silenciado disparo, tumbó al vociferante bravucón del grupo. Su cuerpo cayó desplomado como un saco inerte ante la vista impasible de sus dos compinches y el sable resonó en el asfalto. Permaneció apuntando y con la mirada fija en ellos, hasta que desaparecieron en la penumbra. Ewan se quedó paralizado. Su respiración se aceleró y permaneció inmóvil, esperando ese balazo de gracia que le hiciera sufrir lo menos posible. Apenas tuvo valor para levantar la vista y ver a ese tipo, cortando de cuajo y con la catana, la cabeza de su anterior propietario.

— ¿Piensas quedarte ahí agachado toda la puta noche?, vamos sube al carro —dijo arrojando al asiento trasero la mollera negra decapitada, de pocos sesos y mirada de espanto.

Ewan se levantó con los brazos en alto y se dirigió hacia el ruinoso vehículo. El negro rompió a reír y levantó del techo un pequeño cartel que se iluminó al instante mostrando la palabra "Taxi".

— ¿Llevas pasta?

—Sí, si llevo.

— ¿En metálico?

—No. *NeuroCash*

— ¿Te atreves a venir aquí con dinero en la maceta?

—Solo quiero ir a Compton —respondió mirando el brazo del tamaño de una de sus piernas y repleto de tatuajes.

—Buscas chochitos ¿eh blanco? —dijo el afroamericano sonriendo.

—No busco nada de eso.

—Vaya, el nene quiere algo más fuerte.

—Lléveme a Compton. Le pagaré bien.

—Oye copo de algodón, en Compton y a estas horas no durarías el tiempo de poner uno de tus caros zapatos en la puta acera. ¿Quieres que te metan una de esas malditas barras por el culo?, ¿a eso has venido?, ¿eres un marica?

—Lléveme a Compton —volvió a insistir acercando su rostro a escasos centímetros del negro. —Sabré recompensarle.

El negro rió a carcajadas, encendió el motor y las ruedas derraparon en el silencio de la noche.

— ¿Por qué ha decapitado a ese tipo?

—Joder, era un puto Crips. ¿Qué crees que hubieran hecho contigo? Van de vidrio azul hasta el culo. Después de violarte, te hubieran abierto en canal, ahí, en el mismo asfalto y se habrían llevado tus tripas.

— ¿Mis tripas?, ¿para qué?

— ¿Y yo qué sé?, para hacer condones con ellas. —respondió riendo de nuevo. —Oye chico, a esos putos niñatos les ha dado por robar los sesos. Esa es la última moda por aquí. En Compton los pagan bien.

— ¿Qué quiere decir?

—Joder, que te abren la jodida maceta y te sacan el cerebro. Te extraen toda la pasta y luego lo venden. ¿Sabes? Ahí en Compton hay alimañas interesadas en comprar sesos y no precisamente para guisarlos —dijo exaltado y paró el vehículo de un frenazo. —Bueno copo de nieve, fin del trayecto. Solo te voy a cobrar cincuenta pavos, diez por el trayecto y cuarenta por salvarte la cabeza.

Por la mente del corpulento negro pareció asomar un vestigio de piedad, un sentimiento de humanidad que quizás sintió en algún otro momento de su vida. No era normal en él y mucho menos con ese regalo que le había caído del cielo. Un joven blanco y bien vestido valía lo suyo. Y Ewan bastante más.

— ¿Esto es Compton?

—Oye chaval, estoy siendo amable contigo. Ese es el jodido *espaciopuerto* de Watts. Sube al primer transporte y vete de esta puta jungla.

— ¿Cómo te llamas?

— ¿Y qué coño tiene que ver eso ahora?, ¿acaso importa cómo me llame?

—Está bien, deme el lector.

El fornido afroamericano le entregó el pequeño aparato y Ewan, aproximándolo a su lóbulo temporal, le transfirió la cantidad requerida. Se bajó del vehículo y se quedó inmóvil en la desolada y desierta avenida.

—Por cierto, me llamo Samuel —dijo antes de derrapar por el asfalto mugriento.

Ewan se quedó mirándolo mientras se alejaba en la oscuridad. En pocos segundos, las luces de freno destellaron y el vehículo paró en seco. Lentamente dio marcha atrás y volvió a acercarse al joven.

—Está bien, será mejor seguir los designios de los dioses —dijo a través de la ventanilla. —Sube, te llevaré a Compton.

Ewan sonrió y subió de nuevo al cutre taxi.

—Gracias Samuel.

El negro lo miró por el retrovisor. Hacía ya una eternidad que no oía una palabra de agradecimiento.

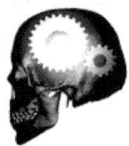

El vehículo atravesaba la avenida Wilmington, una arteria de Watts que lo cruzaba de punta a punta. A lo lejos se divisaba el gran nudo de la autopista 105 y con ella, el lindero que separaba a los dos barrios. Una frontera imaginaria que todos los residentes de la zona tenían muy en cuenta. No había barreras, las murallas estaban en sus mentes. Todos los derechos se perdían al cruzar aquella línea imaginaria. Nadie se hacía responsable de lo que pudiera ocurrir. Vehículos aéreos negros sobrevolaban la zona alumbrando con sus potentes focos a todo lo que se movía. No tardaron en enfocar sus haces de luz láser hacia el destartalado vehículo. Tanto Samuel como su pasajero fueron analizados de pies a cabeza.

De pronto una de esas naves descendió y les cortó el paso. Una voz salió de aquel pájaro de ébano metálico:

— ¿Quiénes sois?

—Soy Samuel, taxista de Watts y el pollo blanco que va detrás, un turista en busca de emociones fuertes dispuesto a gastar pasta.

La nave negra y brillante se quedó flotando en el aire y enfocándolos con una intensa luminosidad. Los haces de color rojo seguían escudriñando todo el vehículo y a cada uno de ellos.

—Tenéis un par de horas. Aprovechad el tiempo.

La nave ascendió dejando una estela de gas. Samuel pisó el acelerador y cruzó la frontera del terror. Poco a poco la iluminación comenzó a invadir el interior del vehículo. La avenida estaba plagada de carteles luminosos al viejo estilo de Las Vegas, los primeros atisbos de violencia empezaban a verse. Ewan tuvo un amago de náusea al ver cuerpos decapitados y empalados en pértigas puntiagudas.

La fauna más variopinta deambulaba por esas calles. Neones y miríadas de luces parpadeaban al son de ritmos ensordecedores. El semblante multicolor de Ewan expresaba asombro. Bajó la ventanilla del destartalado vehículo y respiró el aire viciado. Ese olor, mezcla de putrefacción y perfumes afrodisíacos, lo estaban sumiendo en un estado especial. Cada vez que inspiraba, su cerebro recibía un chute que le hacía relajarse aún más. Notaba un fragor que emergía de su interior y lo adormecía en un bienestar indescriptible. Chicas desnudas arqueaban sus cuerpos como reclamo, a las puertas de establecimientos sugerentes. Holografías de sexo duro se proyectaban en el cielo neblinoso. Compton era una nueva Sodoma.

— ¿Has entrado aquí otras veces? —preguntó Ewan absorto.

— ¿Crees que eres el único palurdo niñato que he traído a Compton? Vienen buscando lo que más les pone. Y te aseguro que lo encuentran. Esto es el puto infierno.

— ¿Por qué solo dos horas?

— ¿Acaso tienes un jodido permiso de residencia? Si no desapareces antes, acabarás como esos o peor aún —dijo señalando a algunos cuerpos sin cabeza crucificados en fachadas. —Bien, ¿dónde te dejo?

—No sé —Respondió mirando hacia un lado y otro sin cesar.

— ¿No lo sabes?, ¿tienes los santos cojones de venir hasta aquí y no sabes dónde?

—Esperaba que tú me indicases.

Samuel volvió a parar en seco el vehículo y se giró hacia él.

— ¿Me puedes decir qué coño buscas?

—A una chica.

— ¿A una puta? —preguntó exaltado. Extrajo de nuevo el arma de su cinto y encañonó al joven en la frente. —Oye chico, dame una buena razón para no volarte los sesos.

—No es una puta —contestó Ewan tragando saliva —la han raptado.

—Sí tío, te la tienen aquí preparada para cuando llegues, ¡no te jode!

Samuel bajó la pistola y continuó mirando al joven con incredulidad. Esos ojos azules no mentían. Era una mirada a la que no estaba acostumbrado.

— ¿Te la estás tirando?

—No lo sé.

— ¿Qué cojones quieres decir ahora?, ¿no sabes si te la estás follando?

— Solo sé que hay algo de ella dentro de mí, pero no logro recordar nada —dijo Ewan mirando a una joven mestiza arrodillada en la calzada, e implorando a los pájaros metálicos que revoloteaban sobre ellos.

— ¿Qué coño te ocurre ahora? —preguntó Samuel al verlo con los ojos desorbitados.

Ewan no podía responder en esos momentos, su mente no estaba allí. Por su maltrecho cerebro desfilaban imágenes sin cesar. Vio a Emily flotando entre cuerpos moribundos en la estación espacial de Beta-Cangri. Sintió el roce de sus manos acariciando su cuerpo. Volvió a saborear sus labios, sus pechos y su sexo.

Ewan despertó del trance y una lágrima resbaló por su mejilla. Samuel la recogió con uno de sus dedos y se quedó extrañado mirando esa gota de rocío.

—Oye, ¿cómo has dicho que te llamas?

—Ewan.

—Bien, habrá que darse prisa. Los buitres nos vigilan. Te llevaré a ver a un viejo amigo.

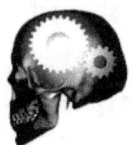

"La perla negra" era un garito de poca monta. Escondido en un callejón de la avenida North Mayo, en la zona este del barrio, aún mantenía ese tufo a lupanar de otros tiempos. Su fachada estaba atiborrada de pintadas y de manchas de sangre ya reseca. Solo un desvencijado cartel de neón alumbraba de forma intermitente la puerta de metal oxidado y cerrada a cal y canto. Samuel la aporreó y se abrió una pequeña trampilla. Alzándola por el pelo, mostró la cabeza que antes portara un negro aficionado a samurái. La puerta no tardó en abrirse y fueron invitados a pasar.

La luz roja bañaba el recibidor. Ewan se quedó atrás mientras Samuel saludaba a un individuo estrafalario. Era un alto y enjuto negro con el torso atravesado por multitud de relucientes anillas metálicas. Su cara se asemejaba más a un muestrario de una ferretería, que al rostro de un decrépito relaciones públicas de tugurio. Por un momento, el individuo se le quedó mirando mientras Samuel le susurraba a escasos centímetros.

El delgaducho negro, montado sobre unos empinados zapatos de tacón lacados en blanco brillante, se acercó a Ewan caminando con amaneramiento y observándolo de arriba abajo. Comenzó a cachear sus tobillos y fue subiendo hasta llegar a la entrepierna. Se detuvo durante unos interminables segundos, masajeando y apretando los atributos del joven.

—Venga Will, está limpio —espetó Samuel.

El desdentado y esquelético negro se levantó y acarició el pecho de Ewan, mientras lo miraba fijamente y con descaro.

—Sí, está limpio, pero este capullo lleva una buena tranca entre las piernas.

—Vamos tío, deja ya al nene —repuso Samuel riendo y balanceando el goteante trofeo de un lado para otro.

El canijo deslizó una de sus largas y afiladas uñas lacadas en negro, por la mejilla del joven.

— ¿Te gustaría metérmela? —le preguntó mirándolo a los ojos.

—No vengo a eso —respondió sin apenas moverse.

—Joder hermano —volvió a quejarse Samuel —no tenemos tiempo para mariconadas. Toma, dásela a Raymond —y le arrojó la cabeza.

La negra y esperpéntica damisela restregó ese rostro petrificado por la muerte entre su entrepierna. La alzó y paseó la punta de su lengua por los prominentes labios. La reinona entornaba frenéticamente sus grotescas pestañas en un gesto de exagerada y ofensiva lascivia.

—Seguidme —dijo girándose con pedantería y moviendo sus estrechas caderas.

El olor era dulzón en aquel largo pasillo repleto de puertas. El aroma del vidrio azul se incrustaba en el interior de las fosas nasales hasta arañar el cerebro. Ewan lo sintió. Un leve vahído nubló su vista mientras atravesaba aquel corredor bañado de luz roja. Por un momento trató de imaginar lo que se practicaba en esas habitaciones cerradas. Los gemidos y algún que otro llanto escapaban de ellas a su paso. Entraron en una sala decorada con sillones de polietileno rojo, unas cuantas mesitas a juego y una pequeña barra forrada también del mísero material. Una chica negra con el cráneo afeitado atendía el ridículo bar. Mostraba sin pudor sus pezones anillados y una mirada de desprecio hacia Ewan. Dos tipos más, negros también como el azabache y fornidos, se apostaban sentados en las esquinas de la cutre estancia. Parecían estar en otro mundo. Sus ojos no tenían vida y sus desnudos y peludos torsos brillaban a causa del sudor y los reflejos de una casina lámpara giratoria.

En la otra esquina y sentado en un deteriorado sofá rinconera, estaba el que parecía ser el propietario de ese cuchitril. Un afroamericano con más de un centenar de kilos de pura grasa y pelo albino. Paseaba sin cesar un mondadientes de un lado para otro, entre sus carnosos labios. La chica que mantenía la cabeza hundida entre sus piernas no debía tener aún los veinte años y no hizo el menor ademán ante la inesperada visita.

Will, el huesudo negro y reinona recepcionista del local, se aproximó a su jefe y le susurró al oído. El grasiento Raymond acarició una mejilla de lo que quedaba de aquel vociferante y bravucón pandillero de Watts.

Ewan se mantenía de pie junto a Samuel, mirando con sigilo la habitación y a la joven que aún no había levantado su negra y larga cabellera.

— ¿Qué te trae por aquí negro? —preguntó el obeso dueño sin dedicar una sola mirada a Ewan.

—Hola Raymond, yo también me alegro de verte —contestó Samuel ofreciéndole una amplia sonrisa.

—Sabes que no quiero problemas —dijo flemáticamente. —Las cosas están muy jodidas últimamente por aquí.

— ¿No te alegras de ver a tu viejo amigo?

—Por supuesto que sí —dijo mientras apartaba a la chica morena de su miembro y lo enfundaba con dificultad dentro de los pantalones. — ¿Sabes?, me mantengo en el negocio porque no le hago la competencia a los buitres. Ellos van a lo suyo y yo a lo mío. No me mezclo en sus asuntos y ellos me ignoran. Pero si se enteran que largo más de la cuenta harán mantequilla con mis sesos, y eso no me apetece.

—Vamos Raymond, préstale un rato al blanco. Seguro que sacarás buena tajada de esto.

El pringoso individuo se dignó en dirigir la mirada hacia Ewan. Lo observó de pies a cabeza sin decir palabra, mientras la mirada del joven se centraba de nuevo en la chica, que por sus facciones, parecía ser chicana. Estaba desnuda, solo un ridículo tanga rojo ocultaba su sexo. Ella mantenía la mirada baja y una postura de completa sumisión.

Raymond hizo un gesto con la mano y ambos tomaron asiento.

—Bien, desembucha y ve al grano —dijo con voz pausada.

—Estoy buscando a una chica.

— ¿Eres un puto sabueso?

Ewan miró a Samuel.

—Su conejito, Raymond. Dice que la han secuestrado.

El seboso negro rompió a reír y Samuel le siguió.

— Así que han raptado a tu chochito ¿eh blanco?, ¿y por qué crees que está aquí en Compton?

—Es largo de explicar.

Raymond apartó el palillo de los labios y acercó su grasiento y sudoroso rostro al de Ewan.

— ¿Sabes cuantos desgraciados desaparecen todas las noches en estas calles?, ¿qué tiene tu chochito de especial?

—Ella tiene ciertas cualidades.

Raymond volvió a reír.

—Esta nena también tiene excelentes cualidades —dijo el rollizo negro señalando a la chica desnuda. —La mama de maravilla. Tanto es así, que todas las noches la tengo aquí sacándole brillo al badajo.

—No me refiero a ese tipo de don.

— ¿Menosprecias a mi chica?

—No, por supuesto que no. Es muy guapa.

—Explícate blanco.

—Digamos que ella posee ciertos poderes.

La cara del mofletudo negro cambió al instante. Su sonrisa se esfumó y la chica alzó, por primera vez, la vista hacia Ewan.

— ¿Lo ves Raymond? —dijo Samuel sonriendo. — Sabía que esto te iba a interesar. ¿No piensas estirarte esta vez?

—Ilida, sírveles unas copas —ordenó a la chica negra de la barra. —Y bien, dime, ¿cómo se llama tu nena?

—Emily. Tiene veinticinco años. Rubia, ojos achinados y con una bonita sonrisa en los labios.

Raymond y Samuel volvieron a reír y esta vez de forma desbocada. Ilida se acercó con dos vasos, uno conteniendo una sobrada dosis de un líquido ligeramente azulado, y el otro vacío. Ewan se quedó perplejo, cuando la joven negra le acercó ese vidrio sin contenido alguno.

—Ella también tiene una bonita sonrisa en sus labios. ¿A que sí, cielo? —dijo Raymond mirando a la chica de origen mexicano. —Anda cariño, enséñale tus jugosos labios.

La joven se levantó del deteriorado sofá y se acercó lentamente, con la mirada gacha, hacia el joven. Cogió el vaso y se sentó entre sus piernas. Ante la mirada atónita de Ewan, deslizó hacia un lado su diminuto tanga y colocó el vaso debajo para recoger su micción. La chica no se atrevió a mirarlo en ningún momento, pero él sintió vergüenza y una profunda aflicción.

—Brindemos —dijo Samuel alzando su vaso.

Ewan se quedó mirando como la joven retornaba impasible hacia su propietario y volvía a adoptar esa postura de obediencia a su lado.

—Será mejor que te lo bebas ahora que tiene espuma y está caliente —le aconsejó Samuel. —De lo contrario, Raymond se enfadará y hará que te bebas otras cosas menos apetitosas.

Ewan cogió el vaso temblorosamente y, mientras dirigía la mirada hacia la chica, se lo llevó a los labios. El olor y la calidez del líquido al contacto con sus labios, hicieron que el joven sufriera un par de arcadas.

— ¿Te atreves a despreciar el licor de mi nena? — espetó Raymond con los ojos desorbitados.

Ewan dio un buen sorbo al líquido amarillento y turbio. Sus manos apenas podían sostener el vaso a causa del temblor. Todos estaban pendientes de él. También los dos negros que se apostaban en las esquinas lo miraban como hienas. Esperaban que esa carne fresca les animara esa noche de hastío. Como carroñeros, esperaban con paciencia a que su jefe les ofreciera el último despojo de ese desgraciado. Ellos sabrían aprovecharlo hasta el final.

Ella entró en la habitación. Subida en unos altos zapatos de tacón y ataviada con un simple vestido transparente que dejaba entrever su cuerpo. Era como una figura de ébano y acababa de terminar uno de sus magistrales servicios. Un espectáculo privado para unos cuantos degenerados que habían liberado de sus emponzoñados testículos algunas gotas de semen, a cambio de presenciar el color de la sangre en vivo. Era ella la que daba nombre al local y el plato más preciado de los descerebrados que visitaban aquel antro. Se sentó frente a Ewan. Su piel brillaba y, no por el sudor, la sangre aún resbalaba por su pecho.

Se quedó mirando a Ewan en silencio. Sus ojos rojizos y tatuados con ese pentagrama, infundían miedo. Su dentadura afilada logró que Ewan entornara los párpados con un profundo suspiro.

—Ánimo chico —dijo Samuel —lo vas a pasar bien, ya verás. Te dejo aquí con estos amigos. Yo tengo que irme, ya sabes, los buitres.

Ewan levantó la mirada y le guiñó como despedida.

CHRONOS

Aquel día amaneció más triste que ninguno. Los copos grises caían en el sucio asfalto y en algún que otro cuerpo sin vida tendido en la calle. Él parecía ser uno más entre ellos. Desnudo y encogido por el frío, daba la impresión de haber sido una víctima más de esas sangrientas bacanales nocturnas. Su cuerpo estaba repleto de laceraciones y heridas que aún sangraban y su cabeza había sido rapada al cero. Sus párpados estaban hinchados y de color violáceo. Una pequeña cicatriz, cosida burdamente en su lacerado cuero cabelludo, rezumaba una pútrida y sanguinolenta supuración.

Una ráfaga de viento helado hizo que Ewan se acurrucara aún más, haciéndose un ovillo y acentuando esa postura fetal. Un sucio copo calló en uno de sus párpados y recobró por un instante la conciencia. No pudo abrir los ojos, pero sintió como se deslizaba por su mejilla una fría y negra gota, recorriendo el camino que sus lágrimas habían labrado durante la noche. Él solo sentía dolor. Un intenso sufrimiento físico y mental. Por un instante y en medio de la intensa e incontrolable tiritona, le asaltaron los primeros recuerdos de esa noche de terror. Volvió a gemir y una mano cálida lo acarició. Ewan volvió a sumirse en un profundo sueño.

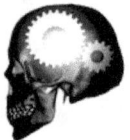

"*Emily estaba allí. Vestida de blanco e inmaculada como un ángel. Extendía los brazos tratando de alcanzarlo. Ewan intentó desprenderse de las ligaduras que lo amordazaban al sucio camastro manchado de sangre, pero cada vez se hundía más y más en él. El dolor estaba a punto de hacerlo caer en la inconsciencia. Esos dientes afilados penetraban cada vez más en su glande. Eran como púas metálicas que se hincaban lentamente y sin parar en su miembro. Emily comenzó a desvanecerse. De su pelo rubio se desprendían mechones que caían como los copos de esa mañana fría y gris. Ella lo miraba sin borrar la cálida sonrisa de sus labios. Solo su rostro quedó suspendido en el vacío, en mitad de aquella negrura infinita. Emily cerró los ojos y Ewan gritó de dolor*".

Cuando logró despegar los párpados, percibió que todo había sido un sueño. Miró con temor a su alrededor, empapado en sudor y jadeando. El miedo se había instalado en su corazón como un compañero inseparable.

La habitación estaba en penumbra, empezaba a amanecer y la nevada era copiosa. Se incorporó en ese camastro humedecido por la sudoración y giró su vista al oír un estornudo.

No medía ni medio metro, pero esos ojos llenaban su tierno rostro. Jamás había presenciado una mirada así. La ternura y la inocencia emanaban de aquella cara aterciopelada y angelical. Ambos mantuvieron la mirada durante unos segundos sin decir palabra. Solo el pequeño se atrevió a hacer un tosco movimiento, para limpiar con el dorso de la mano su diminuta y enrojecida nariz.

Ewan ya no sabía discernir si aquello era producto de un nuevo delirio, o de la entrada en el reino de los cielos después de haber sufrido una muerte cruenta. Pensó en que quizás fuera la *Psicosis Negra,* la que estaba haciendo de las suyas. No lograba recordar la última vez que tomó la medicación. Acercó su mano temblorosa a la mejilla del niño y este dio un paso atrás sin dejar de observarlo con curiosidad.

— ¿Y tú quién eres? —preguntó Ewan.

El mestizo pequeñajo no respondió, continuó observando al maltrecho joven en su lamentable estado.

— ¿No me vas a decir cómo te llamas?

—Ángel Gabriel —respondió esforzándose por pronunciarlo bien. Para él su nombre era aún un trabalenguas.

Ewan sonrió y sintió un intenso dolor en el mentón.

— ¿Te duelen los dientes? —preguntó el niño al verlo con la mano en la barbilla y con una mueca que le era familiar.

—Solo cuando me río.

Ewan recorrió con la vista esa parca habitación. Las primeras claridades ya le permitían observar algunos de los enseres que decoraban esas cuatro y estropeadas paredes. En una de ellas y, como si de un altar se tratase, el icono de una virgen reposaba entre cirios encendidos en un pequeño armario de madera. En una de las esquinas se amontonaban cacerolas y platos con restos de comida, en lo que parecía ser el esbozo de una cocina. Un sofá, que algún día fuera de terciopelo verde, era ahora una antigualla roída por el tiempo. Repleto de cosidos, se mantenía inclinado por la falta de una de sus patas. Solo la mesita que se situaba frente a él parecía estar en mejor estado. Sobre ella se erigía una imagen holográfica de un joven sonriente y de facciones afroamericanas. Ewan sintió como el corazón le daba un vuelco y un vahído hacía amago de adueñarse de su consciencia. Hacía apenas unas horas que ese infortunado negro le rogaba que lo desconectara y ahora parecía sonreírle como queriendo agradecerle ese acto de bondad. Izan parecía feliz en esa infografía. Su mirada risueña infundía sosiego y bienestar. Ewan tuvo que retirar la mirada de esa imagen congelada en una época de placidez. Sintió de nuevo un escalofrío. Una extraña sensación de que todo estaba anudado y que los acontecimientos se sucedían siguiendo un plan diseñado. Le resultaba inaudito que ese desgraciado negro a las puertas del coma mortal, le anunciara y con tanta certeza su devenir. Ese retoño debía ser aquel que Izan, entre lágrimas y por unos efímeros momentos, volvió a ver entre sus recuerdos. Solo faltaba ella, esa tal Gabriela a la que nombró antes de entornar sus párpados en un sentimiento de dolor.

Ewan continuó paseando su mirada. Media decena de pequeñas lámparas de luz amarillenta, alumbraban esa sobria estancia que parecía proceder del pasado. Si no hubiera sido por la presencia del pequeñuelo de tez morena y ojos negros, hubiera creído haber despertado en el navío mugriento que sus compañeros habían sabido recrear. Su memoria lo transportó a esos días en los que conoció al equipo de Brainsoft y a esa experiencia virtual que todos ellos habían creado.

Ewan volvió a sentir pena y no solo por Emily, sino también de él mismo. Miró su cuerpo y se estremeció. Era un despojo, un residuo de la inmundicia y la crueldad del ser humano. Aún y así, daba gracias por ver de nuevo la luz del día y por sentir el cálido recuerdo de ella.

— ¿Ese es tu papá?

—Papá ya no está. Se fue al cielo. Está allí dormido, pero habla conmigo —respondió el niño sin dejar de moverse. — ¿Tú tampoco tienes papá?

—Si. Tuve un papá y también se fue al cielo. Espero que no me esté viendo ahora —respondió con aflicción. —Y también tuve una mamá que me quería mucho.

—Yo también.

— ¿Y dónde está tu mamá?

El pequeño volvió a quedarse en silencio.

— ¿No piensas decírmelo?

—Mi mamá me ha dicho que no hable contigo.

—A buenas horas —dijo intentando ponerse en pie.

Entre lamentos, arrastrando uno de sus pies y envuelto en la sábana, se acercó a la ventana. Limpió el vaho con la venda de su muñeca y vio solo una pared. Un sucio muro de ladrillo sobre el que resaltaba la miríada de copos en su lenta caída. Ewan se quedó por unos instantes pegado al cristal, mirando el poco cielo encapotado que la pared le permitía ver. Un sentimiento de pesadumbre lo invadió y volvió a mirar al peque con una sonrisa.

—Oye Ángel, necesito ir al baño.

El pequeño alzó su mano y con el dedo le indicó la puerta.

Ewan se dirigió cojeando hacia esa puerta pintada de verde y desconchada. Se acercó al pequeño espejo de la pared y cerró los ojos. En ese primer vistazo no se reconoció. Tuvo que inspirar profundamente y sujetarse al lavabo, para enfrentarse a su escabrosa imagen. Deslizó los dedos por su desnudo cuero cabelludo y sintió un dolor punzante. En mitad de su cráneo resaltaba una pequeña herida, cosida con burdos nudos.

—Es mejor que no la toques —dijo ella apoyada a la entrada del aseo.

Ewan bajó la mirada sintiéndose avergonzado. No solo lo invadía el pudor de mostrarse en ese estado, esa joven le había inculcado un sentimiento que jamás había experimentado. Era la primera vez que contemplaba en el rostro de una mujer, la sumisión y el miedo.

—No te avergüences. Tú no tienes la culpa. Aquí las cosas funcionan así. Anda ven, tengo que curar esas heridas, aún te supuran.

La chica lo cogió del brazo y le ayudó a regresar lentamente hasta la cama. Él mantuvo la cabeza gacha, evitando mirarla.

— ¿Dónde estoy? —preguntó aún sonrojado.

Ella también bajó la mirada y suspiró. Cogió un rollo de venda y trató de no prestar atención a la actitud del joven, tratando de eludirla.

— ¿Sigo en Compton? —volvió a preguntar.

—Sí Ewan, sigues en Compton —respondió ella con resignación.

— ¿Es tu chico? —preguntó de nuevo señalando a la imagen tridimensional.

La joven desvió la mirada hacia donde apuntaba Ewan y terminó volviéndose de nuevo hacia él mostrando una expresión de ternura.

— ¿Tomaste tu medicación?

— ¿Cómo puedes saber que estoy bajo tratamiento?

La chica se tomó su tiempo antes de responder.

—He logrado recuperar tu ropa. Llevabas un bote de píldoras en uno de los bolsillos de tu pantalón.

—No recuerdo nada —respondió Ewan sintiéndose aturdido.

—Quizás sea mejor así —dijo ella limpiándole las heridas en sus pezones.

— ¿Erais felices, verdad Gabriela? —preguntó Ewan observando al pequeño, que apostado al fondo de la habitación, se mantenía en silencio.

Ella volvió a entristecerse y continuó limpiando las heridas del maltrecho joven.

— ¿Por qué me llamas así?

—Me lo dijo él.

— ¿A quién te refieres?

—A Izan.

—Entiendo.

Gabriela no dijo nada más. Continuó empapando gasas en un líquido amarillento y empujándolas con un punzón en el interior de los pechos de Ewan. Él sentía dolor, pero el pudor lo embargaba aún más.

— ¿Has visto a Izan? —preguntó ella después de un lapso de silencio.

—Lloró por ti y por él, antes de dormirse para siempre —contestó levantando la mirada.

Gabriela no soltó lágrima alguna, ni tampoco hizo la menor intención de ahondar en el tema. Solo se limitó a preguntar en otra dirección.

— ¿Tanto la querías?

—Más que a mi vida.

— ¿Crees que alguien se merece que acabes aquí?

—He de encontrarla. Sé que ella me está esperando.

—Y cuando la encuentres, ¿no crees que quizás sufras aún más?

— ¿Por qué dices eso?

—Porque quizás te encuentres a ti mismo.

Ewan se quedó de nuevo aturdido. Gabriela trató de sosegarse inspirando profundamente. Descubrió la parte de sábana que ocultaba las zonas más íntimas de Ewan y este, en un acto reflejo, se lo impidió.

—Si no te curo ahí abajo perderás tu hombría, ¿lo entiendes?

Ewan asintió. La hinchazón había desfigurado sus atributos sexuales. Él retiró al instante la mirada. La sangre y el pus continuaban brotando de su hinchado y morado prepucio.

—Esto te va a doler —dijo ella introduciendo lentamente una fina gasa empapada por la uretra.

Ewan cerró los ojos y lloró en silencio. El dolor era superado por un sentimiento de tristeza y de impotencia. Su integridad había sido violentada, transgredida hasta unos límites que él nunca hubiera podido imaginar. Se castigaba pensando en la suerte que podía haber corrido Emily, su ser más querido. Gabriela limpió con delicadeza el interior de ese miembro castigado por el odio y la crueldad. Lo vendó y se dirigió al aseo.

— ¿Qué me han hecho en el cráneo?

—Te han dejado limpio —contestó ella desde el baño.

— ¿Te refieres a que me han robado todo el dinero?

—Me refiero a que te han extraído el *neurochip* —respondió apoyada en el marco de la destartalada puerta y mirando con pena a Ewan.

—Supongo que me lo han sustituido.

—Sí Ewan —repuso ella con resignación.

El *neuro* sintió como su piel se erizaba. La palabra "*Chronos*" volvió a tronar en su mente. A Izan también se lo implantaron, haciendo de ese desdichado una hiena a merced de sus instintos y de sus sueños más escondidos. Ewan presagió el destino al que lo habían sentenciado.

— ¿Y ahora? —preguntó paseando sus dedos por la cicatriz.

—Depende de ti. Tú eres el único que puede deshacerse de ese mal que llevas dentro. Y si no es así, logrará arrastrarte en un delirio sin fin hasta la muerte. Será mejor que descanses —dijo retirando la mirada y volviendo a cubrir el castigado sexo del joven.

—A veces pienso que no estoy aquí por propia iniciativa.

— ¿Qué quieres decir?

—No sé, tengo la sensación de que todo esto es deliberado.

—Sí Ewan —dijo ella dejándose caer en la cama. —Todo es deliberado y está minuciosamente trazado.

El pequeño se acercó y se acurrucó al lado de Ewan. Él sintió el amago de acariciar su rizado pelo negro, pero solo se limitó a arroparlo.

—Supongo que *Chronos* se mantendrá inactivo hasta que desaparezca la inflamación —dijo el neuro con resignación. —Después me conectará a ese maldito sueño y seré un súbdito más.

Gabriela lo miró y apretó una de sus manos.

Ewan lo presagiaba. *Chronos* había conseguido lo que ningún sueño inducido había logrado hasta entonces. Era la quimera a la que aspiraban gobiernos y multinacionales. Era su sueño hecho realidad, lo que buscaba desde hacía tanto tiempo. El alma humana estaba divinamente simulada. Todo el que entraba en ese reino perfectamente diseñado, era incapaz de distinguirlo de la realidad. No se atenía a reglas, fluía como la vida misma. Cada uno le otorgaba sus propias pautas de comportamiento. Ese sueño crecía en el interior de la mente como un ser con vida propia. Simplemente seguía y daba rienda suelta a las pasiones de sus huéspedes, comportándose como un auténtico parásito. "Quid pro quo". Ese vividor dentro de la mente, alimentaba a su portador de unas realistas vivencias, aquellas que jamás sería capaz de alcanzar. A cambio, llevaba a su presa por los designios e intereses de su creador. Se convertía en un súbdito al servicio de su dios. Jamás la manipulación mental había conseguido llegar tan lejos y de forma tan eficiente.

—Toma —dijo Gabriela ofreciéndole un diminuto comprimido del color de la sangre y un vaso conteniendo un turbio y amarillento líquido en su interior. —Tómatela o el delirio te corroerá.

Ewan miró el líquido. Por unos instantes, el recuerdo de la orina atravesando su garganta le hizo estremecer. Él aún no había comentado nada acerca de su padecimiento y, en cambio, ella parecía saberlo.

— ¿Cómo puedes saber que padezco de *Psicosis Negra*?

—No eres el primer caso que veo.

— ¿Izan también la padecía?

—Procura descansar. Debo irme, tengo una mañana muy liada —contestó poniéndose en pie. —Ahí te he dejado algo de comida.

— ¿Cuándo volverás?

—Antes de que anochezca.

La joven salió de la triste habitación y cerró la puerta tras de sí, bloqueándola. Ewan dirigió la vista hacia el pequeño y deslizó los dedos por sus rizos.

— ¿Tienes miedo? —preguntó Ángel.

— ¿Qué? —exclamó Ewan sobresaltado. — ¿Por qué me preguntas eso?

El pequeño lo miró con ternura.

—Él también tenía miedo.

— ¿Te refieres a Izan?

—Si.

— ¿Y tú cómo lo sabes?

—Porque lloraba cuando se despertaba.

Ewan se afligió aún más. Sí que sentía miedo. Presagiaba que esa parca habitación sería la última estación de paso hacia el más allá. El pensamiento de no volver a ver a Emily ya se estaba afincando dentro de su mente, produciéndole más dolor y sufrimiento que la muerte en sí. Sus ojos amoratados no dejaban entrever el enrojecimiento y el brillo de unas lágrimas, que de nuevo hacían amago de brotar. Miró hacia la ventana con el ánimo de sobreponerse. Aquella pared de ladrillo continuaba mostrando la sucia nevada. El invierno se había adueñado de la gran urbe y, al parecer, en Compton se hacía notar aún más. Jamás había sentido la soledad en tal grado. Aun estando acompañado por ese pequeñuelo y asistido por Gabriela, su corazón vagaba por un profundo vacío. Ni siquiera aquellos tiempos, en los que enclaustrado en su apartamento pasaba horas y días, le habían reportado esa profunda sensación de aislamiento.

Él ya no tenía posibilidad de comunicarse con nadie. El único enlace con su vida anterior había sido extirpado de cuajo. Sin lugar a dudas, todos pensarían que habría desaparecido. Posiblemente, un caso más entre miles, un caso como el de Emily. O quizás lo achacaran a un nuevo episodio de *Psicosis Negra*, otra crisis y quizás la definitiva, que lo hubiera llevado a la muerte en algún rincón de ese podrido distrito.

Cuanto más se fijaba en esas cuatro paredes, más lo asaltaba una extraña sensación. Algo que intentaba escapar de su interior para mostrarle su realidad. Pero Ewan aún no era capaz de enfrentarse al más mínimo atisbo de ello. Su dolor, su pena y sufrimiento se veían acrecentados por la falta de esperanza y cada vez se sentía más desahuciado.

Acarició el suave rostro de Ángel. Ese pequeño también debió de haber sufrido, contemplando día a día a un padre que se debatía entre la realidad y la locura. Él debió presenciar los acontecimientos por los que pasó su desparecido padre, penalidades por las que él aún no había comenzado a deslizarse. Contemplaría impotente como su progenitor se internaba en un estado que para él debía ser el cielo, ese del que le hablaba su madre. Lo vería dormido en un sueño del que emergía en cortos períodos de tiempo, los justos para transmitirle ese amor profundo que le profesaba. Y ahora, ese niño ya de por sí castigado, permanecía como él, enclaustrado entre esas cuatro paredes presenciando el declive de otra vida.

Ewan lo acurrucó infundiéndole ese calor del que fue privado un día cuando Izan decidió abandonarlo, en pro de inmolarse y no causar más sufrimiento.

Por un momento, el joven *neuro* dejó su alma descender lentamente, como aquellos copos que atravesaban perezosamente el ventanuco. Un inexplicable bienestar recorrió todo su dolorido cuerpo, como un ungüento sanando sus heridas. Y un estridente pitido resonó en lo más profundo de su cerebro. Era la señal que esperaba. Ese engendro que portaba en su interior despertaba de su letargo, para transportarlo a otros mundos, a esos de los que ya jamás lograría escapar.

Ewan supo acogerlo sin miedo. Esgrimió una disimulada sonrisa y sus párpados se cerraron.

EL ENLOQUECIDO

Navío Santísima Trinidad.
15 de septiembre de 1781.

El fuerte temporal arreciaba en aquellas embravecidas aguas. La noche se abalanzaba sobre el cielo encapotado y borrascoso. La lluvia era torrencial. El fuerte vendaval hacía que el buque insignia de la marina española hundiera su proa hasta el mascaron. Él se mantenía incólume y aferrado a su catalejo. Solo le preocupaba la escuadra de navíos que le seguían y que capitaneaba rumbo a tierras españolas. El agua de mar lo empapaba por completo. Las violentas ráfagas de viento arrastraban remolinos de marea que sobrepasaban la toldilla. Pero su dotación sabía por propia experiencia, que estaban bajo la pericia del mejor marino español de esos tiempos. Él los llevaría de nuevo a puerto, a esa tierra con solera marinera de la que partieron un día para unirse a la escuadra gala y combatir contra el imperialismo inglés, en pro de la independencia de un nuevo país.

Subido en lo más alto del único navío de cuatro puentes de la época, Luís de Córdova dirigía con maestría la joya de la corona Borbón; un buque de guerra armado con ciento cuarenta cañones al que apellidaban "El Escorial de los mares".

Rodeado por sus incondicionales oficiales, el insigne marino daba órdenes con una serenidad aplastante. Su rey, Carlos III, tuvo a bien encomendarle esa misión en ultramar, comandando una flota de curtidos y abnegados marinos. Todos rondaban de forma frenética por la cubierta. Arrollados por el viento y vapuleados por el agua salada, seguían religiosamente las órdenes vociferantes de sus contramaestres.

El cielo se resquebrajó. De un intenso resplandor, dos quebrados y fulminantes rayos surgieron hasta llegar a tocar al majestuoso navío. El palo de mesana fue herido de gravedad y no pudo aguantar el peso del velamen, que con furia ondeaba a las órdenes del vendaval. Se quebró lentamente y crujiendo en un ensordecedor lamento, hasta caer en cubierta. Dieciséis marinos quedaron atrapados mortalmente entre el pesado velamen y los aparejos. Algunos de ellos murieron al instante, aplastados por el pesado y monumental mástil. Los gritos se oyeron a pesar del atronador rugido del mar y buena parte de la marinería se dedicó a socorrer a los moribundos.

Miembros amputados de cuajo, cabezas machacadas y cuerpos bañados en sangre lucían como fogonazos, bajo los destellos de la feroz tormenta que se cernía sobre la escuadra española. Los que aún sobrevivían fueron llevados a la enfermería, dos cubiertas más abajo, mientras la descomunal nave se debatía contra un mar frenético y con ganas de sangre.

Luís de Córdova no tardó en bajar, dejando al mando del Santísima Trinidad al capitán de navío Joaquín de Maguna, su mano derecha. Nada más descender se dirigió a la cámara baja y se engalanó concienzudamente. En un acto solemne se deshizo de su ropa empapada y se vistió con la casaca de mayor pompa. Una ostentosa prenda con los emblemas de su país labrados en hilo de oro y adornada con la gran cruz de Carlos III. Se ajustó la peluca de cabello blanco como el nácar y salió para despedir a unos hombres que habían dado su vida por él y por el rey.

Escoltado por dos de sus insignes oficiales, Luís bajó las oscuras y empinadas escaleras de madera, hasta llegar a las dependencias de la enfermería. Los alaridos se podían oír desde la tercera cubierta; los últimos gritos de dolor que precedían al abrumador silencio de la muerte.

Al entrar, bajo la tenue luz de los candiles que oscilaban hasta rozar las vigas de madera, el recientemente nombrado director de la armada española se aproximó a los malheridos marineros. La sangre salía a borbotones en cada uno de los latidos de sus agónicos corazones. Se arrodilló con reverencia ante cada uno de ellos y cogiendo sus manos les susurró al oído. Era el mejor de los capellanes en ese momento. Sus palabras eran recibidas como un bálsamo por esos hombres curtidos que exhalaban sus últimos alientos de vida. Trataba de reconfortar sus heroicos corazones, de henchirlos de gloria por última vez, antes de zarpar en ese viaje final.

—Id a la cámara baja y traed el coñac que guardo en la alacena —ordenó a uno de sus oficiales.

Ese exquisito licor y una caja de oro guarnecida con brillantes, le habían sido regalados por el rey Luís XVI de Francia como meritorio a su campaña contra los ingleses en el Canal de la Mancha, con la expresiva dedicatoria "Luís a Luís".

El ilustre marino no tuvo recato en compartir con sus maltrechos soldados, unos sorbos de ese brandy que guardaba con celo. Dio órdenes a José de Salazar y Arandia, uno de los cirujanos de a bordo, de que hiciera todo lo que estuviera en sus manos y ordenó llamar a su mejor cirujano naval que aún estaba convaleciente.

Diego de Cárdenas agachó ligeramente la cabeza para entrar en la enfermería, e hizo una reverencia al insigne comandante de marina.

—Pasad Diego, os necesitamos más que nunca.

Diego se inclinó ante su comandante y el desdichado marinero que tenía desparramados sus intestinos por el camastro.

— ¿Podéis trabajar con el brazo izquierdo? — preguntó Luís mirando el muñón envuelto en vendajes, que quedaba de su amputado brazo diestro.

—Todo sea por nuestro rey y por vos. Tendré que acostumbrarme a utilizarlo.

—Al menos, dirigid a José de Salazar a recomponer esta carnicería. Poned todo vuestro arte y pericia en ello, os lo suplico.

—Descuidad, os aseguro que pondré todo mi empeño.

Fue al amanecer, con aguas ya calmas, cuando ambos cirujanos dieron por concluida su faena. De los cinco marineros que entraron destrozados en la enfermería, solo uno tuvo la fortuna de seguir con vida. José de Salazar amputó sus lacerados genitales bajo las directrices de Diego, un afamado cirujano que se había formado en la prestigiosa escuela de Virgili y Bervell, el que fuera cirujano mayor de la Real Armada Española.

Diego de Cárdenas y Carranza había seguido los pasos de su maestro, formándose como cirujano en primera instancia y en la carrera militar después. Él no había nacido en el seno de una familia de labradores, como fuera el caso de su tutor. Diego procedía de esas primeras clases medias acomodadas, que dieron lugar a una burguesía sustentada por la Ilustración y el enciclopedismo de la época.

Diego se formó en el Real Colegio de Cirujanos de la Armada, en Cádiz. Fue en esa ciudad, donde también contrajo matrimonio con una preciosa joven hacendada gaditana, María Bernardo de Almansa. Era bien conocido en sus círculos de amistades, el amor que ambos se profesaban. Además de ser un ilustre cirujano, lucía buen porte. Su pelo rubio y sus ojos verdes hacían de él un galán muy apetecido por las jóvenes de clase media con la que se codeaba. Siempre vestía de manera impecable, siendo el desorden, uno de sus principales y más destacados defectos. Diego nunca encontraba nada. Hasta su más preciado material de cirugía aparecía en los lugares más insospechados. De no ser por el carácter meticuloso y organizado de su esposa, Diego se hubiera perdido a él mismo.

Su hacienda, en una de las calles más prestigiosas del Cádiz de la época, denotaba el nivel acaudalado de la joven pareja. Ese amor no había dado fruto alguno. A pesar del enorme deseo de María por quedar encinta, la naturaleza le había negado esa dádiva. Él lo aceptó sin aflicción, pero ella lo llevaba como un penado. Quizás por ello, la joven derivara por otros derroteros, sublimando de alguna manera esa carencia.

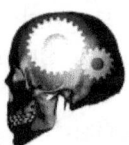

Diego durmió el resto de la mañana. La noche lo había dejado exhausto. Pero su sueño aunque profundo, no había sido reparador. Unas extrañas ensoñaciones habían asaltado su merecido descanso. Esos inexplicables sueños eran algo insólitos, no desaparecían de la mente después del despertar. Se mantenían vívidos en todos sus detalles y en toda su dimensión.

Tras asearse con el agua de un barril mohoso de aquella enfermería que aún rezumaba a muerte, se engalanó para unirse al acostumbrado almuerzo en la cámara baja. Allí lo esperaba el almirantazgo y toda su elite.

Cuando Diego entró en la cámara baja, Luís de Córdova le indicó que tomara asiento a su lado. Frente a él, Joaquín de Maguna, la mano derecha del ilustre almirante de la armada; Francisco Vicente de Velasco, teniente de navío y segundo oficial del Santísima Trinidad; y el segundo cirujano José de Salazar.

Las viandas estaban ya sobre la mesa. En esta ocasión, el capón y el cerdo asado eran los platos principales. Luís, un enjuto hombre entrado ya en la setentona, bendijo la mesa y se dispuso a cortar.

—Trinchad lo que os apetezca —dijo sentándose en su poltrona.

Diego tomó asiento, trinchó un buen trozo de cerdo bien dorado y lo depositó en su plato de alpaca. Se quedó mirando a ese exquisito y dorado bocado de cerdo, sin saber cómo atajarlo. Miró el muñón de su brazo derecho amputado y su buen ayudante de cirujano se ofreció a cortar en pequeños trozos el manjar. Diego se sintió avergonzado, pero supo superar ese trance de deshonra y se llevó a la boca un pedazo de carne, después de agradecer cortésmente la ayuda.

—Hemos de dar la enhorabuena a nuestro cocinero, este cerdo está realmente exquisito —dijo limpiando sus labios con el pañuelo que colgaba de la manga.

—Los he probado mejores —repuso Luís de Córdova apurando un trozo de capón entre los dedos.

— ¿Conocéis la tasca de Claudio? —preguntó José de Salazar, su enclenque ayudante de cirugía, dirigiendo sus grandes ojos verdes hacia él.

—Si. Por fortuna suelo calmar mi sed allí, después de comprar pasteles de gloria para mi querida esposa, en el convento de Nuestra Señora del Rosario. Pero os diré que esa carne tampoco es del todo de mi agrado. Demasiado comino para una vianda que no precisa de ello.

—Opino igual que vos —repuso Diego. —No soy partidario de los aderezos. Es mejor no disfrazar el sabor de una buena pieza de carne.

—Resulta un tanto paradójico oír a un cirujano, que corta la carne con su instrumental, hablar de condimentos y manjares —dijo el capitán volviendo a mirar pérfidamente a Diego.

—Si me lo permitís, no alcanzo a entender en que radica la paradoja —le contestó este, tratando de no dejarse amedrentar por el porte y el fuerte carácter del capitán. Por alguna razón, ese hombre fornido de rasgos duros y piel curtida repleta de cicatrices, comandaba la esplendorosa embarcación mientras Luís de Córdova se despojaba de su pompa para entregarse al descanso u otros quehaceres.

— ¿Os comeríais esos testículos que habéis extirpado esta noche?

—Por supuesto que no.

—Pues deberíais probarlos —repuso el capitán con voz profunda y el semblante serio. —De cerdo, naturalmente —y terminó en carcajadas al igual que los demás.

Diego esgrimió una ligera sonrisa, pero en el fondo sentía cierto grado de desconcierto. Ese rostro marcado por una aciaga vida, trataba de sonsacarle de la memoria algunos recuerdos de un vívido sueño.

— ¿Sabéis? —continuó el capitán dirigiéndose de nuevo al joven cirujano. —No pongo en duda la exquisitez de esa sabrosa carne de cerdo, pero siempre he preferido la textura de la ternera. No hay nada como sentir en la boca el desgarro de una carne fresca y tierna. Y más aún el cálido jugo que desprende.

—Diego lo miraba absorto y tratando de deglutir ese último trozo de cerdo, al que daba vueltas dentro de su boca.

—Hay exquisitas terneras en Cádiz —continuó el capitán, —pero las más jóvenes y tiernas están a las afueras, en el mesón de "Los Juanes". Os recomiendo que las catéis allí y que pidáis su más elaborada receta.

— ¿Y cuál es, si no os importa decidlo? —preguntó Diego mirando fijamente al capitán.

—Las entrañas, querido Diego. Es un plato exquisito que no os dejará impasible. Decid que vais de parte del "Cuco". Os atenderán como sin duda os merecéis.

—Descuidad, lo haré —contestó cortésmente sin dejar de mirarlo.

El mandamás de aquella flota se giró ladeando el cuerpo y miró a su cirujano predilecto. Diego no presentaba buen aspecto y sus ojeras estaban bien marcadas.

—Os veo afligido, ¿es por la aciaga noche?

—Algo tendrá que ver —respondió reponiéndose como de un trance. —Aunque a decir verdad, he despertado con un desasosiego poco usual.

— ¿A qué os referís?, ¿os duele ese muñón más de lo normal?

—El muñón sigue doliendo, aún supura. Más no creo que ese sea el motivo de mi desconcierto.

—Explicaos —inquirió de nuevo el almirante de la flota, mientras pinchaba un trozo bien dorado de capón y lo depositaba en su plato.

— ¿Habéis tenido alguna vez la sensación de haber vivido realmente un sueño?

—Jamás, pero he de reconocer que me hubiera gustado sentirlo en alguna que otra ocasión —respondió expresivamente, dibujando con sus manos la curva silueta femenina.

Los comensales rieron, mientras sus bocas atiborradas de carne dejaban escapar la salsa grasienta.

— ¿Es eso lo que habéis soñado, Diego? —preguntó Joaquín de Maguna sonriendo, después de limpiar sus labios con la manga.

—Por si no lo sabéis, llevo desposado un lustro. Y he de deciros que felizmente. No añoro aventura alguna. Al menos por ahora.

Todos volvieron a reír, incluido el mismísimo director de la Armada Española.

—Diego, no dejáis de sorprenderme con vuestras alocuciones —repuso el almirante. —Tomad, servíos más vino. Seguro que así lograréis adormecer ese muñón que no os deja descansar a gusto.

—El muñón sanará —precisó José de Salazar, su compañero de enfermería. —Diego aparenta tener buenas encarnaduras.

—Os librasteis de una buena —apostilló el joven e imberbe Francisco de Vicente. —Si esa bala de madera hubiera errado su trayectoria en unos centímetros, sería vuestra cabeza la que no estaría aquí en estos momentos.

—Imagino vuestra perplejidad al verme comer sin cabeza —repuso Diego y la risotada fue general.

—En verdad que tuvisteis buena fortuna —añadió Luís de Córdova, tratando de imponer un poco de seriedad al asunto. —He de reconocer que esos navíos franceses y, en concreto, ese cascarón del "Ville de Paris", poseen una inusual dureza en las maderas de sus palos. Quizás sea lo único que puedan mantener erguido —y no pudo resistir carcajearse.

—Cierto es lo que decís, pero no es menos cierto que de no haber rebotado en el palo mayor, esa endiablada bola astillada me hubiera cortado la cabeza de cuajo.

—Diego, tenéis toda la razón —volvió a comentar el almirante de la flota española, tratando de disimular la risa. —Es preferible que vuestra esposa os vea como un manco, no como un descabezado.

Todos hicieron amago de reír, pero ante la mirada de su comandante, prefirieron guardar un forzado silencio.

—Comparto vuestra opinión —dijo el capitán Joaquín de Maguna, ajustándose de nuevo el bordado pañuelo a su cuello. — ¿De qué sirve un cuerpo sin cabeza? —preguntó mirando a Diego fijamente.

Los ojos del lisiado se alzaron lentamente hasta enfocar al oficial de marina. Por fin, ese rostro de tez morena y ojos abultados le infundía algo.

—Diego, dais la impresión de haber visto un fantasma —espetó Luís de Córdova.

—Es posible —contestó aún obnubilado. — ¿Qué portáis al cinto? —preguntó dirigiendo la mirada de nuevo hacia el capitán Joaquín de Maguna.

—Mi espada, ¿o es que pensáis que de mi cintura pende un trabuco? —contestó enfrentándole la mirada.

— ¿Habéis cortado alguna cabeza con ella?

—Más de una. Para eso está.

— ¿Y que hacéis con ella, una vez decapitada?

—Los sesos se pagan bien en las carnicerías de Cádiz. ¿Tampoco los habéis degustado?

— ¿Por qué me dejasteis allí? —preguntó Diego con el semblante triste.

— ¿Os referís a aquel tugurio?, ¿a "La perla negra"?

— ¿A cuál sino?

—No fue nada personal, solo puro negocio. Además, ibais buscando una respuesta a vuestro desasosiego, quiero recordar.

—No fue allí donde la encontré.

—Os aconsejo que tengáis paciencia. Si habéis llegado hasta aquí, no malogréis lo que os espera por venir.

Todos observaban ese careo insólito y sin sentido. Daba la impresión de que ambos personajes estuvieran en otra dimensión.

—Bueno caballeros —interrumpió Luís. —Creo que este Burdeos se nos ha subido a la cabeza más de lo apropiado.

— ¿Dónde está ella? —volvió a preguntar Diego sumido en un trance.

—Esperándoos en Cádiz, por supuesto —respondió sonriendo. No dudéis en ningún momento de su fidelidad y de su amor por vos. Ella os espera. Aunque lleguéis tullido.

—Brindo por nuestro almirante —interrumpió el joven teniente, tratando de poner fin a esa absurda contienda verbal.

Todos le respondieron alzando sus copas, excepto Diego de Cárdenas y Joaquín de Maguna, que continuaban enfrentando sus miradas.

—Tengo entendido Diego, que habéis fraguado buena amistad con el almirante francés —dijo Luís de Córdova en tono socarrón.

— ¿Os referís a De Grasse? —preguntó Diego alzando la vista hacia el almirante y con expresión de extrañeza, como si otro recuerdo de ese extraño sueño, quisiera asomar a su memoria.

— ¿A quién sino?

—He de admitir que es un excelente marino, sin desmerecer por supuesto a vos.

La mirada de Diego no pudo disimular en esos momentos una expresión de ternura y su comandante al mando se percató de ello.

—Mi querido Diego de Cárdenas, espero que la enseña de nuestro rey haya quedado bien alta en suelo francés.

Todos se mantenían en silencio. Solo los chasquidos de sus bocas al masticar, resonaban de fondo.

—Yo que vos, no prestaría demasiado crédito a esos rumores en cubierta.

— ¡Esos rumores a los que os referís os desacreditan y deshonran mi insignia! —gritó Luís de Córdova golpeando la mesa. — ¿Acaso se os ha reblandecido el corazón ante ese amanerado narigudo?

Diego secó sus labios delicadamente con el pañuelo. Ahora sí que lucía y con todo su esplendor, esa parte del sueño que había logrado deleitarlo y mostrarle algo desconocido. Sí que recordaba a ese narigudo. Sí que resonaban en su memoria esas muestras de afecto y cariño.

— ¿Calláis Diego? —preguntó Joaquín de Maguna.

—No recuerdo haberos dado permiso para intervenir en esta conversación —espetó el almirante mirando con ira a su capitán.

—No puedo poner en duda la hospitalidad de nuestros aliados —contestó Diego. —Reconozco que sus costumbres distan de las nuestras y que quizás no sepamos entender ese amaneramiento al que hacéis referencia.

— ¿Y vos sí lo entendéis? —volvió a increpar Luís de Córdova. — ¿Es eso lo que habéis aprendido en la escuela de cirugía de Bervell?

—Siento deciros que he aprendido demasiadas cosas en esta contienda y que no todas han sido fruto de vos.

— ¿Os vais a afrancesar? Pensadlo con detenimiento, quizás a vuestra dama no solo le repugne recibir a un tullido.

—Con el debido respeto, María Bernardo de Almansa os podría alumbrar en vuestra ceguera.

Luís de Córdova se quedó mirando fijamente a su cirujano durante unos segundos y terminó esgrimiendo una sonrisa. Todos le acompañaron y se atrevieron a soltar alguna que otra carcajada.

—Creedme, no llego a alcanzar de que diantre habláis —dijo el almirante cansado de esa dialéctica sin sentido. —No tengo el placer de conocer a vuestra admirable y bella esposa, pero supongo que estas aguas mansas y este sofocante calor os están derritiendo los sesos.

—Sin duda tenéis razón —contestó cortésmente Diego dirigiendo la mirada al magnánimo marino. —Esta calma chicha debe estar reblandeciendo nuestras almas.

—Al menos, démosle gracias a Dios por otorgarnos la gracia de este buen tiempo y poder recomponer el mástil derribado —repuso con ánimos el joven teniente Francisco Vicente de Velasco.

Hubo un silencio y fue el capitán Joaquín de Maguna el que lo rompió.

—Debe ser cierto. Según dicen, nuestro estimado cirujano está a bien desposado con una bellísima dama.

—Os agradezco el cumplido capitán. Es cierto que es la dueña de mi corazón.

—En cierto sentido os envidio. Reconozco que jamás he sido dueño del mío y menos, hasta el punto de entregarlo a una sola dama —dijo riendo. —Al parecer he de albergar un gran corazón y me veo obligado a repartirlo con asiduidad.

—Capitán, vais a sonrojar a nuestro delicado cirujano —dijo el almirante. —Está claro que él no comparte vuestra visión del amor y menos, desde que embarcó en ese navío francés. ¿Y vos, Francisco?, ¿hacia qué lado os decantáis?

El joven teniente ladeó la mirada con temor y le contestó titubeando:

—Debéis perdonarme pero aún no he tenido ocasión de comprobarlo.

— ¿Insinuáis que sois virgen aún?

—Me refería a no haber sentido, eso de lo que nuestro ilustre cirujano, sin duda es benefactor.

—Por un momento he llegado a sentir pánico —dijo Luís de Córdova riendo. —No podía creer que un oficial de mi flota no hubiera hundido aún su verga en el fruto de una mujer.

—En contrapartida a vuestra dádiva, señor Diego de Cárdenas —volvió a hablar el capitán Joaquín de Maguna, —he de reconocer que en mi corazón no se halla brizna alguna de miedo o desasosiego.

—Siento no entendeos.

—Me refiero a ese dolor de dejar a la mujer amada en puerto.

—No puedo desmentíos. Es cierto que ardo en deseos de volver a verla. Jamás me había sentido tan lejos de ella y por tanto tiempo.

—Sé que no albergáis duda sobre ella, Dios me libre de pensar en ello. —volvió a retomar la palabra el capitán. —Pero, ¿no sentís miedo de que algún infortunio la haya rondado en todo este tiempo?

—A decir verdad, creo que sí. Es algo que ronda mi mente con asiduidad. Pero ella es joven y fuerte. Y eso me tranquiliza.

—Precisamente por eso, querido Diego.

— ¿Qué tratáis de insinuar capitán?

— ¿Habéis oído hablar del capitán de navío Francisco de Salas y Barreda?

—Buen marino, sin duda —apostilló el comandante de la flota.

—Algo llegó a mis oídos —respondió Diego. —Tengo entendido que enloqueció.

—Sí, una verdadera lástima. El amor, Diego, el amor lo llevó a enfermar.

—Parece que sabéis más que yo acerca de él.

—Hace dos años, cuando comenzó el sitio de Gibraltar, este ilustre marino fue destinado a Algeciras a las órdenes del almirante Antonio Barceló y Pont de la Terra. Este desafortunado capitán comandaba una de las dos fragatas que fondearon en el golfo de Cádiz. Pero su infortunio no vino a causa de la infausta contienda.

— ¿Qué tratáis de decir? En la academia naval se rumoreaba que su espíritu decayó en los primeros meses a causa de un desorden nervioso.

— ¡Eso es falso! —gritó Luís de Córdova. —Yo tuve a mis órdenes a ese joven capitán y jamás hizo el amago de flaquear. Fue ella, esa joven esposa por la que deliraba día y noche, la que emponzoñó sus sesos.

— ¿Qué tuvo que ver ella en su triste desgracia? —preguntó el afamado y tullido cirujano.

Luís de Córdova y su capitán se miraron y este último volvió a retomar la palabra.

—No sé si sabéis que estaba desposado con Cayetana Gálvez de Clavijo. Una joven ilustre de familia aristocrática que al parecer ingresó en el monasterio de Las Huelgas, a edad muy temprana y coincidiendo con la muerte de su madre. Según se rumoreaba, fue allí donde recibió inspiración divina y fue dotada de ciertos dones del alma.

—En verdad os juro, que no soy capaz de entender qué relación puede haber con el descalabro del capitán.

—Tened paciencia y lo comprenderéis. Según dicen, la joven Cayetana se dedicó a escribir.

— ¿Os imagináis a una mujer escribiendo? —preguntó irónicamente Luís de Córdova, mientras se servía otra nutrida copa con ese tinto elixir de la zona del río Garona.

Diego bajó la mirada y sus piernas flaquearon.

—Os lo ruego, continuad.

—Sus escritos desaparecieron justo después de abandonar el monasterio y de alejarse de Valladolid, para desposarse con nuestro ilustre y desgraciado capitán. Esos manuscritos estaban malditos desde el primer día que tuvo a mal escribirlos.

— ¿De qué versaban?

—De la venida de un quinto jinete del Apocalipsis, en forma de plaga. No cabe la menor duda, de que la locura había hecho pasto de su mente. Al parecer, describía a una secta satánica que adoraba al caballo como símbolo de los cuatro jinetes y, según comentan, ella misma se creía un arcángel venido del cielo para salvar a la humanidad.

Una lágrima comenzó a descender por una de las mejillas del joven cirujano y la enjugó con disimulo.

— ¿Os encontráis bien? —preguntó el almirante.

—Si. Son solo punzadas en el muñón. ¿Os importa que me sirva otra copa de Burdeos?

—Adelante Diego, calmaos con este exquisito vino.

—Sin duda, debía referirse a la viruela —dijo Diego después de beber de un solo trago el contenido de la copa.

— ¿Dais crédito a esa patraña? —preguntó el almirante.

—La viruela se está extendiendo por toda Europa. No es una idea descabellada.

—Engañifas —espetó Luís de Córdova. —Esa mujer era una desquiciada y logró enloquecer del mismo modo a su esposo.

— ¿Y que aconteció después? —volvió a preguntar Diego.

—No se sabe. Dicen que fue secuestrada por esa secta. Cuando Francisco de Salas recibió noticias de su desaparición, abandonó su puesto y se personó en su residencia. Al menos así lo relatan sus vecinos, que dijeron verlo como un poseído vagabundeando por las calles de Cádiz día y noche.

— ¿Creéis que enloqueció por ello?

—Veréis Diego, Francisco de Salas era un buen amigo. Antes de embarcar, en una noche de correrías por Cádiz, tuve la suerte o la desgracia de toparme con él. Ya no era el mismo, solo quedaban despojos en un cuerpo famélico y un rostro demacrado. De su lánguida voz solo escapaba el nombre de su amada Cayetana. Sentados en una tasca, a la luz de una triste vela, comenzó a delirar como si el diablo se albergara dentro de él.

Luís de Córdova, Francisco Vicente y José de Salazar se mantenían en silencio y en vilo. Diego de Cárdenas era el único que mostraba un rostro marcado por la tristeza y unos ojos empañados por el dolor. Esa historia lo estaba abriendo en canal, tal y como él diseccionaba y con destreza la carne humana. Ese sueño era real; palabra tras palabra iba cobrando sentido. Poco a poco, la imagen de su amada María Bernardo de Almansa se instauraba en su mente, como queriendo alarmarlo de algo. Su miedo se acrecentaba, ahogando su corazón. Tenía la dolorosa impresión de que ese extraño capitán quisiera presagiarle su próximo devenir.

— ¿Tratáis de prevenirme de algo, capitán? — apenas pudo balbucear.

—No solo estáis consiguiendo que se nos avinagre este delicioso vino en nuestros estómagos —

interrumpió el almirante, —sino que además vais a lograr que nuestro eminente cirujano enloquezca del mismo modo.

—Disculpad, tenéis toda la razón —contestó Joaquín sonriendo. —Quizás me esté dejando llevar por los efectos del vino y por el afecto que le profesaba a ese desgraciado marino.

—Por favor capitán, continuad —suplicó Diego.

—La verdad, es que hay poco que contar. A no ser por algunos de los delirios que desgraciadamente tuve la oportunidad de oír de boca de mi maltrecho amigo.

— ¿A qué delirios os referís?

—Después de verlo beber como una cuba y de acabar con dos frascas de vino, Francisco de Salas me confesó que logró encontrar a su esposa.

— ¿Y dónde la halló pues? —preguntó Diego con desesperación.

—En la antigua Casa de Misericordia.

— ¿Os referís al hospicio?

—Sí, al mismo. Ya sabéis, no solo acogen a los mendigos sino también a los que han perdido la razón. Y he de deciros, que a tenor de las palabras de mi desdichado amigo, supe que su amada esposa estaba loca de atar.

— ¿No la rescató de ese manicomio?

Joaquín de Maguna rompió a reír y miró fijamente a Diego abriendo de par en par sus oscuros y profundos ojos.

— ¿Imagináis en qué estado estaba esa mujer?

—No alcanzo a adivinar lo que tratáis de insinuar.

—Cayetana estaba desfigurada por completo. Sus pechos habían sido arrancados de cuajo, al igual que las entrañas de su bajo vientre. Bueno, vos sabéis mejor que yo a que me refiero.

— ¿Quién pudo hacer tal barbaridad?

—Ella misma, Diego, ella misma.

—Perdonad, pero no conozco caso alguno de mutilación de esa magnitud. Con el debido respeto, disculpad que disienta con vos. Alguien tuvo que ser el sádico que le infringiera esas graves heridas y ella por ello cayera en la locura.

Diego se quedó por un momento pensativo y volvió a hablar:

—Creo recordar que antes habéis mencionado a una secta satánica entre los delirios de esta dama en cuestión.

—Así es, de hecho, ella seguía empecinada en que todo lo que le había acontecido era a raíz de su secuestro por esa secta.

—Por Dios caballeros —interrumpió Luís de Córdova, — ¿no opináis que esta sobremesa está siendo ya demasiado lúgubre? En verdad os digo que me invade un sentimiento sombrío y que mal digestión me espera de seguir de este modo —dijo con complacencia y educación. — ¡Habéis enloquecido ambos también! —gritó. — ¿Desde cuándo una secta satánica comete atrocidades en Cádiz? Yo no he oído palabra alguna al respecto y sabéis muy bien que son considerables las amistades que poseo en esta ciudad.

—Ruego disculpéis de nuevo mi atrocidad —dijo el capitán, —pienso igual que vos. Esa desgraciada dama cayó en desdicha a raíz de la muerte de su señora madre. Esa farsa solo fue producto de su desquiciada mente.

— ¿Conforme Diego? —preguntó el almirante, intentando zanjar el funesto asunto.

—Por supuesto señor. A todos nos vendrá bien pisar tierra firme.

—No temáis Diego, os aseguro que vuestra esposa os está esperando ansiosa de estrecharos entre sus brazos —dijo Luís de Córdova en tono reconciliador. —Bien caballeros —repuso levantándose del sillón, —en un par de días arribaremos a Cádiz y si no me equivoco, pisaremos tierra por poco tiempo. Mucho me temo que volvamos a zarpar en breve.

Todos se levantaron y fue Diego de Cárdenas el que se atrevió a preguntar.

— ¿Apoyaréis el sitio de Gibraltar?

—Menorca, Diego. Menorca.

EL LLANTO DE UN MURO

Al despertar, todo giraba sin cesar. Jamás había experimentado una sensación de mareo tan acentuada. Intentó incorporarse en la cama y las ligaduras no se lo permitieron. Solo pudo ladear la cabeza hacia un lado y el vómito fue implacable. Poco a poco se sintió reconfortado. Alguien enjugaba con dulzura el sudor de su pálido rostro. Por unos momentos, Ewan no pudo balbucear ni una sola palabra. Su boca estaba reseca, su visión borrosa y el vértigo continuaba atenazándolo. La nitidez volvió a instaurarse en sus retinas y el rostro de la joven mestiza surgió como un reguero de paz y tranquilidad. Por primera vez, Ewan se fijó en ese rostro que hasta ahora solo había mostrado una expresión de sometimiento y sumisión. Esos grandes y cálidos ojos negros lo miraban con compasión. Esa joven de pelo corto y negro, lograba infundirle sosiego y calma. Cuando oyó de nuevo su voz, su corazón pareció acomodarse dentro de su pecho.

— ¿Por qué estoy atado? —pudo difícilmente preguntar.

—Tenías convulsiones —respondió limpiando los restos de vómito de la almohada.

— ¿Cuánto tiempo he estado delirando?

—Toda la tarde, hasta que ha empezado a anochecer.

—Tengo que ir al baño.

Gabriela soltó sus ligaduras. Ewan trató de incorporarse pero el esfuerzo fue en vano. Ni un solo músculo de sus piernas parecía obedecer a sus órdenes. No las sentía, permanecían aún dormidas y ausentes. Ese sueño lo había dejado agotado. El corpúsculo insertado en lo más profundo de su cerebro había hecho ya de las suyas, transportándolo a los rincones más escondidos de su mente. Había sido una primera incursión en un mundo creado por él y por sus miedos. El primer tramo de un largo y pausado viaje hacia la locura. Un lento éxodo hasta las lindes entre el delirio y la realidad, que solo se soslayaría con el agasajo de la muerte. Pero en lo más profundo de su ser, Ewan comenzaba a intuir que ese camino le revelaría, más tarde o temprano, el paradero de Emily. Daba la impresión de que todo estaba escrito dentro de él y que ese grano de Iridio lo conduciría irremediablemente hacia su destino.

—Será mejor que lo tomes con calma —dijo ella tranquilizándolo. —Recobrarás las fuerzas en unos minutos. Tu mente ha estado vagando y tu cuerpo ha tratado de seguirla. Es normal que te encuentres entumecido.

—Quédate esta noche aquí con nosotros —le suplicó.

—No puedo, no soy dueña de mí. Creo que es mejor que sea así.

—Te tienen amedrentada, ¿no es así?

—No lo sé. Hay veces que me debato entre pensamientos contradictorios.

— ¿Tienes dudas acerca de lo que están haciendo contigo?

—Es muy complicado. No sería capaz de explicártelo en estos momentos. Yo solo me remito a seguir lo que me han encomendado.

—No logro entenderte. ¿No has intentado escapar de aquí?

— ¿De dónde Ewan?, ¿de mi realidad o de la tuya?

—Solo hay una realidad Gabriela y es, la que nos tiene encadenados a ti y a mí en este lugar.

— ¿Sabes?, hay veces que me gustaría estar al otro lado.

— ¿A qué te refieres?

—Es todo tan simple bajo tu perspectiva, que desearía, aunque solo fuera por unos segundos, sentir lo que tú sientes.

— ¿No lo sentiste con él?

Gabriela guardó silencio durante unos segundos y contestó:

—No. Él se perdió de la misma forma que tú empiezas a perderte.

Ewan bajó la mirada y se quedó pensativo. Trató de nuevo de incorporarse en la cama y esta vez sí que lo consiguió. Echó un vistazo al cuarto buscando al pequeño y no lo halló.

— ¿Dónde está?

— ¿Quién?

—Ángel Gabriel.

—Le he dejado salir un rato.

— ¿Al exterior?

—No, claro que no. Le permito que juegue ahí fuera, en el pasillo.

—Debe ser una tortura para él, permanecer aquí enclaustrado día y noche sin poder salir a la calle.

—Está ya más que acostumbrado. Este es su mundo, su hogar. No conoce otro y no puede echar en falta aquello que no ha conocido.

— ¿Sabes? Es un niño especial. Parece como si supiera de mí, más que yo mismo.

—Ángel es así. Se entrega en cuerpo y alma por los seres desvalidos.

—Discúlpame, he de ir al aseo.

Ewan se puso en pie con ayuda de Gabriela y se quedó extrañado al ver la cama. Cuatro brazaletes de cuero con hebillas metálicas le habían amordazado muñecas y tobillos. No recordaba haberlos visto antes. Era como si hubieran surgido de la nada durante esa tarde mientras deliraba.

— ¿Qué te ocurre? —preguntó ella al verlo extrañado e inmóvil.

— ¿Siempre ha estado ahí eso?

— ¿A qué te refieres?

—A esas correas.

—Sí, —contestó ella con destello en su mirada — siempre han estado ahí Ewan.

—A él también tenías que sujetarlo.

—Él también se infringía daño.

— ¿Tratas de decirme que me has atado por temor a que me lesione?

—Así es.

Ewan rozó sus doloridos pezones y suspiró.

—No logro recordar nada de aquel antro. Solo el olor dulzón de un vapor que me arañaba el cerebro y todos los sentidos. También a una mujer negra embadurnada en sangre y sus afilados colmillos. Pero no recuerdo infringirme daño a mí mismo, ni siquiera puedo aceptar que sea capaz de hacerlo.

—Hay demasiadas cosas de ti que aún no conoces.

— ¿Y tú sí?

—Yo velo tus sueños.

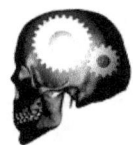

La noche era cerrada y había dejado de nevar. Ewan se mantenía absorto observando a través del sucio cristal. Su mirada se mantenía clavada en aquel resquicio por donde podía divisar el cielo despejado y moteado de estrellas. La sonrisa asomó a sus labios. Fue como un estallido de placer, de un regocijo infinito. Hacía tiempo que la imagen de Emily se había difuminado en su mente y solo una borrosa silueta intentaba acudir a su recuerdo. Esas estrellas que titilaban en la lejanía del cosmos, dibujaban ese rostro que poco a poco se iba desvaneciendo. Fue como un soplo de aire fresco. Vislumbrar de nuevo esa cara angelical y su embaucadora sonrisa, lo reconfortaron y elevó su espíritu a la cota más alta, aquella que Gabriela jamás había tenido oportunidad de presenciar.

De nuevo, los cuatro pitidos resonaron en la habitación y la puerta se abrió deslizándose suavemente hacia un lado. Gabriela entró sosteniendo una bandeja con la cena. El pequeño seguía los pasos de su madre como un perrito faldero.

—Te he traído algo de comida —dijo ella depositando la bandeja sobre la mesa.

—Te lo agradezco, pero soy incapaz de engullir nada. La náusea no desaparece.

—Debes intentar comer algo. Venga, anímate. He traído una de estas ensaladas sintéticas y un rollo de carne de cerdo asado.

— ¿Del mesón de los Juanes?

— ¿Cómo dices?

—Nada, olvídalo. Era solo una broma. Empiezo a confundir la realidad con el delirio. —contestó apesadumbrado. — ¿Y tú, renacuajo?, ¿te gusta la ensalada sintética?

El pequeño no dijo nada. Escondió su tímida sonrisa bajando la cabeza y se sentó en el sofá moviendo sus piernas sin cesar. Gabriela miró a Ewan y sirvió la mesa.

—Daría mi alma por echar un trago —masculló Ewan sentándose junto al pequeño y frente a la joven mestiza.

—Tendrás que conformarte con esta bebida. Anda, tómate la medicación —repuso acercándole el consabido comprimido rojo y ese vaso conteniendo el mismo líquido turbio y amarillento.

Ewan lo tragó después de dar un pequeño sorbo del vaso. De forma tosca, intentó pinchar algo de esa lechuga de color bilioso y con apariencia de polietileno. Durante algunos segundos, Gabriela observó cómo su inquilino no acertaba a llevarse nada a la boca.

— ¿Te encuentras bien? —preguntó ella.

—No me acostumbro a manejarme con la mano izquierda —respondió con rabia.

Gabriela se quedó atónita observándolo. El joven no atinaba con el tenedor, mientras su brazo derecho colgaba flácido.

—Si eres diestro, ¿por qué no utilizas tu otra mano?

Ewan dirigió la mirada hacia su hombro derecho y arrojó el tenedor sobre la mesa con furia.

—Lo siento —dijo ante las miradas de sorpresa de madre e hijo. —Empiezo a creer que yo tampoco voy a poder superar esto.

—Vamos Ewan, son solo rescoldos en tu mente. No te dejes vencer —y apretó su mano.

—Hay momentos en los que no logro saber quién soy. Es como si estuviera perdiendo mi identidad. Me esfuerzo por recordar mi vida anterior. Solo así consigo mantener la cordura.

—Eso está bien. Es la lucha que debes mantener.

— ¿Hasta cuándo?, ¿hasta que sea un jodido vegetal inerte en esa cama?

—Ten paciencia. Estoy convencida de que saldrás de esta.

—Si al menos pudiera comunicarme con alguien.

—Aquí es imposible Ewan. Anda, come algo. Te sentará bien.

El joven movió su brazo derecho y comenzó a comer. Una caricia, la de una pequeña mano, hizo que dirigiera la mirada hacia el niño.

—No te va a pasar nada —dijo el pequeño.

— ¿Ah no?, —respondió Ewan con una sonrisa y Gabriela lo miró — ¿y tú cómo lo sabes?

—Porque yo te cuido.

—Bueno, ya me siento más tranquilo.

—Me alegra oírte decir eso —dijo Gabriela. — ¿Por qué no me cuentas algo de ti mientras comemos?

— ¿Qué quieres saber?

—Sobre tu vida. ¿Qué hacías antes de conocer a esa chica?

—Vegetar. Era como un sonámbulo. Aunque a decir verdad, no sé si he mejorado en algo últimamente.

—Venga, no seas así —dijo ella sonriendo. — ¿A qué te dedicabas?

—Lo creas o no, a estudiar a tipos con la misma patología que ahora padezco yo. Es paradójico, ¿no te parece?

—Sí, es curioso.

— ¿Y tú?, resulta que estoy viviendo aquí en tu hogar conviviendo con tu retoño y aún no sé nada de ti. Solo que tienes unos ojos encantadores y un bonito cuerpo bronceado.

—No está bronceado —dijo ella riendo, —es el color natural de mi piel.

—Es la primera vez que te veo sonreír.

—Yo aún no te he visto a ti hacerlo —respondió ella.

—Porque apenas estás aquí.

—No puedo permanecer aquí más tiempo, ya te lo he dicho.

—Está bien —dijo él y suspiró. —Necesito salir de aquí. Debo continuar buscándola antes de que sea demasiado tarde.

—Ya es tarde Ewan. No durarías nada ahí afuera. Tu único camino está aquí.

—No puedo comer más —dijo él levantándose del sofá con la mirada baja y los ojos enrojecidos.

Se dirigió hacia la ventana y miró de nuevo hacia arriba. El cielo comenzaba otra vez a encapotarse y apenas eran visibles las estrellas.

— ¿Cuánto tiempo llevas aquí? —preguntó mirando la pared de ladrillo.

—Cinco años.

— ¿Dónde vivíais antes?

—En Ciudad de Méjico.

— ¿Por qué os vinisteis a Los Ángeles?

—No quiero hablar de eso.

— ¿Por qué?, ¿demasiados recuerdos de Izan?

—Te encuentras mal. No creo que debieras buscar culpables donde no los hay.

—Lo siento. No tengo derecho a comportarme así. Tienes razón, me siento destrozado.

Después de un largo silencio Gabriela habló con nostalgia:

—Nací en Cuernavaca, una ciudad a unos noventa kilómetros de Méjico Distrito Federal. Un lugar encantador donde la primavera es eterna. Mi padre era un experto en *geosintéticos* y trabaja en una multinacional en el valle de Cuernavaca. Un hombre muy apegado a su tierra y a sus costumbres. Aún me acuerdo cuando me llevaba todos los años al carnaval. Yo lloraba de miedo y escondía la mirada agazapada a su cuello. Aquellos Chinelos[44], con su extravagante colorido y sus floridos adornos, me causaban pánico al verlos brincar.

— ¿Murió?

—Si. Agustín falleció poco después de que yo me independizara y me fuera a vivir a Ciudad de Méjico. Un día me llamó diciendo que tenía que venir a la gran metrópoli. Dirigía un proyecto de anticontaminación. Quedamos en vernos, pero jamás llegó. Su vehículo se desplomó desde la autopista aérea y se desintegró en pleno distrito de Xochimilco.

—Lo siento.

—No te preocupes. En el fondo preferí que terminara así su vida. Agustín padecía de Occebia y su final estaba cerca. Pienso que él mismo decidió inmolarse ante el futuro de sufrimiento que le esperaba.

— ¿Tienes madre?

—Supongo que sí. Un jodido vientre de alquiler que mi padre pagó en demasía.

—Entiendo.

—Bueno, se me hace tarde —dijo ella poniéndose en pie.

— ¿Fue allí, en Ciudad de Méjico, donde conociste a Izan?

—Déjalo Ewan, tengo que marcharme.

— ¿Por qué no quieres hablar de él?

---

[44] *Chinelo es el nombre de un personaje tradicional en El Brinco de los Chinelos, danzas tradicionales de los festejos del Carnaval en diversos poblados del estado de Morelos y en los pueblos del Sur del Distrito Federal en México.*

—Porque eso no te ayudará en nada.

Gabriela recogió los restos de comida y los depositó de nuevo en la bandeja.

—Tiraré esto ahí afuera. Pasaré a verte cuando ya estés...

— ¿Delirando?

—Dormido.

—Por cierto, —dijo Ewan justo cuando ella desbloqueaba la puerta — ¿a qué te dedicabas en Ciudad de Méjico?

Gabriela se detuvo y se volvió hacia él.

—Trabajaba en el Instituto Nacional de Psiquiatría.

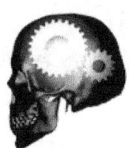

Había comenzado a nevar. Los copos apenas dejaban ver la pared del otro lado del callejón. Ewan jugaba con el niño. Sentados en el deslucido sofá, reían mientras se hacían preguntas y emulaban ser avatares de un juego. El pequeño tenía asimilado el rol de un ángel, tal y como su nombre designaba. Ewan encarnaba el papel de un niño desvalido. Se podría pensar que fue el neuro, al que se le ocurrió tal iniciativa, pero no fue así. Ángel Gabriel le propuso con astucia, jugar a ese extraño e insólito pasatiempo. Pero lo que en un principio resultó ser simpático y causante de risotadas por parte de los dos, se fue convirtiendo poco a poco, en algo más profundo y serio. Ese enano manejaba la situación con maestría. Conducía a su inquilino por una senda tan precisa como el afilado borde de un cuchillo.

—Bueno Ángel, ¿qué te parece si lo dejamos ya? Me encuentro un poco cansado.

—Todavía no. Tengo que salvarte.

—Ojalá pudieras ofrecerme otro futuro distinto al que me espera aquí —dijo Ewan poniéndose en pie para dirigirse a la nevera.

— ¿Quieres otro futuro?

—Claro, ¿y tú un vaso de leche?

—Ya no hay leche.

—Por supuesto que hay. Tu madre trajo ayer una botella.

Ewan se quedó atónito. Trataba de aclarar su vista. ¿Estaría entrando de nuevo en otra crisis de delirio? —se preguntó.

— ¿Dónde está la nevera?

— ¡Bien, bien! —exclamó el pequeñajo dando saltos.

— ¿A qué viene eso? —preguntó Ewan desorientado y mirando a su alrededor como un desquiciado.

—Has ganado tu primer punto.

El *neuro* continuaba dando vueltas alrededor de la diminuta cocina, buscando una nevera metalizada que había desaparecido como por arte de magia. Se acercó a Ángel y se agachó a su lado.

— ¿Qué está pasando?

—Estás despertando.

— ¿Despertando de qué?

—Pero ahora viene lo peor.

— ¿Qué quieres decir?

Ángel Gabriel miró a la ventana y Ewan hizo lo mismo. El sonido de un llanto llamó la atención de los dos. Ewan se abalanzó hacia a la ventana. El desconsolado lloro procedía de la pared de ladrillo. Intentó escudriñar entre la densa nevada, buscando el origen del lamento de una mujer. No encontraba explicación. Un muro como ese no podía dejar traspasar sonido alguno, pero sí mostrar el agua de esos copos fundidos, que como lágrimas resbalaban por su mugrienta superficie.

—Está llorando otra vez —dijo Ángel.

— ¿Lo has oído otras veces?

—Todas las noches. Llora mientras tú duermes.

— ¿Quién es?

—Te están llamando.

— ¿Qué?

El estridente pitido volvió a resonar en lo más profundo de su cerebro. Esa señal lo llamaba de forma insistente, anunciándole una nueva inmersión en ese otro mundo que él mismo había construido. Otra realidad, donde se hallaba el fin de su calvario. Ewan no pudo sostenerse en pie. Se arrastró hasta la cama y se desplomó sobre las sábanas. Ese llanto se apagó y sus ojos volvieron a cerrarse.

EL OLOR DE LOS LIRIOS

Bahía de Cádiz. 20 de octubre de 1781.

El navío de cuatro puentes y orgullo de la Armada española, fondeaba en el puerto de más tránsito con destino a ultramar. Por aquellos entonces, esa bahía lucía con su máximo esplendor, en la edad de oro del comercio y las importaciones procedentes del nuevo continente. Este enclave hacía tiempo que había relevado a Sevilla como Puerto de Indias. El auge económico se divisaba en su arquitectura religiosa, palacios y casas señoriales. La residencia del cirujano naval Diego de Cárdenas así lo era. Una construcción recargada de exuberante ornamentación y representante de los últimos resquicios del barroco.

El puerto era un trasiego constante de marinos, comerciantes y de innumerables viajeros que no cesaban de llegar a esta sede del monopolio americano. Cádiz era una ciudad donde la riqueza, la magnificencia y el lujo conducían a la corrupción, al pillaje y al saqueo. Era el centro neurálgico de los negocios y las comunicaciones y, por supuesto, foco de las luces de la Ilustración.

Nada más desembarcar y engalanado con su mayor pompa, el joven guardiamarina e insigne cirujano fue avasallado por más de un cochero entre aquel gentío que ofertaba los productos del comercio con América.

Diego no puso ningún reparo y subió al primer coche de caballos; un carruaje negro en sopanda y tirado por dos lustrosos jamelgos. Su rostro mostraba la alegría por pisar de nuevo su tierra natal y también la desazón por reencontrarse con su amada esposa. En su interior moraba esa pesadumbre que el capitán de navío había logrado instaurar, en lo más profundo de su corazón. Nada temía más, que recibir funestas noticias acerca de la mujer a la que amaba y dio órdenes al joven cochero de que se apresurara en atravesar las calles gaditanas.

Cádiz estaba sufriendo una profunda transformación, no solo por el hecho de ser un enclave donde la riqueza y las últimas tendencias estaban bien reflejadas. La política del rey era ya bien visible en sus calles. Ese afán por derrocar al barroco e imponer el neoclasicismo, despuntaba en muchas de las fachadas de reciente construcción. Esa corriente de moda, que de forma peyorativa aducía a la estética de los principios de la Ilustración, estaba ganando terreno y modificando la faz de esa gran ciudad.

El negro y brillante carruaje cruzó la muralla almenada por la puerta del Marque como una centella y se adentró por las estrechas calles del centro de la ciudad. Innumerables comercios habían abierto sus puertas en ese lapso de tiempo, en el que el prestigioso cirujano se había ausentado. Los comerciantes eran la nueva estirpe social, en la que se sustentaba la floreciente economía de una ciudad burguesa y cosmopolita. Cacao, tabaco, azúcar y otros productos de las provincias de ultramar, se ofertaban en plena calle a la vista de un gentío que atiborraba las empedradas vías. Diego se mostraba atónito. Una multitud deambulaba por las estrechas calles, asistiendo al esplendor de la ciudad.

—Cochero, atiza a los caballos, tengo prisa —volvió a ordenar Diego ante el agobio y la desazón que lo embargaba.

El cochero, un joven de tez morena y pelo negro enredado, no dudó en fustigar de nuevo a los corceles y el negro carruaje cruzó los aledaños a la catedral como un relámpago.

Calle Ancha se llamaba y no era así por gusto de nadie. No cabía la menor duda, de que era la vía más espléndida de ese nuevo Cádiz. Era allí, donde la mansión de los señores de Cárdenas estaba enclavada. Un edificio rancio y repleto de ornamentaciones, que le había sido legado por sus desaparecidos antepasados. Una casta de antiguos y célebres comerciantes de la ciudad, que habían sabido anticiparse a ese auge al que estaba predestinado Cádiz. Bien relacionados con apellidos de abolengo cercanos a la corte y al clero, no desaprovecharon la ocasión para hacerse con buena parte del comercio más allá de las fronteras del país. Por las venas de Diego no corría sangre de negociante. Su padre, Francisco de Cárdenas y Barón, supo encaminarlo hacia su ofuscada pasión: la cirugía. A su favor tuvo, el emplazamiento de uno de los más afamados colegios que por aquellos entonces enseñaban esta disciplina. El Real Hospital de la Armada de Cádiz había sido fundado por Pedro Virgili y Bervell, uno de los más brillantes cirujanos de esos tiempos y considerado como el restaurador y renovador de la floreciente profesión a finales de ese siglo. Pero el joven no se contentó con seguir las enseñanzas de esa escuela de grandes cirujanos. Su pasión también radicaba en lucir con orgullo el uniforme de la Armada española. Su progenitor no deseaba que su único vástago se viera inmerso en las contiendas que el país sostenía con Inglaterra, pero poco pudo hacer en su contra.

Aunque se exigía para ingresar en ella, prueba de nobleza o ser hijo de militar, la Academia de Guardiamarinas de San Fernando fue su hogar por un tiempo. Su padre, a regañadientes, logró mover los hilos necesarios para que su amado hijo luciera los emblemas militares de su país.

Diego bajó del carruaje como ungido por el mismísimo diablo. Le arrojó al cochero una moneda de medio real y corrió como desquiciado hasta el mismo portón de la casa. Aporreó una y otra vez la pesada aldaba contra la puerta de vieja madera de cedro y esta cedió entreabriéndose por sí sola. Su corazón quiso detenerse y cerró los ojos suspirando. La abrió de par en par de un empujón y entró gritando con desesperación. Sus ojos se enrojecieron y su alma se serenó. Aquella fragancia lo embargaba, arañaba su memoria hasta lo más profundo de su ser. El olor de los lirios estaba incrustado en aquella casa y en ella.

— ¡María! —gritó una y otra vez sin obtener respuesta.

Subió las escaleras de dos en dos, arrastrado por la desesperanza y por ese aroma que embrujaba sus sentidos. La puerta de la alcoba estaba entornada. Se acercó con temor a ella y la empujó levemente. Jamás olvidaría esa imagen, quedaría grabada dentro de él como esculpida a cincel. La bella joven se mantenía de espaldas mientras Juana, la joven sirvienta, anudaba las cintas de su blanco e inmaculado corsé. Ella se giró como notando en su propio pecho, el galope del corazón desbocado de Diego. Su rostro mostró en un instante, toda la pasión y el deseo retenidos durante tiempo y ahogados en lágrimas. Ocultando con sus manos lo que el remate de encaje del escote dejaba entrever de sus pechos, rompió a llorar. Diego la estrechó con su único brazo, besándola con veneración.

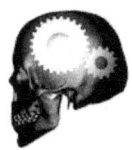

Había anochecido. La amarillenta y titilante luz de las velas se apoderaba de la lujosa y rancia estancia. Viejos óleos, en los que inmortalizados Francisco de Cárdenas y su esposa Inés de Bohigas y Mendoza, observaban de forma impasible a la joven pareja de enamorados, colgaban en aquel salón palaciego con paredes enteladas en rojo bermellón. Sentados a un extremo y otro de una majestuosa mesa tallada y con paneles de marquetería, degustaban las viandas que Juana había cocinado esa misma tarde, como homenaje del regreso de su señor. Un faisán entero, una fuente de ensalada, una perdiz, una pierna de cordero y varios platos de dulces y confituras colmaban aquella extensa mesa alumbrada por dos candelabros de plata. Pero la mirada de Diego se posaba con delirio en unos simples gajos de patata. Aunque no estaba bien visto y carecía de alabanzas por parte de la clase alta, para él era un manjar exquisito. Lo había heredado de su fallecido padre, no solo por el hecho de consumirlas a diario, sino también por ser uno de los productos que Francisco de Cárdenas supo popularizar entre las gentes del Cádiz de finales de siglo.

María Bernardo de Almansa mostraba esa noche su mayor satisfacción. Su rostro no podía disimular esa alegría interior que inundaba su alma, pero también se resistía a dirigir la mirada hacia el muñón de su amado esposo. Apenas había hecho mención a ello y Diego tampoco quiso darle mayor importancia. Pero la impericia del neófito manco era bien visible en aquellos momentos, en los que con su única mano, trataba de hacer lo que cotidianamente había hecho infinidad de veces.

— ¿Me permites que te ayude? —dijo ofuscada, ante los avatares de su esposo tratando de trinchar algo de faisán.

Diego la miró con un gesto de desaprobación. No era la primera vez que esgrimía esa expresión en su rostro y María bajo la mirada.

—Debéis acostumbraos a mi invalidez y yo a servirme de este brazo izquierdo, al que poca atención he prestado hasta ahora —respondió con cortesía y giró su mirada hacia la joven sirvienta que como una efigie, se mantenía de pie al fondo de la estancia. —Juana, puedes retirarte ya por esta noche.

—Como deseéis señor —respondió inclinando levemente la cabeza.

Cuando la joven salió del lujoso salón y cerró las dos hojas de la puerta, Diego tomó de nuevo la palabra:

—No me gusta que te dirijas a mí de esa forma delante de ella. No deseo que Juana aprecie malos modales en ese afán de tutearme.

—Juana es de la familia. Es normal que vea apego e intimidad entre esposos —respondió María con complacencia.

—En Cádiz se sabe todo —espetó con ánimos de reprenderla. —Debo cuidar de nuestra reputación.

María alzó la mirada y le ofreció una cariñosa sonrisa, aquella que lograba enloquecer a su esposo y hacerlo partícipe de un mismo deseo.

— ¿Te duele? —preguntó ella tras unos segundos en silencio.

—No, ahora que veo tus ojos. He soñado con ellos día y noche, temiendo no volver a verlos.

—No han hecho más que llorar. Temía que no volvieras.

—Hubiera vuelto del otro mundo por estar a tu lado.

María se puso en pie y se acercó a él. Se sentó en su regazo y besó a su fiel esposo en la frente.

— ¿Me dejas que comparta ese trozo de faisán contigo?

—Sí, pero por poco tiempo, ardo en deseos de llevarte a la cama —respondió acercando los labios a los de su amada.

Los dos jóvenes fundieron sus rostros en un silencioso beso y alguien llamó a la puerta de la noble y acaudalada mansión. Fue Diego el que abrió el portón, para encontrarse de bruces con un hombre bien vestido y metido en años. Su educación era bien cuidada. Saludó al propietario de la casa cortésmente y disculpándose.

—Permitidme que os entregue esta misiva, de parte de mi señor Don Alejandro O'Reilly.

Diego acogió entre sus manos el pliego y le agradeció la entrega. Durante unos segundos se quedó observando al hombre, que vestido con chupa de seda amarilla y casaca azul rayada, subía a un lujoso carruaje portando la insignia de la Capitanía General.

— ¿Quién era a estas horas? —preguntó María, al ver a su esposo leyendo el documento.

—Al parecer, estamos invitados a un baile.

— ¿Baile? —preguntó ella con extrañeza. — ¿De quién ha partido la invitación?

—Del mismísimo señor Capitán General de Andalucía.

— ¿Vas a aceptar?

—Debemos hacerlo. No creo que tengamos otro remedio —contestó al tiempo que se dejaba caer en el diván de seda celeste.

María se sentó junto a él, e intentó leer ese pliego rubricado de forma solemne, por ese militar nacido en Dublín y muy apreciado por el rey Carlos III.

—Veo indecisión en tus ojos —dijo ella.

—Es posible. Hay algo que me hace sentir temor.

— ¿A qué te refieres?

—No sabría explicarlo. De una parte, ya sabes que no son de mi agrado este tipo de festejos privados. Ese militar jamás me ha infundido confianza ni admiración. Es solo un capricho de nuestro rey.

— ¿Y de otra?

—Temo por ti —contestó ocultando la mirada y sintiéndose avergonzado.

—No alcanzo a entenderte Diego. Es más, me preocupa verte con esa desazón.

Él no contestó. Su mirada permanecía perdida en el retrato de su fallecida madre. Sentía de forma asidua su falta. Ansiaba cobijarse entre sus brazos, para protegerse como un ser desvalido de los temores y desavenencias de la vida. Pero ahora era él, el que debía afrontar esos temores y cobijar a lo que más quería en su vida, a su dulce esposa.

— ¿Qué te aflige? —susurró ella, acurrucando el rostro en su hombro.

—Últimamente me siento presa de ensoñaciones que me hacen dudar de mi cordura.

María se incorporó sorprendida e inquietada.

— ¿No es posible que te sientas mermado por ese miembro que ha sido amputado y sea ese el mal que te atosiga?

—Esos sueños no se refieren a este muñón.

— ¿A qué se refieren pues?

—A ti, querida María. Tengo el presentimiento de que voy a perderte.

Ella selló con uno de sus dedos los labios de Diego y besó su mejilla.

—Sabes que te pertenezco en cuerpo y alma. No tienes por qué albergar dudas al respecto.

—Lo sé, pero siento como si una sombra se cerniera sobre nosotros.

—No hay sombra alguna. Estás aquí de nuevo. La vida nos sonríe. Es más, tenía preparada una cálida velada para ambos.

— ¿Tratas de sorprenderme? —preguntó Diego más animado y esgrimiendo una socarrona sonrisa.

—Tenía reservada para ti una buena nueva.

— ¿Qué tratas de decirme?

—Que mis escritos van a ver la luz.

La sonrisa se borró en los labios de Diego y un fino temblor invadió su cuerpo.

— ¿A qué te refieres con ello?, ¿has seguido escribiendo?

—Sí Diego, no puedo dejar sellada mi alma. Si no muestro mis pensamientos, mi aliento se apaga como una vela sin cera de que alimentarse.

—Creo recordar que habíamos llegado a un pacto y que dejarías de lado esos temas, que solo pueden acarrear contrariedades.

—No puedo escribir sobre lo intrascendente Diego. Créeme que lo he intentado, pero mi mano desfallece.

—No puedes publicar esos escritos, María.

— ¿Sentirías vergüenza de mí?, —espetó en un arrebato de amor propio — ¿verías tu hombría menospreciada?

María Bernardo de Almansa portaba un profundo anhelo y unas sobradas dosis de talento hacia la escritura. Una desbordada pasión por la dramaturgia, que permanecía adormecida y proscrita en varias obras escondidas en un triste cajón. Solo los ojos de Diego habían tenido la oportunidad de leer en la intimidad esas obras teatrales, en las que con tinte irónico y de comedia, su autora arremetía contra estandartes que se iban haciendo caducos en esa nueva era de la Ilustración. El honor, la patria, el deber, la reflexión filosófica, la pasión erótica y los vicios sociales y morales, eran los aderezos con los que aromatizaba sus obras. Diego tenía muy presente que el oficio de escribir era inapropiado para una mujer, aunque en el fondo, riera y disfrutara leyendo el fruto de ese atrevimiento por parte de su querida y joven esposa. Era un secreto entre ambos, un pecado que Diego perdonaba con implicación, siempre y cuando no traspasara las puertas de esa casa.

Se sintió ofendido y no pronunció palabra, pero ella supo reconfortar su alma con besos y caricias.

—He terminado una nueva obra.

Diego hizo caso omiso al comentario y continuó mostrando su disconformidad y enfado.

—Los días se me hacían eternos y las noches aciagas. He sufrido más de lo que mi alma podía soportar y me he visto arrastrada a mitigar el dolor, ridiculizando todo aquello que no logro entender.

— ¿De qué versa esa nueva obra? —preguntó Diego a regañadientes y sin dirigirle la mirada.

—Del suicidio de una mujer.

— ¿Y eso es motivo de mofa?

—No, no lo es. En esta ocasión no he escrito otra comedia más. Todo lo que envuelve la historia es reflejo de su desafortunada existencia y lo que la conduce a terminar con su vida.

— ¿Crees que un relato así puede interesar a alguien?, ¿por qué no escribes teatro sentimental?

—Ya lo hemos hablado. No me voy a doblegar a escribir sobre la manida exaltación de la virtud y sensibilidad femenina. No está en mi deseo ser reconocida como una escritora dispuesta a recoger despojos.

— ¿Con quién has hablado de ello?

—Ha nacido un nuevo periódico —dijo con entusiasmo. —Están dispuestos a divulgar mi obra.

Hacía apenas un año que "El Censor" fuera fundado por dos abogados de Madrid. Un diario semanal que lideraba las ideas de ilustrados del país y que no dudó en apoyar a la joven e intrépida escritora. Se decía que ambos fundadores estaban amparados por el mismísimo rey Carlos III, en su cruzada de derrocar las ideas del ya caduco barroco y enorgullecer y dar fama a la Ilustración. En ella vieron a un estandarte de lo que sería la mujer de esa nueva época y no dudaron en convertirla en un bastión de su cruzada.

—Vuelves a temblar —dijo María al contemplar a su esposo inquieto y apesadumbrado.

—Creo que el destino ha clavado sus garras en nosotros.

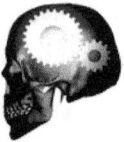

Un lujoso carruaje los llevó hasta San Fernando, en aquel atardecer en el que el rojizo sol se escondía en la línea del horizonte y la luna se alzaba sobre un mar de plata y calmado. Ella lucía su mejor vestido, una falda basquiña de seda blanca y un jubón en brocatel de sedas policromas entallado al torso y de gran escote. Solo una manteleta de raso con cuello vuelto, ocultaba tendida sobre sus hombros su atractivo y abultado pecho. Aunque Diego pretendió que su mujer luciera uno de aquellos peinados con el que las damas burguesas se acicalaban para ocasiones especiales, ella lo rehusó. María no admitía ornamentar su cabeza con ningún artilugio y, mucho menos, elevar su peinado de forma tan extravagante dando lugar a ser nicho de insectos y parásitos. Moldeó su pelo del color de la avellana con un simple tocado y dejó que sus cabellos ondearan al aire. Algunos pensarían que lucía porte de sirvienta, pero eso la enardecía aún más. Diego por el contrario no dudó en engalanarse en demasía. Portaba su mejor y más cuidado traje de gala. Pantalón y casaca azul marino con entorchados en oro, sobre camisola de color rojo bermellón y un bicornio negro fileteado al igual, con ribetes dorados. Durante el corto trayecto, atravesando plazas y calles empedradas, Diego no cesó de aconsejar a su joven esposa acerca de la conveniencia en ocultar, entre esa horda de militares con los que tendría oportunidad de conversar, de su afición por la escritura. Por nada del mundo quería, que eso fuese motivo de mofa o de habladurías entre ese personal muy allegado a él.

El Palacio de la Capitanía General despuntaba al final de la calle y María apretó con ternura la mano de su esposo, mostrando cierta inquietud. Descendieron de esa carroza que los llevaba al encuentro con el destino y cruzando patios con olor a jazmín y adornados por el sonido del agua, los condujeron al interior de una espaciosa y ornamentada estancia. Algunos miraron a la joven y exquisita pareja nada más entrar, mientras la gran mayoría y en corrillos, alardeaban de sus posiciones sociales y patrimonios. Fueron debidamente anunciados y fue el Gobernador Militar de la plaza de Cádiz, el que tuvo la delicadeza de recibirlos. Se llamaba Nicolás Bucarelli y aunque Diego no había tenido la ocasión de conocerlo en persona, sí que había oído hablar de él. Un hombre enjuto, de rasgos marcados y nariz aguileña, hijo de familia ilustre y que años más tarde sería nombrado Grande de España por el rey. Todos eran conocedores de que el afamado gobernador disfrutaba de esa grandeza, no solo por el hecho de su abolengo y buen hacer, sino también y sobre todo, por haber contraído matrimonio desde hacía bastantes años, con su sobrina; la marquesa de Vallermoso. Aun así, Diego le profería respeto y admiración por su trabajo como político.

—Es un placer teneros entre nosotros, —dijo cortésmente el gobernador —y más aún contemplar la belleza de la dama que os acompaña.

—Disculpad, —respondió Diego —permitid que os presente a mi esposa María Bernardo de Almansa.

Ella hizo la reverencia oportuna y el enjuto gobernador de la plaza besó su mano enguantada.

— ¿Sois quizás descendiente de la familia Almansa de El Puerto de Santa María?

—Me temo que no sea así —respondió ella. —Mi familia tiene ancestros en La Habana, yo misma nací allí.

— ¿Y qué os trajo a estas tierras del sur de España?

—Mi señor padre tuvo a bien emplearse en el Arsenal de la Carraca.

— ¿Es conocedor de la industria naval?

—Colaboró en la construcción del Santísima Trinidad.

—Os doy mi más sincera enhorabuena Diego, no solo habéis hecho gloria de España en esa batalla de los Cabos, sino que además estáis desposado con esta bellísima dama, que de alguna forma, ha contribuido a engrandecer a nuestro rey.

—Os agradezco vuestros cumplidos, señor.

—Venid, acompañadme. Quisiera presentaros a Don Alejandro O'Reilly. Está deseoso de conoceros.

El Capitán General de Andalucía era un joven de buen porte. De pelo nacarado y repeinado hacia atrás; con dos pobladas patillas que descendían a ambos lados de su cara. Se encontraba al fondo de la amplia sala, engalanado con una lujosa casaca negra con ribetes en rojo y adornados con florituras en oro bordado. Varias celebridades lo rodeaban acaparando su atención. Cuando el enjuto gobernador militar de Cádiz se acercó a él y le susurró al oído, su mirada se dirigió al instante hacia el tullido guardiamarina y su esposa.

Los congregados a su alrededor pronto hicieron hueco, para permitir al destacado y apadrinado del rey, dar la bienvenida a la joven pareja.

—Sois más joven de lo que pensaba —dijo con algo de acento inglés en el habla.

—Es un honor poder conoceros en persona, excelentísimo señor —respondió Diego inclinando levemente la cabeza.

—Siento que hayáis tenido la mala fortuna de no salir ileso de esa contienda, pero me alegro de teneros aquí esta noche. Me han llegado excelentes referencias sobre vos.

—Os agradezco el cumplido, soy yo el que se siente honrado de compartir con vuestra excelencia esta deliciosa velada.

— ¿Y vos? —preguntó el mandamás de todos los ejércitos de tierras andaluzas, dirigiendo la mirada hacia María. —Había llegado a mis oídos que Diego de Cárdenas estaba desposado con una dama angelical, ahora aprecio que esos comentarios eran bien parcos.

María no pudo disimularlo y se ruborizó. Se inclinó ante él y su delicada mano fue besada en un gesto de cortesía.

— ¿Sabíais mi querido almirante, que su señor padre ayudó a construir el navío que magistralmente dirigís? —comentó Nicolás de Bucarelli dirigiéndose a alguien que se aproximaba al grupo.

—Ilustrísima, —dijo Luís de Córdova haciendo una reverencia al Capitán General. —No tenía conocimiento de ello. Diego es demasiado reservado en lo que atañe a su vida privada.

— ¿Es eso cierto? —preguntó extrañado el mandamás de todo aquello, mirando de nuevo a María.

—Mi señor padre trabajaba en los astilleros de Ferrol y tuvo a bien decidir embarcar hacia La Habana. Siempre estuvo muy versado en la industria naval y se le concedió la oportunidad de participar en la construcción de tan insigne buque.

—Confieso que estoy perplejo —espetó el Capitán General. —No sabéis como me llena de orgullo tal hazaña. ¿Vive aún vuestro señor padre?

—Siento deciros que no. El Santísima Trinidad fue su última gloria. La fiebre amarilla hizo estragos en su salud y decidió volver a España trayéndome a mí, a muy corta edad. Fue aquí en Cádiz donde falleció no hace aún un par de lustros.

— ¿Y vuestra señora madre?

—Quedé huérfana de madre al nacer.

—En verdad que lamento todas esas contrariedades a las que os referís, pero estoy convencido de que vuestro esposo ha sabido mitigar esa pena.

—No lo dudéis.

—Me alegro de ello —dijo sonriendo cortésmente.

Los ojos de María mostraron otro cariz más alegre, cuando los violines resonaron en aquella amplia estancia y los varones más atrevidos volteaban sus manos en el aire, invitando a las damas al baile.

—No lo penséis demasiado Diego, si no invitáis ya a vuestra esposa a bailar, por Dios que lo haré yo — espetó el mandamás.

La joven pareja se alejó de tan insignes personalidades y formaron corro con el resto de jóvenes que danzaban al son de las notas del afamado violonchelista Boccherini, muy de moda en ese año.

— ¿Quién es ella? —preguntó acercándose al Capitán General, un bajito y regordete hombre vestido con hábitos, solideo en su coronilla y una gran cruz de plata colgando de su cuello.

— ¿También ha acaparado vuestra atención, Ilustrísima?

El obispo de Cádiz miró con fijeza al organizador de aquella recepción y, tras leves segundos, le respondió:

—Me han llegado noticias de Madrid, acerca de una dama desposada con uno de vuestros subordinados.

Luís de Córdova hizo gesto de prestar atención y Alejandro O'Reilly se disculpó aduciendo tener que tratar temas privados con el obispo.

— ¿Qué insinuáis ilustrísima?

—Mucho me temo que mentes alocadas desvirtúen el sentido de la Ilustración.

— ¿Alocada ella?

—Al parecer, dedica su tiempo a escribir mientras su fiel marido enorgullece la bandera de nuestro rey.

— ¿Estáis seguro que hablamos de la misma dama?

—Si no fuera así, no habría hecho mención a ella. —contestó el cargo eclesiástico con destemplanza.

—Disculpad, pero mi desconcierto me abruma por completo.

—Entiendo que os sintáis así, no es normal que en el seno de un hombre de valía como sin duda lo es él, se albergue un alma descarriada.

— ¿Habéis tenido acceso quizás a sus escritos?

—No. Quería contar con vos.

—Sabéis que disponéis de mi total aprobación. Lo que vos dictaminéis será bien acogido por mi parte.

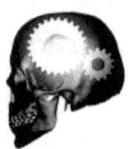

La primera hora de la madrugada había sonado en el reloj de la capitanía y la sonrojes era ya común en los invitados a aquella fiesta. Después del vino y de algunas exquisitas viandas, las burbujas del Veuve Clicquot[45] hacían desequilibrar a más de uno y a soltar la lengua de todos. Diego era uno de los que trataban de mantener el equilibrio y María de las que no podían sujetar la lengua.

Alejandro O'Reilly dio unas palmadas llamando la atención de todos los invitados. Por un momento, el amplio salón quedó en silencio y con todas las miradas puestas en él.

—Mis queridos amigos, —dijo con aplomo y seriedad —ya es hora de desvelar el motivo por el que os he convocado a esta gala. Y no es otro, que mostraros la gran obra que nuestro teniente coronel de Infantería Alfonso Jiménez, ha tenido a bien concluir. Como ya sabéis, nuestro rey Carlos III había encomendado que se construyera una colección de maquetas de todas y cada una de las plazas fuertes del reino. Pues bien, he de deciros con orgullo, que la de Cádiz ya es una realidad.

---

[45] *Hacía apenas un lustro que Madame Clicquot, en la región de Champagne, se dedicara a difundir ese vino espumoso que encandilaba y daba glamour a la nueva burguesía europea.*

Dos grandes puertas se abrieron y el Capitán General invitó con un gesto a que sus invitados presenciaran y, como primicia, esa magnífica obra. Ese otro salón se ocupó al instante. Todos corrieron, dejando de lado sus modales, para ocupar los primeros sitios alrededor de esa obra de madera de considerables dimensiones. Diego fue uno de ellos. Llevado quizás por su incipiente borrachera, tomó sitio en primera línea. La mente de María quizás ya no estuviese en esa fiesta y deambulase por otros derroteros, aquellos que le pronosticaban en sus sueños, un prometedor futuro como dramaturga. Ella fue una de las últimas en entrar, quedándose rezagada y fuera de esa muchedumbre que se agolpaba en el centro del amplio salón. Sosteniendo aún entre sus delicadas manos esa copa de champán francés, se mantenía dando algún que otro traspié con una sarcástica sonrisa en sus labios. Quizás en esos momentos, la inspiración la asaltaba de nuevo y fuera el preámbulo de un nuevo escrito en el que resaltara la mediocridad e hipocresía de esa sociedad en la que le había tocado vivir. Pero la soledad en sus pensamientos le duró poco. El obispo fue a su encuentro y no dudó en entablar conversación.

—Observo que no os interesa demasiado esa maqueta —dijo el obispo.

—Disculpad ilustrísima, —se excusó María inclinándose torpemente para besar la mano del eclesiástico. —Siento no estar a la altura de las circunstancias. No acostumbro a beber alcohol y este delicioso vino espumoso ha debido hacer mella en mí.

—No es necesario que os disculpéis, hija. En nada os diferenciáis del resto de los invitados, solo y si me lo permitís, en vuestra dulzura de rostro y belleza.

—Os agradezco el cumplido Ilustrísima, pero pienso que no soy merecedora de tales halagos.

— ¿Acaso portáis algo de lo que arrepentiros?

—De no cumplir con los designios de mi esposo —contestó tambaleándose y tratando de mantener la compostura

— ¿Y en qué sentido sentís no corresponderle?, ¿le sois infiel quizás?

—Él y solo él, es el dueño de mi corazón y de mi alma. En ello no tengo recato alguno. Pero siento no acatar su doctrina.

—No alcanzo a comprenderos. Si le sois fiel, ¿a qué injuria os referís?

—Os ruego que toméis mis palabras como una confesión.

— ¿De qué otra forma podría hacerlo, siendo un siervo de Dios y de su palabra?

—Mi alma se debate entre el suplicio de la nimiedad contentando a mi esposo y el deseo y la pasión por dejarla libre como un pájaro.

— ¿Por cuál habéis apostado, ante tan cruel diatriba?

—Por vender mi alma, supongo.

—No debierais castigaros con tal crudeza. Sois muy joven aún y vuestra alma, como bien apuntáis, tiene mucho que aprender.

— ¿Tratáis de infundirme ánimos?

—Os voy a ser sincero. Con el pecado del adulterio no lograréis jamás acercaros a Dios.

—No se trata de eso, Ilustrísima. Siempre he sido fiel a mi esposo. Las cuestiones de la carne siempre han estado bien resueltas en nuestras nupcias.

—Entonces, ¿en qué radica vuestro pecado?

—En la soberbia.

—Mal augurio os profetizo.

—La pasión por escribir se ha adueñado de mi alma.

— ¿Se trata de eso pues?

— ¿No lo veis como un atentado hacia mi condición?

—Escribir desnuda el alma. ¿Acaso pensáis que la vuestra está llena de maldad?

—En duda lo pongo, ahora que me confieso ante vos.

— ¿Sabéis?, yo también permito a mi mano, de vez en cuando, tener un desliz ante el papel. Aunque a decir verdad, mis escritos no ponen en duda ni cuestionan nada en particular. ¿Acerca de que escribís?

María bajó la mirada y suspiró.

—Hija, en una confesión debéis mostrar vuestra alma, aunque ello no sea de vuestro agrado —continuó el representante de la curia, a tenor del silencio de la dama.

—Tenéis razón, pero temo ofenderos.

— ¿Creéis que podéis ofender a Dios? Él más que nadie es conocedor de vuestros pecados, espera que reflexionéis y hagáis un acto de reconciliación.

—Confieso padre, que he dudado de Dios y temo que mi alma sea pasto de las argucias del diablo. Ella no veía camino alguno. Su desgracia estaba fijada por aquellos que solo buscan el mal.

— ¿Quién es ella?

—La que domina mis sueños. La que espera entre tinieblas, que su único amor la rescate de esa pesadilla. La que no ve otro final que su propia muerte.

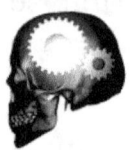

Él era un hombre apuesto y de una educación exquisita. No lucía peluca alguna y su pelo negro se recogía en forma de coleta. Sus ojos podían hechizar y su voz era atrayente y seductora. Todos continuaban celebrando aquella efemérides, inmersos en una bacanal sin freno. Esos exquisitos modales ya habían sucumbido ante la bebida y la confianza. Damas de alta alcurnia estiraban sus escotes, dejando asomar unos encantos ya declives. Caballeros que portaban insignes escudos familiares y militares agasajados por sus campañas frente al enemigo inglés, no escondían sus verdaderos baluartes. Aquello se convertía poco a poco en una orgía visual, donde el desenfreno y la lujuria despuntaban a cada momento. Nadie hizo amago de frenar ese ímpetu con el que la clase adinerada y más influyente de Cádiz, hacía gala de su más sincero y profundo estatus, aquel que los emparentaba con las bestias que recorrían a diario sus calles tirando de carruajes.

Diego de Cárdenas estaba siendo escudriñado por mentes que dominaban más allá de lo que él pudiera imaginar. Militares de alto rango mantenían ocupada su atención en todo momento. Luís de Córdova, su más insigne almirante y benefactor, hacía gala entre ellos de las cualidades de su cirujano en alta mar y en esa contienda que los había llevado a la fama.

Pero mientras el joven guardiamarina y cirujano naval colmaba su orgullo con vanas historias, su bella y joven esposa estaba siendo conducida en mitad de aquella multitud enfebrecida, en un baile hacia su descalabro. Él tenía tacto de sobra, edad suficiente y pericia con el género femenino, como para desbancar a esa serpiente que encandiló a Eva en el paraíso.

Ese hombre surgió como un espectro de la nada. Nadie recabó en él, solo María quedó hechizada por su exuberante personalidad. La invitó a bailar, con la mayor de las delicadezas y honores. Y ella aceptó. Sus ojos no divisaban a su marido y su mente estaba lo suficientemente obnubilada, como para dejarse llevar por esas burbujas que copaban su cerebro.

— ¿Sabéis?, —dijo ella tambaleándose —es la primera vez que otro hombre posa su mano en mi cintura.

— ¿Os sentís mal por ello? Esta música nocturna de Luigi Boccherini, marca una nueva época en nuestros corazones. ¿No os enardece también a vos?

María asintió ruborizándose.

—Sois muy bella —le susurró con voz irresistible.

—Disculpad, pero creo que debiera buscar a mi esposo —espetó sintiéndose avergonzada.

—Vuestro esposo está siendo recompensado por sus hazañas. ¿No creéis que merezca algo de atención en ese sentido?

—Quizás tengáis razón —respondió María con la mirada vidriosa.

—Permitidme que os invite a tomar el aire fresco. Os sentará bien.

María salió dando traspiés, entre aquellos poseídos por la música y el alcohol. Fue la brisa fresca y húmeda, la que le hizo recobrar, en cierta medida, la compostura. Pero sin esperarlo, ese hombre que vestía de negro y de ojos claros, la besó y acarició su cuerpo.

EL EXTRAÑO AJEDREZ

Ewan despertó gritando y rompió a llorar como un niño. Nadie estaba allí. Solo él y su dolor. El suicidio aparecía por primera vez en su atormentada mente. Una escapatoria que Emily estaría sopesando, como una evasión de su tortura. Nunca sufrió tanto dolor y pena, como en ese despertar que le anunció el devenir de algo en lo que nunca pensó.

Enjugó sus lágrimas y se asombró de no estar amordazado a esos correajes. Aún perduraba en él ese olor a lirios que le hacía compungirse más. Llevó a su nariz los ropajes que ocultaban su lastimoso cuerpo y extrajo de ellos con locura, la esencia que había quedado incrustada de su amada. Ahí se resumía toda una historia. En ese delicado olor estaba escrita su existencia y su delirio.

A los pies de la cama había una bandeja. Un poco de pan, un trozo de queso y una pequeña botella de agua se hallaban encima. Destapó el envase de plástico y deglutió todo el incoloro e insípido líquido de la botella. Aún aturdido por ese sueño, su mente no dejaba de cavilar en torno a esa otra realidad en la que había estado inmerso. Sentía haberlo vivido en toda su dimensión y crudeza, incluso podía sentir aún, los resquicios de esa borrachera.

Sentado en la cama, Ewan se mantenía perplejo al vislumbrar la verdadera esencia de eso que la tecnología buscaba como si de la piedra filosofal se tratara. Esa quimera para los diseñadores de sueños, era ya realidad en un diminuto corpúsculo insertado en su cerebro. *Chronos* había demostrado su increíble poder. Una semilla, que como una mala hierba, florecía en el interior de la mente, dejando a su huésped al amparo de sus propios miedos y temores. Ewan se percató, como si de una revelación se tratara, de que ese software, producto del infierno, no era en realidad el fabricante de los delirios. *Chronos* solo se limitaba a aflorar a la conciencia, aquello resguardado en lo más profundo del subconsciente. Amplificaba y moldeaba los recuerdos y temores escondidos en ese espacio psíquico desconocido para la conciencia, dándoles forma y contenido. No cabía la menor duda, de que era la obra maestra de la ingeniería social. Mediante él, se podría manipular a toda una sociedad, dirigirla hacia sus particulares designios, haciendo de cada ser humano, un prisionero de sus propia mente. Al final, la locura terminaría destruyendo a ese ser endemoniado, para dejarlo como un despojo inerte. ¿Quién podía estar detrás de todo ello? —se preguntaba una y otra vez.

De nuevo, los sollozos hicieron que Ewan alzara la mirada hacia la ventana y un escalofrío recorrió su cuerpo. Durante unos largos segundos, se mantuvo observando desde la cama, esa ventana que ya había visto innumerables veces. Algo en ella hizo que su cuerpo temblara y que un amago de vahído intentara adueñarse de él. Se puso en pie y se acercó a ese único ventanuco que le permitía conectarse con el exterior. Ewan se aferró a los fríos y grises barrotes de acero y sus ojos se enrojecieron. En su mente, un destello de claridad iluminó algún área dormida, e intentó por todos los medios desterrar de su conciencia ese pensamiento. *Chronos* sería el encargado de administrarle a su debido tiempo, esa explicación que él enterró en su subconsciente como medida de salvación.

Aferrado aún a esas barras metálicas, dirigió la mirada hacia el lugar del muro de donde parecía proceder ese lastimoso llanto. Otra ventana con barrotes parecía haber surgido de la nada y solo la oscuridad se apreciaba tras ella.

— ¿Te da pena?

Ewan se volvió al instante. Ángel Gabriel estaba allí, sentado en el borde de la cama y sosteniendo entre las manos una caja.

— ¿Dónde estabas? —preguntó sofocado y jadeando por el sobresalto.

—Esperándote aquí.

Ewan miró fijamente al pequeño, pero de nuevo el llanto lo compungió.

— ¿La has visto alguna vez?

—Si. —respondió sin prestarle atención. — ¿Vamos a jugar?

— ¿Vive sola?, ¿qué le ocurre?

—Ella es esta —dijo el niño sacando de la caja una pequeña figura y sosteniéndola en alto.

—Ángel, hoy no me apetece jugar. Me duele un poco la cabeza —y volvió a mirar hacia aquella ventana enrejada. El llanto había cesado.

—Si no juegas, los demonios ganarán.

— ¿Qué demonios?, ¿a qué te refieres?

—Son siete.

— ¿Ah sí? —dijo armándose de paciencia y sentándose junto al pequeño. —Déjame ver lo que llevas en esa caja.

—Vale, pero no los toques.

—De acuerdo, te lo prometo.

En su interior había catorce pequeñas figuras. Siete aladas de color blanco y otras siete negras y espeluznantes.

—Supongo que los negros deben ser esos demonios a los que te refieres.

—Si.

—Y esa mujer que llora has dicho que es este blanco con alas, ¿no?

— ¡No lo toques! —insistió de nuevo el niño, gritando.

—Está bien, no pensaba cogerlo.

El pequeño volteó la caja y las catorce figuras cayeron sobre la sábana. Del fondo extrajo un pequeño tablero de metal, alternando casillas en blanco y en negro.

— ¿Sabes jugar al ajedrez? —preguntó Ewan sorprendido.

—A este sí —respondió con arrogancia, mientras colocaba las figuras de ambos bandos, unas frente a otras.

— ¿Y cuál es el rey?

—De los blancos este y de los negros este otro.

—Bueno, explícame como se juega a este ajedrez tan extraño.

—Vale, te voy a enseñar cómo se juega. Pero tienes que saber una cosa —dijo Ángel advirtiéndolo con su pequeño dedo. —Es el último juego. Ya no habrá más.

— ¿Quieres decir que solo vamos a jugar una vez?

El pequeño asintió varias veces y Ewan volvió a armarse de paciencia.

—Este de aquí —dijo el niño apuntando a una de las figuras blancas, —se llamaba Sariel.

— ¿Ya no se llama así?

—No. Sariel se murió —le respondió tumbando la figura sobre el tablero.

—Vaya, pues ha durado poco.

—No te rías Ewan, cuando acabe el juego te dará pena.

—Vale, lo siento. ¿Y de que murió ese tal Sariel?

—Bueno, se ha muerto un poco —le contestó girando la cabeza de la pequeña figura, hasta descabezarla.

Ewan volvió a reír y Ángel lo miró con ánimos de reprenderlo de nuevo.

—Sariel era un ángel que vivía en Japón y los demonios le cortaron la cabeza.

Ángel guardó en la caja el cuerpo de esa figura blanca de grandes alas desplegadas, sosteniendo un escudo en una de sus manos y blandiendo una espada en la otra. Esa cabeza de pelo largo y ojos rasgados, quedó en mitad del tablero y al amparo de las figuras negras.

— ¿Y por qué le cortaron la cabeza?

—Porque tiene un secreto. Ellos solo quieren ese secreto, ¿sabes Ewan?

—Sí, vale.

—Sariel era bueno y quería ayudar a los que tienen pecados.

Ewan cerró los ojos en una mueca de dolor y llevó su mano a la frente.

—Ángel, no me encuentro muy bien. ¿Por qué no lo dejamos para más tarde?

—Porque ya no hay tiempo y tengo que enseñarte a jugar antes de que vuelva ella.

— ¿Te refieres a tu madre?

—Este de aquí, —volvió a decir el niño mientras cogía otra de las figuras blancas —se llamaba Uriel.

— ¿También le cortaron la cabeza? —preguntó viendo como el pequeño la separaba del cuerpo girándola.

—Si. Él también tiene un secreto en la cabeza —y guardó el cuerpo decapitado de esa figura también blanca y con alas, que sostenía un libro entre sus manos.

— ¿También era japonés?

—No. Uriel era un ángel que murió en las montañas. Le gustaba la nieve y también leer. Era muy listo.

Ángel deslizó esa cabeza hacia las figuras negras y la dejó al lado de la anterior.

— ¿A todos esos ángeles les cortaron las cabezas?

—No. Solo a este también —respondió señalando a otra de las figuras blancas.

— ¿Y ese cómo se llamaba?

—Remiel —respondió arrancando de nuevo la cabeza de esa otra figura alada, portando un cetro entre las manos.

— ¿Y a que se dedicaba este ángel?

—Al amor. Él cuidaba de los que van al cielo. Le gustaba vestirse con ropas muy bonitas y bailar.

—Bien, ¿y qué ocurre ahora? —preguntó Ewan observando las tres cabezas, a los pies de esa horda de figuras negras y deformes.

Ángel empujó con un dedo a otra de las figuras angelicales hasta hacerla caer en el tablero.

—Has dicho que no cortaron la cabeza de ningún otro ángel.

—A Raguel no le tuvieron que cortar la cabeza. Él no tenía ningún secreto. Pero a él sí lo mataron del todo.

— ¿Por qué?

—Porque quería ayudar a este —dijo señalando a otra figura también blanca.

—Ángel, por favor. Necesito tumbarme. De veras, me encuentro muy cansado. Te prometo que jugaremos luego más tarde.

—A Raguel le gustaba el mar —repuso el pequeño mirando a Ewan de una forma muy especial.

— ¿Qué quieres decirme? —preguntó el *neuro* sin dejar de mirar los grandes ojos del niño y sintiendo curiosidad por primera vez.

—Que le gustaban los barcos.

Ewan sintió dolor y pestañeó repetidamente, tratando de impedir que sus ojos se humedecieran.

— ¿Quién es ese al que quería ayudar? —preguntó señalando a una de las tres figuras blancas que quedaban en el tablero.

—Tú.

—Yo no soy un ángel —dijo con lágrimas recorriendo sus mejillas.

—Sí lo eres. Te llamas Miguel y eres el Jefe de los Ejércitos de Dios.

La imagen de ese arcángel que tanta admiración le produjo en aquella abadía, le vino a la mente. Por unos instantes, centenares de recuerdos se agolpaban deseando aflorar a la conciencia y, entre ellos, el de Adrien.

—Dejémoslo ya —dijo Ewan abatido.

Se puso en pie y se dirigió a la ventana, enjugando sus lágrimas.

— ¿Ya no quieres jugar?

Ewan no respondió. Miraba a aquella otra ventana que poco a poco se difuminaba entre la oscuridad que ya se cernía. El cielo estaba raso y las estrellas empezaban a lucir, recordándole a esa mujer por la que había entregado su vida.

— ¿Quiénes son las otras dos figuras blancas que quedan? —preguntó sin volver la mirada.

—Los ángeles Gabriel y Rafael.

Ewan ya entreveía a quien encarnaban esas dos figuras que aún se mantenían en pie junto a la suya. Eran tres bastiones que las hordas del mal mantenían sin derrocar.

Tras unos segundos en silencio, volvió a sentarse en el borde la cama junto a ese niño, que parecía estar desvelándole el verdadero motivo de que él se encontrara en esa situación.

—Me imagino, que tú debes ser uno de ellos.

—Sí Ewan, yo soy este, Gabriel. Y soy la Fuerza de Dios.

— ¿Y el otro? —preguntó con voz débil y tembloro-sa.

—Ella, el ángel Rafael. La Medicina de Dios.

— ¿Te refieres a...?

—Si.

Ewan tuvo el impulso de coger esa figura que representaba lo que más quería en su vida y Ángel se lo impidió de nuevo gritando.

—Si la tocas, no recordarás nada. Y todo lo que te he contado no servirá.

—Dime, ¿a quién pertenecían esas tres cabezas? No sé de nadie que haya sufrido ese cruel destino —preguntó retándolo. De alguna manera, el *neuro* necesitaba convencerse de que todo era un juego. Una alucinación propia de un crío que llevaba una vida de enclaustramiento y soledad. Falto de un padre y de una madre también cautiva y a la que veía unas pocas horas al día. No era de extrañar, que su mente hubiera sido capaz de construir toda esa fábula, con el mero fin de no sentirse solo y desgraciado. Posiblemente se hubiera basado y hubiera utilizado información, que él mismo y bajo el delirio dejara escapar durante la noche.

—Ellos eran como tú.

—Sí, ya me has dicho que eran también ángeles.

La voz del pequeño comenzó a tener otro timbre. Una voz que a Ewan parecía sonarle y que hablaba con soltura y peso.

—Ellos dedicaban su vida, al igual que tú, a salvaguardar de la maldad a este mundo. Nunca oíste hablar de ellos, pero portaban la salvación. Escúchame Ewan, —dijo el niño apretando con su pequeña mano la del *neuro* —el quinto jinete ha desbocado ya a su caballo. Te tiene entre sus garras y solo tú puedes ponerle freno.

Ewan sentía como esa pequeña y dócil mano, le transmitía algo que iba más allá de las palabras. Ya no era capaz de dilucidar si había caído en el delirio. No tenía referencia alguna, que le indicase donde estaba la realidad y donde el sueño. Todo se fundía en su mente, en una mezcolanza que quizás fuera fruto de la locura.

— ¿Dónde está ella?

—Debes olvidarla. Emily es ya una sombra en un mundo de tinieblas. Tu misión no está en encontrarla. Estás siguiendo los pasos que ellos te han marcado, esperan que te reúnas con ella y tu alma libere esas palabras que harán de este mundo un infierno.

— ¡No puedo olvidarla! —gritó con sus ojos inundados en lágrimas.

—Si eso es así, ya se ha perdido la batalla.

Sonaron cuatro pitidos anunciando que la puerta estaba siendo desbloqueada y Ángel relució hasta desaparecer. Ewan se quedó perplejo sentado en el borde la cama y mirando la sábana, donde momentos antes, un extraño juego de ajedrez le advertía de su verdadero destino.

—Veo que ya has despertado —dijo Gabriela cerrando de nuevo la puerta y bloqueándola.

Ewan permanecía absorto. Sus lágrimas aún se desprendían para terminar cayendo en su regazo. Eso que estaba viviendo era el más cruel de los castigos. Como caminar sonámbulo entre la estrecha línea que separaba el mundo de la realidad y el de la locura. Sentía como las fuerzas le flaqueaban. El sentimiento de no llegar con lucidez al final, afloró dentro de él. Nada más doloroso que quedar en el camino como un alma en pena, vagando por un delirio eterno.

Gabriela corrió hacia él y lo abrazó.

—No puedo —dijo llorando desconsoladamente. —Jamás saldré de aquí. Nunca volveré a estar a su lado.

—Tranquilízate —le susurró acariciando su enmarañado pelo.

—Empiezo a pensar que ella solo sea fruto de mis sueños.

—Ten paciencia.

— ¿Desde cuándo esa ventana tiene barrotes? —preguntó a modo de súplica, esperando que ella arrojase algo de luz a su ennegrecida conciencia.

—Eso es un buen síntoma, Ewan —respondió dejando otra bandeja a los pies de la cama. —No has comido nada y eso no te ayudará a sanar.

— ¿A sanar de qué? No me has contestado.

Gabriela se puso en pie y se dirigió hacia la ventana. Allí, de espaldas a él, comenzó a hablar:

—Cuando te recogí del barrizal, eras uno más. Alguien que intentaba huir de su dolor, de esa amargura que lo había traído hasta aquí. Pero tú me miraste antes de quedarte sumido en el sueño. En tus ojos vi esa esperanza y el anhelo de algo que ya nadie siente ni sentirá jamás. Eras un privilegiado, una flor brotada en un campo baldío. Y me desviví por ti. Tu ceguera ha sido una fiel protectora y ahora suelta tu mano para que te enfrentes a la verdad.

— ¿Cuál es la verdad, Gabriela?

—Yo no soy quien para descubrírtela, si lo hiciera, jamás volverías a ver la luz.

La joven mestiza volvió a sentarse junto a él. Ahora era ella, la que no se atrevía a cruzar la mirada con su desdichado inquilino. No llegó a llorar, pero su corazón se debatía entre mantener ese estoico comportamiento, o dejarse llevar por el delirio de ese ser que había logrado llegar a su corazón. Era una lucha encarnizada. Gabriela había sentido demasiadas veces la flaqueza ante el sufrimiento de Ewan. Un joven aturdido por la pasión y capaz de entregar su vida. Ella jamás llegó a sentir eso. El sentimiento que se engendró en su interior, como una semilla plantada en el desierto, había abierto una amplia brecha en su alma.

Algo muy intenso surgía de lo más profundo de su corazón. Algo olvidado y que Ewan supo sonsacar con su forma de ser. En más de una ocasión, la joven se vio arrastrada a seguir la senda de ese preciado baluarte. Pero abducida y sometida por un mundo sin contemplación, decidió no apostar por ello.

Ewan debía seguir su rumbo, aquel para el que estaba predestinado, ella era una insignificante pieza en todo el entramado.

Cuando Gabriela se giró con la intención de desvelarle algo para lo que no estaba autorizada, vio como Ewan sucumbía en ese sueño demoledor que lo transportaría a otra realidad.

Una posada a las afueras

Mansión de Los Cárdenas. Calle Ancha. Cádiz.
28 de octubre de 1781.

Llevaba enclaustrado una semana y era domingo. El frío y la humedad se hacían notar en toda la mansión. Juana no había recibido órdenes de caldear las habitaciones. No había visto a su señor, ni había podido acceder a sus aposentos para llevarle algo de comida, desde que llegara esa triste noche solo y hundido. Esa vieja casa heredada era su tumba. Las bandejas se acumulaban a los pies de la puerta, tal y como ella las fue dejando día y noche. Diego seguía inmerso en la oscuridad de aquella alcoba. La luz no podía traspasar los pesados cortinajes de terciopelo azul, cerrados a cal y canto. Para él era como una noche eterna, sumido en el dolor y el pesar de haberse dejado llevar por el orgullo y el alcohol. El presentimiento se había hecho cuerpo; nadie más que él podía explicar ese trágico hecho anunciado. No había cruzado palabra con persona alguna, desde que esa madrugada regresara solo a su casa, después de la algarabía tras la desaparición de su esposa. Nadie pareció percatarse del galanteo del que fue víctima María, antes de desaparecer sin dejar rastro. Solo unos cuantos asistieron con premeditación, al predestinado destino de la joven escritora.

En el silencio de la alcoba, donde el olor a lirios aún perduraba atormentando al joven tullido, solo el sonido de la lluvia chapoteando sobre el empedrado de la solitaria calle, le hacía sentir aún en vida. Diego sentía que enloquecía de dolor. El presagio de no volver a ver a María, lo hundía en un intenso deseo de acabar con su vida. Aquella fatídica madrugada vio amanecer sentado frente a la bahía y atestando a la Guardia Señorial. Ellos solo podían pensar en el adulterio y así trataron de insinuarlo. Pero Diego sabía que era una historia anunciada y que María había labrado su final, mientras él perdía su brazo en una encarnizada guerra.

Su rostro le daba apariencia de estar enfermizo. En una semana había perdido el suficiente peso, como para hacer resaltar los huesos de sus pómulos en una faz blanquecina y poblada de barba. Sus ojos se habían hundido en unas cuencas oscurecidas por el desasosiego y el sufrimiento. Sus labios resecos y cuarteados, mostraban la pena que lo embargaba.

Ese lluvioso día de domingo tampoco despertó. La noche, como las anteriores, había sido larga y en vela. Pero esa tormenta que azotaba Cádiz con furia, hizo que a Diego se le iluminara la razón. El estruendo de los truenos y la fuerte lluvia golpeando los cristales, le hicieron recordar.

Diego se sentó en el borde de la espléndida cama con dosel, e intentó recordar las palabras de aquel extraño capitán. Ahora casi podía contemplar sus ojos. Una mirada que parecía profetizarle los acontecimientos por los que estaba pasando. Y recordó sus palabras, aquellas que hacían alusión a un mesón en las afueras. Tuvo esforzarse para rememorar el apodo, con el que ese insólito y curtido navegante, le insinuó que se presentara. Y al final lo consiguió. "El cuco" era el mote y la "Posada de los Juanes" el lugar.

Grito llamando a Juana, con el poco hálito que aún le quedaba, y la joven no tardó en subir las escaleras atolondrada. Diego la esperaba con impaciencia en el umbral de la puerta, inquieto, como si el "Mal de San Vito" hubiera invadido su cuerpo. Juana subió exhausta y se echó las manos a los ojos. El rostro de su señor parecía haber envejecido lustros en tan solo unos días.

—Apresúrate, ve a la plaza de San Antonio y di que me sirvan un coche de caballos a la mayor brevedad.

— ¿Os preparo el baño?

—No hay tiempo Juana, he de vestirme con premura. Haz lo que te he encomendado.

La joven sirvienta bajó las escaleras de la misma forma que las subió ante el reclamo de Diego. Cubrió su cabeza con una toquilla negra y salió a toda prisa atravesando el portón.

Diego solo tuvo tiempo de vestirse con ropas de poca pompa. No hizo amago de rasurar su deslustrada y descuidada barba y ni aún menos de asearse. Salió a la puerta y vio un carruaje de cuatro corceles tirado por un anciano cochero de pelo cano, atravesar la calle Ancha con brío en mitad de la fuerte lluvia. Juana se bajó del pescante ayudada por el cochero. Empapada y con expresión de júbilo en su faz, vio como el carruaje se alejaba por la solitaria calle, entre el fuerte aguacero.

El viejo cochero atravesó la ciudad de punta a punta siguiendo las órdenes de su ocupante. Esa posada a la que aludió Diego no era demasiado conocida, aunque sí el lugar donde debía de hallarse. El camino de Medina discurría en dirección norte, entre alamedas y chopos de color ocre. Durante algo más de media hora, el carruaje atravesó campiñas y tierras de labranza bajo una lluvia torrencial, que hacía que de vez en cuando sus ruedas quedaran varadas en el fango. Afortunadamente, esos cuatro jamelgos bien nutridos que tiraban del pesado carro, lograban impedir que este se atascara en alguna que otra vaguada del trayecto.

La posada despuntaba a lo lejos. Un caserío al más puro estilo rural y a menos de una legua del camino de Medina en dirección a un riachuelo. Al fondo y como colofón del bello paisaje otoñal, un bosque de hojas caducas se extendía difuminado por la lluvia, bordeando al arroyo Salado.

El anciano cochero detuvo el carruaje a escasos metros del gran caserío. Un rótulo grabado en madera pendía sobre el portón, luciendo su nombre. El viento comenzaba a batir con fuerza en esa despoblada zona y la lluvia parecía proceder de un lado y otro a merced de los caprichos del vendaval.

Diego de Cárdenas bajó del carruaje. Después de remunerar al empapado anciano, tuvo el amago de volver a subir a la calesa y dejar que fueran la Guardia Señorial y el ejército, quienes continuaran con sus pesquisas en torno a la desaparición de su amada esposa. Aquel lugar no lo dejaba indiferente. El chirrido de ese madero bandeado por el viento y la soledad de aquellos parajes, lo estremecieron. Pero ese deslumbre que había destellado en su mente pudo más. Con recelo y temor, empujó con su único brazo, la vieja y roída puerta de madera.

Al menos una docena de mesas, alumbradas con candiles, rellenaban aquel amplio comedor. Grandes y robustos pilares de madera soportaban las vigas y el burdo artesonado de nogal. Aperos de labranza colgaban en sus deslustradas paredes encaladas. Un discreto mostrador se situaba frente a unas escaleras de madera, que parecían dar acceso a las alcobas. No había nadie. Diego se paseó por la amplia habitación y acercó su rostro al deforme cristal de una de las ventanas. Un par de carros parecían descansar de toda una vida de ajetreo. Hincando sus vigas en la húmeda tierra, enmohecidos y torcidos por el deterioro y el paso del tiempo, dejaban huella de su pasado. Al fondo y unido al caserío por un camino poco definido, se hallaba lo que parecía ser un establo. Un cobertizo destartalado y con sus paredes de madera despuntadas y arqueadas por la humedad y el moho.

— ¿Puedo serviros en algo?

Diego se volvió sobresaltado y paseó la mirada por el rudo hombretón que había roto el silencio en aquel solitario bodegón. Debía tener los cuarenta ya cumplidos, pero su robustez le daba la apariencia de ser aún joven. Solo su rostro era capaz de delatarlo. Las arrugas de su faz y ese parche negro que ocultaba un ojo perdido o dañado, le conferían junto a su enmarañado y sucio pelo recogido en coleta, el aspecto del más temible de los piratas ingleses. Quizás solo le faltara esa remienda de madera en una de sus piernas, para terminar de confeccionar la imagen que asaltó a Diego en un instante.

—Me han hablado acerca de la carne fresca que servís aquí.

—Quien os lo haya mencionado, sin duda ha debido de quedar satisfecho.

—A decir por su tono, no me quedó la menor duda de que así fuera.

El dependiente de la posada se quedó observando al joven tullido. Lo miró de arriba a abajo tratando de adivinar el motivo que lo había llevado hasta allí. Pero solo percibió a un desnutrido y descuidado joven de buenos modales, que parecía querer indagar acerca de aquel lugar.

—Y decidme, —dijo el mesonero rascándose la barbilla. — ¿A qué tipo de carne se refería ese caballero que tan bien os ha hablado de mí?, ¿cerdo, cordero quizás?

—Entrañas —contestó Diego mirándolo por primera vez a los ojos con descaro.

—Entiendo.

El fornido hombre se alejó de él manteniendo una actitud pensativa y, a los pocos segundos, volvió su mirada hacia Diego.

—No recuerdo haberos visto antes por aquí. Creedme, suelo recordar los rostros y nombres de mis mejores clientes.

—He arribado a puerto hace tan solo una semana.

— ¿Comerciante tal vez?

—Marino a las órdenes de nuestro rey.

—Me complace oír eso —dijo acercándose de nuevo a Diego. —Tengo a buenos comensales entre las tropas de nuestra marina. ¿Cómo os llamáis?

—Soy Guardiamarina del navío Santísima Trinidad y cirujano de a bordo —respondió tratando de no desvelar por el momento su identidad.

—Es un placer que os hayáis decidido a venir a mi humilde posada —dijo inclinándose cortésmente. — Perdonad mi curiosidad, pero ardo en deseos de saber de parte de quien venís.

—De parte del Cuco.

—Bien. Creo ya entrever a qué tipo de carne os referís y, he de deciros, que precisamente esta noche hay preparado un festín.

—Me alegra saberlo.

—Aunque a decir verdad, esos atuendos que portáis quizás no sean demasiado apropiados para tal ocasión.

—Quizás podáis ayudarme.

—Por supuesto que sí —respondió riendo. —Permitidme que os acoja en una de nuestras alcobas del piso de arriba. Podréis descansar y acicalaos para la fiesta de la carne.

—Será un placer.

—Acompañadme pues.

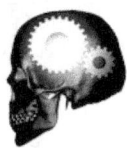

La alcoba no estaba en concordancia con el resto de la posada. Nada más abrir la puerta, Diego se quedó perplejo por el lujo y la ostentación de esa estancia. El terciopelo y las maderas nobles decoraban buena parte de ella y la cama, con dosel vestido de visillos y encajes, parecía ser el cadalso apropiado para culminar unas nupcias. Una jofaina de alpaca, sustentada por un mueble bien tallado de roble, decoraba bajo un espejo la pared frente al lecho. Solo una ventana se hallaba en la otra de las aterciopeladas paredes. Diego se acercó a ella y volvió a contemplar aquellas tierras empapadas. El arroyo se distinguía a lo lejos, bordeado por álamos ondeando al son del vendaval en una danza silenciosa.

— ¿Es de vuestro agrado? —preguntó el tuerto gobernante del establecimiento, apoyado en el marco de la puerta.

—Más de lo que esperaba —respondió Diego mirando desde la ventana.

—Me alegro de ello. Si me lo permitís, voy a subiros un tentempié y algo de vino. Por cierto, no habéis mencionado aún vuestro nombre y, aunque no sea apropiado pedíroslo, sí que sería conveniente que portéis un mote.

El joven tullido se volvió hacia él y le respondió sin cortapisa.

—Diego me llamo. Hijo de Cárdenas y Carranza.

—Es un verdadero placer el conoceros —contestó el rudo propietario del local, alzando la mirada y posándola fijamente en el tullido huésped. — ¿Qué os parece si me tomo la libertad de elegiros un apodo?

—Por favor —contestó Diego, haciendo un ademán de conformidad con su única mano.

—Si me lo permitís, "El trastornado" ha acudido a mi cabeza

— ¿Y qué os ha inspirado a escoger ese apodo? Por un momento pensé, que elegiríais "El manco" como más apropiado. ¿Ofrezco acaso esa apariencia?

—Con el debido respeto señor Diego de Cárdenas, quizás tras un afeitado mejoréis vuestro aspecto —dijo riendo.

—Es posible que tengáis razón —dijo Diego rascando su barbilla. —Reconozco que debo dar la apariencia de enfermizo. Un contratiempo me ha mantenido en vela varias noches.

—Descuidad, asearos y descansad. Yo mismo os avisaré cuando empiece a anochecer. Os aseguro que la cena os será difícil de olvidar y que ese contratiempo pasará se borrará en vuestra memoria.

— ¿Qué otros comensales asistirán a ella?

—Personalidades de Cádiz, por supuesto. Pero no os preocupéis por ello, yo mismo os presentaré debidamente. Además, vuestro amigo "el cuco" ha dejado constancia de no ausentarse esta noche.

—Dais la impresión de que esta cena sea especial.

—Y lo es, creedme que lo es.

El mesonero cerró la puerta y Diego quedó debatiéndose internamente. Aunque desconocía en profundidad a que festín iba a asistir, sí que intuía la índole del acontecimiento. Aquel extraño capitán que tuvo la ocurrencia de narrarle una historia afín a su suerte y premonitoria de su devenir, volvió a su recuerdo como un fantasma. Diego no era así. Su mente no estaba hasta tal modo retorcida, como para dejarse arrastrar por las bajas pasiones que esa naciente burguesía portaba como signo de su hastío y corrupción. Jamás había atravesado su mente, el pensamiento de acercarse a alguno de los lupanares que se disponían a las afueras de la ciudad. Siendo aún cadete en la escuela de guardiamarinas, fue tentado más de una vez a deleitarse en bacanales de vino y mujeres, pero él siempre fue fiel a su conciencia y a su moral. María fue la única mujer que entró en su vida y el único perfume que olió. De nuevo se vio tentado a huir, a internarse en esa mansión de la calle Ancha, donde aún perduraba el aroma de lo que más quería; pero no lo hizo. Algo dentro de él, quizás su obstinación, le estaba preparando un apoteósico final de su tercer y último acto. En él y en su amada esposa se reunieron los ingredientes necesarios, para que una sociedad hastiada hincara sus afilados colmillos. Diego de Cárdenas era envidiado por muchos, incluso por aquellos que se situaban en escalones más altos. Una pareja de enamorados, insignia de otra época y de otros valores. Solo el devaneo de María con la pluma, bastó para desatar la ira de esos que bajo la apariencia de ecuánimes y modélicas personalidades de la época, lucían en su trastienda comportamientos nada éticos.

Mientras Diego de Cárdenas hacía alarde de sus más admiradas cualidades, más allá de los confines del imperio de Carlos III, su ilustre esposa iniciaba una cruzada que sería seguida a través de generaciones, por mujeres que alzaban su voz en contra de seguir relegadas a un segundo nivel. Quizás Diego no prestara demasiada atención, a esos devaneos que María mantenía frente al papel y los tomara como un pasatiempo de una joven alocada, en unos tiempos también impetuosos. Él reía a carcajadas en aquellas noches de vino y desenfreno, cuando María leía en la alcoba ante la desnudez de ambos y bañados por el fragor de la chimenea, esos escritos en tono de comedia. La crítica social y el desprestigio de la clase alta colmaban aquellas líneas. Mofa y ridiculez apuntaban al clero y sus seguidores, un claro matiz y semilla de rebeldía feminista, emergía tímidamente entre aquellas páginas. Pero Diego de Cárdenas jamás intuyó que esos manuscritos traspasarían las paredes de esa estancia donde se internaban en la más discreta intimidad. Para él era un juego más, un aderezo que hacía que su lujuria y amor por ella se desorbitase. Pero juegos había muchos y ese no era precisamente el que encandilaba a la clase que siempre había dominado y que luchaba por mantener a toda costa su estatus.

Diego se miró al espejo. Allí, de pie frente a esa imagen deforme que reflejaba a un hombre deshecho, dejó escapar unas lágrimas que se perdieron entre su rala barba. Con su única y huesuda mano cogió una navaja de afeitar y, a pelo, rasuró ese vello de días que en otros tiempos habría rehusado María. Las lágrimas volvieron a brotar recorriendo sus mejillas, al igual que la sangre de cortes a consecuencia de su descuido. Esa navaja recorría su cuello queriendo deslizarle de soslayo y cortar, de una vez por todas, su sufrimiento.

Unos nudillos golpearon la puerta y Diego dio su consentimiento. El rudo propietario de esa posada volvió a aparecer, esta vez, portando entre sus manos una bandeja con vino y jamón. En su antebrazo descansaba una larga túnica negra y una máscara de porcelana blanca. Dejó la bandeja encima del lecho y lo mismo hizo con la indumentaria, como si de un ritual se tratase.

— ¿Consideráis necesario el uso de esa máscara? —preguntó Diego mirándola con temor y presagiando el alcance del evento al que se disponía a asistir.

—Es condición indispensable. Al menos eso debéis portar.

— ¿Insinuáis que bajo esa túnica no debo vestir indumentaria alguna?

—Os lo aconsejo, si pretendéis disfrutar sin cortapisa. Todos los comensales se personarán de igual manera. No os preocupéis por ello.

—Está bien. Confió en vos.

—Llamadme Juan —repuso el tuerto posadero mientras se giraba para volver a desaparecer tras la puerta. —Por cierto, vendré por vos al caer el sol, os ruego que estéis preparado. A nuestros invitados no les gusta esperar y a partir de una hora las puertas serán selladas.

—No temáis por ello. Por cierto Juan, ya que la posada tiene a bien llamarse de "Los Juanes", ¿quién es vuestro homónimo?

—Se dedica a lidiar con el ganado —respondió sonriendo. —Lo asea, lo trasiega y lo dispone para que su carne esté a gusto de los comensales. Tendréis ocasión de conocerlo, es un maestro en el arte de la doma y del sacrificio.

Diego bajó la mirada. Aquel lugar no era apropiado para él. Se sobrecogió y deseó esfumarse de esa pesadilla en la que se había sumergido. Se sentía como un carnero camino del degüello, pero ya no era momento de dar paso atrás. Las cartas estaban echadas y, además, boca arriba y al descubierto.

—No os aflijáis ahora. Vos sois "El trastornado", no lo olvidéis —y cerró la puerta rudamente y dando dos vueltas de llave a la cerradura.

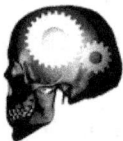

El cielo continuaba encapotado y ya había escampado. La última claridad de ese sol escondido y preso del temporal ya se doblegaba a la noche y Diego yacía tumbado en el lecho. Esa frasca de vino había sucumbido en esa larga y tormentosa tarde, solo las lonchas de jamón permanecían intactas y embadurnadas en su propia sudación de grasa. El vino había hecho su efecto y Diego había dejado atrás todo tipo de remilgo. Su alma estaba dispuesta a devorar todo vestigio de moralidad. La penumbra invadía la lujosa alcoba y el ruido de los primeros carromatos le llegaba entre el silbido del viento. Se puso en pie y cubrió su cuerpo desnudo con la negra cogulla[46] monástica. Ocultó su rostro con la pulida y nacarada máscara y volvió a sentarse en el borde de la cama, a la espera de que el tuerto hombretón se personara de nuevo en la alcoba.

---

[46] *Una cogulla o colobio, es una túnica con capucha utilizada en la liturgia católica como parte del hábito de algunas órdenes religiosas.*

Y así fue. Poco tiempo después, aquella puerta volvió a abrirse y no Juan, sino otro hombretón y también disfrazado de monje, lo invitó a seguirlo sin decir palabra.

Diego sintió miedo. Ese fornido acompañante le indicó que se dirigiera hacia el fondo del pasillo, en sentido contrario al acostumbrado para acceder a la alcoba. Una pared de madera ponía fin al trayecto. El enigmático y mudo guía, hizo algo para que en ese muro se abriera una compuerta. Fue invitado de nuevo a traspasarla y Diego se agachó para entrar en otro mundo. Un agobiante rellano inmerso en la penumbra, parecía dar acceso a una escalera. Con temor y con flaqueza en sus temblorosas piernas, el joven tullido bajó peldaño a peldaño esa interminable escalinata hacia las tinieblas. Abajo, una titilante luz amarillenta daba fe del final de ese descenso entre crujidos de maderas desgastadas. Diego puso al fin pie en el entarimado y su acompañante le empujó indicándole, sin el menor recato, que continuara avanzando por el largo corredor excavado bajo tierra. Ese pasillo parecía no tener fin. Sórdido y burdo. Solo alumbrado por candiles que pendían a ambos lados y con un entarimado empapado y rebosante de cieno. Diego no tuvo tiempo de decidir su futuro. Los empujones por parte de su guía eran cada vez más frecuentes y rudos.

Después de recorrer algo más de veinte brazas, un portón ponía fin a ese sinuoso y tétrico pasadizo. Diego no se atrevió a abrirlo, pero fue su rostro tras un brusco y nuevo empujón, el que hizo que esa tosca puerta mostrara lo que se escondía al otro lado.

Aquello parecía ser una comitiva de recepción. Eran seis los que disfrazados como él, parecían esperarlo. Todo estaba en el más absoluto silencio, solo algunos sollozos y el relinchar de un caballo, se oían a lo lejos. Aquella bóveda excavada y soportada por gruesos pilares de mohosa madera, estaba encumbrada por una lámpara de siete brazos y siete velas. Las paredes habían sido enteladas en rojo escarlata y solo un extraño blasón pendía de una de ellas. Al fondo tras la comitiva, una puerta cerrada daba la impresión de ser la entrada al mismo infierno.

—No os bastaba con aceptar vuestra pérdida —dijo una voz que le resultaba familiar.

—Capitán Joaquín de Maguna —apenas pudo pronunciar Diego con voz temblorosa.

—Erráis, me llaman "El cuco", aunque a decir verdad, me conocen por otros apodos. Nombres que no os gustaría oír, os lo aseguro.

— ¿Creéis que a estas alturas sería capaz de escandalizarme por algo?

El disfrazado capitán rompió a reír y el resto de invitados también lo hizo.

— ¿Dónde está mi esposa?

—Tened paciencia. Os prometo que la veréis esta misma noche. Pero antes, permitidme que os presente a mis huestes.

—Sin duda deliráis. Solo veo aquí a unos miserables enmascarados, al igual que vos habéis demostrado ser.

El rostro de Diego volvió a golpear la madera. Tumbado en el entarimado y rebosando la sangre entre sus labios, trató de ponerse en pie. La sucia suela de una bota negra y del mismo que le había propinado el fatídico golpe, le impidió que lo hiciera. Con su rostro oprimido y sangrando, vio cómo se acercaba ese disfrazado capitán y se agachaba ante él.

— ¿Habéis olvidado los modales en solo una semana de claustro?

—Solo deseo ver a mi esposa.

—Si, por supuesto. Pero antes mostrad cortesía y respeto. Sois nuestro invitado.

"El cuco" le ayudo a incorporarse y le ofreció un pañuelo para enjugar la sangre.

—Permitidme que os presente al "Trastornado" —dijo con solemnidad y dirigiéndose a los otros seis encapuchados.

Ninguno de ellos hizo el más mínimo gesto y el capitán continuó:

—Mirad Diego, ¿veis al más alto de ellos? —preguntó señalando al encapuchado situado más a la izquierda. —Él encarna a la avaricia. Todo Cádiz está en sus manos. Comerciantes y orfebres se sienten tentados por su mano. La banca, Diego, la banca se hará con el poder. Su nombre es Mammón y vuestra fortuna caerá más tarde o más temprano en sus manos.

Diego limpiaba las comisuras de sus labios. Al menos un par de dientes se habían partido en el interior de su boca. Pero el mayor dolor no procedía de ahí. Solo pensaba en María y en lo que tendría que presenciar cuando esa puerta se abriera ante sus ojos.

—A su izquierda está Leviatán. Fijaos en él —le dijo levantando con su mano la sangrante barbilla de Diego. —Nadie mejor que él encarna a la envidia. Ha seguido vuestros pasos fielmente y fuisteis objeto de su preciado don, al igual que otros muchos elegidos. Fue él quien puso sus ojos en vos y la primera verga en degustar a vuestra exquisita esposa. La verdad es que ella se dejó embelesar fácilmente por su atractivo y dotes de conquistador.

Diego hizo amago de abalanzarse sobre el capitán, pero las rudas manos del hombretón que lo había llevado hasta allí, lo apresaron con fuerza.

—Belfegor —continuó. —Ese siempre ha sido su nombre y prodiga la pereza. Sí Diego, su reino está floreciendo en estos tiempos donde la clase burguesa ansía faltar con sus obligaciones de súbditos y ciudadanos. Vos mismo habéis sido acariciado por sus delicadas manos, ¿o no os habíais percatado de ello? Miraos, sois un despojo.

Diego bajó la cabeza y comenzó a llorar. El capitán empuñó su cabello y tiró de él hacia arriba, mostrando ante todos su faz demacrada.

—Ya no es momento de lamentaciones —prosiguió. —Guardad esas lágrimas para más tarde y observad la omnipotencia de Satanás —dijo señalando al siguiente encapuchado. —De él emana la ira como una fuente de vida. De hecho, ya os está empapando a vos. Lo veo en vuestra mirada. Sin ira no hay contienda y en estos tiempos y en los que han de venir, el ángel caído alzará de nuevo su mirada.

—Sois una panda de miserables —balbuceó Diego. —Debí rebanaros el cuello cuando hicisteis alusión a mi esposa, allí, en la misma cámara baja.

—Me encanta este joven —repuso el capitán pavoneándose. — ¡Aún tiene bríos para encararse! —dijo mofándose. —Guardar vuestras fuerzas para más tarde, os aseguro que las necesitaréis. Dejadme acabad y fijaos en él —dijo señalando al último. —Vuestro padre murió reventado gracias a sus artes.

—Mi señor padre siempre fue un buen hombre. ¡No oséis nombrarlo!

—No lo dudo, pero bien que supo entregarse a los placeres de la gula hasta fallecer. Belcebú fue el artífice y a él le debéis tal hazaña —dijo riendo. —Buenos tiempos los que corren para venerar las viandas. Esa nueva casta nacida y a los que llaman "gourmet", sirven a los designios de nuestro apreciado anfitrión.

— ¿Y vos los comandáis a todos?, ¿sois quizás el más tarado de ellos? —preguntó Diego riendo y mostrando los primeros atisbos de enajenación en su trastornada mente.

—Yo, mi querido Diego de Cárdenas y Carranza, he saboreado plenamente a María Bernardo de Almansa. La lujuria es mi reino y, como tal, he paseado con solemnidad por todos y cada uno de sus recovecos. Asmodeo es mi nombre y con él os quedaréis en vuestra mente, hasta que la muerte os arranque de la mísera vida que os espera.

Diego le escupió y el capitán no dudó en propinarle un fuerte golpe en la cara.

La puerta a sus espaldas volvió a abrirse y otro encapuchado con la máscara de oro, entró en aquel recinto acompañado por Juan el posadero. Todos le hicieron la reverencia y el regordete y bajito personaje se situó ante él, en el más sórdido silencio.

—Sí que habéis cambiado. La Guardia Señorial me lo había mencionado, pero creedme, me resistía a otorgarles crédito. Es una verdadera lástima que vuestra alma se haya internado entre el dolor y la desesperación.

Diego alzó su maltrecho rostro. Esa voz era conocida y no lejana en el tiempo.

— ¿Cómo puede ser que un eclesiástico y alto mandatario de la Iglesia como vos, se halle entre las hordas de estos depravados?

—Hijo, ¿aún no has recapacitado? —le contestó acariciando su rostro ensangrentado. —La mala hierba debe ser arrancada de cuajo sin contemplación. Hay que dejar hueco para que florezca la verdadera semilla.

—Sé que albergáis dentro de vos un sentimiento de piedad. Os lo suplico, dejad en libertad a mi esposa.

Os aseguro que tanto ella como yo, seremos tumbas de lo acontecido. Nadie podrá sospechar de...

— ¿De qué? —gritó el rollizo disfrazado. — ¿De que blandimos aún la espada contra la sinrazón?, ¿contra la desvirtuación de los valores? ¡Son demasiadas las voces que prodigan con el exterminio del Tribunal del Santo Oficio de la Inquisición! Somos el último bastión, hijo.

—Habéis cambiado de bando. ¿Cómo os hacéis llamar ahora en vuestro delirio?

— ¿No llegáis aún a vislumbrarlo?

Diego se quedó mirando esa dorada máscara impasible y su propietario dio la orden de abrir la puerta que daba acceso al infierno. Una espaciosa cámara bien alumbrada por antorchas se abría ante su perpleja mirada. Cuatro recintos enrejados y alfombrados con paja, se ubicaban de dos en dos a cada lado; y sobre el heno, una joven desnuda en cada uno de ellos. Diego buscó ávidamente a su esposa entre aquellas desdichadas rehenes, mientras caminaba dando traspiés apresado por su verdugo. Sus cuerpos estaban lacerados por el castigo y sus rostros manchados por la sangre y el llanto. Asidas algunas de ellas a los barrotes, imploraban clemencia al paso de la funesta comitiva, pero el dirigente que iba en cabeza presidiendo el cortejo, solo les obsequiaba con una espléndida risotada dentro de su reluciente y metálica máscara.

Otra puerta daba acceso a una bóveda. Al fondo y como si de un altar se tratara, se hallaba lo que más había querido en su vida. Diego suspiró de dolor y ladeó su vista intentando esquivar esa horrible visión. Gritó con todos sus bríos pronunciando su nombre, mientras su verdugo impedía que no se desplomara.

María ya no era ella. Desnuda y tumbada sobre un potro de madera ensangrentada y con sus piernas apresadas a ambos lados, mostraba su sexo como un estandarte para expiar sus pecados. Su cabello había sido rasurado por completo y no cesaba de mover la cabeza en un sentido y otro, balbuceando incoherencias e improperios contra su creador.

El regordete disfrazado hizo un gesto y Diego fue despojado de sus atuendos. Su captor lo soltó y él se abalanzó hacia ella. El horror lo invadió al ver los ojos de su amada esposa. Era una mirada que jamás había visto y que lo colmó de espanto. María ya no estaba allí, era un cuerpo sin razón, perdido entre las tinieblas y el sufrimiento. Diego acarició su deforme rostro mientras lloraba y gritaba por el dolor más inciso que jamás había sentido. Ella giró la mirada, en un lapso de lucidez concedido por el mismísimo Dios del que había renegado, y sus ojos le expresaron toda la ternura que atesoraba en su interior.

Diego fue retirado de ella. Fue la última dádiva con ser agasajado, antes de ese acto final que lo internaría en ese mundo en el que ya habitaba María.

El corcel lucía una crin negra, brillante y bien cuidada. En su bruna silueta destacaba ese vástago exaltado momentos antes por el olor de una yegua en celo. Fue arrimado al potro y el jamelgo colmó sus ansias de cópula con María. Los gritos y la sangre embadurnaron ese altar y puerta del mismísimo averno. Los alaridos de Diego se fundieron con los de su amada, en una orgía que lo llevó hasta la misma locura.

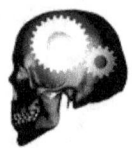

La luz del amanecer despuntaba entre los barrotes de la ventana. Esos primeros rayos de sol le infundieron templanza. Se giró para contemplar esa luz y solo vio una ventana cegada por un muro. La razón había huido de él, para abandonarlo en un mundo de delirios y alucinaciones. Ya no había sufrimiento, solo un eterno vacío existencial que lo mantenía sumido en la inconsciencia la mayor parte del día y de la noche. Pero esa mañana, después de algo más de un mes de internamiento, Diego recobró por unos instantes la razón y el recuerdo. Recostado en un sucio camastro y atado de pies y manos, se sobresaltó al oír el cerrojo y el chirriar de una puerta. Sus oídos se alegraron, al escuchar una voz que le era familiar y que formaba parte de otra vida.

—Aquí lo tenéis. No ha despegado sus párpados desde que ingresó.

— ¿Dónde lo encontraron? —preguntó Luís de Córdova, su benefactor.

—Al parecer, unos campesinos divisaron unos cuerpos desnudos junto al arroyo Salado. Tanto él como su esposa estaban malheridos y presa de la locura.

— ¿Vive aún ella?

—Está internada en la otra ala del edificio. Grita y llora día y noche. Os aseguro que está ida.

—No me extraña que lo esté.

— ¿A qué os referís?

—He tenido oportunidad de hablar con el comendador de la Guardia Señorial. Ella estuvo a punto de perder la vida. Había sido destrozada en sus partes más íntimas. Y lo peor de todo, era Diego su marido, el que engullía sus entrañas.

—Que Dios tenga la piedad de acogerlo en su seno. —dijo el loquero.

Luís de Córdova se sentó en el borde de la cama y acarició con su enguantada mano el rostro famélico y sudoroso de su más estimado pupilo. Diego abrió sus enrojecidos ojos.

—Era él, Lucifer —Dijo balbuceando y babeando saliva.

El célebre almirante de la Armada Española se puso en pie sobresaltado y sin dejar de observar esa vidriosa mirada. Diego esgrimió una sonrisa en sus labios. María estaba allí, cerca de él.

EL ÚLTIMO DESPERTAR

Fue el fuerte chapoteo de la lluvia golpeando el hermético ventanuco, el que le hizo abrir los ojos. Un día gris que apenas lograba dar penumbra a esa reducida y monótona habitación. Su mente permanecía aún nublada, como ese resquicio de cielo sucio y encapotado. El recuerdo de ese último sueño no había alcanzado aún su conciencia. Se mantenía latente, para en su momento, terminar de revelarle lo que sus temores ya hacía tiempo trataban de insinuarle. Un extraño sabor a sangre perduraba en su boca y una inusitada e incomprensible paz interior lo inundaba.

Ewan se incorporó en la cama. Vestido tan solo con un blanco camisón, observó con detenimiento todo lo que le rodeaba. Por vez primera, los ojos de Ewan presenciaron la apariencia real de esa habitación. Ese lugar en el que Gabriela había tenido a bien cobijarlo, había culminado ya su proceso de metamorfosis. Había sido un lento transcurso, en el que sus ojos y su mente a través del sueño inducido, habían logrado reflotarlo a la realidad.

Cuatro paredes blancas, acolchadas con un marcado relieve cuadriculado y ese camastro rodeado de correajes, era todo lo que su vista podía advertir. Solo un tragaluz de reducidas dimensiones, de doble acristalamiento y rematado por una fila de barrotes, rompía la monotonía de una de las paredes. Frente al níveo camastro, un hueco labrado en la acolchada pared prometía ser lugar de aseo. En la otra, una puerta que hábilmente podía confundirse con el resto del panel que la rodeaba. Un perfecto y albo cubículo, forrado de material aislante y diseñado para eliminar cualquier tentativa de inmolación.

Ewan se puso en pie y se dirigió al pequeño ventanuco. La lluvia arreciaba golpeando con estrépito el grueso cristal. Otros tragaluces salpicaban aquel muro empapado. El primer destello acudió a su mente como un estallido de luz. Una esquirla de ese último sueño ascendió desde las profundidades de su mente, hasta clavarse en su conciencia y hacerle sangrar. El olor a rancio de esa posada rezumó en su olfato como queriendo arrastrarlo. Pero Ewan ya no sentía miedo. Algo dentro de él había cambiado. Su alma parecía estar dispuesta a desplegar sus alas, para extraerlo de un sufrido y penoso letargo. Su corazón de nuevo volvía a palpitar con ímpetu. Se esforzaba por rememorar lo soñado, pero su mente decidió que debía ofrecerle ese despertar con medida y cautela.

Se dirigió hacia ese atisbo de aseo y observó su rostro en el embutido espejo acerado. Su vieja imagen había cambiado. En él también había tenido lugar una lenta y profunda transformación. El pelo de su cuero cabelludo ya había despuntado y algunas arrugas habían nacido en su frente y bajo sus ojos. La delgadez era bien notoria en su faz. Sus resaltados pómulos y sus mejillas hundidas, le hicieron recordar a ese personaje con el que cohabitaba en sus horas de delirio. De nuevo otro destello lo deslumbró y Ewan se aferró al encastrado lavabo metálico. Cerró los ojos y esos pasadizos excavados bajo tierra surgieron con toda la viveza en su recuerdo. Llantos y gritos lo ensordecieron por un momento y suspiró. El olor de los lirios lo impregnó, ofreciéndole un lapso de quietud y, con él, el aroma de Emily. Fue como una ráfaga de brisa fresca, la que aireó su enmohecida y aletargada mente, preparándolo para la embestida final. Duras imágenes cruzaron su cerebro dolorido y al final, una calma indescriptible. Ewan abrió los ojos y se abalanzó hacia la puerta. Extrajo de él todas sus fuerzas y gritó sin parar golpeando el mullido forro. Ahora ya la sentía cerca de él. Emily, el motivo de su existencia, estaba allí. Una búsqueda por mundos insólitos y a merced del delirio, lo había llevado hasta esa celda, depositándolo como si de un bebé se tratara, en un lecho al abrigo de sí mismo. Ya no había lugar para el sufrimiento ni para el lloro. Ese despertar era el verdadero y su alma por fin se apaciguaba.

Ewan cejó en su empeño. Nadie parecía oír su ímpetu por demostrar que todo había acabado, que había escalado esa profunda sima de sufrimiento y dolor, para ver de nuevo la luz. Pero no era así. Sus movimientos continuaban siendo escudriñados por aquellos que decidieron un día internarlo. Ojos de cristal presenciaron ese despertar y lo celebraron más allá de esa pulcra y aséptica habitación.

Sentado de nuevo en el catre y demostrando en cada uno de sus movimientos su cordura, saludó con ironía hacia uno de esos ojos impasibles embutidos en la pared. Pocos minutos después, los pitidos volvieron a repetirse y el corazón de Ewan se compungió. Por un instante, rememoró esos sonidos que solían ser los pródromos de una nueva embestida de *Chronos*. Pero no fue así. La puerta de esa celda se abrió y ella apareció.

—Buenos días Lupe.

—Hola Ewan. Bienvenido a "La granja" —respondió luciendo una sonrisa y sobrecogida al oír su nombre, de voz de su más apreciado paciente. Durante semanas, el nombre de Gabriela había martilleado sus tímpanos, haciéndole ver que Ewan continuaba inmerso en su propia alucinación.

Departamento de psicología experimental. Centro de investigación Daedalus. Condado de Ventura. California. 12 de mayo de 2062.

— ¿Cuánto tiempo llevo aquí?

—Bastante. Creíamos que no saldrías de esta.

—Ella está también aquí, ¿verdad?

—Si. También ha pasado por un calvario.

—Necesito verla.

—Tranquilo. Ella siente lo mismo por ti. No ha dejado de pronunciar tu nombre desde que ingresó. ¿Sabes?, he presenciado demasiados casos, pero jamás había visto una fascinación tan grande entre dos personas.

— ¿Cómo está?

—Continúa inmersa en el delirio. Tiene pequeños lapsos de lucidez y eso nos hace pensar en que seguirá tu misma suerte.

Ewan sonrió mientras sus ojos se empañaban.

—No, no, no —dijo apoyado en el marco de la puerta. —No quiero ver una lágrima más.

— ¡Don! —exclamó Ewan y se abalanzó hacia él abrazándolo.

—Vale, ya ha pasado todo —le dijo acariciando su pelo corto. —Ahora debes reponerte, te has quedado en los huesos y a Emily no le gustará verte con esta pinta, ¿no crees?

—Claro que sí Don, —respondió enjugando las lágrimas —lo que tú digas.

—Perfecto. Lupe, haz que le traigan ropa y ayúdalo a asearlo. Te espero en mi despacho. ¿Sabes Ewan?, no soporto verte vestido así. Eres un *neuro* y te sigo admirando como el primer día.

—Gracias Don. No sabes cómo te lo agradezco.

—Solo he hecho mi trabajo.

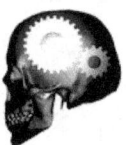

Ewan se sobrecogió al traspasar el umbral de esa puerta que lo había mantenido cautivo, como un capullo de seda a su crisálida. Vestido con el sudado y maloliente camisón, fue acompañado por Lupe y a través de un interminable pasillo atestado de puertas, hasta el lugar donde sería aseado y despojado del incrustado olor a enfermedad.

Toda la cámara era metálica y estaba rodeada por infinidad de boquillas, que inyectaban agua hacia su escuálido cuerpo. A través de un tragaluz acristalado, la joven psiquiatra observaba a Ewan extasiado con esa agua purificadora. Su expresión era de regocijo. Deslizaba las manos por su rostro, como queriendo deshacerse de los restos de ese mal que había roído su ser. Lupe lo observaba con minuciosidad y con un brillo especial en sus ojos. Llevaba tiempo viendo a un ser sumido en la locura y le costaba asimilar que se tratara de la misma persona. No era la primera vez que le ocurría y, por supuesto, tampoco sería la última. Otros muchos no habían tenido la ocasión de llegar hasta allí. Demasiados habían quedado relegados a ese camastro y a sus correajes hasta consumirse en un despojo.

Lupe secó su piel y rasuró su descuidada barba, mimándolo y acicalándolo como a un niño. Se vistió y ambos rieron, cuando Ewan se miró al espejo con esa vestimenta que le sobraba en demasía. Olió el impregnado aroma que aún despedía su camisa. Perfume de otros tiempos, de aquellos en los que vivió momentos inolvidables, junto a personas que supieron llegar hasta él.

El ascensor los transportó emergiéndolos desde las tinieblas del infierno hasta las lindes del cielo. Aquel pasillo le trajo reminiscencias de un pasado casi olvidado. Ewan rememoró el día que visitó a Don en su despacho y a aquella congregación de mentes deformadas y carcomidas por la enfermedad mental. Pero justo ante la puerta del eminente psicólogo, recibió el impacto de algo que no esperaba. La imagen de ese niño ficticio volvía a impregnar sus retinas. Ángel Gabriel de nuevo estaba allí, al fondo del pasillo, como una sombra que se resistía a desaparecer de su malherida conciencia. Ewan se mantuvo por unos segundos mirándolo y Lupe no pudo reprimir preguntarle.

—No es nada, —respondió él —solo recuerdos del pasado.

Don lo esperaba. Era un día de júbilo. Ewan entró en el despacho y Lupe lo despidió ofreciéndole un cariñoso apretón de manos.

— ¿Sabes?, aún recuerdo cuando estuvimos hablando aquí, en este mismo despacho —dijo Ewan observando con detenimiento la habitación.

—Eso está bien. Es un buen presagio.

—No he estado en Compton, ¿verdad Don?

—No Ewan. Jamás has pisado Compton.

— ¿Desde cuándo estoy aquí?

—Desde ese día que entraste en este despacho.

— ¿El día que me acompañó Adrien?

—Si no hubiera sido por él, jamás habrías venido. Estabas ya demasiado perdido. Chesapeake fue la gota que colmó el vaso. Tu mente estaba ya tan deteriorada, que ese sueño se comportó como una daga cortando y dejando al descubierto tu subconsciente.

— ¿Fue realmente así?

— ¿Albergas aún dudas al respecto? —preguntó Don escudriñando su mirada.

—No, por supuesto que no —respondió con una sonrisa forzada.

—Ewan, controla el delirio. No te dejes llevar de nuevo por las alucinaciones. Estamos convencidos de que sanarás, pero debes poner de tu parte.

—Claro Don. Te entiendo. ¿Dónde está Adrien? Me muero de ganas por volver a verlo —preguntó a sabiendas de lo que ya intuía.

—Bueno, no creo que puedas volver a verlo — respondió bajando la mirada.

Ewan sintió un pinchazo en el corazón y esperó que el negro psicólogo terminara de aclarar eso que alguien le había anunciado en su delirio.

—Adrien sufrió un lamentable accidente en una de sus travesías en alta mar. Lo siento, me resistía a comunicártelo.

Por un momento, el *neuro* volvió a temer que la psicosis se adueñara de su maltrecha y debilitada mente y rehusó hacer conjeturas al respecto. Solo mostró tristeza y resignación.

— ¿Dónde está Emily?

—Abajo, en el otro ala del edificio.

—Necesito verla.

—Lo sé, pero es mejor que esperes a que tenga un periodo de lucidez.

— ¿Por qué?, ¿por qué ella?

—Se contagió de ti. Estabais viviendo una fantasía. Os inmolasteis en un mundo ficticio, solo al abrigo de ese amor que os profesabais. Ella lo entregó todo por ti. Nunca he visto una pasión tan desbordada por alguien y te aseguro que he presenciado de todo. Pero no te preocupes, Emily saldrá de la misma forma que tú lo has hecho. A ambos os extirpamos el *neurochip*. Os dejamos limpios. Era la única forma de erradicar el mal que portabais. Ewan, ya tenemos experiencia en el tema y llegamos a la conclusión de que sin extirpar a Emily de tu lado, ninguno de los dos lograría superar la enfermedad. Manteníais la infección latente, os arropabais en el mismo delirio. Optamos por internar a Emily, ella acusaba la enfermedad en mayor grado que tú. Quizás tu agorafobia fuera un mecanismo de protección hacia la *Psicosis Negra*. Pero ella carecía de defensa alguna. De la misma forma que su organismo era presa fácil de la contaminación de este planeta, su mente era un excelente caldo de cultivo para cualquier tipo de invasión. La enfermedad hizo estragos en ella; jamás había visto un caso de tal virulencia.

Ewan pasó su mano por el cuero cabelludo. Aún se remarcaba esa cicatriz que empezaba a esconderse ya entre su corto pelo.

—Llevamos años investigando la *Psicosis Negra* y, aunque no sea muy ortodoxo decirlo, nos habéis servido como cobayas en una nueva terapia. Ese líquido que Lupe te ha suministrado a diario, ha conseguido que tu cerebro retome la conciencia.

—No me importa haber servido de cobaya.

—No cantes victoria aún —dijo Don entristeciéndose. —Es posible que tengas episodios esporádicos de delirio. Sois los primeros en probar este nuevo tratamiento y no conocemos su alcance.

—Me encuentro bien, Don. Eso es lo que importa.

—Oye Ewan, —dijo Don acercándose a él y mirándolo fijamente a los ojos —lo que trato de decirte, es que no estáis curados. Es muy importante que asimiles esto. Es muy posible que tanto tú como Emily, tengáis breves episodios de delirio y debéis incorporarlos a vuestra vida como algo natural, sin más importancia. Solo el hecho de que seáis conscientes de ello, os ayudará a superarlo y a llevar una vida dentro de la normalidad.

—Te entiendo Don. Te aseguro que lo que más deseo, es vivir mi vida con ella y haré todo lo posible por esquivar esos pensamientos.

—Emily te necesita. Eres lo único que tiene. Ha depositado toda su existencia en ti y solo espera que la reconfortes, que le expreses lo que sientes por ella, que la correspondas en su medida.

—Lo estoy deseando.

—Lo sé Ewan, todo a su debido tiempo.

— ¿Crees que podré volver a trabajar?, ¿qué sabes del Pozo?

—Siento decirte que no, si es que te refieres a ocupar tu antiguo puesto en el C4. Tu mentora desapareció hace tiempo.

— ¿Te refieres a Gwyneth?

—Al parecer llevaba una vida un tanto desordenada, por lo que tengo entendido, desapareció sin dejar rastro. Pero ahora no debes preocuparte por eso. A Emily la esperan en NeuroSky y estoy convencido de que en Beta-Cangri está vuestro hogar. Con tu experiencia no te será difícil encontrar empleo en la estación espacial. Una nueva vida Ewan, debes de asimilarlo así.

—Por supuesto.

—Por cierto, Chesapeake está escalando puestos en el ranking de sueños.

—Me alegra saberlo. ¿Qué fue de Joseph?

—Se unió a Emotiv. Karavokiris supo atraerlo a su imperio.

— ¿Y quién gobierna ahora Brainsoft?

—Mischa y yo. Pero lamento reconocer que con Chesapeake, la empresa haya puesto punto y final.

—Siento oír eso. Por cierto, ese sueño me ha perseguido día y noche. Incluso ha llegado a crecer dentro de mí.

—Ewan, aún tenemos mucho que aprender sobre la *Psicosis Negra*. Intuimos que se alimenta de todo aquello que subsiste en lo más recóndito de nuestra mente. Aquello que levanta pasiones y que deja marca en nuestro cerebro. No me extraña que tus delirios hayan seguido esa senda, el camino más fácil labrado en tu subconsciente. Pero olvídalo, es mi mejor consejo. Céntrate en ella, te necesita más que a su propia vida. No le falles.

—Por nada del mundo lo haría.

—Me he permitido prepararte una confortable habitación aquí, en esta planta. Creemos conveniente que no abandones aún el centro.

—Esperaba que me lo ofrecieras, te lo agradezco. Deseo estar cerca de ella.

—Genial entonces. Ten paciencia, en poco tiempo podrás reunirte con Emily. Dejémosle que tenga también su oportunidad.

—Por supuesto.

—Bueno amigo, he de dejarte. Salgo de viaje.

A Ewan se le iluminó el rostro y Don supo reconocer ese sentimiento que emergía de lo más profundo de su ser y, que como un niño, no pudo reprimir.

—Estarás bien. Lupe se encargará de que no te falte nada.

—Sí claro. No te preocupes. ¿Volverás pronto?

—Ah mi querido amigo. La verás. Confía en mí —dijo obsequiándolo con una amplia sonrisa. —En respuesta a tu pregunta te diré, que si todo sale bien, mañana estaré de vuelta.

—Seguro que saldrá bien —dijo Ewan mirando a Don.

—Sí Ewan, por supuesto que sí —le contestó titubeando y con extrañeza en la mirada. —Por cierto, algún día te llevaré a Kyra Panagia. Es un lugar encantador. Te gustará el monasterio que se erige sobre los acantilados.

— ¿Es allí a donde te diriges?

—Tengo que ultimar algunos detalles con Joseph, Karavokiris parece mantenerlo cautivo.

—Entiendo.

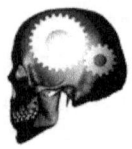

La noche se cernía. Ewan observaba esa cadena montañosa que separaba el valle de San Fernando de la cuenca de Los Ángeles. No pudo reprimir un amago de nostalgia, al contemplar el punteado titilante de la gran metrópoli. Allí se hallaba buena parte de su vida y también el seno de una fobia que había logrado mitigar los efectos de una temible enfermedad mental. Asomado al gran ventanal, rememoró aquellos días en los que conoció a su mejor y querido amigo. Adrien siempre ocuparía un lugar privilegiado en sus recuerdos y en su corazón. Sintió pena, pero se reconfortó al pensar que su alma estaría siguiendo sus pasos, como si de un ángel custodio se tratara. Casi presentía su cercanía entorno a él.

Don no había tenido remilgos a la hora de equiparle aquella estancia. Estaba dotaba, al igual que su soberbio despacho, de las últimas tecnologías y comodidades. La habitación, en forma de semicírculo, estaba rodeada por un ventanal curvo con inmejorables vistas. Una espléndida cama sustentaba un mullido colchón cubierto por un blanco edredón inteligente y un confortable sofá de piel sintética, hacía rinconera justo al borde de la puerta.

Ewan paseó la mirada por la lujosa habitación y algo de allí llamó poderosamente su atención. Se acercó lentamente y sin dejar de observarlo. Una ampolla cristalina reposaba de pie junto a un vaso, en el centro de una mesa pequeña. Se agachó y durante largos segundos observó el turbio y amarillento líquido contenido en ella. Por unos momentos sintió náusea y vergüenza. El recuerdo de ese líquido cálido y manado del sexo de una joven que lo había auxiliado, acudió como una alimaña a su mente. El sabor de la orina inundó su paladar, haciéndole rememorar un pasado ya inexistente.

Alargó la mano para cogerlo y una voz le aconsejó que no lo hiciera.

Ewan se quedó paralizado y con un fino temblor.

—No deberías beber su contenido.

—Es lo que me hace despertar —replicó Ewan.

—Ya has despertado.

—Llegó el momento ¿no es así?

—Desiste en tu empeño.

Ewan se giró y contempló a un bello y resplandeciente arcángel alado. Gabriel, La Fuerza de Dios, lucía frente a él empuñando su ígnea espada.

— ¿Es así, como debe ser? —preguntó Ewan.

—Es la última batalla y tú comandas su ejército.

—Él no me puede pedir eso.

—Ella no ha tenido valor para hacerlo. Solo estás tú en su conciencia.

—Yo tampoco lo tengo. Soy incapaz de sesgar su vida.

—Entonces, poco puedo hacer por ti.

El cuerpo de Ewan comenzó a relucir y dos grandes alas de luz se desplegaron de sus prominentes escápulas. El arcángel San Miguel tomaba forma.

—Sé a qué has venido y me rindo a sus órdenes —dijo arrodillándose y ofreciendo su cabeza coronada.

El arcángel Gabriel se acercó a él y alzó la espada.

—No le hagas sufrir. No le digas cual ha sido mi final. Llévatela en silencio.

Fue como una eternidad. Allí, impasible como una efigie de mármol, el arcángel verdugo mantuvo su espada alzada y mirando a su víctima. Pero lentamente, esa cuchilla de fuego bajó y el arrodillado arcángel alzó la mirada, dejando escapar una luminiscente lágrima que estalló en mil colores al golpear el pulido suelo.

—Alguien vendrá a visitarte e insistirá en que lo tomes. Desiste de ello. Solo así lograrás llegar hasta ella.

— ¿Por qué no lo has hecho?

—Porque eres la esperanza que aún nos queda. Ese amor es la única señal que aún persiste en este mundo de tinieblas. Es ese faro, el que me ha deslumbrado y alumbrará. Llévatela lejos de aquí.

Su intensa luminosidad se desvaneció y desapareció como un sueño. Ewan dejó de relucir y enjugó sus lágrimas en una intensa sensación de éxtasis y felicidad.

Un agradable sonido invadió la habitación y Ewan miró hacia la puerta. El sonido volvió a llamar su atención y se vio obligado a abrir.

—Solo quería ver cómo te iba.

—Hola Lupe. Bien, un poco aturdido aún —respondió titubeando.

— ¿No me invitas a pasar? —preguntó ella sin dejar de observar sus mejillas humedecidas.

—Sí, perdona. Aún me encuentro un poco extraño aquí.

— ¿Te encuentras bien? —preguntó de nuevo, observándolo.

—Perfectamente. Es solo que estoy algo emocionado. Os debo tanto.

—No le des demasiada importancia —dijo ella recogiendo la humedad del rostro de Ewan. — ¿No has cenado aún?

—Me disponía a hacerlo.

Lupe dirigió la mirada hacia la pequeña mesa.

—Bien, dispones de todo, como habrás podido apreciar.

—Sí, ya lo veo.

—No lo dejes Ewan, ahora no —le dijo acariciando su mejilla. —Bueno, no quisiera importunarte más.

—Bien.

Lupe bajó la mirada y se dio media vuelta. Justo cuando intentaba abrir la puerta, Ewan llamó su atención.

— ¿No has pensado huir?

Ella no contestó. Se quedó inmóvil y sin volver la mirada durante unos segundos.

—Ya me preguntaste eso en otra ocasión —contestó girándose hacia él.

— ¿Qué te lo impide?

— Veo que no has tomado la medicación —repuso ella mirándolo a los ojos.

—No, no la he tomado.

—Te han dicho que puedes recaer.

—Ya no.

La psiquiatra se quedó pensativa, sin dejar de mirar a su más querido paciente.

— ¿Por qué no escapas? —volvió a insistir Ewan.

Lupe se dejó desplomar en el sofá y bajó la mirada. Sus ojos se humedecieron y no respondió.

—No tengo valor para hacerlo —contestó después de un lapso de silencio.

Ewan suspiró y cerró los ojos. Una sensación de bienestar recorrió su cuerpo.

— ¿Donde tienen a Emily? —le preguntó sentándose a su lado.

—Ella no está en condiciones de recibirte.

—No lo entiendes. Emily está en peligro.

Lupe lo abrazó. Notó como el cuerpo de Ewan temblaba y su respiración era jadeante.

—No me hagas esto —le suplicó ella. —He apostado tanto por ti. Noches velando tus sueños, curando tus heridas, viendo como naufragabas en tu propio océano de dolor y soledad. Viviendo contigo el delirio.

—Ya ha pasado todo, Lupe —le dijo acariciando su pelo negro. —Ayúdame por última vez, te lo suplico.

Ella se soltó de Ewan y enjugó sus lágrimas. Cogió la ampolla de cristal y vertió su turbio contenido en el vaso. Se sentó abierta encima de sus piernas y le ofreció ese cáliz.

Ewan miró hacia el fondo de la habitación. Allí donde el arcángel enviado había perdonado su vida y, tras unos segundos, lo bebió.

—Vas a sufrir —dijo Lupe con resignación.

—Ya no puedo sufrir más.

EL AQUELARRE

Los pasillos del centro psiquiátrico permanecían en silencio. Solo algunos alaridos y llantos en mitad del sueño de aquellos que morían lentamente entre sus muros, hacían estremecer a Ewan. Pero su corazón estaba henchido y galopaba dentro de su pecho. Había atravesado universos de delirio hasta llegar allí y por fin el último tramo del largo y tortuoso sendero ya se vislumbraba.

Lupe lo conducía hacia el cadalso, hacia ese encuentro deseado y buscado durante una eternidad. Atravesaron el largo pasillo hasta llegar a uno de los ascensores. Las puertas se abrieron en silencio, deseosas de acoger en su interior a una preciada reliquia. Y se produjo el lento descenso hacia las lindes más profundas de esa catedral de la locura.

La luz del interior comenzó a titilar, ambos dirigieron la mirada hacia ese fino tubo de neón y él tuvo el primer amago de náusea. Un intenso destello fulguró en el interior de su cerebro y abrió los ojos de par en par, extasiado. La imagen surgió como un estallido:

"Nevaba intensamente y los copos de color gris se fundían en su rostro sudoroso. Desgarró su empapada bata blanca con desesperación, haciéndola jirones. Allí, desnudo, exhausto y en mitad del frondoso follaje que ya empezaba a tintarse de gris, cayó rendido y sin

aliento. Ese turbio líquido amarillento que Lupe le ofreciera en presencia de Don y Joseph, había conseguido internarlo aún más en su desesperación. Él intentaba huir de ese destierro y encontrar su salvación. En ella estaba su paz. Acurrucado entre la nieve, notó la cálida mano de Lupe y se reconfortó. Fue llevado de nuevo hacia su verdadero y único destino. Su cuerpo lacerado y auto mutilado fue amarrado al camastro y una voz dulce llegó a sus oídos. Adrien intentaba disimular su pena mientras lo acariciaba. Acurrucado junto a él, su más querido amigo lloraba mientras él le suplicaba que sesgara su vida. Vio a Izan, sus rojizos ojos esculpidos por el mal y se vio a él mismo en ese mismo lecho que lo conduciría al abismo".

Aún seguían descendiendo, cuando Ewan llevó sus manos a los ojos y se tambaleó. Lupe lo asió por el brazo. Nadie más que ella sabía lo que se estaba fraguando en la mente de su mimado y protegido paciente. Pero aún y así, su alma estaba en vilo. Nunca una droga había demostrado labrar en lo más recóndito de una mente enferma. Lupe presenciaba el estadio final de un largo y penoso proceso. En esos momentos, la soledad y el miedo hacían mella en su demostrada pericia como psiquiatra clínica. Creía que en ese último estadio de la sanación, estaría auxiliada por su mentor, experto y autor de esa pócima milagrosa. Era ella y solo ella, la que esa noche debía enfrentarse a la dolorosa y dura transformación de la crisálida que transportaba entre sus manos.

Ewan la miró y ella lo acarició con su mirada, sin decir palabra y apretando con cariño su brazo.

El *neuro* hizo amago de derrumbarse, cuando un nuevo estallido de fulgurante luz invadió su mente. Ella volvió a sujetarlo y él basculó la cabeza hacia atrás, cerrando los ojos.

"Cuatro jóvenes esperaban sentados en una sala de cristal. Eran los elegidos por Hanna y una élite de expertos. No se conocían, pero sí que sentían una intensa afinidad aún sin hablar. Sus cerebros habían sido estudiados hasta el más mínimo detalle y sus cualidades valoradas. En esa larga espera, mientras continuaban siendo meticulosamente estudiados, los cuatro aspirantes al afamado centro se miraban de soslayo y con curiosidad. Fue Ewan quien rompió el silencio. Después de un largo lapso de tiempo en el que los cuatro se dieron a conocer y abrieron sus corazones, Hanna entró en el recinto y se sentó frente a ellos.

Todos quedaron admirados por su presencia, por su porte y por su voz. Ewan la vio como un ángel caído del cielo y su imagen quedó incrustada en su recuerdo para siempre. Hiromu, el joven e inquieto japonés, hizo alarde de su valía entre las risas de cuatro inocentes y valiosos estandartes de una sociedad caduca. Irina demostró portar inculcado en lo más profundo de su ser, el más limpio y sincero amor fraternal y su pasión por el deporte blanco. Giselle no pudo reprimir esgrimir su amor por la única mujer que había conquistado su corazón. Ewan solo aludió a su pérdida. Algo que había marcado su vida de por siempre. La muerte de su madre y el amor que había quedado varado y en vía muerta tras su larga enfermedad, lo habían dejado receptivo".

Cuatro seres limpios, en un barrizal. Cuatro almas ungidas por las alas de los ángeles, habían sido elegidas para portar la enseña del amor y del bien.

Ewan no volvió a saber de ellos. Sus vidas se separaron allí, para no volver a encontrarse jamás. Pero dentro de lo más recóndito de él, se alojaba el recuerdo de unas almas gemelas, que por unos leves instantes en el tiempo, conectaron sus más elevados sentimientos.

Uno a uno murió en su delirio. Una trama deliciosamente labrada y con maestría, por una mente delirante que debía dar explicación a un sufrimiento sin parangón. Y Ewan así lo hizo. De forma exquisita, su mente fabricó los recuerdos oportunos, para que todo encajara de forma adecuada en un puzle vacío.

De nuevo su conciencia acudió para auxiliarle, para advertirle que aunque continuaba descendiendo hacia ella, su mente ascendía con esas alas que de forma delirante había creído poseer.

Lupe continuaba imperturbable. Sujetándolo y temiendo el desenlace final. No dijo palabra alguna, pero sus lágrimas brotaban sin cesar. Ese final era solo propiedad de él y nadie debía usurpar su trance. El lento descenso de ese ascensor parecía no acabar. Y Ewan sufrió otra embestida antes de tocar fondo.

No le fue difícil etiquetar a aquellos que le infundían desasosiego y temor. Mentes deterioradas por esa sociedad apartada de unos principios y carente de razón. Almas descarriadas y al abrigo de la depravación. Gwyneth surgió en su recuerdo como un alma en pena. Una mujer hundida en su propio fango y que había conseguido que él vislumbrara al mismísimo demonio. Fue fácil encarnar a algunos de los que le rodeaban, con los pecados capitales que de siempre habían atenazado a la humanidad. El demonio obtuvo las riendas de su delirio y Ewan se precipitó en un vacío sin fondo.

Para él, aún perduraba en su conciencia el hecho de encontrarse con toda la corte de endemoniados. Sabía que ese encuentro era el núcleo de su delirio, pero también, que sus alas se habían desplegado para extraerlo de esa burla.

Todo era ya diáfano. Esos destellos habían sido el resplandor de ese faro que su Dios, en el que siempre había depositado su confianza y su fe, había tenido a bien alumbrarlo.

Y ese descenso tuvo su fin. Ewan y Lupe tocaron fondo. Las puertas se abrieron y la oscuridad los cegó. Un pasillo lúgubre y silencioso. Sin puerta alguna y con una tenue luz en su fondo. Él dio los últimos pasos tambaleándose y auxiliado por esa joven que no había cejado en su empeño. Los sonidos se repitieron en su recuerdo, cuando Lupe introdujo el código y la puerta se deslizo hacia un lado.

Ewan vio una enorme sala en penumbra y bañada por una tenue luz violácea. Su respiración se agitó y su corazón golpeaba de forma violenta contra su pecho. Sus ojos desorbitados buscaban con desesperación el lecho donde su amada Emily atravesaba los designios que él mismo había sufrido. Pero la imagen de ese niño que lo había acompañado en la enfermedad, surgió de nuevo ante su mirada. Sus ojos estaban clavados en él y una cegadora luz lo envolvió para sumirlo en una última revelación:

"Divisó una isla entre la bruma, en mitad de un mar embravecido. Su alma revoloteó sobre aquel islote en el que despuntaba un viejo monasterio. Era Kyra Panagia. Un ave celestial descendió entre los riscos. Blanco como el nácar y con el emblema del estado vaticano en sus costados. Descendió lentamente y desplegando sus alas, para posarse de forma majestuosa sobre los bellos acantilados. La plataforma vibraba al son de los parpadeantes focos de la nave vaticana en una suave danza, acompañando el sonido de las olas. Apoyado en su bastón y envuelto por una densa nube de gas, el magnate Jeremías Karavokiris permanecía incólume ante la llegada del magnánimo. Era la primera vez, que el rey de las tinieblas se dignaba a visitar la sede e imperio de su lugarteniente. Las ráfagas de viento disiparon la neblinosa imagen del enviado del mal y Karavokiris se arrodilló ante él, mostrándole su lealtad. Alexandro Bentivoglio se ajustó el dorado monóculo y posó su mano derecha sobre su delegado en la Tierra.

—Alzaos —le dijo después de que Karavokiris besara su arrugada y decrépita mano. — ¿Estáis seguro de que se producirá esta noche?

—El camino está labrado, señor. Solo ha de seguir la senda.

— ¿Lo tenéis todo dispuesto?

—Seis ojos quieren escapar de sus órbitas. Lo presienten. Saben que esta es su última noche.

—Ahora sabrán por qué temen a la oscuridad, por qué tienen miedo a la locura.

El traicionero cardenal rió y Karavokiris lució su más sombría sonrisa.

Las piedras del viejo monasterio parecían fulgurar ante los últimos rayos de sol. Jeremías había sabido conservar la faz de ese centenario edificio, escondiendo tras sus muros y en lo más recóndito de sus entrañas, un auténtico despliegue de la tecnología más puntera. Una técnica no difundida a la comunidad científica, que resolvía de forma admirable el problema de embutir la psique humana en código. Solo una mente tan desequilibrada como la que el magnate del sexo lúdico había demostrado poseer, podía haber resuelto algo que parecía insoluble. Ni el más obstinado neurotecnólogo, como sin duda demostró ser Ewan Atkins, pudo acercarse tanto a la solución de un tema que mantenía a emporios y científicos inmersos en una quimera. Demasiado dinero y esfuerzo invertidos en megalómanos desarrollos informáticos y estudios del cerebro humano, y la solución estaba al alcance de la mano. Nadie logró verlo, solo un desquiciado guiado por la mano de Satanás tuvo la visión del infierno. Quizás fuera la ética, la que nublara la vista de un sinfín de investigadores, dejándolos ciegos ante un sofisma extravagante, tétrico y escandalosamente amoral. Miles de jóvenes habían desaparecido a través de los tiempos, por diversas circunstancias. Algunos de ellos, con especiales dones en sus cerebros, habían naufragado hasta llegar allí, a una pequeña isla custodiada por la avaricia y el mal. Mentes privilegiadas, que no tuvieron la fortuna de demostrar su valía, moraban en las profundidades de un viejo monasterio que no llamaba la atención de nadie. Un inmenso potencial mental moraba en la oscuridad, solo al servicio de un engendro cautivo de la más desmesurada codicia.

Karavokiris se nutría de esos jóvenes que lucían en el seno de la sociedad. Mentes preclaras, dotadas de dones divinos, eran reclutadas bajo los auspicios del secuestro. Eran muchas las empresas que surtían de género, al más eminente magnate de los sueños inducidos y Compton era el principal captor de cerebros acariciados por la invisible mano de Dios. Mathew Devison, el desertor gobernador del estado de California, había satisfecho también sus ansias de reinado, amantando y criando a esa horda de defenestrados "Ángeles Negros", con la misión de suministrar género a favor del Apocalipsis final.

Emily fue punto de mira desde su niñez, pero tenía asignada una misión más sublime, antes de ser pasto de los sistemas de Kyra Panagia. Cuando sirviera de detonante para liberar ese sortilegio que Ewan portaba incrustado, pasaría a engrosar las filas de desgraciados sumidos en una nueva esclavitud.

Después de atravesar la gran ábside del monasterio, ambos servidores del demonio subieron a un ascensor empotrado en la centenaria piedra. Atravesaron decenas de metros de muro pétreo hasta detenerse en la planta de producción. El falso eclesiástico deseaba presenciar en vivo, el vasto cultivo de mentes que hacían posible esa cruzada hacia las tinieblas.

La inmensa caverna excavada en la roca, estaba bañada por una tenue luz violeta. Una tonalidad que acrecentaba los dones sobrenaturales de quienes los poseían. Un caldo de cultivo especial, una enzima que aceleraba y mantenía en trance a esos desdichados, exprimiéndoles hasta la última esencia de su dádiva.

Alexandro se sobrecogió. Presenciarlo al natural prometía ser un orgasmo visual eterno. Miles cabezas reposaban en el interior de féretros de cristal. Infinidad de conexiones partían de sus rapados cueros cabelludos. Eran ellos los que surtían de las emociones y sentimientos, a una población cada vez más enfebrecida. El sueño inducido adquiría tintes de realidad confundiéndose con la locura. Miles de cerebros cautivos y conectados al sistema, transmitían esos impulsos de la mente humana, que nadie había conseguido simular mediante la tecnología. El alma de todos ellos estaba confinada y relegada a ofrecer vida, a esos avatares en los que demasiados doblegaban su existencia.

—Sois realmente magnífico —dijo el cardenal observando a su alrededor con perplejidad. —Aquí huele a triunfo. ¿Cómo lográis mantenerlos en vida?

—Les administramos una perfusión enriquecida. Eso que veis es el sistema central. Bombea la savia como un único corazón.

—Realmente magistral.

—Son ellos eminencia, los que abastecen de sueños y experiencias a nuestros adeptos. Pronto será el mundo entero el que caiga presa de la mayor y potente droga que jamás se haya conocido. Millones de súbditos se arrodillarán a vuestros pies.

— ¿Dónde está ella?

—A buen recaudo. Vuestro servidor, Belfegor, la mantiene receptiva.

— ¿Y los tres receptáculos?

—Por favor, acompañadme. Os están esperando".

Ewan continuaba inmerso en ese último trance. Todo le estaba siendo revelado con extraordinaria viveza y minuciosidad. Se mantenía en pie, impasible e inmóvil. Lupe lo sujetaba, tratando de no sonsacarlo de su estado y unas últimas imágenes surgieron en su mente:

"La sala era circular, un cofre hermético de acero, a más de treinta metros bajo los marmóreos suelos del monasterio. En el centro resaltaba incrustado un pentáculo. Tres vástagos negros se elevaban de algunos de sus puntiagudos vértices, sosteniendo unas esféricas urnas de cristal. Dentro de ellas, las cabezas de Hiromu, Irina y Giselle, permanecían como reliquias. Alexandro se acercó y los tres lo miraron con espanto y súplica.

Postrados y arrodillados en círculo ante él, Joseph, Aiyana y Mathew Devison mostraban su veneración. El encarnado de Lucifer dejó caer su túnica negra y mostró su cuerpo arrugado. Fue coronado con una cabeza de caballo y ocupó su trono. Alzó las piernas y descansó sus pies en dos negros caballetes. Se acercaron a él y besaron su mano izquierda, los pezones, su falo y el osculum infame[47].

---

[47] *También llamado "beso infame" y consistía en besar el ano del Diablo, su "otra boca".*

Comenzaron a recitar rezos de misa negra y alguien entró en la sala caminando de espaldas.

—Bienvenido seáis Belfegor —dijo el cardenal.

—Me rindo a vuestros pies —contestó Don dejando caer su túnica y besando de igual modo, las partes pudendas de su amo y señor.

— ¿Habéis concluido la obra?

—Impregnada está con vuestra semilla.

—Que el nuevo hijo de Lucifer reine en el mundo.

—Que así sea —respondieron todos.

—Él cabalgará el quinto y último caballo. Reinará sobre océanos y tierras, y portará el signo de su estirpe. Constantin llevará por nombre y su cabeza coronará la nueva Iglesia, después de destronar a la impía usurpadora".

Lupe observaba a su más apreciado paciente. Merodeaba por la celda como un sonámbulo y sin prestar atención a lo que más quería. Lo miraba con pesar, mientras su respiración era entrecortada y las lágrimas volvían a brotar de sus ojos.

Ewan retornó del trance, cegado por un haz de luz blanca. La imagen de una joven apareció entre la negrura. Permanecía desnuda y atada de pies y manos a un potro negro de metal. Su cabeza estaba rapada y de su vulva rezumaba una secreción sanguinolenta. La humedad en sus mejillas daba fe de su sufrimiento. Ewan se aproximó y lloró. Era ella, Emily.

Se despojó de la ropa y cubrió su cuerpo magullado y marcado por los estigmas de la maldad. Se arrodilló ante ella y la besó en la mejilla. Emily abrió los ojos y lo miró. La dulzura emanaba de ese rostro casi olvidado y la fragancia de los lirios lo impregnó. Sus miradas se fundieron durante una eternidad, acariciándose en lo más profundo de sus almas. Ella le sonrió y él le devolvió el más cálido y llamativo color que jamás pudo vislumbrar. Ewan la besó hasta la saciedad, sin decir palabra.

Lupe los observaba. Lloraba y reía al presenciar algo insólito. Dos seres ungidos por la fuerza más potente del universo, se entregaban sin límites, más allá de la locura. La más temible enfermedad mental que el ser humano había creado, no había podido mermar un sentimiento nacido en el seno del alma. Algo que nadie había logrado encapsular y fabricar a su antojo.

—He cruzado tantos sueños para llegar a ti —le susurró Ewan mostrando su rostro angelical.

—Siempre he estado a tu lado —le dijo ella sonriendo y dejando escapar una lágrima. —He sido tu esposa en la lejanía del tiempo y te he perdido tantas veces.

—Ya me tienes contigo para siempre.

Ewan la liberó de las ataduras y ella lo abrazó con pasión.

—Te amo más que a mi vida —dijo Emily llorando. —Dime cuanto me quieres.

Ewan la acarició y mirándola a los ojos pronunció lo que llevaba esculpido en su interior:

—Cuenta las estrellas que hay en el firmamento y sabrás cuanto te amo.

La tenue luz de la habitación dio paso a una claridad y ambos miraron extasiados a su alrededor. Lupe no lo percibió. Continuaba ensimismada, observando esa muestra de amor infinito. Pero la pareja fue testigo de ese acontecimiento anunciado, que daría pie a un nuevo orden mundial. Los ovillos de ADN se entrelazaron siguiendo el ritual marcado por ese sortilegio y las miradas de Hiromu, Irina y Giselle se esfumaron para siempre.

Después de ese último resplandor, Ewan y Emily no volverían a sucumbir a un nuevo episodio de delirio.

TRES AÑOS DESPUÉS

BIOTECH

Estación espacial Perseo. A más de cien kilómetros de altitud sobre la Tierra. 15 de marzo de 2065.

Había pasado demasiado tiempo y un encuentro se volvía a repetir. Era el mismo lugar y la misma mesa, aunque no todos los que asistieron en aquella otra ocasión estuvieran allí. Por Don parecía no haber pasado ese tiempo. Seguía manteniendo el mismo aspecto, como si hubiera pactado con el diablo. Vestía como siempre y se mantenía retrepado con dejadez en el sintético sillón nacarado. Mantenía entre las manos su bebida preferida, ese cóctel de *neumos,* del que la estrafalaria franquicia china continuaba haciendo alarde. Sus grandes ojos estaban fijos kilómetros más abajo. Observaba a través del grueso cristal, el largo cordón umbilical que unía a la extensa plataforma de Perseo con el planeta. Aún se podía divisar el lento amanecer sobre las aguas del Pacífico. Él permanecía esperando, mientras una multitud atravesaba la sala en todas direcciones. En esas primeras horas del día, el tránsito de lanzaderas hacia Beta-Cangri era abrumador. Eran muchos, los que pernoctaban bajo la sucia atmósfera de la gran metrópoli y subían a diario, a ganarse el mínimo sustento para sobrevivir. Don se fijaba en ellos; futuros inquilinos del tétrico psiquiátrico que regentaba. Sabía que serían presa, antes o después, de un software infectado, en sus tentativas de escapar de una vida sin sentido. No podía reprimirlo y se sonreía pensando en ello. Al fin y al cabo, ellos eran los que sustentaban su trabajo y daban sentido a "La Granja".

Don Byme apuró la bebida y relamió sus negros y abultados labios. Miró a una de las pantallas transparentes y se alegró al comprobar, que la lanzadera procedente de Beta-Cangri atracaba en uno de los muelles. Hacía algo más de dos años que no los veía y este día era especial. Por unos instantes, rememoró el nacimiento de esa criatura, fruto de un amor incondicional y también de la locura. Fue un día memorable para muchos y para él. Ese niño era el emblema del triunfo de la pasión y la esperanza, sobre el hastío y la falta de ilusión. Ellos habían sabido inculcar en el pequeño esa fuerza y apego de la que el mundo estaba falto.

Los tres vivían en el cielo, quizás el lugar que realmente les correspondía. Más cerca de las estrellas, que cualquier otro mortal. Quizás fueran seres extraños para la gran mayoría de durmientes que dejaban sus vidas día a día en una monotonía insatisfecha. Pero ellos habían encontrado el edén y en sus rostros se dibujaba con claridad diamantina, ese halo de satisfacción y de felicidad, quimera en los sueños de otros.

Don Byme también se sentía satisfecho. Más allá de su orgullo y arrogancia, el negro psicólogo experimental notaba un claro sentimiento de satisfacción y hasta de cariño. Desgraciadamente, no todos sus clientes tuvieron la misma suerte. La *Psicosis Negra* estaba prácticamente erradicada. Ellos fueron los infortunados y últimos casos. Esa terapia que Don Byme desarrolló, no logró elevarlo al estrellato. Años antes hubiera triunfado. Sobre todo, en aquella época en que la enfermedad se difundió de forma silenciosa, haciendo estragos entre la población mundial. Él solo había contribuido a que unos pocos, residuos de esa peste, lograran salir con vida de una espiral de locura. Y con eso se contentó.

Pero no todo era de color de rosa. Como siempre ocurrió, desde que la vida surgiera sobre la faz del planeta, tras una enfermedad surgía otra. Apenas sin tregua, las hordas del mal continuaban diseñando y creando nuevos agentes infecciosos, cada vez más potentes y letales. Los casos, sin llegar por el momento a ser catalogados de epidemia, copaban los noticiarios. Un nuevo engendro prometía con adueñarse del ya triste y castigado planeta.

Hacía dos años que los primeros síntomas habían emergido en lugares dispares del globo. Todo parecía llevarse en el mayor de los secretos. Gobiernos y medios de comunicación hacían lo imposible por silenciar ante la población, los casos de una enfermedad que no tenía parangón. El C4 había sucumbido ante tal desafío. Eminencias en el estudio de las epidemias en red no lograban hallar un nexo de unión entre los miles de casos, que se habían declarado en el más estricto silencio. Mentes como las de Gwyneth o Hanna hubieran hecho falta en esos momentos, en los que se presagiaba el lento cabalgar de un quinto jinete sobre la faz del planeta. Pero ambas tuvieron la misma suerte, aunque de distinto modo. La eminente directora del C4 en Los Ángeles, esa intrépida mujer que logró poner cerco a una de las más temibles plagas que afectaron al *neurosoftware*, sucumbió a sus más bajas pasiones. Quizás su nivel de inteligencia estuviera de acuerdo con el de depravación que acabara con ella. Hanna Kruger fallecería poco después, víctima de un episodio de Occebia. Nadie era conocedor de su mal. Solo ella sabía que tenía los días contados. Su cerebro se rebeló con inusitada malignidad ante los injertos de *nanochips*. En sus últimos días y creyéndose un ángel al servicio de Dios, se inmoló desgarrando su cuello en la triste soledad de su apartamento.

Nadie portaba ya la estirpe y el brío de esas dos mujeres. Ni Oguri Kazuya y mucho menos Nadya Nóvikov, fueron capaces de tomar las riendas de ese organismo de renombre a nivel mundial. El mundo se hallaba a merced de los designios del mal. La eficaz barrera que Gwyneth Dawson diseñara contra la *Psicosis Negra* y todo tipo de intrusiones, seguía siendo el único medio de lucha. En él confiaban estados y gobiernos.

Don alzó la vista y sonrió. Se puso en pie para saludar con efusividad a la agraciada pareja y a su infante. No dudó en coger entre sus brazos al pequeño y sentarlo en su regazo.

—Tienes buen aspecto, Ewan.

—Emily me cuida bien —respondió sonriendo.

—No me cabe la menor duda —añadió mostrando expresión de alegría. — ¿Y tú, Emily?, no quisiera decirlo, pero te veo espléndida.

—Vamos Don, solo he engordado un par de kilos.

— ¿Solo eso? —apostilló riendo.

—La culpa la tengo yo —dijo Ewan. —Temo que se haya contagiado de mi pasión por los dulces.

—No me digas —dijo Don riendo de nuevo. —Y tú Constantin, ¿no piensas darle un beso al negro de tu tío? —le preguntó mirándolo y abriendo sus grandes ojos.

—Don, no lo asustes —dijo Emily viendo al pequeño hacer esas muecas que preceden al llanto.

—Hoy te vas a convertir en un hombrecito —dijo Don alzándolo en el aire y el pequeño terminó llorando. —Vaya, creo que aún no ha llegado a apreciar el humor de su tío —y se lo entregó a Emily.

—También te veo bien, Don —dijo Ewan.

—Te aseguro que no como quisiera.

— ¿"La Granja"?

—Pretenden dar el cerrojazo.

— ¿Y eso?

—Temen no poder atender al aluvión de enfermos que se pueda avecinar.

— ¿Te refieres a esas noticias sobre una posible pandemia?

—Estamos vendidos —dijo Don susurrando.

—No estoy al tanto. Ya sabes que estoy desconectado de todo. Ahora soy un simple diseñador de interfaces y aunque vivo bien, ajeno a ese mundo de ahí abajo, sí que me llegan noticias.

—Créeme, daría lo que fuera por no llevar implantado este puto trasto en mi cerebro.

—Don, por favor —dijo Emily abrazando al pequeño.

—Sí, perdonad. No creo que sea el mejor momento para tratar este asunto.

Constantin había cumplido dos años y era de obligado cumplimiento que se realizase esa especie de circuncisión cerebral, incrustándole el diminuto invento que lo conectaría a un mundo enfebrecido y falto de la más mínima moral y conciencia. Ese día era especial para la pareja y su retoño. Nadie en la faz del planeta tenía potestad para negarle y anular el cumplimiento de una directiva a nivel mundial. ¿Quién podía denegar su derecho y deber a la educación? Sus mismos padres, aun siendo modélicos en todos los aspectos, podían terminar durmiendo el sueño de los justos, en el mismísimo "Purgatorio". Inducidos en un coma que los conduciría hasta la muerte, como unos delincuentes sin escrúpulos, atentando contra la indefensión de un menor. Constantin estaba sentenciado. Había tenido la fortuna de vivir dos años en la más absoluta libertad y carente de todo aquello que lo esclavizaría de por vida. Ahora llegaba el momento de encadenarlo al sistema, de hacerlo un súbdito más y sin su consentimiento. Jamás las leyes habían tenido uso de razón y en esos tiempos carecían por completo del más mínimo sentido. Un mundo abocado a la paradoja más inverosímil, era asumido por millones de seres amputados en su conciencia y en sus libertades. Quizás fueran esos *biónicos* y esos sintéticos creados por la tecnología, los seres que más libertades retenían. Hasta el momento, era la especie humana la sometida. Como si de un castigo divino se tratara, hombres, mujeres y toda una fauna de variantes perdidas en sus delirios, vivían atosigados por un sistema que ellos mismos habían contribuido a engendrar. Era el precio de la evolución, aquella que Darwin supo describir y que en estos tiempos adquiría toda su dimensión. La incongruencia y la corrupción campaban a diestro y siniestro, como conducidas por la mano del diablo. Nadie se preguntaba nada. No había preguntas que formular ante lo absurdo incrustado en la mente de una población adormecida y abducida. Todo era así porque sí. Porque nadie era ya capaz de rememorar otras épocas.

— ¿Os apetece tomar algo? —preguntó Don, tratando de soslayar el tema.

—Gracias, —se excusó Ewan —me prometí no volver a probar estos mejunjes.

— ¿Qué tal os va en Beta-Cangri? —volvió a preguntar el negro psicólogo.

—Me han propuesto para ocupar un puesto de investigación en NeuroSky junto a Emily.

—Vaya, eso es estupendo —Dijo Don mirando al pequeño que dormía en brazos de su madre. — ¿Y que habéis pensado con respecto a Constantin?

—Lo hemos estado pensando —contestó Emily — pero no creemos que sea buena idea.

—Vamos, pensad en el chico. En la diócesis lunar se hará un hombre de provecho. ¿Qué futuro le espera aquí arriba?, ¿o peor aún, en ese estercolero de ahí abajo?

—Ewan teme por él —argumentó Emily.

— ¿Aún asoman esos fantasmas en tu mente? — preguntó Don dirigiendo la mirada hacia Ewan.

El *neuro* apartó la mirada y mostró inquietud.

—No es eso. Solo que me resisto a desprenderme de él.

—No seas egoísta. Es por su bien —replicó Don. — Emily se educó entre ellos y ya la ves, ha logrado conducirte a la felicidad.

Ewan dirigió la mirada hacia ella. Había cambiado tanto. La *Psicosis Negra* había logrado borrar ese don especial que le permitía ahondar en el alma humana. Ahora era una dulce y confiada mujer, exenta de la más mínima suspicacia y entregada en cuerpo y alma a su trabajo y a su familia.

—Déjanos pensarlo un poco más —contestó Ewan. —Constantin es aún muy joven.

—Por supuesto —dijo Don esgrimiendo una sonrisa. —Mirad quien asoma por ahí.

El rostro de Ewan se iluminó al verla. Esa mujer de tez morena y pelo negro le rememoró un sentimiento de cariño y de cierto apego emocional.

No tardó en ponerse en pie para saludar con un afectuoso beso, a la persona que había estado a pie de cama, ayudándole a superar esa terrible enfermedad. Hacía tres años que no sabía nada de ella y, al igual que Don, poco había cambiado en su fisonomía.

—Que agradable sorpresa —dijo Ewan emocionado. —No sabía que vendrías.

—Pensé en invitarla —dijo Don. —Imaginé que os alegraríais de volver a verla.

—Nos acordamos mucho de ti —dijo Emily. —Ewan te lleva en su corazón.

A pesar de su pigmentado color de piel, la psiquiatra oriunda de Méjico no pudo esconder su rubor y esa mirada de ternura hacia el que un día fue su más querido paciente.

—Me alegra veros tan bien. Supongo que él es Constantin. —dijo mirando al niño, que dormía plácidamente. —Se parece a ti, ¿no Ewan?

—Bueno, eres la primera en encontrarle algún parecido conmigo —respondió sonriendo.

—Ese hoyuelo en la barbilla es sin duda una marca de fábrica, ¿no crees?

Ewan y Emily sonrieron reconfortados.

— ¿No has logrado escapar aún? —preguntó Ewan con el semblante serio y mirándola fijamente a los ojos.

Lupe se sobrecogió y Ewan enmendó su ironía.

—Me refiero a huir de este negrero, nunca mejor dicho.

— ¿Y a donde podría ir? —contestó ella relajándose y también con ironía. — ¿Sabes de algún otro sitio donde acepten a una pirada como yo?

—Te agradezco lo que hiciste por mí y por ella —dijo Ewan enterneciéndose. —Aunque no te perdono que me hicieras beber ese brebaje con sabor a orina.

—Sí, ahora recuerdo el primer día que te obligaron a beberlo —dijo Lupe mirándolo.

—Yo también me acuerdo —añadió él manteniéndole la mirada.

—La verdad es que cuando lo sintetizamos, no creímos que tendría esa apariencia y mucho menos ese sabor al que te refieres —interrumpió Don.

—Bien, se acerca la hora —dijo Ewan retirando la mirada de Lupe. —Creo que deberíamos dirigirnos hacia Biotech.

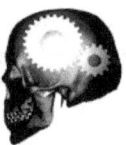

Era una franquicia más, dentro del enjambre de firmas que copaban buena parte de la plataforma de Perseo. Biotech era como una tela de araña que envolvía a todo el planeta. Había conseguido establecerse también en las estaciones espaciales de tránsito y en las bases lunares. Un emporio que mantenía desde sus inicios, el monopolio relativo a los implantes cerebrales a nivel legal. Nadie sabía nada acerca de ella. Nadie conocía qué magnate se ocultaba tras esa firma mítica y conocida por todos. Biotech realizaba a diario millones de inserciones del *neurochip* en todo el mundo. Desde Los Ángeles a Bombay y desde los Andes a Canadá, un reguero de sucursales mantenía el monopolio. Fue el C4 quien otorgó la concesión de implantes a nivel mundial. Más de un centenar de empresas y multinacionales, compitieron por una licencia que multiplicaría sus ingresos de forma exponencial. Pero solo un emporio se llevó el triunfo. Gwyneth Dawson fue la artífice en crear ese concurso, en el que como alimañas, gobiernos y magnates del *neurohardware* rivalizaron de manera encarnecida. Ella fue también, la que decidió y otorgó ese suculento beneplácito. Una farsa en toda regla. El ilustre agraciado estaba predestinado desde el principio, a portar el emblema de un imperio que colmaría de dinero y poder a todos sus asociados. El nombre del propietario final de esa vasta empresa, se diluía hábilmente entre consorcios de un vasto enjambre administrativo y legal.

Cuando la comitiva atravesó en su cruzada simbólica la amplia bóveda de embarques, Don hizo un alto en el camino. Algunos conocidos traspasaban el umbral de llegada a Perseo y el negro los saludó efusivamente.

Eran tres y estaban rodeados por un séquito de guardaespaldas que no disimulaban en preservarlos entre el gentío.

Don Byme pidió excusas y se acercó para saludarlos. Ewan y Emily reconocieron al instante a uno de ellos y se sobrecogieron.

Vestido de negro y luciendo su típica arrogancia, Joseph Bishop los saludó sin ofrecer su mano.

— ¿Qué tal Joseph?

—Te veo muy bien Ewan. Compruebo que Don ha hecho un buen trabajo —dijo sonriendo. —Hola Emily, ¿Qué tal Lupe?

— ¿Os conocéis? —preguntó Ewan extrañado.

—No puedo ser ajeno a todo lo que rodea a Don. Él ha heredado Brainsoft.

—Claro, —dijo Ewan comenzando a sentirse incómodo —qué casualidad encontrarnos después de tanto tiempo.

—Sí que lo es. Nos dirigimos a la diócesis lunar, ¿y vosotros?

—Hoy bautizamos a Constantin —respondió Ewan con ironía.

—Ah, es verdad. Don me dijo que teníais un retoño y ahora compruebo que es cierto —dijo mirando al niño, que parecía sonreírle. —Permitidme que os presente a las personalidades a las que acompaño.

El séquito de guardaespaldas abrió paso ante una simple señal de Joseph y este se dispuso a hacer las presentaciones oportunas.

—Ya conoces a Jeremías Karavokiris.

—Hola Ewan, me alegro de volver a verte —dijo estrechándole la mano y apoyándose con la otra en su oneroso bastón. —Aún me acuerdo de aquella fiesta en el Pentacontarca y de la crisis que sufriste. La verdad es que el médico de a bordo supo pronosticar que te hallabas a las puertas del delirio. Te aseguro que sentimos mucho aquello, pero me siento reconfortado por la labor que ha hecho Don contigo.

Ewan no supo responder. Todo su cuerpo se hallaba varado en ese recuerdo que casi había sucumbido en su memoria y que el magnate del porno había vuelto a rememorar. Pero sus ojos se mantenían de soslayo, observando al eclesiástico que se mantenía impertérrito a escasos metros de ellos, bien custodiado. Vestía de negro, con una banda de color rojo sangre ajustada a la cintura y abotonadura y solideo del mismo color. Ewan echaba en falta, algo usual en ese uniforme. La cruz, símbolo y estandarte del Dios al que representaba, no estaba presente colgando en su pecho. El cardenal mantenía la mirada clavada en el pequeño y Ewan sintió un escalofrío. Un intenso temor le hizo recordar los pródromos del calvario por el que había pasado. Inspiró profundamente, cuando Joseph lo agarró del brazo para conducirlo hasta el alto cargo del sacerdocio.

Todos esperaban que él se inclinara para besar la santa mano del cardenal, pero Ewan no lo hizo. Alexandro Bentivoglio retiró la mano con desaire ante tal ofensa.

—He oído acerca de ti, hijo —le dijo con voz pausada y serena. —Me apeno pensando que hayas olvidado a tu creador.

—Jamás lo he olvidado.

— ¿Albergas quizás alguna reticencia contra la Iglesia?

Ewan calló y fue Joseph el que hábilmente encauzó la conversación hacia otras lindes.

—Padre, mi buen amigo celebra hoy un día especial en su vida. Su hijo cumple dos años.

—Entiendo. Constantin va a recibir la herencia.

Ewan y Emily se miraron y fue él quien no tuvo reparo en preguntar.

—Disculpe cardenal, pero me ha intrigado que supiera el nombre de mi hijo.

— ¿Qué otro nombre podría portar una criatura tan inocente y con tal rostro?, ¿sería pediros demasiado, que me permitieseis asistir a la ceremonia?

—Os recuerdo Padre, que la lanzadera vaticana está ya dispuesta —espetó Jeremías.

—Todo puede esperar. Este niño no.

Ewan no pudo negarse. En su interior, algo parecía estar creciendo de nuevo y a raíz de ese infortunado encuentro. Asintió y, rodeados por un ejército de esbirros, se encaminaron hacia las dependencias de Biotech.

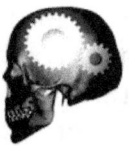

El emblema lucía en aquel blanco y acolchado corredor. Una fachada de cristal dejaba ver el interior de la sede. Personal vestido de un blanco reluciente deambulaban de un lado para otro y un curvo mostrador separaba a dos jóvenes que manipulaban terminales flotantes. Todo el séquito de guardaespaldas se apostaron fuera y la feliz pareja entró en el recinto, seguidos de esa comitiva, producto de un casual encuentro.

Fueron conducidos a través de un largo pasillo, hasta una de las salas de intervención. Solo el pequeño, en brazos de una enfermera, traspasó el umbral del acristalado quirófano. Constantin no lloró en ningún momento, parecía entrever el futuro que le estaban preparando. Un mundo abierto al conocimiento y t a infinidad de posibilidades más. Apostados frente a ese escaparate, presenciaban como sentaban al niño en un sillón rodeado de brazos metálicos. Su pequeña cabeza fue inmovilizada y un par de haces de luz roja buscaron sus retinas. La luz comenzó a titilar a gran velocidad y Constantin cerró los ojos para dejarse abrazar por la anestesia.

Ewan cogió la mano de Emily y no pudo retener las lágrimas. Don apoyó la mano en su hombro y lo apretó tratando de infundirle ánimos. Alexandro Bentivoglio se santiguó, mientras Joseph y Jeremías conversaban en voz baja. Solo Lupe se mantenía atrás observando a los padres.

Uno de los brazos articulados brazos situó su vértice puntiagudo sobre la coronilla del pequeño. Emitió una intensa y fulgurante luz blanca y labró un círculo, despojando de pelo la zona de inserción. Fue un segundo brazo el que, después de extraer un diminuto corpúsculo de una cámara aséptica, se dirigió hacia la depilada zona de su cuero cabelludo y, de un golpe seco y fulminante, introdujo la enseña de una sociedad avanzada.

Todos aplaudieron, cuando el pequeño abrió los ojos y se puso a llorar. Ewan y Emily se abrazaron emocionados.

—Permitidme que sea yo, el que entre primero y lo bendiga —dijo el cardenal.

Ewan aunque reticente, no objetó nada y Alexandro entró en la sala mientras liberaban al infante de las ligaduras.

—Enhorabuena pareja —dijo Don abrazándolos. —Ya tenéis a un hombrecito en casa.

Ewan enjugó sus lágrimas y miró a Joseph y Jeremías. Se mantenían en silencio, observando al cardenal a través del cristal. El viejo y enjuto mando sacerdotal había posado su santo trasero en el mismo sillón que antes ocupara el nuevo allegado a la sociedad. Constantin reposaba en su regazo y, a tenor de su expresión, no solo daba muestras de encontrarse cómodo y feliz en brazos del alto clérigo, parecía como si una luz divina hubiera bañado su pequeño cerebro.

Los neurocirujanos que atendieron al pequeño conmemoraron el momento y se postraron ante Alexandro y la criatura. Ewan se quedó perplejo ante esa imagen y se acercó al cristal, como queriendo traspasarlo con su alma.

— ¿Nunca te has preguntado quien es el propietario de Biotech? —le preguntó Lupe acercándose desde atrás.

—Siempre he pensado que estaba en manos del C4 —respondió sin dejar de mirar a su hijo.

—Ewan, eres un iluso.

Licenciado en Medicina y Cirugía por la Universidad de Granada, decidió cambiar su trayectoria profesional hacia actividades que le permitieran encauzar y expresar su creatividad. Después de veinte años dedicándose a desarrollos informáticos en una multinacional de prestigio y a plasmar su ímpetu creativo mediante la infografía y el diseño gráfico, WALTHER CORNELIUS hace su incursión en la novela con LUCIÉRNAGAS EN LA NIEBLA, una historia de ciencia ficción dura con la que siempre había soñado.

Dos años más tarde y arrastrado por la pasión de escribir, publica su segunda novela SOL NEGRO. De nuevo la ficción científica se consolida como la base de sus escritos, centrada en esta obra en torno al acelerador de partículas de Ginebra.

Pero es en su última novela EL ÁNGEL QUE CONTABA LAS ESTRELLAS, donde el escritor hace alarde de una originalidad y creatividad que asombra y encandila al lector. Una obra futurista en la que el autor describe y sin censura, el devenir de esta sociedad cada vez más abducida y dependiente de la tecnología.

www.ingramcontent.com/pod-product-compliance
Lightning Source LLC
Chambersburg PA
CBHW072008020726
47501CB00006B/1734